UNSERE

Die Blutbande-Reih

A.K. ROSE

ATLAS ROSE

EINS

Tobias
———————

BUMM!

Der Knall der Schüsse durchbrach die Nacht. Ich zuckte zusammen, lag auf dem Boden und wartete auf den Todesstoß, während ich die Waffe in den Händen meines Vaters anstarrte. Aber es war nicht seine Waffe, die abgefeuert hatte. Es war eine andere. Eine, die in der Dunkelheit zwischen den Bäumen glitzerte.

Dann, durch die Dunkelheit hindurch, trat jemand hinter Dad. Aber er sah es nicht. Stattdessen stolperte er nach vorne und blickte langsam zu Boden. Schwarzes Blut klebte an seinem weißen Hemd und an seinem Bauch. Ich konnte mich nicht bewegen, gefesselt von dem Anblick des Flecks und meiner eigenen Panik, die mich durchfuhr.

Er wollte mich umbringen ... Er wollte mich umbringen. Er wollte ...

»Ich werde nicht zu ihnen zurückgehen, hörst du?«, sagte Elle, als sie in Sichtweite kam. »Ich werde nicht zu dem Ort zurückgehen, an den sie mich gebracht haben.«

Ihre Augen funkelten, als sie in meine Richtung blickte. Ich wartete darauf, dass die Waffe in ihrer Hand folgen würde, dass sie heute Abend nicht nur eine, sondern zwei Banks ausschalten würde. Ein panischer Blick nach rechts, zu meiner Waffe, die außer Reichweite war, und ich wusste, dass ich tot sein würde, bevor ich mich überhaupt bewegen konnte.

Aber sie zielte nicht. Elle richtete ihren leeren Blick auf mich. »Gib sie auf.« Ihre Worte waren kaum zu verstehen. »Sie ist sowieso so gut wie tot.«

Dann ließ sie langsam ihre Hand sinken, drehte sich um und rannte den Weg zurück, den sie gekommen war, um dann mit dem Knacken eines Zweiges zu verschwinden.

Dann herrschte Stille ...

unterdrückt vom Dröhnen meines Herzens.

Gott ...

GOTT ...

Mein Vater stieß ein Stöhnen aus und presste seine Hand auf seine Seite, um die Blutung zu stoppen. Ich hechtete zur Seite und griff nach dem glänzenden Stahl. Ich scherte mich nicht mehr um ihn, sondern schwang meine Hand und richtete meine Waffe auf ihn. Aber er bewegte sich nicht ... nicht einmal, um auf mich zu zielen.

Tu es ...

Tu es einfach, verdammt!

Mein Finger zitterte, als ich ihn um den Abzug krümmte. In meinem Kopf sah ich die wenigen guten Zeiten, die wir gehabt hatten, nicht mehr. Nein, ich sah ihn betrunken auf der Bettkante sitzen, mit falsch zugeknöpftem Hemd und dem Gestank von Verrat in der Luft, während unsere Mutter im Schlafzimmer unter ihm dahinsiechte.

Er hatte uns betrogen. *Er hatte sie verdammt noch mal betrogen!* Das wusste ich auch, ohne dass Lazarus mir die Wahrheit gesagt hatte. Das war der Moment, in dem er sich für mich verändert hatte. Er war kein Vater. Er war nicht einmal ein Mann ...

Dann sah ich *ihn*, wie er in der Tür unseres Hauses gestanden hatte, sein Hemd mit Nicks Blut getränkt. Er hätte unseren Bruder sterben lassen. Ihn einfach ausbluten lassen, als wäre er ein *Nichts. Als er sie mir weggenommen hatte.*

Ryth.

Er hatte sie ausgeliefert.

Er hatte sie diesem verdammten Ort überlassen.

Ein verwundeter Laut entrang sich meiner Kehle. *Er hatte sie ihnen überlassen. Sie ihnen verkauft ...*

Ich biss die Zähne zusammen und wollte, dass sich mein Finger noch fester krümmte, bis ich den Kick spürte. *Tu es, tu es, tu es—*

»Tobias«, rief jemand.

FUCK!

Ich atmete schwer und keuchend ein und ließ meine Hand sinken. Ich konnte es nicht tun. Ich konnte mich nicht dazu durchringen, den verdammten Abzug zu drücken. Ich war erbärmlich und nutzlos ... ich hasste es, dass ich sein *verdammter Sohn* war.

Seine Knie zitterten, dann gaben sie nach und er stürzte zu Boden.

Ich stürmte vorwärts und zuckte vor Schmerz zusammen. Aber die Kugel in meinem Oberschenkel war nichts im Vergleich zu dem Stechen in meiner Brust. Es fühlte sich an, als hätte sich Stacheldraht um mein verdammtes Herz gewickelt, als ich seinen Arm packte. Ich drückte zu ... *drückte zu ... drückte zu.* »Bleib ...« Ich zog ihn an mich heran. »Einfach verdammt noch mal bei mir.«

»T!«, brüllte Nick in der Ferne. »Um Himmels willen! *TOBIAS!*«

Ich drehte meinen Kopf in Richtung des Geräusches. Die Verzweiflung übernahm die Kontrolle und zwang mich, zu schreien. »*Hier drüben!*«

Nicks Schritte waren donnernd, als er von den Bäumen heran eilte, und die Erleichterung über seinen Anblick traf mich wie ein Schlag. Mein Atem entfuhr mir.

Ich brauchte ihn ... mehr als mir je bewusst gewesen war.

Und anhand der Panik, die in Nicks Augen schimmerte, wurde mir bewusst, dass er mich ebenso sehr brauchte. Er warf einen Blick auf den bleichen Wachmann, der nicht weit von uns entfernt tot auf dem Boden lag, und drehte sich dann wieder zu mir um. Traurigkeit. Das war alles, was ich sah: Traurigkeit und Bedauern. Ich wandte den Blick ab.

»Sie ist tot«, stöhnte Dad. »Es tut mir leid, Ryth ist weg.«

Ich presste die Worte mit zusammengebissenen Zähnen hervor. »Von wegen.«

Nick packte Dad am Hemd und riss ihn an sich. »Was zum Teufel meinst du damit, sie ist weg?«

Ich wollte sie nicht verlieren, nicht schon wieder, nicht jetzt, niemals.

»*Es tut mir leid*«, lallte Dad.

»Spar dir dein Scheiß-Entschuldigung«, schnauzte ich, als ich das Gebell von Hunden hörte.

Nick warf einen Blick in meine Richtung, dann schob er Dad weiter. »Wir müssen hier weg.«

»Nein.« Der ekelerregende Schmerz schoss mir durch den Oberschenkel, als ich zu den Bäumen stolperte. »Nicht ohne sie.«

»*T!*«, bellte Nick und hielt mich auf. »Wenn du hier bleibst, bist du tot, hast du das verstanden?«

Ich starrte in die Dunkelheit und lauschte den Geräuschen ihrer Hunde.

»Wie zum Teufel willst du ihr dann helfen?«

»Sie ist weg«, murmelte Dad. »Es hat keinen Sinn ...«

»*Halt die Klappe, Dad!*«, warnte mein Bruder. »Oder, so wahr mir Gott helfe, ich lasse dich hier sterben.«

Ihn zurücklassen ... aber nicht sie ...

Ich drehte mich zu Nick um und atmete tief ein. Kalte Luft strömte durch meine Brust. Ich konnte nicht gehen ... *nicht ohne ...*

»Bitte, T«, flehte er, seine Augen glitzerten in der Nacht. »Ich kann dich nicht auch noch verlieren.«

Angesichts dieser Worte zerbrach meine Entschlossenheit. Ich zuckte zusammen, schluckte ein gequältes Stöhnen hinunter und humpelte zurück. »Beweg dich.« Ich schubste unseren Vater vorwärts.

Aber er stolperte und fiel, sodass Nick ihn in letzter Sekunde auffangen konnte.

»Hilf mir«, forderte mein Bruder und versuchte, sein Gewicht zu tragen.

Er wollte mich umbringen … er wollte … »Scheiße«, knurrte ich und schlang meinen Arm um seine andere Seite.

Der Hass brannte in mir, als wir am Unterstand entlang und zurück durch die Bäume taumelten. Mit jedem Schritt, den wir machten, entfernten wir uns ein Stück weiter von ihr. Aber daran konnte ich jetzt nichts mehr ändern. Die Blutung stillen. Die Wunde flicken. Mehr Waffen besorgen und dann zurückkommen. Daran klammerte ich mich, als wir zum Zaun stolperten und einen Abschnitt fanden, der durchschnitten worden war.

»Kannst du ihn hier festhalten, während ich das Auto hole?« Nick zog und öffnete die Lücke so weit er konnte.

Ich hievte Dad nach vorne. Aber die Bewegungen unseres Vaters waren bestenfalls schwach. Er sackte auf den Boden, sein Gesicht wurde im Mondlicht blass, als ich ihn durch die Lücke im Zaun auf die andere Seite beförderte. »Du beeilst dich besser.«

»Das werde ich«, sagte Nick und war augenblicklich weg. Humpelnd eilte er zurück zur Unfallstelle und zu dem alten Wagen, der seitlich auf der Straße stand.

»Es tut mir leid«, flüsterte mein Vater.

Verdammte. Scheiße.

»Sohn.«

Sohn?

Ich ließ meinen Blick zu dem Stück Scheiße schweifen, packte ihn am Hemd und schleuderte ihn zurück gegen den Zaun. »Sohn?«, fauchte ich ihn an. *»Willst du mich jetzt so nennen?«* Ich starrte ihn an wie den Fremden, der er war. »Du bist gekommen, um mich umzubringen.«

Seine Augen weiteten sich. Er schüttelte leicht den Kopf, aber das waren alles Lügen. Rückgratlose ... feige Lügen.

Du wolltest mich verdammt noch mal umbringen! Mein Herz schrie. Die Worte hallten in meinem Kopf wider, bis sie von der eisigen Wahrheit verschluckt wurden. *Es war ihm egal ... Er hatte sich noch nie um mich oder um Mom gekümmert. Oder um irgendjemanden außer sich selbst.*

Am Ende konnte ich ihn nicht einmal mehr ansehen. Ich wandte mich ab und sah stattdessen meinen Bruder an. »Heb dir dein verdammtes Mitleid für jemanden auf, den es einen Scheiß interessiert.«

Nick schaffte es zum Auto und stieg ein.

»Tobias.«

Ich zuckte zusammen, als ich die raue Stimme meines Vaters hörte. Ich wollte seine Worte nicht hören ... ich wollte das Röcheln in seinem Atem nicht hören. Ich schloss meine Augen, wollte die Verzweiflung in seinem Blick nicht sehen. Nicht mehr ... *nie wieder ... verdammt noch mal.* Aber ich war in seiner Folter gefangen, in der ich meinen Vater loslassen wollte und mich gleichzeitig an den schmerzhaft dünnen Faden klammerte, der uns noch zusammenhielt.

Es war nur Blut, das mich an diesen Mann fesselte.

Denn es war ganz sicher keine verdammte Liebe.

Ich ballte meine Faust und sprach leise. »Sag noch ein verdammtes Wort und ich lasse dich alleine verbluten.«

Ich machte einen Schritt, weil ich unbedingt weiterfahren wollte, um meinen Vater und seinen Verrat hinter mir zu lassen. Der Wagen quietschte, als Nick den Motor anließ und das verbeulte Auto um die Trümmer herum steuerte. Er hielt an und stieg aus, wobei er die Scheinwerfer ausschaltete, als er um die Vorderseite herumging.

Erst dann drehte ich mich um. Ich packte unseren Vater, als er mich mit diesen erbärmlichen Augen ansah. »Beweg dich«, knurrte ich und hob ihn hoch, um aufzustehen.

Nick riss die Hintertür auf, und irgendwie schafften wir es, ihn ins Innere zu bringen, sodass er auf den Sitz fiel, während wir seine Füße hineinschoben und die Tür zuschlugen.

Die Scheinwerfer schienen durch die Bäume auf der anderen Seite des Zauns. Ich hasste es, sie zurückzulassen ... hasste es, sie beide zurückzulassen. Aber wir hatten keine andere Wahl. *Verflucht seist du, Caleb ...*

Trotzdem fühlte es sich an wie ein Messer in meiner Brust, als ich die Beifahrertür aufriss und einstieg, während Nick hinter das Lenkrad schlüpfte.

»Nick«, flüsterte unser Vater auf dem Rücksitz. »Danke.«

Mein Bruder warf mir einen bösen Blick über die Schulter zu und knurrte: »Spar dir das.«

Er begegnete meinem Blick. Wir wussten beide, dass unser Vater das nicht verdient hatte und dass er irgendwann in den nächsten Stunden sterben würde. Das Auto schoss vorwärts, als Nick das Gaspedal durchdrückte und uns die dunkle Straße entlang des Geländes und schließlich zurück in die Stadt brachte.

Der Schmerz bohrte sich in mein Bein wie ein verdammtes Messer und ließ mich die Fäuste ballen und die Augen schließen. Lichtblitze tauchten auf. Furcht. Versagen. Der Moment, in dem der bleiche Bastard hinter mir her gewesen war.

Sie wird schreien, kamen seine Worte wieder hoch. *Aber ich mag es, wenn sie das tun.*

Ich drehte meinen Kopf zum Fenster und schloss dabei die Augen.

Aber ich mag es, wenn sie das tun …

Ich mag es, wenn …

Ich mag es …

»T?«, rief Nick.

Ich leckte mir über die trockenen Lippen. »Mir geht's gut.«

Ich versuchte, mich der Dunkelheit hinzugeben, aber es war nicht das Vakuum des Nichts, das auf mich wartete – *es war Ryth.* Der letzte Kuss … die letzte Berührung … das letzte Mal, dass ich sie im Arm gehalten hatte. Mein Herz klopfte wie wild, bis ich nur noch an sie dachte.

Wem wollte ich etwas vormachen?

Ich dachte an nichts anderes mehr als an sie.

Sie zu bekommen. Sie zu behalten. Sie zu *begehren.*

Der Wagen wurde langsamer und wendete, bevor Nick sprechen konnte. »Wir sind da.«

Ich öffnete die Augen und fühlte mich, als wäre ich schon ewig unten gewesen, dann blinzelte ich und stieß mich mit den Füßen am Boden ab, um mich nach oben zu bewegen. Ein Blick über die Schulter und ich sah, wie sich der Brustkorb unseres Vaters langsam hob und senkte. Er war noch am Leben. Daran hielt ich mich fest, aber nicht, weil mich sein Leben einen Scheißdreck interessierte. Nein, ich sorgte mich um ihres.

Nick lenkte den Wagen in die Einfahrt, stellte den Motor ab und stieg aus. Ich folgte ihm und umrundete das Auto, um auf der anderen Seite zu unserem Vater zu gelangen. Er war schwächer und konnte kaum noch sein eigenes Gewicht halten. Wir trugen ihn die Treppe des Rossi Unterschlupfes hinauf.

»Ich habe ihn.« Ich packte die Schultern des Mannes und übernahm sein Gewicht. »Ruf Freddy an, er wird wissen, was zu tun ist.«

Nick nickte nur, ließ seinen Arm los, kramte stattdessen in seiner Tasche nach seinem Handy und hielt es an sein Ohr.

»Tobias ...«, flüsterte Dad heiser und zog mich weg, als Nick zu reden begann.

Aber ich antwortete nicht, sondern konzentrierte mich nur auf Nick, der näher ans Fenster trat. Meine Knie zitterten, als ich unseren Vater festhielt. Ich konnte ihn nicht halten, nicht sein ganzes Gewicht, und ich knickte ein. Wir stießen beide gegen das Waschbecken und rutschten den Schrank hinunter, bis wir auf dem Boden aufschlugen.

Nick warf einen Blick in unsere Richtung, während er sprach, dann legte er auf.

»Ich habe angerufen.« Er kam auf uns zu. »Er sagte, Laz ist auf einer Insel vor Afrika. Er kümmert sich um seine eigenen Sachen, aber er kennt einen Typen, der einen Typen kennt.«

Er schaute Dad an. »Also haltet noch ein bisschen durch, okay?«

»Du *wirst* durchhalten«, warnte ich und richtete meinen Blick auf ihn. »Denn du musst uns sagen, wie wir sie da rausholen können.«

Unser Vater leckte sich die blutleeren Lippen und schloss die Augen. »Sie ist jetzt da drin. Nur ein Toter kann sie befreien.«

Die letzten Worte waren kaum noch zu verstehen, aber ich hörte sie trotzdem. »Was zum Teufel meinst du mit einem Toten?«

Stille.

»*Dad!*« Nick kniete sich hin und zog sein Hemd hoch. »Was zum Teufel meinst du mit Toter?«

»Toter ...« Dad flüsterte und öffnete langsam seine Augen.

»Was für ein *verdammter Toter?*«, brüllte ich und starrte meinem Vater in die Augen. Nach allem, was er getan hatte ... *nach allem, was er mir angetan hatte?* »Nein.« Ich presste das Wort durch zusammengebissene Zähne und holte mit der Faust aus.

»*T!*«, brüllte Nick.

Aber er wusste es nicht ...

Er kannte das wahre Ausmaß dessen, was dieser Mann war, nicht.

ZWEI

Caleb

Du warst nie dazu bestimmt, dich in sie zu verlieben ...

Bei diesen Worten blieb ich hängen. Ich starrte die Tür an und lauschte dem schweren Poltern der Stiefel, die immer näher kamen. Die Angst hatte mich gepackt, aber nicht um mich. Ich drückte ihre Hand fester und zog sie hinter mich. »Bleib dicht bei mir, Prinzessin.«

Ryth drückte sich an meine Seite, als die Schritte näher kamen und immer lauter wurden, bis sie ohrenbetäubend waren. Ich ballte meine Fäuste und verlagerte meine Haltung, bereit, zuzuschlagen, sobald sich die Tür öffnete.

Aber sie öffnete sich nicht.

Das Geräusch wurde lauter und verhallte, als die Wachen den Flur entlang und an dem Raum vorbei rannten, in dem sie uns festhielten.

»Tobias«, flüsterte sie den Namen meines Bruders. »Er ist es, ich weiß es.«

Sie dachte, er würde uns holen kommen.

Aber sie irrte sich.

Ihre Finger glitten zwischen meine, als das kranke Lächeln des Priesters in meinem Kopf aufstieg. *Das glaube ich dir nicht.* Meine eigene verzweifelte Stimme meldete sich. *Tobias ist nicht tot ... das kann nicht sein ... hörst du mich?* Ich schüttelte meinen Kopf. »Nein.«

»Nein, was?«

Ich schloss meine Augen. Sie wusste es nicht und ich wollte es ihr auf keinen Fall sagen. *Ich konnte es ihr nicht sagen*

Nicks Gesicht tauchte in meinem Kopf auf. Ich sah ihn vor mir, wie er neben der Leiche unseres Bruders auf dem Boden kniete, als er das Feuer eröffnete ... er würde jeden töten, der er finden konnte – und wahrscheinlich würde er dabei selbst getötet werden.

Meinetwegen.

Ich ließ sie los, stolperte nach vorne und stützte mich mit der Hand an der Wand ab.

Ich hätte nie in diesen verdammten Club gehen sollen ... ich hätte nie versuchen sollen, Killion zu töten.

»Caleb?«

Ich drehte meinen Kopf nicht, ich konnte sie nicht ansehen. Noch nicht.

»Was ist los?«

Ich schüttelte den Kopf, als das Klicken eines Schlosses ertönte und lenkte meinen Blick auf die Tür. Ein Wachmann trat ein, musterte den Raum und sah mich an. Ich sagte nichts und wartete darauf, dass er sich bewegte. Der Priester folgte und das eingebildete Grinsen auf seiner gespaltenen Lippe war nicht mehr so offensichtlich, da er wusste, dass er mich nicht töten durfte. Er warf einen Blick auf Ryth, die hinter mir stand. »Ihr werdet verlegt.«

Ich stellte mich vor sie. »Warum?«

»Das Warum geht dich nichts an.« Der Kiefer des Priesters verkrampfte sich, als er mich anstarrte. »Du wirst keine Probleme machen, hast du verstanden?« Ein finsterer Blick folgte, bevor er Ryth erneut ansah. »Sie wirkt ruhig, Caleb. Ein bisschen *zu* ruhig.« Er hob eine Augenbraue, als er sich mir zuwandte. »Du hast es ihr immer noch nicht gesagt, oder?«

Ich schüttelte den Kopf. »Nein«, knurrte ich. »Das werde ich nicht ... weil es eine Lüge ist.«

Da war wieder dieses Grinsen, dieses wissende, *verdammte* Grinsen. »Ist es das?«

War es das?

»Mir was gesagt?«, fragte sie.

In meinem Augenwinkel zuckte es. Ich starrte dieses Stück Scheiße an, das in einem schwarzen Hemd und einem weißen Kragen vor uns stand. Er war kein verdammter Priester. Und auch kein verdammter Mann ... *er war der verdammte Teufel. Ein Teufel, der alle verdammten Karten in der Hand hatte.*

»Leugnen wird die Wahrheit nicht ändern, Caleb«, murmelte er. »Als Anwalt weißt du das besser als die meisten.«

»Was soll ich sagen, Caleb?«

Ich öffnete den Mund, um die Worte zu sagen, die mir schwer im Magen lagen. Die Worte, die er von mir hören wollte.

Aber ich konnte es nicht tun ...

»Ich kann es ihr sagen, wenn du willst«, murmelte der Teufel.

»Das tut sicher weh.« Meine Stimme war heiser, als ich in sein zerschlagenes Gesicht starrte. »Das wette ich. Ich wette, es tut höllisch weh.«

Sein Blick verhärtete sich zu einem grausamen, furchterregenden Funkeln.

»Was sagen?«, verlangte Ryth.

Ohne zu zögern, sprach er. »Dein Stiefbruder ist tot.« Er beobachtete sie wie ein Falke. »Ja, ich fürchte, Tobias wird nicht kommen, um dich zu retten, Ryth. Nein, er wird überhaupt nicht kommen.«

Alles bewegte sich in Zeitlupe. Meine Knie zitterten, aber ich zwang mich, mich umzudrehen und sie anzusehen. »Ryth«, flüsterte ich und konzentrierte mich auf jedes Glitzern ... und jedes Zucken.

»Nein.« Sie schüttelte den Kopf. »*NEIN*.«

Die Wut brannte, aber ich schluckte sie herunter. »Es wird alles gut.« Ich hob meine Hand zu ihrem Gesicht.

Aber sie wich zurück, und das tat mehr weh als alles andere. »Nein, fass mich nicht an! *Das ist nicht wahr ... das ist NICHT WAHR*. Hörst du mich?«, forderte sie und ihre Augen wurden groß. »Nein. Einfach nur nein.«

»Ryth ...«

Ihre Lippen zitterten, als ihre Stimme fester wurde. »Nein, Caleb«, flüsterte sie und Tränen schimmerten in ihren Augen. Sie schaute die Bastarde an, die uns beobachteten, und brach dann einfach ... zusammen.

Ich stürzte mich auf sie, als ihre Knie nachgaben, und fing sie gerade noch rechtzeitig auf. Ihr Schmerz war wie ein Schuss in meine Brust, als ich sie an mich zog. Es folgte eine kalte, harte

Wut, die mich zu einem Mörder gemacht hatte. Aber hier ging es nicht um meine Wut. Es ging um sie.

»Wir werden das durchstehen ...« Ich packte ihr Kinn und drehte ihren Blick zu mir. »Hörst du mich? Wir *werden* das durchstehen.«

Es spielte keine Rolle, dass sie erst wenige Monate in unserem Leben gewesen war. Denn es fühlte sich an wie eine *Ewigkeit* ...

Eine Ewigkeit, in der sie in unseren Herzen gewesen war.

Und für immer würden wir in ihrem sein.

Als sie den Kopf drehte, liefen ihr die Tränen aus den Augen. Sie sah sie und augenblicklich entlud sich ihre Wut. »Ihr *BASTARDE!*« Sie riss sich von meinen Armen los und stürzte durch den Raum.

Aber der Priester und der Wachmann waren schon aus dem Raum gelaufen. Sie schlug gegen die Tür, als diese sich schloss, und ihre Fäuste knallten gegen die Glasscheibe. »Ich *bringe* euch um!«, schrie sie sie an. »*Hört ihr mich? ICH BRINGE EUCH UM!*«

Ihre Schreie hallten wider, als sie ihre Fäuste gegen die Tür hämmerte. *»Ich bringe euch um, verdammt! Ich bringe euch um ... Ich bringe euch alle um ...«* Sie hörte auf, mit den Fäusten gegen die Tür zu trommeln, und ließ sich stattdessen dagegen sinken. »Ich werde euch verdammt noch mal finden ...«

Brutale, keuchende Atemzüge verschlangen sie.

Ich verringerte den Abstand, packte sie und zog sie in meine Arme.

»Ich bringe sie um, Caleb«, wimmerte sie, ohne mich auch nur anzuschauen.

»Ich weiß, Prinzessin.« Ich starrte durch das Glas in den leeren Flur. »Ich weiß.«

»Ich weiß, Prinzessin.« Ich starrte durch das Glas in den leeren Flur. »Ich weiß.«

DREI

Nick

BUMM!

T holte aus und rammte seine Faust seitlich in Dads Gesicht. Ein Blick auf meinen Bruder und ich wusste, dass ich ihn nicht mehr aufhalten konnte. Er war eine Maske der Boshaftigkeit. Eine Waffe aus Fäusten und Wut. *Nein.* Er war ein verdammtes Monster. Das hatten sie erschaffen, als sie uns Ryth genommen hatten.

Mein Atem stockte und da war eine Last in meiner Brust. *Unsere Schwester ...*

»Du wirst uns verdammt noch mal sagen, wie wir sie da rauskriegen!«, schrie er. *»Hast du mich verstanden? Du WIRST es uns verdammt noch mal sagen!«*

Mein Bruder war wie ein Verrückter. Dads Kopf kippte durch den Schlag zur Seite. T schlug erneut zu, diesmal traf er ihn am Mund. Das Ergebnis war sofort sichtbar. Seine Lippe riss auf und Blut floss über sein Kinn.

»T«, röchelte ich, als Dads Kopf nach hinten kippte.

»Du *wirst* mir sagen, was ich wissen will!«, brüllte Tobias und zerrte unseren Vater nach vorne. *»Du wirst es mir verdammt noch mal sagen!«*

Dads Augen flatterten, dann öffneten sie sich. Er starrte meinen Bruder an, als wäre er ein Fremder. »Du ...«, flüsterte er und seine Augen fielen ihm wieder zu. »Du hättest dich nie in sie verlieben sollen.«

T erstarrte mit einer Hand in Dads blutigem Hemd und der anderen in der Luft. »Was zum Teufel hast du gesagt?«

Schweigen.

»Was zum Teufel hast du GESAGT?«, wütete mein Bruder.

Ich machte einen Schritt, angezogen von demselben wilden Bedürfnis. »Sag uns, was wir wissen wollen.«

Dads Augen öffneten sich, und für den Bruchteil einer Sekunde sah ich ihn, den Mann, den ich geliebt hatte. Den Mann, den ich verdammt noch mal immer und immer wieder verteidigt hatte. Aber es gab nichts mehr zu verteidigen, weder ihn ... noch uns.

Verbrecher.

Mörder.

Brüder ...

Ich nahm T nicht übel, dass er ihn angeschossen hatte ... jetzt wollte ich dasselbe tun.

»Sag uns, wie wir sie rausholen können«, forderte ich.

Dad schnaufte leise und der Spalt auf seiner Lippe wurde immer größer. »Es gibt keinen Ausweg. Das ist egal .. *sie ist es nicht wert.«*

»Es wert?« Tobias' Stimme war eiskalt. »Es wert?« Er schlug seine Faust erneut in das Gesicht unseres Vaters. Knirsch. »*SIE IST ES WERT! Sie ist ALLES WERT!*«

Dads Kopf kippte nach hinten. Aber ich konnte sehen, wie das ausgehen würde ... ich sah es daran, wie sein Kopf nach hinten kippte ... und an dem glasigen Film in seinen Augen.

Knack!

»Sie ist es verdammt nochmal WERT!« Knack! T war ein Tier. »*Sie ist es verdammt nochmal wert!*« Er hörte nicht auf, wich nicht zurück, sondern stürzte sich mit blutigen Fäusten und wildem Hunger nach Blut in die Wut ...

Nein.

Nicht nach Blut.

Nach unserer Schwester.

Toter Mann ... Die letzten Worte meines Vaters waren ein Zischen.

Trotzdem zerrte Tobias ihn nach vorne. »*Welcher verdammte tote Mann? Dad ... DAD!*«

Aber er konnte nicht antworten, weil er schon weg war.

»T.« Meine Stimme war heiser, als ich seine weißen, blutverschmierten Fingerknöchel anstarrte. »*T!*«

Mein Bruder war auf diesen leeren Blick fixiert. »*Antworte mir. Welcher verdammte tote Mann?*«, brüllte er, als könnte er ihn allein durch seine Verzweiflung wieder zum Leben erwecken.

Vielleicht hätte T daran denken sollen, bevor er den Abzug drückte und das verdammte Leben unseres Vaters beendete?

Verdammt, das war ein Schlamassel.

Aber er konnte es nicht ... niemand konnte es, und draußen lenkte das Dröhnen eines V8-Motors meine Aufmerksamkeit auf sich.

Ich erhob mich vom Boden, ging zum Fenster und schob den Vorhang beiseite, als ein teurer schwarzer Range Rover hinter dem verbeulten Charger in die Einfahrt fuhr. »T«, rief ich misstrauisch.

Aber der Typ stieg nicht aus und fing nicht an zu schießen. Nein, er griff stattdessen auf den Beifahrersitz und zog eine große Tasche mit sich, als er ausstieg. Die Fahrertür schloss sich mit einem dumpfen Geräusch, als er die Vorderseite des Unterschlupfs musterte und die Bewegung mitbekam, als ich den Vorhang losließ.

Das dumpfe Geräusch seiner Stiefel ertönte, als ich die Vordertür öffnete und hinaustrat. Er musterte mich von oben bis unten. »Bist du Nick?«

Freddys Mann ...

Das war er also.

Ich atmete schwer aus und nickte. »Ja.«

Er warf einen Blick auf die offene Tür neben mir. »Lässt du mich rein, oder muss ich denjenigen, der angeschossen wurde, hier draußen verarzten?«

Angeschossen ... angeschossen ... Ich schluckte schwer und war eine Sekunde lang unfähig, mich zu bewegen ...

Und er sah es. Er warf mir einen finsteren Blick zu, bevor er seinen Tonfall milderte. »Willst du mich reinlassen, Kumpel?«

Ich musterte die Straße und trat zur Seite. »Er ist drinnen.«

Der Typ bewegte sich wie ein Kämpfer und seine breiten Schultern strafften sich, als er die Tasche mit sich schleppte und eintrat. Er zuckte nicht einmal vor der Leiche zurück, die in der Küche lag. Ich schloss die Haustür ab und folgte ihm. Ich beobachtete ihn, als er sich Tobias näherte, der immer noch Dads Hemd in der Faust hatte.

»Er hat uns nicht gesagt, wer«, sagte mein Bruder, als er langsam seinen Blick hob. »Er hat uns nicht gesagt, wer.«

»Soll ich einen Blick darauf werfen?«

Sorge. Mitgefühl. Die Art von Sorgfalt, die nur mit jahrelanger Übung möglich war, kam von dem Mann, als er nach den Händen meines Bruders griff und sie sanft wegzog. »Lass mich mal sehen.«

Tobias ließ es zu und beobachtete mit einem schockierten Blick, wie der Mann sein Bestes gab. Er drückte zwei Finger gegen den Hals meines Vaters und wartete. Ich hätte ihm sagen können, dass es sinnlos war. Aber was hätte das gebracht?

Was brachte irgendetwas von all dem?

Sie hatten unsere Schwester.

Und nun auch noch unseren Bruder.

»Es tut mir leid.« Freddys Typ ließ seine Hand fallen und schüttelte den Kopf. »Er ist weg.«

Tobias sackte auf den Boden, seine Hände ruhten auf den angezogenen Knien und er starrte mich ausdruckslos an. »Was zum Teufel machen wir jetzt?«

Er sah mich an, als hätte er nicht damit gerechnet, dass es so weit kommen würde. Was hatte er gedacht, was passieren würde, als er gezielt und abgedrückt hatte?

»Es gibt keine einfache Antwort«, antwortete Freddys Typ. »Ich kann euch nur sagen, dass er weg ist, also müsst ihr wohl an eure Familie denken.«

Tobias schaute in seine Richtung, runzelte die Stirn und konzentrierte sich, als würde er endlich merken, dass noch jemand hier war. Er warf einen Blick auf den Körper unseres Vaters. »Nicht wegen ihm. Wegen ihr ... unserer Stiefschwester.«

»Stiefschwester?« Der Typ schaute verwirrt in meine Richtung.

Aber es war nicht nur Verwirrung, oder? Es war ... Misstrauen. »Sie haben eure Stiefschwester?«

Sie?

Tobias starrte den Kerl an. »Was zum Teufel weißt du schon?« Mein Bruder stieß sich nach oben und kam auf die Beine. Seine Augen verdunkelten sich zu einem furchterregenden Glitzern. *»Wer zum Teufel bist du eigentlich?«*

»DeLuca«, antwortete er. Aber es war nicht aus Angst. Er war besorgt, aber nicht um uns. »Wer hat eure Stiefschwester?«

»Der Orden«, antwortete ich und erntete einen finsteren Blick von T, den ich erwiderte. »Freddy hat ihn geschickt, richtig? Das heißt, wir können ihm vertrauen.«

Ihm vertrauen, dass er eine Wunde flickt, ist eine Sache. Aber ihm vertrauen, dass er nicht zu den Bullen geht? Ich starrte T an. Das Letzte, was ich wollte, war, dass mein Bruder wegen des Mordes an seinem Vater angeklagt wurde. Mein Herz raste und mein Mund wurde trocken. In meinem Kopf sah ich sie, als ich durch die Bäume rannte ... T mit seiner Waffe in der Hand und unseren Vater blutend in seinen Armen.

»Vertrauen?« T funkelte mich an und holte mich aus meinen Gedanken zurück. »Haben dir die letzten vierundzwanzig verdammten Stunden denn gar nichts gesagt, Bruder? Wir können ihm verdammt noch mal nicht trauen. Wir können verdammt noch mal niemandem trauen.« Er starrte Dad an. »Nicht einmal unserem eigenen Fleisch und Blut.«

»Ich gehöre nicht zum Orden.« DeLuca erhob sich vom Boden.

»*Ach nein?*« T war jetzt noch wütender als vorher. »Für wen arbeitest du dann?«

»Für das Sacred Heart Hospital.«

Mein Bruder wurde wütend und trat näher an den Typen heran. »Ich sagte: *Für wen arbeitest du, verdammt?*«

Aber der Mann wich nicht zurück. Stattdessen hielt er dem Zorn meines Bruders stand, mit blutigen Knöcheln und allem Drum und Dran. »Ich arbeite für das Sacred Heart und für *niemanden* sonst. Das mit eurem Vater und eurer Stiefschwester tut mir leid. Ich habe selbst eine, ich weiß also, wie das ist. Ihr wollt sie beschützen ... ihr würdet alles tun, um sie zu beschützen, aber das könnt ihr nicht. Nicht gegen Männer, die sie wollen.«

Er sprach hier nicht von Ryth, sondern von sich selbst.

»Ach ja?« Tobias war jetzt noch wütender.

»Sie hat ihren eigenen Ärger«, antwortete DeLuca und wandte den Blick ab. »Deshalb habe ich ja gefragt.«

Diese Worte ließen T kalt. Mit finsterer Miene starrte er den Mann an, der *einen Mafioso kannte.*

Ich trat einen Schritt näher. »Inwiefern Ärger?«

Er sah so aus, als wollte er antworten, bevor er erstarrte, die Stirn runzelte und den Blick abwandte. »Nicht mit dem Orden.« Er griff in seine Tasche, zog eine Visitenkarte heraus und reichte sie mir. »Ruf mich an, wenn du etwas brauchst. Aber nicht die Rossis, okay? Ich will nicht noch mehr Probleme mit ihnen haben.«

»Probleme?« Tobias sah aus, als wollte er ihn zu einer Antwort drängen. »Was für welche?«

Aber dann sah DeLuca Dad an. »Ich kann mich um ihn kümmern, wenn ihr wollt ... bis ihr bereit seid.«

Um ihn kümmern ...

Was sollte das heißen? Die Leiche als Lösegeld festhalten, während er drohte, zur Polizei zu gehen? Oder noch schlimmer. *Ich kenne einen Typen, der einen Typen kennt,* waren Freddys Worte. Was für einen Typen kannte er? Das musste ich herausfinden. Ich musste ... *meine Familie beschützen.*

»Und was, wenn wir nie bereit sind?« Meine Stimme klang distanziert, während ich den Mann anstarrte.

Der Arzt begegnete meinem Blick. »Dann kann ich mich auch darum kümmern.«

Wer zum Teufel war dieser Typ? Er war ganz sicher nicht nur ein verdammter Arzt, das war klar. Er hatte Beziehungen, und so, wie er zusammengezuckt war, als ich von Ryth gesprochen hatte, waren es die falschen Beziehungen. »Okay.« Ich schaute auf die Karte: *Lucas DeLuca, Notfallmedizin, Sacred Heart Hospital.* »Du kannst ihn mitnehmen.«

T starrte mich an, als wäre mir ein zweiter Kopf gewachsen. Ich wusste, was er dachte: *Wir können niemandem trauen.*

Aber das hatte uns nichts gebracht.

Wenn wir jemandem vertraut hätten, als dieser ganze Mist passiert war, dann hätten wir vielleicht eine Chance gehabt. Welche Chance hatten wir jetzt?

»Helft ihr mir, euren Vater ins Auto zu bringen?«, fragte DeLuca Tobias.

T sah aus, als würde er gleich explodieren. Aber dann nickte er und machte sich ohne ein Wort an die Arbeit. Tobias packte Dad unter den Armen, während DeLuca seine Füße festhielt. Sie hievten ihn hoch. Ich trat hinter ihn, packte die Gurte von

DeLucas' Medizintasche und hob sie hoch, wobei ich unter dem Gewicht stöhnte. Kein Wunder, dass der Typ so fit war.

Sie mühten sich ab, während ich vorausging und die Umgebung des Unterschlupfs musterte, bevor ich sie nach vorne winkte. Sie hatten Dad die Treppe hinuntergebracht und gingen auf den hinteren Teil des Fahrzeugs zu. »Willst du meine Schlüssel nehmen und den Knopf für die Hintertür drücken, Nick?«, fragte DeLuca.

Ich ging näher heran, steckte meine Hand in die Tasche, die er mir zuwies, drückte den Knopf und sah zu, wie sich die Türen automatisch öffneten. Beide stöhnten, als sie Dad mit einem Aufprall auf eine dunkle Plane fallen ließen.

Schwere Atemzüge erfüllten die Luft. DeLuca strich sich die Hände an seiner schwarzen Jeans ab und griff nach den Schlüsseln. »Danke.« Er warf einen Blick auf Tobias, der überraschenderweise nicht mehr so aussah, als wolle er dem Doc den Kopf abreißen. Der Kerl schreckte nicht zurück, nicht vor Wut ... oder dem Tod.

Ich mochte ihn fast. Zumindest, wenn ich ihm vertrauen könnte. Ich warf einen Blick auf die Karte in meiner Hand.

»Ich warte darauf, von euch zu hören«, sagte er und schaute in meine Richtung.

Ich nickte, als der Arzt ins Auto stieg und den Motor anließ. Wir sagten nichts, als er rückwärts aus der Einfahrt auf die Straße fuhr. Rote Lichter leuchteten in der Nacht auf, als der Rover bremste und dann wegfuhr.

»Was zum Teufel machen wir jetzt?«, fragte Tobias.

»Ich weiß es nicht«, antwortete ich, denn uns waren die Möglichkeiten ausgegangen ... und die Menschen, denen wir vertrauen konnten. »Ich weiß es einfach nicht.«

VIER

Ryth

Ich saß an der Wand und starrte ausdruckslos ins Leere. Ich dachte nicht nach. Fühlte nicht. *Existierte* nicht. Ein knirschendes Geräusch erfüllte meine Ohren, und es dauerte eine Weile, bis mir bewusst wurde, dass ich es war. Mein Kiefer schmerzte und die Kälte klammerte sich an mir fest. Selbst mit Calebs dünnem Hemd war ich durchgefroren ... bis auf die Knochen. Meine Kehle brannte, als hätte ich Scherben verschluckt.

Aber es war kein Glas, es fühlte sich an wie Feuer. Es war ... es war ... das Wissen, dass Tobias tot war ... *und dass es meine Schuld war.*

Alles meine Schuld. Die Worte hallten nach und ich konnte sie nicht unterdrücken.

Alles meine Schuld.

Alles meine Schuld.

Ich schloss meine Augen.

Alles meine ...

»Ryth«, flehte Caleb, seine Stimme war genauso heiser und rau wie meine. »Sag etwas.«

Er strich mit seinen Händen über meine Arme und versuchte alles, um mich zurückzuholen. Aber ich konnte nicht zurückkommen. Ich war hier gefangen, eingesperrt in der Hölle, wo ich schreien wollte und immer weiter schreien wollte, bis ich die Männer töten konnte, die mir Tobias weggenommen hatten.

Dein Stiefbruder ist tot.

Dein Stiefbruder ... ist tot.

Dein Stiefbruder ...

Das Klicken des Schlosses ertönte, bevor Calebs Hand sich um meine schloss. Aber das war mir egal. Sie konnten herschicken, wen sie wollten. Es spielte keine Rolle, was sie mit mir machten. Sie konnten mir nicht noch mehr wehtun, als sie es schon getan hatten.

»Raus«, sagte ein scharfes Bellen.

Caleb erhob sich vor mir. Seine rauen Worte drangen in den Schmerz. »Wo bringst du uns hin?«

Er wollte mich beschützen, wollte mich trösten. *Ich* sollte diejenige sein, die *ihn* tröstet. Immerhin war es sein Bruder.

Kleine Maus ...

Tobias' Stimme erfüllte meinen Kopf. Ich atmete ein und genoss den Schmerz, der folgte.

Kämpfe.

Ich zuckte angesichts der Worte zusammen und schüttelte den Kopf. Ich konnte nicht kämpfen. Ich war fertig mit *Kämpfen*. Wozu sich die Mühe machen? Ich war trotzdem hier gelandet. An dem Ort, an den meine Mom mich geschickt hatte.

»Jetzt«, forderte der Wächter.

»Ryth«, krächzte Caleb, als seine Finger über meine Wange strichen. »Wir müssen gehen.« Ich öffnete meine Augen und fand diesen gequälten Blick. »Wir müssen gehen, Prinzessin.«

Ich schüttelte langsam den Kopf. »Ich kann nicht ... Geh du. Geh, Caleb.«

Wut durchdrang den Schmerz. »Einen Scheiß werde ich.«

Er beugte sich vor, packte mich unter den Armen und hob mich vom Boden hoch. Er zog mich gegen seine nackte Brust. Ich schlang meine Arme um seine Schultern und vergrub mein Gesicht in seinem Nacken, um in der Wärme seines Körpers zu versinken. Seine Muskeln spannten sich an. Sein Atem ging stoßweise, während er mich festhielt.

Dein Stiefbruder ist tot ...

Dein Stiefbruder ist ... tot.

Im grellen Licht des Flurs schloss ich meine Augen und schlang meine Beine fest um ihn, als er mich aus dem Zimmer trug. Das dumpfe Geräusch von Stiefeln hallte vor dem Klicken und Poltern der automatischen Türen wieder. Weggesperrt. Genau wie zuvor, nur dass ich dieses Mal keine Vivienne hatte

Ich dachte an sie, als wir um eine Ecke bogen und tiefer in diese Schlangengrube eindrangen. Hatten sie sie gefunden? Hatten sie sie zurück an diesen Ort geschleppt? Oder war sie frei?

Frei ... wovon? Es gab noch mehr Versionen dieser Hölle da draußen. Dessen war ich mir sicher.

»Stopp«, knurrte der Wächter.

Ich öffnete die Augen und blickte den Flur entlang zu den anderen geschlossenen Türen. Aber dieser Flügel kam mir nicht bekannt vor. Ich versuchte zu denken, aber meine Gedanken waren langsam und undeutlich, irgendwo versteckt unter dem schweren Pochen an der Schädelbasis. Der Wachmann öffnete die Tür, trat zur Seite und bedeutete uns, einen Raum zu betreten.

Caleb trat ein und musterte den Raum. Sein Griff unter meinem Hintern wurde fester und er zog mich noch fester an sich. Ich hatte nicht vergessen, dass er mir jeden Moment genommen werden konnte, genau wie Tobias.

Im Moment hatten wir eine bessere Überlebenschance, wenn wir uns fügten. Die Tür schloss sich mit einem Knall hinter uns. Wir zuckten beide zusammen und er ließ meine Füße auf den Boden sinken.

»Hier gibt es warme Kleidung.« Caleb zog sich zurück und ließ mich mit diesem rasselnden Geräusch in meinen Ohren zurück. Er durchquerte den Raum, versank in der Dunkelheit und kehrte zurück. Ein rotes Licht blinkte in der Ecke der Decke. Ich wusste ohne Zweifel, dass sie jeden unserer Schritte beobachteten.

»Ich kümmere mich um dich«, versicherte Caleb, als er zu mir zurückkam. Er hob die Hand, griff nach seinem Hemd und schob es mir von den Schultern. Ich zuckte zusammen, als er das rote Negligé anstarrte. Das, das Killion mir vom Leib gerissen hatte, bevor er … *bevor er …*

Meine Zähne knirschten noch stärker.

»Ganz ruhig«, drängte Caleb und stellte sich vor mich.

Seine dunklen Augen bohrten sich in meine. Er wusste, was er tat, und schirmte mich mit seinem Körper ab, während er nach oben griff und die Träger meines Negligés nach unten schob. »Du solltest das nicht tragen müssen. *Keine* von euch sollte das tragen müssen.«

Er wusste …

Er wusste es.

Ich starrte in diesen dunklen Abgrund und sah die Wahrheit. Natürlich wusste er es. *Wie viele?* Ich wollte die Frage stellen. *Wie viele Frauen in Weiß, Schwarz und Rot hatte er gesehen?*

Aber ich wollte die Wahrheit nicht hören. Der Schlag wäre zu brutal.

Also ließ ich zu, dass er die Träger nach unten schob und mich mit seinem Körper einhüllte, während er meine Hände in das Fleece-Sweatshirt schob und es nach unten zog.

Ich entdeckte das blinkende rote Licht wieder, als er auf die Knie sank und das Negligé nach unten zog. Kälte wanderte zwischen meine Schenkel, während Satin und Spitze um meine Füße fielen, bis Caleb seinen Kopf nach vorne fallen und auf meinem Bauch ruhen ließ. Sein Atem ging stoßweise, als die Verzweiflung aus ihm herausströmte. Dieses Geräusch war verletzender als alles, was sie mir je angetan hatten. Ich hob meine Hand und fuhr mit den Fingern durch sein Haar.

Die Berührung war so zart …

Und mächtiger als eine Kugel.

Seine Hände glitten an den Rückseiten meiner Oberschenkel entlang und umfassten meinen Hintern. Er küsste mich zärtlich auf den Bauch, dann strichen seine Lippen über meinen Unterleib. Als er an mir hinunter blickte, durchströmte mich ein Stromstoß.

»Mein Gott, du fühlst dich gut an«, murmelte er und senkte seinen Kopf, um die Spitze meines Venushügels zu küssen, dann hörte er auf. Er runzelte die Stirn, bevor er sich zurückzog. Ich zuckte zusammen, als seine Hand über meine Hüfte strich. »Tut das weh?« Er hob seinen Blick.

Die Muskeln seines Kiefers spannten sich an, als ich nickte.

Er schluckte, drehte sich wieder um und ließ seine Hand über meinen Oberschenkel gleiten. Als würde er mich allein durch seine Berührung markieren. *Mein … Mein.*

Er hatte diese Botschaft mit seinen Fäusten in Killion geprügelt. Die Erinnerung stieg auf, als er jeden blauen Fleck und jede Schramme ausfindig machte. Er beugte sich vor und drückte seine Lippen auf meine empfindliche Haut. Ich schloss meine Augen, als er flüsterte: »Lass mich einfach auf dich aufpassen.« Er strich über die Innenseite meines Oberschenkels.

»Caleb«, flüsterte ich und meine Kehle brannte.

»Gib mir nur das, Prinzessin.« Er griff in meine Kniekehlen und zog mich an sich. Ich knickte ein, aber er fing meinen Sturz ab und ließ mich auf den Boden sinken.

Er fasste mir an den Hinterkopf und küsste mich. Ich schloss meine Augen und wurde von der Wärme seines Mundes verschlungen. Er war hungrig. So gottverdammt hungrig. Mein Hintern landete auf dem kalten, harten Boden.

So war es mit Caleb. Dunkel. Verzweifelt. Verzehrend, bis es nichts anderes mehr gab als ihn.

Er brach den Kuss ab und ließ seine Hände über das warme Fleece des grauen Sweatshirts gleiten, bis er sie unter den Stoff schob. »Ich werde mich um dich kümmern«, flüsterte er. »Lass mich dir einfach geben, was du brauchst.«

Er senkte seinen Kopf und drückte sein Gesicht gegen meine Brüste. Ich schmolz dahin, als er mit seinen Fingern über meine Brustwarzen strich, und mein Körper übernahm die Kontrolle über meine Gedanken. Ja … Ich schloss meine Augen, als seine Hände über meine Schenkel nach unten wanderten, bis er mein Innerstes streichelte.

»Sieh mir zu, Prinzessin. Sieh uns zu. Wie ich in dich eindringe. Wie ich deinen Körper erforsche.«

Er zog mich von der Leere zurück und ich schaute nach unten. In der Dunkelheit schärfte sich mein Blick und ich entdeckte seine Finger, als er sie über meine Klitoris gleiten ließ.

»Ich werde dich von hier wegbringen«, versprach er. »Auf die einzige Art, die ich beherrsche.«

Ich zitterte angesichts der Intensität seiner Worte und sah zu, wie er seine Finger langsam in mir versenkte.

»Mein Gott«, keuchte er und biss sich auf die Unterlippe. »Mein Gott, bist du ein braves Mädchen. Sieh dir an, wie brav du bist.«

Alles schmolz mit seiner Berührung dahin. Es gab keinen Raum, kein blinkendes rotes Licht. Es gab nur das hier. Nur uns. Ich hob meine Hüften, als er langsam zustieß und den Funken zum Leben erweckte. Seine Finger drangen vor und glitzerten im schwachen Licht, bevor er sie zu seinem Mund führte und an ihnen saugte.

»So ist es richtig, kleine Schwester«, keuchte er und schob seine Finger wieder in mich hinein. »Gib mir das.«

Ich klammerte mich an seine Schultern und ließ mich von seinen Berührungen mitreißen, während Caleb seinen Finger an meinem Schlitz entlang gleiten ließ und seinen Kopf senkte, um mich zu küssen.

»Ich will dich vernaschen«, murmelte er. »Darf ich das, Prinzessin?«

»Ja«, keuchte ich. »Ja ...«

Er fixierte mich mit seinem Blick und senkte seinen Mund auf mein Inneres, wo er leckte und forschte. Er ließ mich Dinge fühlen, die ich nicht fühlen sollte, nicht mit dem Gewicht in meiner Brust. Tobias' Gesicht tauchte auf, als mein Verlangen wuchs. Es war derselbe harte Blick, den ich bei Caleb gesehen hatte. Dieses wilde, gierige Verlangen. Dasselbe, das ihn dazu gebracht hatte, mich zu hassen ... bis wir von seiner Wut verschlungen worden waren.

Ich stöhnte auf, ließ meine Hand auf Calebs Hinterkopf fallen und öffnete meine Schenkel weiter.

»So ist es gut.« Caleb saugte an meiner Muschi, bis ich mich krümmte. »Das ist mein braves Mädchen.«

Das Lob ließ mich aufblühen und der Hunger riss mich mit. Alles, woran ich in diesem Moment dachte, waren sein Mund, seine Finger, sein Schwanz ... Ich wollte benutzt werden. Ich wollte von ihm benutzt werden. »Caleb ...«

»Lass dich gehen, Ryth.« Er packte meinen Arsch und saugte, bevor er seine Finger einführte. »Das machst du so gut ... so verdammt gut.«

Sein Lob war falsch ...

Aber verdammt, es fühlte sich richtig an.

Ich schaukelte meinen Körper mit seinen Stößen und sah zu, wie seine Finger in mir verschwanden, gefolgt von der Wärme seiner Zunge. »So verdammt gut.«

Bei seinen Worten verkrampfte sich mein Körper. »Fick mich«, stöhnte ich. »Bitte, ich brauche dich.«

Ich drückte seinen Kopf fest gegen mein Inneres, als ein Blitz durch meine Muschi fuhr ... und ich kam, hart. Er leckte und saugte, dann hob er seinen Kopf. In der Dunkelheit arbeiteten die Muskeln seiner Kehle, als er schluckte. Aber da war dieses harte Funkeln in seinen Augen. »Du gehörst verdammt noch mal mir, verstehst du das? *Du gehörst ... mir.* Wenn du in die Dunkelheit gehst, bin ich an deiner Seite. Du wirst mich *nicht* verlassen, Ryth. Weder jetzt noch in diesem oder im nächsten Leben.«

Ich holte tief Luft und spürte diese Worte.

Er war verängstigt.

So verängstigt wie er noch nie gewesen war.

Er wischte sich mit dem Handrücken über den Mund und griff hinter sich. »Heb deinen Fuß, kleine Schwester«, drängte er. Er arbeitete vorsichtig und langsam. Mehr ... *anwesend*. Das war ich auch. Ich war mehr hier, als ich es gewesen war.

Er hielt mir eine Jogginghose hin, schob meine Füße durch die Öffnungen und zog die Hose höher. »Anheben.«

Ich stemmte mich mit zitternden Händen gegen den Boden und hielt mich hoch, während er den Bund über meinen Hintern und um meine Hüften schob, bis er an meiner Taille ankam.

»Dein Hemd«, flüsterte ich und starrte auf seine Brust.

Er schüttelte den Kopf. »Mach dir keine Sorgen um mich.« Dann erhob er sich vom Boden und ging hinüber zu einem Krankenhaustisch in der Ecke des Zimmers. Das Knacken eines Flaschenverschlusses ertönte, als er zurückkam und sich neben mich kniete. »Du musst etwas trinken.«

Das Brennen ... der Schmerz ... das war alles, was ich spürte.

»Für mich.« Er hielt mir die Flasche hin.

Ich hatte keine andere Wahl, als sie zu nehmen.

»Weil ich dich nicht auch noch verlieren kann.«

Ich schluckte das kalte Wasser und ließ es mir die Kehle hinunterlaufen, bis ich hustete.

»Ganz ruhig.« Er rieb meinen Rücken und ich verlor mich in der Bewegung. »Mehr«, drängte er.

Ich schluckte erneut und schob die Flasche weg. »Jetzt du.«

Wenn ich so zu ihm durchdringen konnte, dann würde ich das tun. Er starrte mich mit diesem selbstzerstörerischen Blick an. Ich kannte diesen Blick gut ... aber das war die einzige Möglichkeit, wie wir überleben konnten ... *gemeinsam.* »Wenn du nicht trinkst, trinke ich auch nicht.«

Er sah mich finster an, dann hob er die Flasche hoch und führte sie an seine Lippen.

Genau so ... trinken.

Er trank die Flasche aus, bevor er aufstand und durch den Raum ging. Mein Blick wurde wieder zu dem blinkenden roten Licht in der Ecke der Decke gelenkt, bevor das scharfe Knistern von Plastik meine Aufmerksamkeit erregte.

Caleb kam mit einem Sandwich in der Hand zurück und hielt mir die Hälfte hin. »Jetzt iss.«

Mein Magen verkrampfte sich, als Panik und Säure in meiner Kehle aufstiegen. »Nein.« Ich schüttelte den Kopf und begegnete seinem Blick. »Nein. Kein Essen.« Erinnerungen an das erste Mal, als sie mich hierher geschleppt hatten, überfielen mich. »Du kannst dem Essen nicht trauen.«

Er hob das Sandwich einfach zum Mund und nahm einen Bissen. Sein Kiefer bewegte sich, als er kaute, schluckte und wartete ...

Du kannst dem Essen nicht trauen ...

FÜNF

Caleb

Irgendwann schlief sie. Sie rollte sich in der Ecke zusammen und weigerte sich, das Bett zu verlassen, so wie ich es erwartet hatte. Ihre Atemzüge waren gleichmäßig und tief. Aber ihr Körper verriet sie, zuckte und kämpfte im Schlaf gegen ihre Dämonen an. Ich starrte ihre geballten Fäuste an, bis meine Augen brannten. Aber ich wagte es nicht, sie zu schließen ... nicht an diesem Ort. Dämonen warteten nicht nur in unserem Schlaf auf uns, sondern auch hier.

Irgendwo auf dem Flur hörte ich das leise Knacken eines Schlosses.

»Nein«, flehte eine Frau mit schwacher Stimme. »*Nein, ich werde nicht gehen ... ich werde nicht ...*«

Dann war da nichts mehr. Ich wartete, wartete so verdammt lange ...

Aber da war nur Stille.

Mein Gott, dieser verdammte Ort.

Rot ...

Rot überzog meine Welt. Rote Spitze zu meinen Füßen. Rot, das diese Hände befleckte. Ich krümmte meine Finger und spürte immer noch das Pulsieren ihrer Muschi. Ich hatte versucht, sie aus der Dunkelheit zurückzuholen, ich hatte so sehr versucht, sie in Sicherheit zu bringen. Und was hatte uns das gebracht? Ich wollte nie wieder Rot an ihr sehen. Ich schaute in ihre Richtung und wollte mich in diesen graublauen Augen verlieren, bis ich aufhörte zu existieren. Vielleicht könnte ich dann die Vollkommenheit berühren.

Denn sie war ... *pure Perfektion.*

»Tobias«, rief sie den Namen meines Bruders. »Nein ...«

Ich zuckte bei dem Geräusch zusammen und wandte den Blick von dem halb aufgegessenen Sandwich ab, das zu ihren Füßen auf dem Boden lag. Egal, wie sehr ich mich bemüht hatte, sie wollte nicht essen.

»Geh nicht ...«, flüsterte sie.

Ich schluckte den Schmerz hinunter und wandte mich ab. Trotzdem blieb er mir im Gedächtnis, genauso wie das Letzte, was Nick gesagt hatte: *Bring es in Ordnung. Bring es in Ordnung oder du wirst sie für immer verlieren.*

Ich hatte versucht, es in Ordnung zu bringen und dabei war mein Bruder getötet worden. Ich schloss meine Augen und bewegte mich auf den schwarzen Abgrund zu, der auf mich wartete. Ich war sowieso ein toter Mann, einer, der nur noch auf Zeit lebte. Darüber machte ich mir keine Illusionen. Sobald sie eine Lösung für das gefunden hatten, was Jack Castlemaine gegen sie in der Hand hatte, würde mich das gleiche Schicksal ereilen. Nur würde es dieses Mal kein schnelles Ende geben. Nein, dafür würde der verdammte Priester sorgen. Sie würden sich Zeit lassen, es in die Länge ziehen ... ein Exempel an mir statuieren, und sei es nur, um Ryth zu brechen. Sie würden sie brechen und es gäbe nichts, was ich tun könnte, um das zu verhindern.

Ich ließ den Kopf hängen.

»Mach dir keine Sorgen, T«, flüsterte ich. »Ich werde bald zu dir kommen, Bruder.«

Meine Hände zitterten, als sich die Angst tief in mich hineinschlich.

»Caleb.«

Ich warf ihr einen kurzen Blick zu. »Ja?«

»Ich kann meinen Fuß nicht mehr spüren. Sie wandte ihren Blick von meinen zitternden Händen ab und umklammerte ihr Bein.

Ich fasste ihr an die Wade. »Du hattest die ganze Nacht Krämpfe.«

Sie war angespannt und ihre Muskeln zitterten, als ich sie knetete, bis sie ihre Augen schloss. »Aua, genau da.« Sie zuckte zusammen und die Furche auf ihrer Stirn wurde tiefer. »Genau da.«

Es spielte keine Rolle, wie tief der Abgrund für mich war. Ich konzentrierte mich auf das hier. Ich kümmerte mich um sie, beschützte sie, so gut ich konnte. Ich bearbeitete ihre Muskeln, bis sie sich langsam entspannten. Sie war so winzig unter dem Fleece, viel zu winzig. Aber sie aß trotzdem nicht.

Das Geräusch von schweren Schritten lenkte meinen Blick auf die Tür. Mein Magen verkrampfte sich und Panik stieg in mir auf, als das Schloss zuschnappte und die Tür geöffnet wurde. Zwei schwarz gekleidete Frauen traten ein. Ich musterte die Spitze, die sie trugen, und ihre verschränkten Hände, als ich aufstand.

Zwei Wachen folgten. Das war schon schlimm genug … bis der Bastard, den sie ›Den Lehrer‹ nannten, folgte. Er musterte den Raum und sein steinerner Blick blieb auf Ryth haften. »Ms. Castlemaine. Schön, dass Sie wieder bei uns sind.«

Ryth drängte sich neben mich. »Fick dich!«

Sie warf einen Blick auf die Frauen, als der letzte Wachmann die Tür hinter sich schloss.

»Da unsere normalen Kunden uns nicht besuchen können, wirst du uns bei ihrer Ausbildung helfen«, sagte der Lehrer vorsichtig. »Immerhin bist du für die Störung verantwortlich.«

»Was?« Die Farbe wich aus Ryths Gesicht.

»Nein.« Mein Puls raste, als ich mich vor sie stellte und die Wachen anfunkelte. »Du hast gehört, was ihr Vater gesagt hat. Sie soll nicht ausgebildet werden.«

»Nein.« Der Lehrer richtete seinen leeren Blick in meine Richtung. »Sie wird überhaupt nicht ausgebildet. Aber du *wirst* uns bei ihrer Ausbildung helfen.«

Verdammter Mistkerl …

»Immerhin hast du uns schon einen Vorgeschmack auf das gegeben, was wir wollen, nicht wahr?« Er schaute zu der Überwachungskamera in der Ecke des Raumes.

Ich ballte meine Fäuste. Die Wut brannte tief. Das Stück Scheiße hatte zugesehen. Selbst als ich mit dem Rücken zu ihnen gestanden hatte, um sie zu schützen, hatten sie alles gesehen. Ich wette, sie hatten es auch genossen.

»Amber«, befahl der Lehrer. »Geh für Mr. Banks auf die Knie.«

Das Blut rann aus meinem Gesicht und ließ mich kalt und leer zurück.

»Nein.« Ryths Hand fand meine und ihr Ton war gefährlich. »Einen verdammten Schritt weiter und ich bringe dich um.«

Der Lehrer grinste. Aber er sagte nichts, sondern griff nur in seine Tasche und zog ein Bild heraus, bevor er sich umdrehte und es an die Wand hinter ihnen klebte. Es dauerte eine Sekunde, bis mir bewusst wurde, was das Bild war.

»Du Mistkerl.« Ryth stürzte sich auf ihn. Ich bewegte mich schnell und fing sie ab, bevor sie Schaden anrichten konnte. *Du hast uns beobachtet?«*

Der Lehrer starrte sie nur an. »Immer.«

Immer ...

Ich starrte auf das Bild an der Wand und erinnerte mich an diese Nacht, als wäre es gestern gewesen. Es war kurz nach der Hochzeit unserer Eltern gewesen, als wir alle vier allein im Garten vor dem Empfang gewesen waren.

»Du hast uns beobachtet«, wiederholte ich. »Wie lange schon?«

»Von der allerersten Nacht an.«

Die allererste Nacht ... Das verschlug mir den Atem. Das war nicht nur eine spontane Reaktion auf das gewesen, was wir mit Ryth gemacht hatten, oder? Nein ... *das war von Anfang an geplant gewesen. Von Anfang an.*

Von Anfang an!

Trotzdem konnte ich nicht aufhören, das Bild an der Wand anzustarren. Es bedeutete etwas, und zwar mehr als die Erkenntnis, dass diese Scheiße tiefer ging als eine Frau und ihre Tochter, die mitten in der Nacht mit nichts weiter als einem Müllsack vor unserer Tür aufgetaucht waren.

Nein, dieses Bild sagte *mehr* ...

Mein Magen verkrampfte sich, als Ts Gesicht in meinem Kopf auftauchte. T war tot ... und Nick ... Nick war ...

»Ihr habt ihn, nicht wahr?« Ich begegnete seinem Blick und stellte fest, dass dieses verdammte Glitzern noch ein bisschen heller schimmerte.

»Nein ...«, wimmerte Ryth.

Ich wollte nach ihrer Hand greifen, aber ich konnte mich nicht bewegen. Ich war wie erstarrt, als sich diese harten Lippen kräuselten. Mein Magen sackte zusammen.

»Wo ist er?« Ich zwang mich, die Worte auszusprechen.

Doch er sagte nichts. Ich trat einen Schritt näher und der Wachmann tat es mir gleich, indem er sich vor mich stellte und den Kopf schüttelte. Aber er war mir egal. »*Ich sagte, wo zum Teufel ist er?*«

»Amber.« Der Lehrer hielt meinem Blick stand. »*Auf. Die. Knie.*«

Etwas bewegte sich in meinem Augenwinkel, als eine der Frauen näher kam, vor mir stehen blieb und dann langsam zu Boden sank. Aber hier ging es nicht um ihre Ausbildung, oder? Sie wussten bereits, was sie mit ihrem Mund, ihren Händen und ihren Muschis zu tun hatten.

Nein, hier ging es darum, *mich* zu trainieren.

Ich zuckte nicht zurück, bewegte mich nicht, als Amber nach der Schnalle meiner Hose griff. Ich sah mich selbst in dieser Frau. Ich war dazu gemacht, zu funktionieren, von Männern wie diesem verarscht und manipuliert zu werden.

Krieche.

Killions Stimme ertönte in meinem Kopf, als sie meine Hose aufknöpfte. Ich warf einen Blick auf das Foto von Nick an der

Wand. Die Drohung hätte nicht deutlicher sein können ... *mach das ... sonst* ... Ich schloss meine Augen.

Mein Reißverschluss wurde geöffnet. Mein Magen verkrampfte sich. Mir würde schlecht werden ... Ich würde ...

»Perfekt.« Diese kranke Stimme erfüllte den Raum, als sich eine warme Hand um meinen Schwanz schloss. »Das ist die Kunst der Verführung, nicht wahr?« Der Lehrer sprach und ich wollte nur noch kotzen. »Wir leeren das Gefäß unseres eigenen Wesens und füllen es mit den Freuden eines anderen. Du existierst in diesem Moment nicht. Du bist nicht hier. Es geht nur um sie ... ihre Wünsche, ihre Bedürfnisse. Du bist nichts weiter als ein Mund zum Saugen und eine Fotze zum Ficken.«

»Nein!«

Ich riss meine Augen auf, als Ryth mit der Hand ausholte und Amber auf die Wange schlug. Die Frau fiel zur Seite und hob die Hand zu ihrem Gesicht.

»*Du fasst ihn verdammt noch mal nicht an!*« Ryth warf dem Lehrer einen wütenden Blick zu und stach mit einem Finger in die Luft. »*Wenn ihr ihn anfasst, schwöre ich bei Gott, dass ich euch alle umbringen werde.*« Sie starrte Amber an und die Frau hatte so viel Verstand, sich zurückzuziehen.

Meine kleine Schwester stellte sich schützend vor mich, so wie ich es bei ihr getan hatte. Diesmal waren die Rollen vertauscht ...

Oder doch nicht?

Das kranke Grinsen des Lehrers wurde nur noch breiter. »Gefällt dir meine Ausbildung nicht, Ms. Castlemaine?« Er deutete auf den Boden zu meinen Füßen. »Dann erfülle die Pflicht ruhig selbst. Das ist unsere heutige Übung und sie *wird* stattfinden, ob du willst oder nicht.« Er trat näher heran und überragte sie.

Ich ballte meine Fäuste und nahm seinen Anblick in mich auf. Die Kälte. Die Art, wie er sie ansah, als wüsste er genau, wie sie reagieren würde ... *denn der Bastard hatte das die ganze Zeit geplant.*

Ein verletzter Laut entrang sich meiner Kehle. Ich schüttelte den Kopf, als ich begriff, dass es hier nicht um mich ging. Es ging auch nicht um Nick oder Tobias. Das war nie der Fall gewesen. Es ging nur um sie. »Ryth.« Mein Herz raste. »Es ist in Ordnung.«

Sie schüttelte den Kopf, während der Bastard sie immer noch anstarrte. »Nein, ist es nicht! Sie fassen dich nicht an, Caleb. Sie fassen dich nicht an, weil du zu mir gehörst.«

»Dann tu es«, murmelte der Lehrer und bedeutete ihr mit einer Handbewegung, sich hinzuknien.

Langsam drehte Ryth sich um.

»Nein.« Ich schüttelte den Kopf.

Was wir hatten, war nicht für das hier gedacht ... oder für sie. Trotzdem sah sie mich mit ihren stürmischen Augen an und trat näher, vorbei an Amber, die sich an die Wange fasste und zurückwich.

»Mein«, sagte Ryth mit brüchiger Stimme, als sie vor mir stehen blieb. »Nur mein.«

Mein Puls dröhnte, als sie sich hinkniete und mit gesenktem Blick nach meiner Hose griff. Ihre verdammten Finger zitterten, aber Gott, das wollte ich nicht mit einer anderen Frau. Ich hatte schon einige dunkle, beschissene Dinge getan ... *aber das nicht.* Das wollte ich nie tun.

Sie hielt inne und ihre Hände zitterten so sehr, als sie nach mir griff. Ich konnte nur mit Mühe verhindern, dass ich ausrastete.

»Erinnerst du dich an das letzte Mal, als wir zusammen waren, kleine Schwester?«

Sie schloss für einen Herzschlag die Augen und nickte dann.

»Sieh mich an.«

Sie tat es und gehorchte mir aufs Wort, genau wie ich es erwartet hatte. Die Verbindung zwischen uns war augenblicklich, genau wie seit dem ersten Moment, als wir uns begegnet waren. Die Erinnerung an ihren Körper wütete in mir – meine Hand auf ihrem Mund, mein Daumen an ihrem panischen Pulsschlag, als ich sie rückwärts in die Speisekammer gezerrt hatte.

»*Das machst du so gut.*« Die Worte kamen aus dem Nichts. Ich genoss diesen Moment, als sie meinen Schwanz herauszog. Ich griff nach unten, fuhr mit den Fingern durch ihr Haar und starrte sie an. »So verdammt gut.«

Sie sagten nichts, als sie sich vorbeugte, ihren Mund für mich öffnete und die Eichel über ihre warme Zunge gleiten ließ. Ein Lecken und ich erschauderte. Meine Stimme wurde heiser, als ich ihren Kopf umfasste, während sie mich in sich aufnahm. Warm, so verdammt warm. »Im Schlafzimmer.« Tiefer ... Sie ließ ihre Zunge an meinem Schaft entlang gleiten, während ihre kleine Hand ihn umfasste. »Meine Hände um deinen Hals, während ich dich fickte.« Sie nahm noch mehr und fuhr mit der Faust an meiner Länge auf und ab.

Oh Gott.

Ich wurde so hart. »Damals, als du mich noch gehasst hast.« Ich versuchte, mich zu konzentrieren und ihr zu helfen. »Trotzdem warst du verdammt feucht, als ich dich gefingert habe, nicht wahr? Deine süße, perfekte Fotze hat getropft. Verdammt, ich liebe es, dich zu fingern. Es war so geil, wie schüchtern du warst. Das Mal auf deiner Wange glüht immer noch, wenn ich in deine Muschi stoße. Ich liebe es, wie du dich windest und dich um meine Finger verkrampfst, wie ein braves Mädchen.«

Tiefer.

Feuchter.

Meine Finger glitten durch ihr Haar, während ihr Kopf wippte. »So ist es gut, Prinzessin.« Ich schloss meine Augen. »Verehre mich.«

Ihr Mund wurde feuchter und ich blickte zu ihr hinunter, ballte meine Faust in ihrem Haar und zog sie ein wenig weg. Speichelfäden lösten sich mit mir. Sie begegnete meinem Blick mit diesen unschuldigen Augen, die so verdammt süß waren. So verdammt rein.

Rein genug, um ruiniert zu werden.

Gott, ich wollte sie ruinieren.

Ich wollte diesen süßen Körper beherrschen.

Ich wollte sie ficken, bis sie schrie.

Und in diesen perfekten Momenten, in denen sie sich mir völlig hingab, wollte ich sie in meine Dunkelheit nehmen und sie zu meinem Eigentum machen.

Sie zu meinem Eigentum machen ...

Mein Schwanz zuckte. Die Spitze errötete und glitzerte an ihrem Mund, was meine Atmung noch tiefer werden ließ. Ich drückte sie wieder nach unten. Meine Hand legte sich um ihre Kehle. Ich stellte mir vor, wie mein Schwanz in ihrem Arsch steckte. Ich wollte, dass sie uns im Spiegel beobachtete, während ich sie mit meinem Sperma füllte. Ich schloss meine Augen, als sie mich ganz in sich aufnahm. »Fuck. So ist es gut, kleine Schwester. So ist es gut, schluck.«

Eine Hand umklammerte meinen Oberschenkel, die andere pumpte meinen Schaft, während ich ihren Kopf nach unten drückte und mich in den hinteren Teil ihrer Kehle zwang. Meine Eier verkrampften sich. Mein Griff war unerbittlich und nahm jeden Zentimeter, den sie bereit war zu geben. Trotzdem zuckte sie nicht, als ich ... *Ah ... ahhh.«* Ich öffnete die Augen und blickte auf sie herab, als ich hart in ihrem Mund kam.

Ihre Kehle arbeitete. Die Kehle, die meinen Griff gespürt hatte. Ich beugte mich hinunter und zog meine Hand aus ihrem Haar, um ihre Luftröhre zu umklammern. Aber es sollte nicht wehtun. Ich wollte nur fühlen. »Schlucke, kleine Schwester.«

Sie tat es. Die Muskeln arbeiteten unter meinem Griff, spannten sich an, bewegten sich und nahmen jeden Tropfen auf. »Du bist meine brave, kleine Hure, nicht wahr? Meine süße, perfekte Hure von einer Schwester ...« Ich atmete schwer, als ich ihr in die Augen starrte. »Verdammt, ich liebe dich.«

Sie öffnete ihre Lippen und starrte mich an. Es gab nur uns ... nur das.

Und hinter uns ... das verdammte Klatschen des Lobes. *Klatsch ... klatsch ... klatsch ...* »Gut gemacht«, murmelte der Lehrer und seine Augen leuchteten, als er lächelte. »Verdammt gut gemacht, in der Tat. Wie schade, dass du nicht trainiert wirst, Ryth. Du bist ein verdammtes Naturtalent.«

Sie zuckte zurück und schmiegte sich an mich. Mein Körper zuckte immer noch, schwer und erschöpft. Aber dafür hatte ich keine Zeit. Ich löste meinen Griff um ihren Hals und zog mir die Hose wieder an. »Lass uns gehen.« Ich richtete mich auf, als Ryth sich neben mich stellte.

Der Lehrer starrte Ryth an, als wollte er sie für sich selbst. Ich senkte meinen Blick auf die Beule in seiner Hose. Das würde nicht passieren ...

Niemals.

»Ich fürchte, das kann ich nicht tun«, antwortete er und drehte sich langsam zu mir um. »Aber ich weiß deine Mühe zu schätzen, das war ... köstlich.«

»Arschloch.« Ich holte tief Luft, als er dem Wachmann zunickte, der die Tür aufschloss und sie öffnete. Amber stand auf und eilte hinaus, während die andere Frau und der letzte Wachmann folgten. Bis nur noch er da war ...

Er sah Ryth noch einmal an, bevor er sich umdrehte, hinausging und uns allein ließ ...

SECHS

Nick

Das getrocknete Blut auf dem Küchenboden verschwamm vor meinen Augen.

Ich stand da, mit dem Eimer zu meinen Füßen und dem feuchten Lappen in der Hand, und ich konnte mich einfach nicht bewegen. Ich starrte wie ein Idiot und hatte immer wieder dieselben beschissenen Worte in meinem Kopf. *Dad ist tot ... Dad ist tot ... Dad ist ...*

Bumm.

Das Geräusch einer Autotür draußen ließ mich zusammenzucken. Ich richtete meinen Blick auf die Tür hinter mir. Aber ich würde Tobias' schwere Schritte überall erkennen, selbst wenn er hinkte.

Ich drehte mich nicht um, als das Klappern der Schlüssel ertönte, sondern stand einfach nur da, wie angewurzelt. Tobias trat ein und schloss die Tür hinter sich. Ich bezweifelte, dass er mich überhaupt bemerkte, so still stand ich da.

Er kam einfach mit gesenktem Kopf herein und bemerkte dann, dass ich da war. Er riss den Kopf hoch und blieb stehen.

Langsam drehte er den Kopf und folgte meinem Blick zu dem Fleck auf dem Boden, dann murmelte er: »Ich werde duschen gehen.«

Sein kalter Tonfall ließ mich zusammenzucken und ich hasste es, dass ich ihm am liebsten in die Augen geschaut und ihn gefragt hätte, was zum Teufel passiert war. War es ein Unfall gewesen? War die Waffe einfach losgegangen? Die Erinnerung an diesen Moment kam wieder hoch. Das Glitzern des Stahls in seiner Hand, mit dem er auf unseren Vater gezielt hatte. So sehr ich mich auch bemühte, ich konnte die Erinnerung nicht verdrängen.

Ich wollte ihn fragen, was er getan hatte ...

Nein, ich wollte wissen, warum zum Teufel er das getan hatte.

Warum, T?

Warum sollte er ihn umbringen ...

Aber ich tat es nicht. Stattdessen sagte ich nichts, als er einen Schlüsselbund auf den Tresen warf und den Flur hinunterhumpelte. Er streckte eine Hand aus und stützte sich an der Wand ab. Ich senkte meinen Blick auf die schwarze Jeans, die an seinem Oberschenkel klebte. Er war verletzt ... das wusste ich. Und zwar schlimm.

Trotzdem weigerte sich der sture Bastard, um Hilfe zu bitten. Er zog sich nur sein T-Shirt über den Kopf und lenkte meine Aufmerksamkeit auf die Kratzer auf seinem Rücken. Aber es waren nicht die Schnitte, die mich zusammenzucken ließen, sondern der bereits dunkler werdende Bluterguss auf der gesamten Hälfte seines Rückens.

Oh Gott.

Mein Gott ...

Bumm!

Ich zuckte zusammen, als die Badezimmertür zuschlug. Sekunden später ertönte das Heulen der Wasserrohre. Was war passiert ... *was zum Teufel war passiert?* Ich wollte es unbedingt wissen. Aber das würde nichts an dem Ergebnis ändern.

Ich drehte mich wieder zu dem Fleck auf dem Küchenboden um. Er war schon lange getrocknet. Ich machte einen Schritt, sank auf die Knie und begann zu schrubben, aber die ganze Zeit über kam mir die Frage in den Sinn ...

Was sollen wir nur tun?

Was zum Teufel sollen wir nur tun ...

Ich versuchte mir einen Plan auszudenken, der uns nicht umbringen würde, und spülte den Lappen im Eimer aus, bevor ich mich umdrehte. Die ständige Bewegung des Lappens auf dem Boden lullte mich in Gedanken an sie ein.

Die letzten Gedanken, die ich an unsere Schwester gehabt hatte, als sie auf den Orden zugerast war, um einen von uns zu retten. »Verdammt noch mal, Caleb. Wir hätten zusammenbleiben sollen, du verdammter Idiot. *Wir hätten verdammt noch mal zusammenbleiben sollen.*«

Ich suchte den Boden nach Blutspuren ab, bevor ich den Schrank, an dem unser Vater gelehnt hatte, abwischte und mir langsam bewusst wurde, dass es im Bad still war ... und das schon seit einiger Zeit.

Als ich mich erhob, tropfte Wasser von meiner Hand. Ich kippte den Inhalt des Eimers in das Waschbecken, schrubbte es mit Bleichmittel und verstaute die Chemikalien. Aber mein Blick wurde auf den Flur gelenkt. Dort war es still. *Zu verdammt still.*

Irgendetwas stimmte nicht.

Dieser Gedanke trieb mich vorwärts und ließ die Küche hinter mir, bis ich vor dem Badezimmer stand, direkt gegenüber von dem Schlafzimmer, in dem Ryth gewesen war. Ich atmete die Luft ein und nahm den schwachen Geruch von Vanille wahr. Mist. Die Wohnung roch immer noch nach ihr.

Das war nicht gut – mein Puls beschleunigte sich – nein, das war ganz und gar nicht gut. Konzentriere dich. *Konzentriere dich, Nick.*

»T«, sagte ich mit heiserer Stimme.

Aber es kam keine Antwort. Ich trat näher an die Badezimmertür heran. »T«, rief ich noch lauter.

Stille.

Die Erinnerung an die Waffe in seiner Hand ging mir nicht aus dem Kopf, als ich den Griff drehte, die Tür öffnete und T nackt auf dem Badewannenrand sitzen sah. Wasser tropfte von seinem Körper auf den Boden.

Sein Bein blutete, die Schusswunde war schwarz und hässlich. »Mein Gott, T!« Ich verringerte den Abstand. »Warum zum Teufel hast du mir nicht gesagt, dass es so schlimm ist?«

Mein Bruder saß nur da und starrte auf den Boden, seine Knie zuckten und zitterten, als würde er zusammenbrechen. So hatte ich ihn noch nie gesehen … nicht so schlimm.

»Wir müssen sie rausholen, Nick.« Langsam hob er seinen Blick zu mir und ich sah nur noch einen Geist. »Wir müssen sie rausholen.«

In diesem Moment sah er so zerbrechlich aus, überhaupt nicht wie ein Monster. Er sah aus wie ein Mann, der an seine Grenzen gestoßen war, ein Mann, der verdammt verletzlich war. Das war es, was Ryth in unserem Leben aus uns gemacht hatte – verwundbar, *zu* verwundbar. Diese Verzweiflung war erdrückend. »Ich weiß, Bruder«, antwortete ich. »Ich weiß.«

Aber uns gingen die Leute aus, die wir fragen konnten, außer der einen Person, die mehr wusste als alle anderen. Elle Castlemaine. Ich starrte die Schusswunde im Oberschenkel meines Bruders an. »Wir müssen Elle finden. Sie ist diejenige, die sie da rausholen kann. Wenn wir sie finden, bekommen wir unsere Schwester zurück.«

Tobias hob seinen Blick zu mir. »Und C?«

Und C ... mein Herz schlug mir bis zum Hals. Ich wusste es nicht ... Ich wusste es *wirklich* nicht. War er schon tot? Wenn er es nicht war, dann würde er es bald sein. Sie brauchten unseren Bruder nicht. Sein Leben bedeutete ihnen nichts. Es ging nur um Ryth, nicht wahr? *Nur um Ryth.*

»Wir tun alles, was wir können, um ihn zurückzuholen.« Ich hielt diesen gefährlichen Blick aufrecht. »Alles, was wir können.«

T schüttelte langsam den Kopf. »Also versuchen wir, Elle zu finden, wenn sie sie nicht schon getötet haben.«

Ich runzelte die Stirn, denn die Art, wie er es sagte, machte mir Sorgen. »Wovon redest du?«

»Sie ist weg, Nick. Nach allem, was sie getan hat, ist sie weg.«

Nach allem, was sie getan hatte? Nachdem sie ihre eigene Tochter an diesen Ort geschickt hatte? »Nein«, antwortete ich. »Sie brauchen sie. Sie werden sie ausnutzen.«

Das Lachen meines Bruders war eiskalt, als er den Kopf schüttelte. »Du verstehst es nicht, oder? Sie ist ein nutzloses Objekt. Sie hat gezeigt, dass man ihr nicht trauen kann. Nicht einmal ihr eigener Mann kann ihr trauen.«

Ein Schaudern lief mir über den Rücken. »Wovon redest du?«

»Was glaubst du denn, wovon ich rede?«, knurrte er. »Sie hat unseren verdammten Vater getötet.«

Mein Magen verkrampfte sich, als die Kälte tiefer eindrang. »Sie hat unseren Vater getötet?«

Aber er hatte die Waffe in der Hand gehalten und auf Dad gezielt. Ich hatte sie einen Moment lang gesehen, als ich durch die Bäume gerannt war, bevor er sich auf ihn gestürzt hatte. *Ich war mir sicher ... Ich war mir sicher ...*

Tobias zuckte zusammen und seine Stimme war wie versteinert. »Du denkst, ich habe ihn getötet?«

Ich suchte in seinem Blick nach der Wahrheit, aber ich war mir sicher, ich war mir so verdammt sicher. »Ja.«

Er schnaubte und wandte den Blick ab. »War ja klar.«

»Du hast ihn umgebracht, T.« Ich wusste nicht, ob ich versuchte, ihn oder mich selbst zu überzeugen. Hatte er gelogen? Wollte er es einem anderen in die Schuhe schieben? Ich kannte den Hass, der sich zwischen ihnen zusammengebraut hatte. Ich konnte gut verstehen, wenn er ...

»Verpiss dich, Nick.« Tobias stemmte sich aus der Wanne, aber er schwankte. Er hielt sich am Waschbecken fest, senkte den Blick und atmete schwer.

Meine Gedanken rasten. »Elle ... hat Dad getötet?«

Er warf mir diesen bedrohlichen Blick zu. *»Raus hier, verdammt!«*

Ich stolperte rückwärts, als ich es endlich begriff. »T ... Ich ...«

Er stürzte sich auf mich und stieß mich mitten in die Brust. Die Wucht warf mich nach hinten, als die Badezimmertür mit einem Knall zufiel.

Ich stand da, unfähig, mich zu bewegen. Alles, was ich sah, war dieses verdammte Glitzern in meinem Kopf, eine Erinnerung, die ich jetzt zu zerpflücken versuchte. Sagte er die Wahrheit? War Elle diejenige, die unseren Dad getötet hatte? Während ich die ganze Zeit gedacht hatte ... Ich hatte gedacht ... Ich ...

Die Tür wurde aufgerissen und Tobias humpelte heraus, wobei er immer noch stinksauer aussah. Der verletzliche Blick war verschwunden. Vorbei war der zerbrechliche Moment. Er war wieder der Bastard, der rücksichtslose Mistkerl, der den Abzug gedrückt haben könnte.

Könnte ... sicher, aber *hätte* er es getan? Ich senkte meinen Blick auf den weißen Verband um seinen Oberschenkel, der bereits mit Blut besprenkelt war. »T, du brauchst einen Arzt.«

»Spar dir das.« Er schob sich an mir vorbei in das Schlafzimmer am Ende des Flurs, das wir uns eigentlich teilen sollten, und schloss die Tür hinter sich.

Das Klirren von Stahl auf Stahl ertönte. Mein Bruder suchte nach Waffen und bereitete sich auf den Krieg vor. Ich wollte etwas sagen, um es in Ordnung zu bringen. Aber ich konnte nicht. Nicht jetzt, wo er so wütend war.

Ich drehte mich um und wollte mich auf den Weg zurück in die Küche machen, doch stattdessen zog es mich in diesen Raum. Das Zimmer, in dem es nach ihr roch ...

Hier herrschte das reinste Chaos. Eine verdammte Schreibtischlampe lag zertrümmert auf dem Boden. Ich ging einen Schritt näher und entdeckte die Einkerbung in der Wand, wo sie eingeschlagen war. *Nein, wo sie sie hingeworfen hatte.* Ich richtete meinen Blick auf das verwüstete Bett. Das Bettzeug lag überall herum und auf dem Laken war ein Fleck. Ich brauchte keine detaillierte Beschreibung, um zu wissen, dass das von unserer Schwester stammte.

So hatte Caleb es also in Ordnung gebracht. *Mit Sex* …

Natürlich hatte er das.

Ich massierte die verknoteten Muskeln in meinem Nacken, rückte näher und fuhr mit der Hand über den zerknitterten Stoff, bevor ich mich setzte. Gott, das war ein Schlamassel … aus dem ich nicht herauskam.

Die Schlafzimmertür am anderen Ende des Flurs öffnete sich und das dumpfe Geräusch von Stiefeln ertönte. Ich erhob mich und machte mich auf den Weg zur Tür, wo ich T mit dem Rucksack voller Waffen in der Hand vorfand.

»Wo willst du hin?«, fragte ich.

Er antwortete nicht, sondern ging einfach weiter.

»T.«

Er blieb im Flur stehen und bewegte sich nicht. Wollte er einfach so gehen? »Ich werde Elle suchen.«

»Wo?«

Er drehte sich um und begegnete meinem Blick. »An dem einzigen Ort, an dem sie sein kann.«

Dann wurde es mir klar. Nach Hause. Dorthin wollte er gehen … er wollte nach Hause.

Ich schluckte und nickte, ohne zu widersprechen. »Ich komme mit dir mit.«

Er nickte langsam mit dem Kopf. Das war wohl das Beste, was ich bekommen konnte. Ich ging in die Küche, schnappte mir die Waffe, die ich auf dem Tresen liegen gelassen hatte, und steckte sie in den Bund meiner Jeans, bevor ich mir die Schlüssel vom Tresen schnappte. Ich traute mich nicht, ihn zu fragen, woher er das Auto hatte … das wollte ich auch gar nicht wissen.

Ein scharfes Pfeifen und Rebel humpelte in unsere Richtung. Sie sah mich so liebevoll an, als sie ihren kleinen Körper an mein Bein schmiegte, bevor ich ihr die Ohren kraulte. »Los geht's, Mädchen.«

T humpelte schwer, als er durch die Tür schritt, und ich folgte ihm, während ich gegen die Sonne anblinzelte. Ein grauer Toyota parkte mit heruntergelassenen Fenstern in der Einfahrt. An der Außenseite der Fahrertür befand sich ein Blutfleck, der auch noch frisch war, wie es aussah.

»Frag nicht.«

Ich hielt meine Hand hoch. »Ich habe kein Wort gesagt.«

Er ging weiter in Richtung Kofferraum. Ich riss die Fahrertür auf und zog an der Klinke, bis sie sich öffnete. Ein dumpfer Schlag, dann stieg er auf den Beifahrersitz. Ich nahm das als ein Zeichen, dass er mich wenigstens nicht umbringen würde ... *noch nicht.*

Rebel sprang hinein und kletterte unbeholfen auf den Rücksitz. Sie war ein verdammt schlauer Hund und eine verdammte Kämpferin. Das musste sie auch sein. Ich stieg ein, ließ den Motor an und legte den Rückwärtsgang ein.

»Vielleicht sollten wir nicht über die Center und Grange fahren«, murmelte Tobias, schloss die Augen und lehnte seinen Kopf zurück. »Ich bin mir sicher, dass sie nach mir suchen werden.«

»Da bin ich mir auch sicher«, stimmte ich zu und wusste sofort, wer ›sie‹ waren.

Die Arschlöcher, denen er das Auto gestohlen hatte. Sie waren wahrscheinlich auf Blut aus.

Ich hielt mich von diesen Straßen fern, fuhr stattdessen nach Westen und machte mich auf den Weg in die wohlhabenderen

Vororte mit ihren üppigen grünen Gärten und ihrem falschen Lächeln. Vierzig Minuten waren alles, was ich brauchte, um eine Scheißsituation durch eine andere zu ersetzen. Ich fuhr in die Einfahrt und parkte dort, wo ich immer parkte, als wäre nicht unsere ganze verdammte Welt in Stücke gerissen worden.

Ich stieg aus, ließ T hinter mir und machte mich auf den Weg zur Tastatur neben der Haustür. Es hallte in dem Haus, als ich eintrat. Es war jetzt kalt und hohl. Der frische Wind, den unsere kleine Schwester mitgebracht hatte, als sie in unser Haus eingedrungen war, war nicht mehr zu spüren. Auch die Aussicht, sie zu necken und zu probieren, erregte mich nicht mehr.

Mein Puls beschleunigte sich, als T mir nach drinnen folgte und die Tür schloss.

»Ich nehme das Arbeitszimmer«, murmelte er und ließ mich zurück.

Ich hätte ihm sagen können, dass es sinnlos war, dort zu suchen. Wir hatten das Haus schon von oben bis unten nach Informationen über Dad durchsucht. Doch er hörte nicht auf mich, sondern humpelte einfach davon.

»Gut«, murmelte ich und drehte mich in Richtung Küche. »Wenn du wütend sein willst, dann sei wütend.«

Mein Bauch heulte auf, als wüsste er genau, was ich wollte. Ich riss die Kühlschranktür auf und holte alles heraus, was ich finden konnte, als ein dumpfer Schlag aus dem Arbeitszimmer ertönte.

Wenn er sauer sein wollte, dann sollte er sauer sein. Er musste trotzdem heilen.

Ich bestrich ein Brot mit Butter, belegte es mit Schinken und Käse und biss hinein. Dann drehte ich mich um und machte zwei weitere, bevor ich sie in eine Tüte steckte und auf den Tresen warf.

Jeder Schritt war eine Qual, als ich die Treppe hinaufstieg und gegen die Wunde in meiner Seite drückte. Ich war mir ziemlich sicher, dass ich mir letzte Nacht beim Angriff auf Ryth etwas gerissen hatte. Der scharfe Schmerz war konstant, ein verdammtes Stechen. Aber ich würde es schon schaffen, denn es ging mir nicht so schlecht wie T.

Mein Blick schweifte nach oben zum obersten Stockwerk, das wir uns mit unserer Schwester teilten, aber ich wollte nicht dorthin gehen ... nicht jetzt. Stattdessen drehte ich mich um und machte mich auf den Weg zu dem Schlafzimmer, das Elle mit meinem Vater geteilt hatte. Wenn sie irgendwelche Dokumente versteckt hatte, dann waren sie dort.

Ich drehte die Klinke und stieß die Tür auf, bevor ich eintrat. Es war ein komisches Gefühl, hineinzugehen. Ich hatte erwartet, Moms Sachen auf der Kommode aufgereiht zu sehen und den schwachen Blütenduft ihres Parfums zu riechen. Aber nicht das ...

Ganz sicher nicht das ...

Das Zimmer war nicht ordentlich und perfekt, es war ein verdammtes Durcheinander. Klamotten lagen auf dem Boden verstreut und die Kommode mit ihrem Schmuck lag quer im Raum, als wäre sie umgestoßen worden. Ich trat gegen einen offenen Koffer, in dem noch die Hälfte ihrer Sachen lag: Designerklamotten, Schuhe, goldene Halsketten, die Dad ein Vermögen gekostet haben mussten. Es war leicht zu erkennen, wohin ihre Sachen verschwunden waren ...

Aber sie hatte sie nicht alle mitgenommen, oder?

Sie hatte es verdammt eilig gehabt, das war offensichtlich. Wenn sie das alles zurückgelassen hatte, dann vielleicht auch noch andere Dinge. Ich bückte mich und kippte den Koffer um, sodass ihre Diamantohrringe und Ringe auf den Boden fielen, bevor ich sie durchsuchte.

Aber da war nichts außer Kleidung und Schmuck, und ich konzentrierte mich auf den begehbaren Kleiderschrank. Sogar von hier aus konnte ich sehen, dass in den Ecken des Schranks Taschen warteten. Ich stand auf, ging auf sie zu, strich mit der Hand an den hängenden Kleidern entlang und durchsuchte die Taschen.

Ich wollte Informationen.

Das war alles.

Klamotten. Schuhe. Ich zog sie alle herunter und ging ein Teil nach dem anderen durch, bis ich eine kleine schwarze Clutch aus Satin fand, die ganz hinten versteckt war. Eine, die schwerer war, als sie sein sollte.

Ich drehte den Verschluss auf und fand darin ein kleines, in Leder gebundenes Notizbuch. »Was ist das?«

Die Clutch fiel zu meinen Füßen auf den Boden, als ich die handgeschriebenen Seiten aufschlug und zu lesen begann …

Wenn ich sie mit ihren Freunden beobachte, könnte ich fast vergessen, wie sie entstanden ist, wofür sie steht und was ihre Aufgabe in all dem ist. Aber gerade ihre Unschuld macht sie perfekt für sie. So sehr ich es auch hasse, daran zu denken, ich brauche das jetzt mehr denn je. Ich brauche sie unschuldig und perfekt. Ich brauche sie, weil ich in die Enge getrieben wurde und sie vor mir herschiebe, in der Hoffnung, dass sie sie stattdessen mitnehmen werden.

Denn ich kann nicht dorthin zurückkehren.

Nicht zu dem, was sie sind.

Oder was sie tun.

Jack sagt mir, dass er mich liebt. Er sagt, er würde mich beschützen und uns beide in Sicherheit bringen. Aber ich weiß nicht mehr, was Sicherheit ist, vielleicht wusste ich das nie. Er sieht mich an wie Ryth. Sie wollen mehr, als ich geben kann. Meine Seele ... mein Herz. Ich kann sie nicht lieben .. und im Moment bin ich zu schwach, um wegzulaufen.

Ich hörte auf zu lesen, als hinter mir Schritte ertönten. Mein Herz hämmerte. Mein Mund wurde trocken.

»Hast du etwas gefunden?«, fragte T von der Tür aus.

Zuerst konnte ich nicht sprechen. Ich konnte nichts anderes tun, als das verzweifelte Gekritzel anzustarren, mit dem eine Mutter versucht hatte, sich einzureden, dass sie kein Monster war. Ich schluckte, dann hob ich das Tagebuch einfach hoch.

Mein Bruder nahm es wortlos entgegen und begann zu lesen.

»Was zum Teufel?«, fragte er schließlich.

Ich nickte und starrte ihn an. »In der Tat.«

»Sie hat sie verdammt noch mal *benutzt*? Sie war ein verdammtes Druckmittel. Nein, kein Druckmittel. Sie war ein verdammter *Köder*, Nick. Sie war ein gottverdammter Köder.« Ts Worte schnitten mir mitten durch die Seele. Trotzdem sprach er weiter, während ich versuchte, mich zu beherrschen. »Was meint sie mit dem Blut eines Monsters in ihren Adern?«

Ich schüttelte langsam den Kopf. »Ich wünschte, ich wüsste es.«

Was ich wusste, war, dass Jack Castlemaine nicht Ryths Vater war, und wenn er es nicht war, wer war es dann, verdammt?

»Das ändert alles.« Tobias reichte mir das Tagebuch zurück. »Menschenhandel ist eine Sache, aber was sie hier meint, ist eine Art Zuchtprogramm.«

»Ich weiß.«

»Das ist schlecht, Nick.« Scheiße, er sah verängstigt aus. »Das ist verdammt schlecht, und uns gehen die Möglichkeiten aus.«

»Ich weiß.« Ich starrte das Tagebuch in meiner Hand an, während das erdrückende Gewicht immer schwerer wurde. »Wir werden uns schon etwas einfallen lassen, okay? Ich weiß nicht, was, aber wir werden es herausfinden.«

In dem Moment, als ich das sagte, vibrierte mein Handy in meiner Tasche. Es war eine neue Nummer, eine, die niemand haben sollte ... *wer zum Teufel rief also an?*

Ich holte es heraus und starrte den Bildschirm an. *Privat*. Ich bekam eine Gänsehaut, als ich das Symbol drückte und den Anruf annahm. »Ja?«

»Nicholas Banks?« Die unbekannte Stimme am anderen Ende war vorsichtig.

Ich warf einen Blick auf meinen Bruder. »Wer ist da?«

»Hier ist Jack Castlemaine. Ich habe gehört, dass ihr versucht, meine Tochter zu retten ... Ich möchte helfen.«

SIEBEN

Ryth

Ich starrte das Handy in der Mitte des Tisches an und konnte nicht mehr wegsehen, seit sie uns in den Raum geschleppt und mich gezwungen hatten, mich zu setzen.

Mein Dad sollte anrufen. Der Direktor hatte gespottet, als er ihn so genannt hatte. Er hatte gespottet, gelacht, und diese kranken, glänzenden Augen auf jede meiner Bewegungen gerichtet. Er wollte meinen Schmerz sehen. Er *sehnte* sich danach.

Aber ich weigerte mich, ihm nachzugeben. Er hatte es nicht verdient, mein wahres Ich zu sehen. Keiner von ihnen hatte das. Caleb war ein dunkler Fleck am Rande meiner Sicht. Er sah mich. Er tröstete mich. Er hatte mich aus dieser Hölle herausgeholt ... und sei es nur für einen kurzen Moment des Glücks gewesen.

Trotzdem brannten meine Wangen, als ich mich an die Lügen erinnerte, die der Direktor mir erzählt hatte. Lügen, dass mein Vater nicht wirklich mein Vater sei und dass Tobias ... Dass Tobias tot sei ...

»Vergiss nicht, nichts darüber zu sagen, wo du dich in diesem Gebäude befindest.« Der eisige Tonfall ertönte hinter mir.

»Wenn ich auch nur den Verdacht habe, dass du irgendetwas im Schilde führst, wird das Gespräch sofort abgebrochen.«

Ich begegnete seinem kranken Blick nicht. Ich traute mich nicht ... aber ich spürte, wie sein Blick in meinem Nacken brannte. Der Direktor. Der Lehrer ... Der Priester. Die drei Mistkerle, die diesen Ort leiteten. Ich hasste sie ... fast so sehr wie den Mann, für den sie arbeiteten, Haelstrom Hale.

Caleb schaute in meine Richtung und griff nach meiner Hand. Aber dieses Mal war seine Berührung nicht tröstlich. Nein ... nichts konnte mich auf das hier vorbereiten. Ich atmete tief ein und kämpfte gegen die Anspannung an ... bis das Handy einen scharfen, lauten Piepton von sich gab und auf der Oberfläche vibrierte.

Ich zuckte zusammen und griff danach.

»Warte.« So lautete der Befehl.

Meine Fingerknöchel schmerzten. Mein Atem stockte, bis er brannte.

Trotzdem klingelte das Handy ... und klingelte ... *und klingelte* ...

»*Jetzt.*«

Ich schnappte mir das Handy vom Tisch, tippte mit einem zitternden Finger auf das Symbol und ging ran. »Hallo?«

Es herrschte Stille. Stille, während meine Brust schmerzte, dann kam die warme Stimme meines Vaters. »Ryth, Schatz?«

Meine Schultern sackten zusammen. »Dad.« Ich konnte nicht verhindern, dass mir der Atem stockte. »Dad, bist du das?«

»Ich bin es, meine kleine Löwin.« Seine Stimme wurde lauter. »Geht es dir gut?«

Ob es mir gut geht? Ich wagte nicht, über meine Schulter zu schauen. »Im Moment schon«, antwortete ich vorsichtig.

»Ich hole dich da raus, okay, Süße? Halte einfach durch.«

Ich drückte das Handy fest an mein Ohr. »Okay.«

»Riven«, begann er und korrigierte sich dann. »Ich meine, *der Direktor,* beobachtet er dich?«

Ein Frösteln kribbelte in meinem Nacken. »Ja.«

»Okay, so wird es ablaufen. In einer Minute gibst du ihm bitte das Handy. Ich werde mit ihm reden und dann holen wir dich und Caleb aus diesem verdammten Ort raus.«

Meine Finger zuckten, als ich das Bedürfnis bekämpfte, vor Erleichterung zu zittern. »Wie?«

»Mach dir darüber keine Sorgen«, antwortete er, aber die Schwere in meinem Magen sagte etwas anderes. »Was auch immer passiert, du musst gehen. Es wird dir nichts Gutes bringen, wenn du noch eine Sekunde länger an diesem verdammten Ort bleibst.«

Ich warf einen Blick auf Caleb.

»Versprich es mir.« Mein Vater lenkte meine Aufmerksamkeit wieder auf sich. »Versprich mir, dass du mit Caleb weggehst.«

Mein Stiefbruder starrte mich nur an und seine dunklen haselnussbraunen Augen verzehrten mich, als ich antwortete. »Ich verspreche es.«

Er atmete schwer aus, bevor seine Stimme kalt wurde, kälter als ich sie je zuvor gehört hatte. »Gut, jetzt gib mir den Mistkerl, und Süße ...«

»Ja?«

»Ich hab dich lieb.«

Ich schloss meine Augen und ließ mich von seiner Kraft durchströmen. »Ich dich auch, Dad.«

Obwohl mir die Tränen in die Augen stiegen und meine Hände zitterten, drehte ich mich auf meinem Sitz um und hielt ihm das Handy hin.

Eine Sekunde lang weigerte der Bastard sich, etwas zu tun, und seine Mundwinkel verzogen sich vor Unmut. Ich wünschte nur, es wäre sein verdammtes Herz – aber ich bezweifelte, dass er eins hatte. »Er wartet«, schnauzte ich.

Der steinerne Blick glitzerte, bevor er einen Schritt nach vorne trat, mir das Handy aus der Hand nahm und es an sein Ohr hielt. »Ja.«

Es wurden Worte ausgetauscht, die ich nicht mitbekam. Aber ich konnte sie auf dem Gesicht des Bastards ablesen. Diesmal gab es kein wildes Bellen vom Direktor, sondern nur ein giftiges »Ich stimme den Bedingungen zu. Ich habe ja wohl keine andere Wahl, oder?« Nein, hatte er nicht. Und das wusste er. »Dann freue ich mich darauf, dich persönlich zu treffen, Jack.«

Bei diesen Worten sah er mich an und ich wollte einfach nur schreien. Dieser Ort war nicht sicher für Dad. Das wusste ich. Diese Männer waren gefährlich, vielleicht gefährlicher als er wusste ... aber die Art und Weise, wie er sprach, und die Dinge, die er tat – wie sich zu verstecken – ließen mich denken, dass er vielleicht genau wusste, worauf er sich einließ.

Der Direktor beendete das Gespräch, wandte sich dann an die Männer, die neben ihm standen, und sagte die Worte, auf die ich so gespannt war. »Macht sie für den Abtransport bereit.«

Keinem von ihnen gefiel das.

Der Lehrer warf einen Blick in meine Richtung. Eine Sekunde lang dachte ich, er würde sich über den Befehl hinwegsetzen und einen eigenen Befehl erteilen ... einen, bei dem er mich zurück in das Klassenzimmer brachte und mich auf die Knie zwang.

Wie schade, dass du nicht ausgebildet wirst, Ryth. Seine Worte hallten in meinem Kopf wider. *Du bist ein verdammtes Naturtalent.*

Er wollte mich trainieren.

Er wollte noch viel mehr tun.

Aber er gehorchte nicht, er nickte nur, und seine Stimme war so verdammt ruhig. »Peter, kümmere dich um Ms. Castlemaine und Mr. Banks.«

Der Wachmann trat vor, ebenso wie ein anderer, der hinter ihm stand. Der Wachmann packte mich am Arm, und seine Finger waren grausam, als er mich aus dem Stuhl zerrte. »Beweg dich.«

Caleb stieß sich von seinem Stuhl ab. »Nimm deine verdammten Hände von ihr.«

Aber der Priester versperrte ihm den Weg. »Willst du ändern, wie das hier läuft, Banks? Denn wir können dich genauso gut in einem verdammten Leichensack rausbringen.«

»Caleb.« Ich stolperte, als der Wachmann mich zur Tür zerrte. »Nein, ist schon gut. Mir geht es gut.«

Aber in seinen Augen blitzte Wut auf.

»Sag noch ein verdammtes Wort, Banks«, warnte der Priester. »Und ich werde mein Versprechen einlösen.«

Sie brachten uns aus dem Verhörraum auf den Flur, vorbei an dem Raum, in dem sie uns gefangen hielten, und durch die automatischen Türen.

Die Geister starrten uns an, als wir vorbeigingen. Die Geister der Frauen, die an diesem Ort eingesperrt waren.

»Bitte.« Eine von ihnen drückte ihre Hand an die Scheibe.

Doch bevor ich antworten konnte, waren wir schon weg. Die langen Schritte der Wache zwangen mich, doppelt so viele zu machen, um mitzuhalten.

»Geh weiter.« Er schubste mich vorwärts.

Hinter uns knurrte Caleb. Ich schaute über die Schulter und sah, dass er und die drei Männer, die uns an diesem Ort festgehalten hatten, uns folgten.

Wir waren jetzt ganz nah dran, so nah.

Bitte! Ich betete, dass Caleb mein Flehen hörte, als ich mit einem Ruck zum Scanner für eine weitere automatische Tür geschoben wurde. Ein Piepton ertönte, bevor wir hindurchgingen. Meine nackten Füße patschten, als ich mich beeilte. Sie bewegten sich jetzt von selbst und wurden schneller, als ich meinen Blick auf die riesige Eingangstür und die beiden furchterregenden Worte richtete, die in den schwarzen Stahl gemeißelt waren: ›*Der Orden*‹.

Wir wurden langsamer und ließen den Direktor nahe an die Tür treten, damit er seine Karte gegen den Scanner drücken konnte, um sie zu öffnen. Mit einer Kopfbewegung starrte er mich an und befahl: »Raus.«

Ich wäre barfuß über zerbrochenes Glas gelaufen, wenn das für uns beide Freiheit bedeutet hätte. Ich zerrte den Wachmann regelrecht hinaus, als ich durch die bedrückende Tür eilte.

Die kalte Nachtluft umwehte mich, als ich hinausging, und meine nackten Füße spürten den kalten Stein des Bürgersteigs. Aber das war mir völlig egal.

Die Stille wartete. Caleb trat hinaus, aber sie ließen nicht zu, dass er mich berührte, weil sie mich zu weit weg hielten, um eine Verbindung herzustellen. Ich starrte die lange, leere

Auffahrt hinunter zu den hoch aufragenden, bewachten Toren.

Meine Zähne klapperten und meine Knie zitterten. Wenigstens hatte ich ein Sweatshirt und eine lange Fleecehose. Caleb stand in demselben weißen Baumwollhemd und der schwarzen Hose da, in denen sie uns abgeholt hatten. Er musste frieren, aber er sagte kein Wort, sondern starrte mich nur mit seinem vorsichtigen Blick an. *Ruhig, Prinzessin,* wisperte er.

Ich nickte und richtete meine Aufmerksamkeit auf die dunkle Straße, während wir warteten und warteten und warteten. Langsam keimte ein kleiner Zweifel auf.

Vielleicht kam er einfach nicht.

Vielleicht ... vielleicht ...

Er ist nicht mehr ... oder war nie dein Vater, Ryth. Ich blickte den Direktor an, als seine Worte in meinem Kopf widerhallten. *Wir werden dich nicht entführen. Wir holen uns zurück, was uns bereits gehörte.*

Aber ich glaubte ihnen nicht. Sie manipulierten und logen nur. Er war mein Vater ... *Dad war mein Vater.* Er musste es sein.

In der Ferne, weit hinten auf der Straße, leuchteten die Scheinwerfer in der Dunkelheit auf.

»Ganz ruhig ...«, flüsterte Caleb, der seinen Blick auf denselben Lichtschimmer gerichtet hatte.

Als der Funke stärker wurde, hielt ich den Atem an und beobachtete, wie sich die Scheinwerfer dem Gelände näherten. Es gab noch eine zweite Gruppe von Scheinwerfern, die hinter der ersten zurückblieb, vielleicht war es Verstärkung? Eine Art Bodyguard der Rossis ...

Die Rossis. Meine panischen Gedanken verfingen sich ineinander, als das Quietschen von Metall auf Metall meine

Ohren erreichte und sich die Tore des Ordens langsam öffneten. Das erste Auto raste hinein und ließ das zweite zurück, bis es schließlich nachkam. Aber ich achtete nicht auf dieses Auto. Es war das erste … mit dem in Dunkelheit gehüllten Fahrer, auf das ich achtete.

»So, so«, murmelte der Direktor neben mir. »Er hat also doch Eier.«

Angesichts der Worte verkrampfte sich mein Kiefer. *Du kannst mich mal!* Ich wollte ihm ins Gesicht schreien. *Ihr könnt mich alle mal.*

Er würde uns rausholen, dann würden wir abhauen. Das schwache Brennen auf meiner Wange hielt an. Das würde auch einen blauen Fleck geben, in Form von Mutters Hand. Ein Schmerz flammte in meiner Brust auf, aber ich schob ihn beiseite. Jetzt, wo Dad hier war, spielte das keine Rolle mehr.

Er würde es für mich in Ordnung bringen.

Das erste Auto fuhr näher an das Gebäude heran, aber das zweite hielt weiter hinten an. Der Motor lief noch, die Scheinwerfer waren eingeschaltet. Wie konnte ein Bodyguard ihn hier beschützen? Ich versuchte, nicht vorauszuschauen. Ich versuchte darauf zu vertrauen, dass Dad und die Rossis wussten, was sie taten, und als der Motor ausging und sich die Fahrertür des ersten Wagens öffnete, wusste ich zweifelsfrei, dass diese Bastarde gelogen hatten.

Denn der Mann, der ausstieg, war mein Vater.

Er konnte niemand anderes sein.

Auf das dumpfe Geräusch der sich schließenden Tür folgte das Knirschen von Schritten. Mein Puls hämmerte und das Geräusch kam mir ohrenbetäubend vor. Die kalte Nachtluft trübte meine Sicht. Ich blinzelte, starrte die dunkle Gestalt an, die auf uns zusteuerte, und mit einem Blinzeln erhellte sich sein Gesicht.

»Dad ... *Dad!*« Ich stürzte los und riss mich aus dem Griff des Wächters.

Er knurrte hinter mir, aber es war zu spät.

»Lass sie gehen«, befahl der Direktor.

Ich rannte über die Einfahrt und sprang.

Starke Arme fingen mich mit einem Grunzen auf. Dad war da und taumelte unter meinem Gewicht. »Ryth«, krächzte er und drückte mich, bis ich kaum noch atmen konnte.

Aber das war mir egal. Ich vergrub einfach meinen Kopf in seinem Hals und weinte. »Ich dachte, sie hätten dich getötet. Ich dachte, du wärst ...«

»Ich bin doch hier.« Er drückte mich fester an sich undseine großen Hände drückten mein Gesicht gegen seine Brust. »Ich bin hier, Schatz.«

Als ich ihn das letzte Mal gesehen hatte, war er zusammengeschlagen und verletzt gewesen ... und verängstigt.

Jetzt wusste ich, warum.

»Geht es dir gut, meine kleine Löwin?«

Ich nickte nur und meine Stimme brach. »Ja, jetzt schon.«

Hinter uns ertönte das Knirschen von Stiefeln. Ich versteifte mich, zog mich zurück und sah meinem Vater in die Augen. Er wurde kälter und härter, als er seinen Blick auf diese Männer richtete. Ich hasste sie jetzt noch mehr, als ich sie zuvor gehasst hatte.

Sie stahlen, ruinierten und erniedrigten alles für ihre eigenen kranken Wünsche.

»Mr. Castlemaine«, der unverblümte Ton des Direktors zerstörte die flüchtige Freude und Sorge.

Ich richtete mich auf und zog mich langsam zurück. Vor mir wurde mein Vater zu einem anderen Menschen, zu einem Mann, den ich noch nie gesehen hatte. Seine Lippen zuckten und er fletschte die Zähne, als er die Monster ins Visier nahm.

Aber er machte nicht bei dem Direktor halt, sondern musterte die anderen neben ihm. Er warf einen enttäuschten Blick auf die anderen, dann kräuselte er die Lippen. »Hale ist nicht hier, nehme ich an?«

»Nein«, antwortete der Direktor.

»Wir hatten eine Abmachung.«

Abmachung?

»Es scheint ein Problem mit seiner Verlobten zu geben«, die Stimme des Schulleiters war voller Verachtung. »Anscheinend wurde sie von einer Insel vor Afrika gekidnappt.«

»Verlobte?« Mein Vater klang überrascht. »Dann bete ich, dass sie einen schnellen und schmerzlosen Tod findet. Das ist besser, als mit einem Monster zusammenzuleben.«

In meinem Kopf sah ich Hale, wie er in dem Restaurant gesessen hatte, umgeben von ekelhaften, alten weißen Männern, die nichts lieber taten, als Frauen wie mich zu benutzen. Er war ein Monster ... ein Monster mit Geld – ein Monster, das sie alle fürchteten.

»Trotzdem.« Die Stimme des Direktors war bissig. »Wir hatten eine Abmachung.«

Ich drehte mich um und begegnete dem Blick des Bastards, als er mich ansah. *Sie hatten eine Abmachung ... was für eine Abmachung?*

Mein Vater löste sanft meinen Griff und zog mich an den Händen herum. »Denk daran, was wir gesagt haben, Schatz. Egal was passiert, das hast du versprochen.«

»Egal, was passiert, Dad?«

Aber er antwortete nicht, sondern nickte nur. Der Wachmann hinter Caleb schubste ihn nach vorne und er stolperte auf uns zu.

Dads Blick verengte sich auf meinen Stiefbruder. Er unterdrückte ein Aufflackern von Wut. »Bring sie hier weg, Caleb, so weit wie möglich von diesen verdammten Leuten weg. Und dieses Mal *bleibt ihr verdammt noch mal weg.*«

Dad ging weg und ließ C zurück, der seine Arme um mich schlang. »Lass uns gehen, Ryth.« Er zog mich weg, während Dad auf sie zuging.

»Was ist los?« Ich drehte mich in seinen Armen um. »*Dad? Dad, was ist los!?*«

Aber Caleb ließ nicht locker, als er mich am ersten Auto vorbei und die Einfahrt entlang zog.

»Dad, nein! *DAD, NEIN!*«

Sie kamen näher wie ein Rudel Wölfe, die ihn umschwärmten. Ich versuchte, mich von Caleb loszureißen und mich auf Dad zu stürzen, der einfach kampflos mitging. *Was zum Teufel war hier los … WAS ZUM TEUFEL …*

»Wir müssen gehen, Prinzessin«, ertönte Nicks Stimme in meinen Ohren.

Tränen kamen auf, aber ich blinzelte heftig. Sein Anblick war wie ein Schlag in meine Brust. »Nick?« Ich starrte ihn an, als er sich näherte. Dann tauchte im Scheinwerfergewitter eine dunkle Silhouette auf. Eine, die hinkte …

Sie kam immer näher ... und näher.

Ich konnte den Blick nicht abwenden ...

Ich konnte es nicht begreifen.

Denn ich sah einen Geist.

Einen, der genauso aussah wie mein Stiefbruder.

Tobias blieb vor mir stehen, hob seine Hand, strich mit einem Finger über meine Wange und murmelte: »Da ist meine kleine Maus.«

ACHT

Tobias

____

»*Tobias?*«, flüsterte sie und ihre Augen weiteten sich.

Meine Knie zitterten, aber ich hielt mich fest. »Ja, kleine Maus, ich bin's.«

Sie trat einen Schritt näher, zuckte beim Geräusch der Handschellen, die ihrem Vater um die Handgelenke gelegt wurden, zusammen und drehte ihren Kopf. Der Direktor verschwendete keine verdammte Sekunde. Ich starrte das Stück Scheiße an, als er und seine gottverdammten Brüder Jack wegbrachten.

Aber die Wachen drehten sich zu uns um. Wir hatten keine Zeit für das perfekte Wiedersehen. Stattdessen starrte Nick mich an. »Wir müssen gehen, *sofort*.«

»Komm schon, kleine Maus.« Ich packte ihre Hand und zerrte sie zur offenen Tür. »Steig ins Auto.«

»Nein!« Sie wehrte sich, wie ich es erwartet hatte, drehte sich in meinen Armen und versuchte, mir auszuweichen. »Wir können ihn nicht zurücklassen!«

Aber ich ließ ihr keinen Spielraum und blockierte sie allein durch meine Größe, während Caleb auf den Beifahrersitz stieg.

»Steig ins Auto, Ryth!«, bellte Nick und stieg hinter das Lenkrad, während ich mich allein um unsere Schwester kümmern musste.

Ich versuchte, sanft zu sein und drückte ihren Kopf nach unten, bevor ich hinter ihr einstieg. »Du musst ihm jetzt vertrauen, kleine Maus«, drängte ich und drückte sie zurück in den Sitz. »Dein Vater weiß, was er tut.«

Ich schlug die Tür zu und die Schlösser rasteten mit einem dumpfen Geräusch ein. Wir waren fertig damit, Risiken einzugehen, wenn es um sie ging, und das galt auch für ihre verdammte Familie. Ich starrte die verdammten Wachen an, als sie sich dem Auto näherten, und wollte nichts weiter, als meine Waffe auf jeden einzelnen von ihnen zu richten und den Abzug zu drücken.

Aber ich tat es nicht, sondern beugte mich über den Sitz, wobei sich mein Knie schmerzhaft verdrehte. Ich unterdrückte einen Schrei, als das Auto die Auffahrt hinunterfuhr.

»Rebel.« Ryth griff nach der Hündin, als sie versuchte, auf ihren Schoß zu klettern. Sie ließ das Tier an ihrer Hand schnüffeln und rieb ihm tröstend den Kopf. Sie konnte sich von der Kleinen trösten lassen. Es spielte keine Rolle ... *nichts* spielte eine Rolle, solange wir von hier weg kamen.

Tränen glitzerten auf ihren Wangen, als sie aus dem Fenster starrte. »Dad.«

Ich schluckte den verdammten Kloß wieder hinunter und zwang ihn in die Magengrube, wo die Wut brodelte. »Es wird alles gut, kleine Maus. Warte nur ab. Es wird alles wieder gut.«

Lügen ...

Mein Knie zuckte und zitterte. Ich packte das verdammte Ding in der Dunkelheit und flüsterte. *»Ja, du wirst schon sehen.«*

Ich wusste nicht, ob die Worte für sie oder für mich bestimmt waren.

Aber mit meinem verdammten Willen würde ich sie wahr machen. Ich sah die schimmernden Tränen, die von ihrem Kiefer fielen, und der Schmerz in meinem Bein verwandelte sich in pure Wut.

Die Tore verschwammen, bevor wir sie passierten, dann quietschten die Reifen und Nick drehte das Lenkrad und schleuderte mich gegen die Tür. Ich stöhnte auf, bevor ich mich zusammenbeißen und den Laut hinunterschlucken konnte. Ich hatte keine Zeit, mein Knie zu fassen, als Ryth gegen mich geschleudert wurde. Ich fing meine Schwester auf, als sie gegen mich prallte.

»Ganz ruhig.« Ich zog sie an mich. »Ich habe dich.«

Doch der Schmerz war unerträglich. Meine Welt ergraute an den Rändern. Aber ich brüllte Nick nicht an. Ich forderte ihn auf, schneller zu fahren. »Bewegung!«

»Ich versuche es.« Nick drehte wieder am Lenkrad und trat das Gaspedal durch.

Das Auto war eine Schrottkiste.

»Wir können ihn nicht einfach dort lassen.« Ryth schüttelte den Kopf und schaute zurück, als wir diesen verdammten Ort hinter uns ließen. »Das können wir nicht.«

Ich bemühte mich, das Zittern in meinen Händen zu unterdrücken und drehte mich zu ihr um. »Sieh mich an.«

Sie tat es und starrte zu mir hoch, und alles wurde mir auf einmal klar. Moms Tod. Ihre Entführung. *Mein eigener verdammter Vater ... verdammt ... mein eigener Vater.* Sie wusste es nicht einmal. Ich schaute Caleb an, als mir bewusst wurde, dass auch er es nicht wusste. *Er wusste nicht, dass Dad tot war und dass er versucht hatte, mich zu töten.*

»Ich dachte, du wärst tot«, flüsterte sie und schüttelte ihren Kopf. »Ich dachte, du wärst …«

»Nicht einmal der Tod wollte mich, Prinzessin«, antwortete ich und hielt sie fest. »Für mich gibt es nur dich.«

Energie entlud sich zwischen uns, bevor sie sich auf mich stürzte, sich in mein Hemd krallte, meinen Hals packte und mich an sich zog. Scheiße, das musste ich mir nicht zweimal sagen lassen. Ich krallte mich in ihr Haar, küsste sie heftig, umklammerte ihren Kiefer und eroberte ihren verdammten Mund.

Ich brauchte sie. Gott, ich brauchte sie. Ich löste meinen Griff und berührte stattdessen ihre Brust. Ihre perfekte, kleine Brust. Ihre steife Brustwarze streifte meine Handfläche und wurde bei der Berührung härter. Ich musste in ihr sein. Ich sehnte mich danach, in ihr zu sein. Sie zu spüren, sie zu lecken. Zu wissen, dass sie lebte und hier war und … *mir gehörte.*

Ich musste wissen, dass sie mir gehörte.

Ich senkte meinen Kopf in ihre Halsbeuge und atmete tief ein. Der scharfe, klinische Geruch dieses verdammten Ortes haftete an ihr. Aber darunter … war dieser schwache, verdammt süße Vanilleduft.

»Du hast mich zu Tode erschreckt.« Ich packte sie an den Haaren und zog ihren Kopf nach hinten, so fest, dass sie wusste, dass ich sauer war. »Mach das nie wieder. *Von jetzt an … bleiben wir zusammen. Hast du mich verstanden?* Wir bleiben zusammen. Jede gottverdammte Sekunde eines jeden Tages, bis wir von hier verschwinden können.

Frische Tränen flossen, als sie nickte. Dieser Anblick brachte mich um. Mein schwieliger Daumen war zu rau für ihre Haut. Trotzdem wischte ich die Spur weg. »Sie werden ihn nicht töten. Das wird er nicht zulassen.«

»Doch, das werden sie.« Ihre Stimme war so verdammt sicher und so … *verdammt leer.* »Er ist da reingegangen, um mich zu retten.«

Nick hob seinen Blick und diese dunklen Augen bohrten sich in meine.

Ich schüttelte den Kopf. »Wenn du glaubst, dass er einfach blindlings da reingegangen ist, dann kennst du deinen Vater nicht. Er ist verdammt schlau, Ryth. Er ist so verdammt schlau, und das macht ihn gefährlich für sie. Die Dinge, die er uns erzählt hat, die Leute, die darin verwickelt sind … Kein Wunder, dass sie …«

»T«, warnte Nick und ließ mich erstarren.

Mein Herz hämmerte. Mein Gott, wenn sie wüsste, was ihr Vater uns alles erzählt hatte. Dinge, die wir nur vermutet hatten, nachdem wir das Tagebuch ihrer Mom gelesen hatten. Erschreckende Dinge. Dinge, die nie das Licht der Welt erblicken sollten. Die Leute, die hinter dieser korrupten, verdrehten Scheiße steckten, waren verdammt widerlich.

Aber das brauchte sie jetzt nicht zu wissen. Denn diese Art von Mist würde sie nur in die Trauer stürzen. Sie beobachtete Nick im Rückspiegel und drehte sich dann zu mir um.

Ich strich ihr einige Haarsträhnen aus den Augen. »Vertrau uns, Prinzessin. Er ist mit einem Plan da reingegangen.«

Ich wusste nicht, ob sie mir glaubte. Ich wusste auch nicht, ob ich es an ihrer Stelle getan hätte.

»Gib mir das.« Nick nickte Caleb zu.

Caleb schnappte sich das GPS vom Armaturenbrett vor ihm und reichte es herüber. »Nick ...«, begann er.

»Nicht jetzt«, knurrte er und sein Tonfall ließ keinen Zweifel daran, dass er sauer war.

Das waren wir beide.

Ryth gab sich selbst die Schuld, aber der wahre Schuldige war unser gottverdammter Bruder. Wäre er nicht auf Rache aus gewesen, wären sie nicht beide entführt worden.

Und vielleicht wäre unser Vater dann noch am Leben.

Das wusste ich nicht sicher.

Ich begegnete Ryths Blick. Ich wusste nur, dass wir dann in einer ganz anderen Lage wären. *Und kein bisschen klüger.* Hätte das Wissen etwas geändert? Mit zitternden Fingern strich ich ihr die Haare aus den Augen – nicht, wenn es darum ging, was wir für sie empfanden.

Nick beobachtete die rote Markierung auf dem Bildschirm und drängte die Rostlaube zu einem schnelleren Tempo.

»Sie haben uns gesagt, dass du tot bist.« Caleb versuchte, ein Gespräch zu führen, in der Hoffnung, dass er es wiedergutmachen würde. Die Chance dafür war verdammt gering. Ich begegnete seinem Blick und mein eigener wurde gefährlich. »Haben sie das?«

Weil ich es fast war ... Arschloch.

Es gab Dinge, die wir als Brüder überwinden konnten. Streitereien, Rivalität, sogar wenn es um unsere Stiefschwester ging. Aber sie auf diese Weise in Gefahr zu bringen? Diese Scheiße konnte ich einfach nicht verzeihen. Nicht einmal einem Bruder.

Er wusste es ...

Er hatte es in meinem Blick gesehen.

Wir werden ein Problem haben, du und ich, Bruder. Wir werden in der Tat ein verdammt großes Problem haben.

Er nickte vorsichtig und schenkte Ryth ein schwaches Lächeln, bevor er sich wieder der Straße zuwandte.

»Was ist los?«

Ich schüttelte den Kopf. »Nichts, Prinzessin. Überhaupt nichts.«

Wir folgten der Markierung auf dem GPS-Gerät und fuhren die kurvenreichen Nebenstraßen entlang, bis es sich anfühlte, als wären wir die Einzigen, die hier draußen waren. Die Dunkelheit wartete auf uns und der Schmerz auf mich. Mein Bein pulsierte und stieß einen brennenden Schürhaken durch meinen verdammten Oberschenkel, brutal genug, damit ich nach Luft schnappen musste.

Irgendetwas stimmte nicht.

Das brauchte ich mir von meinem Bruder nicht sagen zu lassen. Nick starrte mich im Rückspiegel an, bis ich den Blick abwandte. *Hol uns einfach hier raus ...* Ich hielt mich an der Armlehne fest und zuckte zusammen. *Bring uns einfach raus.*

Hier konnten wir nicht bleiben, zumindest nicht in diesem Auto. Wir hatten nur einen groben Plan, aber das war besser als gar kein Plan, so wie wir ihn gehabt hatten, bevor Jack Castlemaine uns angerufen hatte.

Also würden wir alles nehmen, was er uns geben konnte, und abhauen.

Nick nahm den Monitor in die Hand, den Jack uns in den kurzen Momenten vor unserer Abfahrt zum Orden ausgehändigt hatte, und richtete seinen Blick auf die blinkende rote Markierung, als die Dunkelheit am Rande meiner Sicht immer näher kam.

»Ich glaube, das ist es.«

Diese Worte waren alles, was ich brauchte, um die Dunkelheit zu vertreiben.

Nick griff nach dem GPS und schaltete die Scheinwerfer aus. Wir wurden langsamer und fuhren die Schotterstraße mitten im Nirgendwo entlang. Ich zwang mich, durch die Windschutzscheibe zu schauen, um die dunklen Häuser zu erkennen, und sah in der Ferne ein paar Lichter aufblitzen.

»Da.« Ich zeigte auf sie. »Lichter.«

Nick folgte der Bewegung und blickte zu dem Bildschirm vor ihm. »Das muss es sein.«

Er verlangsamte den Wagen und bog in die fremde Einfahrt ein, dann wendete er und steuerte auf eine riesige Scheune in der Nähe der Grundstücksgrenze zu. Es war genau so, wie Jack gesagt hatte, bis hin zu dem Oldtimer, der auf uns wartete.

Ich zuckte zusammen, als Nick vor der riesigen Doppeltür anhielt.

Der heiße Schürhaken fuhr mir in die Eier, als ich die Türklinke riss und die Tür aufstieß. »Hier entlang, Prinzessin.« Ich betete, dass sie das Wimmern nicht hörte und auch nicht sah, wie meine Knie einknickten, als ich hinaus trat.

Die Welt schwankte und zwang mich, mich an der Seite des Wagens abzustützen.

»Tobias, geht es dir gut?«

Ich hatte die Worte schon erwartet. Mein Lächeln war eher ein verdammtes Zusammenzucken, aber ich gab ihr alles, was ich hatte. »Ja, ich bin nur müde.«

Ich hatte in kurzen Abständen geschlafen, fünfzehn Minuten hier, dreißig Minuten dort. Aber es war nicht der Schlafmangel, der mich beunruhigte. Es war die Kugel, die immer noch in meinem Oberschenkel steckte. Das knirschende Scharren der sich öffnenden Scheunentore lenkte ihren Blick auf sich, gerade als die treibende Qual erneut zuschlug. »Geh.« Ich erzwang das Wort. »Geh zu Nick.«

Ihr Blick verriet mir, dass sie argumentieren wollte, dass sie wusste, dass ich log. Ich konnte nicht anders, als sie anzuflehen.

Geh ... geh zu Nick.

Sie tat es und ließ mich zurück. Ich lehnte mich gegen das Auto, als sie in die Dunkelheit der Scheune verschwand.

»Sie ist stärker, als du denkst.«

Ich zuckte zusammen. *Diese* verdammte Stimme war nicht das, was ich im Moment hören wollte. »Fick dich, C.« Ich konzentrierte mich auf meinen Bruder auf der anderen Seite des Wagens. »Fick dich.«

Er nickte vorsichtig, dann drehte er sich um und folgte ihr in die Scheune.

Sie ist stärker, als du denkst ...

Ich holte tief Luft und schüttelte den Kopf. Sie war stark, das wusste ich. Aber hier ging es nicht darum, ihr noch mehr Lasten aufzubürden, sondern um mich. Ich wollte auf keinen Fall den gleichen Schmerz in ihren Augen sehen, den ich in meinen gesehen hatte, als meine Mom krank geworden ... und schließlich gestorben war.

Ich konnte es einfach nicht. Nicht jetzt ...

Also biss ich die Zähne zusammen und stieß mich vom Auto ab, wobei ich den Schrei unterdrückte, bis der Schmerz nur noch ein Pochen in meinem Hinterkopf war.

Die Innenbeleuchtung eines in der Scheune geparkten Autos ging an. Nick öffnete den Kofferraum, wühlte in den Taschen und zog eine heraus, die er auf den Rücksitz legte. »Da sind Klamotten für dich, Prinzessin.«

Im Schein der Scheinwerfer schaute Ryth in den Kofferraum. »Hast du das hier hingestellt?«

»Nein.« Nick schüttelte den Kopf. »Das war dein Dad.«

»Dad hat das gemacht?« Sie war überrascht, aber das hätte sie nicht sein sollen.

»Ja.« Er schnappte sich unsere Waffen und reichte eine an Caleb und eine an mich, bevor er den Kofferraum zuknallte. »Wir müssen uns beeilen.«

Ich nahm die Sig und steckte sie zusammen mit zwei neuen Clips in den Bund meiner Jeans.

Ryth schaute sich um und ließ sich an der offenen Scheunentür nieder. »Hier sind nur wir«, antwortete ich.

Meine Hand schloss sich um den Griff der Waffe. Kein Arschloch würde es wagen, sie auch nur anzuschauen. Sie nickte, dann zog sie sich das graue Sweatshirt über den Kopf ... aber darunter war sie nackt.

Ihre Haut war so verdammt weich, cremig und hypnotisierend. Die rosafarbenen Brustwarzen verhärteten sich durch die Nachtluft. Sie bückte sich und zog die Hose aus, die sie angewidert von sich stieß, bevor sie sich ein Höschen, eine Jeans, ein T-Shirt und eine Jacke überstreifte.

»Fertig?«, fragte Nick und schaute in meine Richtung.

Ich starrte sie nur an, als sie ihre ausrangierten Klamotten zu einem Ball zusammenrollte und sich die Haare ordnete. Ich wandte den Blick ab. Verdammt, war das schwer.

Caleb stieg auf den Fahrersitz und Ryth folgte mir auf den Rücksitz.

Ich zwang mich, mich zu bewegen und zog die Tür hinter mir zu, bevor C den Motor anließ und das Auto aus der Scheune fuhr.

»Das Licht ist aus«, sagte Ryth leise, als Caleb aus dem Fahrersitz stieg und nach vorne ging.

»Was?« Ich schaute in ihre Richtung, als sie auf das Bauernhaus in der Ferne zeigte.

»Das Licht auf der Veranda war an, als wir reingefahren sind. Jetzt ist es aus.«

»Er hat getan, was er tun musste«, antwortete ich, als sich die Scheunentore wieder schlossen.

»Mein Vater hat das alles gemacht?«

»Ja«, nickte ich. »Das hat er.«

»Ich weiß nicht mehr, wer er ist.«

Vielleicht wusste sie das nie. Vielleicht wusste es auch keiner von uns, nicht wirklich.

Nick stieg ein, legte den Gang ein und fuhr von der Scheune und dem Haus weg ... und von allem. Der Schmerz pulsierte und lenkte meine Aufmerksamkeit auf die Hitze, die meinen Oberschenkel verbrannte. Ich hielt mich an der Armlehne fest, unterdrückte ein Stöhnen und schloss die Augen, in der Hoffnung, dass mich der Schlaf einholte.

Halte einfach durch ...

Halt einfach durch, verdammt.

NEUN

Ryth

Das Auto war ruhig … zu ruhig.

Nick musterte den Rückspiegel, während wir uns vom Bauernhaus entfernten, und suchte die Straßen hinter uns nach einem Scheinwerferlicht ab. Ich wusste nicht, wohin wir fuhren, aber er schien eine Ahnung zu haben.

Auf dem Beifahrersitz starrte Caleb schweigend aus dem Fenster und neben mir schlief Tobias. Er verhielt sich seltsam. Er schrie nicht, drohte nicht. Ganz und gar nicht das, was ich erwartet hatte, nach dem, was wir gerade durchgemacht hatten. Ich strich mit meinen Fingern über seinen Arm und er öffnete seine Augen.

»Prinzessin.« Er leckte sich über die Lippen und ließ seinen Blick auf meine Brüste sinken.

Ein fleischlicher Blick und mein Atem stockte. Das Verlangen folgte, wie immer bei ihm, und sorgte dafür, dass sich meine Brustwarzen anspannten und meine Schenkel sich zusammenzogen. Aber er rührte sich nicht, als wir an den Bauernhöfen vorbeifuhren und die Stadt umrundeten, er beobachtete mich nur eine Weile, bevor er wieder einschlief.

Ich hatte mit Wut gerechnet. Ich hatte mit Schimpfworten gerechnet.

Aber diese Stille war beunruhigend und zerrte an meinen Nerven. Ich konzentrierte mich stattdessen auf die Dunkelheit draußen. Ein leises Winseln zu meinen Füßen veranlasste mich, nach unten zu greifen und Rebels Ohren zu kraulen. Sie schmiegte sich an meine Handfläche, während Dad in meinen Kopf eindrang.

Was auch immer passiert, ich will, dass du mit Caleb gehst, mein Schatz. Es wird nichts Gutes dabei herauskommen, wenn du noch eine Sekunde länger an diesem verdammten Ort bleibst ...

Tobias wollte, dass ich Dad vertraue und sagte, er hätte einen Plan. Aber ich konnte nicht verhindern, dass die Panik mich fest im Griff hatte. Er war einfach kampflos hineingegangen. Ich konnte die Erinnerung daran nicht loswerden, wie er von den Wachen zu den Türen geschoben worden war.

Hatten sie ihm wehgetan?

Ich schloss meine Augen. Würden sie ihn umbringen?

Meine Hand verkrampfte sich an der Armlehne der Tür.

Vertrauen ...

Es war schwer zu erlangen, vor allem, wenn es um die Familie ging. Aber Dad war meinetwegen gekommen. Ich berührte meine Wange und zuckte zusammen, weil ich noch immer spürte, wie empfindlich die Stelle war, an der meine Mutter mich geschlagen hatte.

Dad war unseretwegen gekommen. Das bedeutete mehr als alles andere. Ich ließ meine Hand auf den Ledersitz des Autos sinken, das er genau für diesen Moment versteckt hatte. Die Kleidung, die Waffen und der Verbandskasten waren alle im

Kofferraum verstaut. Er hatte gewusst, dass wir irgendwann fliehen würden, mit oder ohne ihn.

Aber wohin fliehen? Gab es keinen Ort, an den der Orden nicht herankam? Diese Frage verfolgte mich, während wir uns durch die Hügel schlängelten und der Stadt immer näher kamen, bis in der Ferne die schwachen Lichter eines Diners in der Dunkelheit aufleuchteten.

»Wir halten an.« Nick lenkte seinen Blick auf den Spiegel. »Wir essen etwas und orientieren uns, bevor wir weiterfahren, okay?«

»Klingt gut«, antwortete Caleb vorsichtig.

Tobias war immer noch still und starrte aus dem Fenster. Ich senkte meinen Blick auf seine Hand, die sich wie ein Schraubstock um die Armlehne krallte. Das Mondlicht streichelte sein Gesicht und ließ den Schweiß auf seiner Stirn abperlen. Logisch. Ich zitterte vor Kälte, und er war heiß wie eh und je. Ich runzelte die Stirn, vielleicht zu heiß.

Nick wurde langsamer, als die Lichter des Diners heller wurden. Staub wirbelte in einer Wolke hinter uns auf, als wir auf den Seitenstreifen fuhren, an einem geparkten Truck vorbeikamen und den Wagen an der Seite des Gebäudes anhielten.

»Geht es allen gut?« Nick warf einen Blick über seine Schulter, aber er sah nicht mich an.

Trotzdem nickte ich. »Ja.«

Caleb schaute auch und sein Blick fand den meinen. »Bleib einfach in unserer Nähe, okay, Prinzessin?«

Tobias riss die Tür auf, bevor ich etwas sagen konnte, und die anderen setzten sich in Bewegung und stiegen nach ihm aus.

»Rebell«, rief Nick und klopfte sich auf den Oberschenkel.

Sie folgte seinem Befehl und sprang zwischen den Sitzen hindurch, um durch die offene Tür zu huschen. Als sie heraussprang und auf dem Boden landete, wimmerte sie.

Nick beugte sich vor und kraulte ihr Ohr, bevor er ihr Hinterbein untersuchte. »Ganz ruhig, so ist es brav.«

Er war so liebevoll mit ihr, so vorsichtig, dass mir die Brust flatterte. Als ich einen Blick in die Fenster des Diners warf, sah ich nur leere Tische. »Wenigstens ist es ruhig.«

Die Autotüren wurden mit dumpfen Geräuschen geschlossen. Ich schob meine Hände in die Taschen, als Tobias sein Gesicht von mir abwandte. Das tat weh. Sehr sogar. Aber Nick setzte sich bereits in Bewegung und ging zur Eingangstür des Diners. Caleb folgte ihm. Ich ließ Tobias nur ungern zurück, aber das Schuldgefühl in meiner Brust sagte mir, dass er seinen Freiraum brauchte. Das gefiel mir nicht ... nein, es gefiel mir überhaupt nicht. Aber ich ging zur Treppe und stieg hinauf, um den anderen zu folgen.

Die Glocke über der Tür gab einen Ton von sich, der mich zusammenzucken ließ. Ich starrte das Ding an, bevor ich meinen Stiefbrüdern hinein folgte.

»Keine Hunde«, zischte die Frau hinter dem Tresen, während sie ihn auf Hochglanz polierte.

Aber Nick hörte nicht auf sie. Er ging auf sie zu, legte einen Hundert-Dollar-Schein auf die frisch geputzte Oberfläche und schob ihn ihr zu. »Wir setzen uns nach hinten«, sagte er in einem gefährlichen Ton. »Du wirst gar nicht merken dass sie hier war.«

Die Frau sagte nichts, sondern starrte nur das Geld an, bevor sie langsam die Hand ausstreckte, den Schein nahm und ihn in ihre Tasche steckte. Wenn sie die Besitzerin gewesen wäre, hätte sie vielleicht einen Aufstand gemacht, bevor sie uns rausgeschmissen hätte. Aber es sah nicht so aus, als würde das passieren.

Ein langsames Nicken von ihr und Nick drehte sich um. Der einsame Truck-Fahrer beobachtete uns vom anderen Ende der Theke aus. Er musterte uns und wischte sich mit seiner Serviette über die Mundwinkel, bevor er sie neben seinen Teller warf.

Wir wurden nicht langsamer, sondern steuerten auf den letzten Tisch in der Reihe zu, wie Nick es versprochen hatte. Er trat zur Seite und bedeutete Caleb, sich zuerst hineinzusetzen, was er auch tat. Ich lauschte auf das humpelnde Geräusch von Stiefeln hinter mir und hob meinen Blick zur Tür der Damentoilette. Mein Atem ging schwer, in meinem Magen verkrampfte sich die Panik und wollte unbedingt raus. Ich brauchte eine Sekunde ... eine Sekunde, in der ich nachdenken konnte ...

»Ich bin gleich wieder da.« Ich ließ sie zurück.

Meine Schritte waren leise, obwohl ich eigentlich nur schreien wollte. Ich drängte mich durch die Tür und trat in die Dunkelheit, und für eine Sekunde dachte ich, ich wäre wieder dort – in der Höllengrube, wo die Räume wie Zellen aussahen und die Wachen kranke Männer waren, die einen in die Knie zwingen wollten.

Das Oberlicht der Toilette ging flackernd an, als ich zum Waschbecken stolperte und meinen Blick auf das gespenstische Antlitz im Spiegel richtete und flüsterte: »Was zum Teufel habe ich getan?«

Ich hatte keine Zeit zuzuhören. Ich drehte mich erst um, als die Tür quietschte und mir das gleiche humpelnde Geräusch von Schritten folgte.

»Das ist die Damentoilette«, begann ich und erstarrte, als mir die Worte im Hals stecken blieben.

Tobias' drohender Blick war auf mich gerichtet. Mein Mund wurde trocken und mein Puls raste. Ein kleiner finsterer Blick … bevor er zum Angriff überging.

In einer Sekunde hatte er den Abstand zwischen uns geschlossen und seine Faust in meinen Haaren vergraben. Er riss mich nach hinten, um mir zu zeigen, wer hier die Kontrolle hatte … *und das war nicht ich.*

Meine Jacke ging auf und mein T-Shirt spannte sich über meine Brüsten, was seinen wilden Blick auf mich zog.

»Prinzessin …«, säuselte er und hob seine Hand, um meine Brust zu berühren. Aber die Berührung war weder sanft noch zärtlich. Nein, nichts an Tobias war zärtlich. Ich zuckte zusammen, als er meine Brustwarze so fest kniff, dass ich aufschrie. »Ich dachte, ich hätte dich verdammt noch mal verloren«, knurrte er.

Ich öffnete den Mund, um etwas zu sagen, aber er ließ mich nicht zu Wort kommen, sondern ließ seine Hand über meinen Hintern gleiten, packte meinen Oberschenkel von unten und hob mich hoch, um mich auf den Rand des Waschbeckens zu hieven.

All die Angst und der Herzschmerz, die ich in mir getragen hatte, wurden freigesetzt. »Ich dachte auch, ich hätte dich verloren.«

Sein Mund war gnadenlos und ich begrüßte es. Jedes Beißen, jede Berührung. Ich stieß ein Stöhnen aus und brauchte seine harte Liebe wie die Luft zum Atmen.

Er riss mir die Jacke vom Leib und starrte mir in die Augen. »Prinzessin …«, flüsterte er. »Ich würde durch die Hölle kriechen, um zu dir zurückzukommen, weißt du das?«

Bei seinen Worten schmolz ich dahin und hob meine Arme, als er mir mein Oberteil über den Kopf zog. Meine Nippel versteiften sich unter seinen Blicken. Er senkte seinen Kopf und leckte über eine der Brustwarzen, bevor er sie mit seinen Zähnen berührte.

»Oh, Gott«, wimmerte ich und meine Hände wanderten zu seinem kurzen Haar. »Ja. Ja, Tobias ... *ja.*«

Ich sehnte mich nach seiner Kontrolle, nach seiner grausamen Art. Ich wollte alles an ihm, die Hitze in seinen Augen und die Qualen, die er an meinem Körper ausließ. Weglaufen oder ficken, das war die einzige Möglichkeit. Im Moment war er fertig mit Weglaufen.

Seine Finger bearbeiteten den Knopf meiner Jeans, dann spreizte er den Reißverschluss weit auf, bevor er ihn nach unten zog. Ein harter Ruck und ich rutschte vom Waschbecken, bis meine Füße den Boden berührten.

»T«, wimmerte ich.

Er drehte mich herum, bis ich in mein Spiegelbild anstarrte. Aber es war sein Gesicht, das ich sah. Seine dunklen Augen trafen die meinen. Er glitt mit seinen Fingern an meinen Schamlippen entlang und zog den Gummizug meines Höschens herunter.

Eine Hand wanderte in die Mitte meines Rückens und zwang mich sanft, mich vorzubeugen. »Spreiz deine Beine, Prinzessin, und sag mir, wie sehr du mich vermisst hast.«

Meine Brust drückte gegen den kalten Tresen, als seine Finger in mich eindrangen. »Ich habe dich vermisst«, flüsterte ich.

»Wie war das?« Er schob seine Finger in mich hinein, ließ sie dann an meiner Spalte entlang gleiten und griff zwischen meine Beine, um meinen Kitzler zu finden. »Ich habe dich nicht richtig verstanden.«

Die Kraft seines Körpers drückte mich an den Tresen. Ich konnte mich nicht bewegen, selbst wenn ich es gewollt hätte, und verdammt, ich wollte es nicht. Ich krallte mich an ihm fest und öffnete meine Beine so weit, wie es die Jeans und der Slip an meinen Knien zuließen.

»Ich habe dich vermisst«, murmelte ich.

Er stieß seine Finger in mich hinein, dehnte mich, *fickte mich* und streichelte den Teil von mir, der mich erzittern ließ. »Wie sehr, Prinzessin?«

Ich hielt mich am Tresen fest, als sich unsere Blicke im Spiegelbild trafen. »So sehr.«

Seine Mundwinkel zuckten. Das war die Strafe, die er mir auferlegen wollte. Er tadelte mich mit jeder seiner Berührungen, während er mit der anderen Hand nach seinem Reißverschluss griff. »Diese Fotze gehört mir, hast du das verstanden?«

»Ja.«

»Dieses Herz gehört *mir*.« Diese eindringlichen dunklen Augen waren auf mich gerichtet, als er meinen Oberschenkel packte und nach oben zog, um meine Muschi weit zu spreizen. »Weißt du, was mir noch gehört?«

Mein Knie rutschte ab und stieß gegen die Kante der Theke. Er knöpfte seine Jeans auf, schob sie nach unten und trieb seinen Schwanz mit einem harten Stoß in mich hinein. »Dein verdammtes Leben. Dein ...« Stoß. »Dein, verdammtes ... Leben.«

Ich bäumte mich gegen das Eindringen auf und streckte meine Hände aus, verzweifelt darauf bedacht, irgendetwas zu greifen, während er in mich eindrang.

»Keiner fasst dich an«, knurrte er und stieß erneut zu. »Niemand darf dich haben ... nur ich ... nur ... *wir*.«

Wir ...

Meine Stiefbrüder. Ich hielt mich an den Wasserhähnen fest, trieb meinen Körper nach hinten und kam seinen Stößen entgegen.

Ich hatte kaum eine Sekunde Zeit, mich auf das harte Eindringen meines Stiefbruders zu gewöhnen, bevor er sich zurückzog. Seine Augen waren weit aufgerissen. Seine Atemzüge waren wild. Ich hatte noch nie gesehen, dass jemand so aus dem Konzept geraten war. »Du gehörst mir, Ryth. Du hast mir schon immer gehört. Nichts und niemand wird dich mir wegnehmen, verstehst du das?«

Ich sah die Angst in ihm, die Angst, dass ich entführt werden könnte. Angst, dass ich getötet werden könnte. Alles, was er kannte, war Verlust. Er war davon gezeichnet, von seiner Wut bis zu seinem verzehrenden Verlangen. Für mich war er bis zum Äußersten gegangen und darüber hinaus. Vielleicht gab es für ihn kein Zurück mehr ... vielleicht gab es für keinen von uns mehr ein Zurück. Aber ich war hier. Ich war hier und für mich gab es kein Entrinnen. Nicht jetzt ... niemals.

»Dann mach mich zu deinem Eigentum.«

Sein Atem stockte und die ganze Welt wurde still. Meine Haut kribbelte unter der Intensität seines Blicks, als er langsam auf meine Muschi hinunter blickte, die sich immer noch zusammenzog und von der Brutalität seines Hungers pulsierte. Er umfasste meinen Hintern.

Seine Berührung war langsamer, weicher und suchender. Als wäre ich bis zu diesem Moment nicht wirklich da gewesen. Die Muskeln in seiner Kehle arbeiteten, als er schluckte.

»Sie werden dich mir nicht wegnehmen«, sagte er mit kalter Gewissheit. »Keiner wird dich mir wegnehmen.«

Er glitt mit seinen Fingern an meinen Schamlippen entlang, spreizte mich und drang dann wieder in mich ein. Ich biss mir auf die Unterlippe und krümmte meine Wirbelsäule, während ich das Gefühl genoss.

»Hörst du mich, kleine Schwester?«, drängte er und stieß diesmal langsamer zu. »Niemand wird dich mir wegnehmen.«

Ich stöhnte bei diesen langsamen, fordernden Stößen und drängte mich ihm entgegen.

»Öffne deine Augen, Prinzessin. Sieh mir zu, wie ich dich ficke.«

Ich tat es und fand diesen unergründlichen Blick im Spiegelbild. Er war der Bruder, der mich gehasst hatte, der Bruder, der alles getan hatte, um grausam zu sein. Jetzt war er der Bruder, der für mich töten würde.

Das leise Geräusch von Pfannen hallte von draußen herein. Für eine Sekunde hatte ich vergessen, dass es die Welt außerhalb der Toilette gab – in diesem Moment gab es nur ihn und das hier. Ich schob die Realität beiseite und konzentrierte mich auf das Gefühl seines großen Schwanzes in mir.

Er beugte sich vor und griff mir an die Kehle. »Magst du es, hart gefickt zu werden, kleine Schwester?«, grunzte er und stieß in mich hinein. »Gefällt es dir, wie Caleb dich fickt?«

Ich nickte und zitterte heftig.

»Dann betrachte dich als unser Eigentum.«

»Ja ...« Ich drängte mich gegen ihn, kam seinen Stößen entgegen und nahm ihn tiefer und härter auf.

Er besaß mich.

Sie *alle* besaßen mich.

Er hob die Hand, umfasste meinen Kiefer und drehte mich so, dass er mir in die Augen schaute. »Sag meinen Namen, kleine Schwester.«

»Tobias«, stöhnte ich.

»Noch einmal«, forderte er.

»*Tobias.*«

Er hob seine Hüften an und drückte mich gegen das Waschbecken. Ich hatte keinen Platz zum Ausweichen, keinen Platz zum Atmen. Aber das war auch egal. Sein Atem war mein Atem. Seine Berührung war mein *Ein und Alles.*

Die Intensität seines Blicks brachte mich um den Verstand und als mein Orgasmus in mir bebte, öffnete sich die Tür zum Badezimmer.

Tobias war ein Tier und griff sich an den Rücken, um die Person, die den Raum betrat, mit einer Waffe zu bedrohen.

Aber es war Nick.

»Eine Sekunde, Bruder«, knurrte Tobias und wandte seine Aufmerksamkeit wieder mir zu. »Genau so, Prinzessin. Nimm es. Nimm dir, was du brauchst.«

Ich senkte meine Brust auf die kalte Oberfläche, während meine Muschi sich verkrampfte. »Oh, Gott ... *oh, Gott.*«

»So ist es gut, Baby«, grunzte Tobias.

Ich begegnete Nicks Blick im Spiegelbild, als meine Welt explodierte.

Die Pistole klapperte, als Tobias sie auf den Tresen legte und ein langes Stöhnen von sich gab, als er einmal stieß und dann zum Stillstand kam. Sein Schwanz pochte. Wärme blühte in mir auf, sodass ich wimmerte und mich fest an ihn drückte.

»Verdammt, kleine Maus«, keuchte Tobias und der Schweißglanz auf seiner Stirn schimmerte. »*Verdammt.*«

Seine schweren Atemzüge erfüllten den Raum, während er mich anstarrte. Ich hatte ihn aus dem Konzept gebracht, das wusste ich jetzt. Ich warf einen Blick auf Nick.

Nein.

Ich hatte sie alle aus den Angeln gehoben.

Genau wie sie es mit mir getan hatten.

»Das war nur ein Vorgeschmack, Prinzessin.« Tobias zog meine Aufmerksamkeit wieder auf sich, als er seinen Schwanz aus mir herauszog und an mir herab blickte. Seine Finger glitten zwischen meine Beine, während er sein Sperma wieder in mich schob. »Sorge dafür, dass du mir zur Verfügung stehst, Tag und Nacht. Betrachte es als deine Strafe dafür, dass du mich verlassen hast, und denk nicht einmal daran, das hier wegzuwischen. Ich werde jeden Zentimeter von dir beflecken, wenn ich mit dir fertig bin.«

Meine Muschi pochte und mein Herzschlag verkrampfte sich um seine Finger. Aber sein raubtierhafter Blick sagte alles. Das würde ich bekommen. Vielleicht mehr, als ich erwartet hatte. Das war die strafende Art meines Stiefbruders.

Ich war ihm ausgeliefert …

Meine Knie zitterten. Mein Wille war schwach.

»Hast du mir etwas zu sagen, kleine Schwester?«, forderte Tobias.

Ich versuchte, meine panischen Atemzüge zu kontrollieren. »Nein.« Ich leckte mir über die Lippen. »Überhaupt nicht.«

Mit einem Nicken griff er nach unten, schob seinen Schwanz in seine Jeans und machte den Reißverschluss zu. »Nick?«

Sperma benetzte die Innenseiten meiner Oberschenkel. Gott, ich hätte fast gewimmert, als Nick die Sauerei betrachtete, die sein Bruder angerichtet hatte. »Noch nicht.« Er leckte sich über die Lippen, als er antwortete. »Aber wenn ich dich so über das Waschbecken gebeugt sehe, überlege ich es mir noch einmal.«

Tobias lehnte sich vor und stützte sich mit der Hand an der Wand ab, was Nick einen finsteren Blick entlockte.

»Ich wollte dir nur sagen, dass das Essen da ist.«

Tobias nickte, dann begegnete er meinem Blick. »Geh du essen, Prinzessin. Ich komme gleich nach.«

»T«, warnte Nick.

»*Ich sagte, ich bin gleich da.*« Tobias fletschte seine Zähne.

Zwischen den beiden lief etwas ab. Etwas, das ich nicht verstand. Ich griff nach unten und zerrte mein Höschen und meine Jeans nach oben. »Was ist hier los?«

Nick starrte T an.

T sah mich nur an und schüttelte den Kopf. »Nichts.«

Aber es sah nicht nach nichts aus. Es sah nach einer ganzen Menge aus. Aber niemand drängte Tobias. Niemand sagte ihm, was er tun sollte. Er war zu stur für sein eigenes Wohl.

»Gut«, antwortete Nick.

»*Gut*«, erwiderte Tobias.

»Männer«, murmelte ich, knöpfte meine Jeans zu und schüttelte den Kopf. »Nein, *Brüder*.«

Die beiden beobachteten mich, als ich den Seifenspender betätigte und mir die Hände wusch, wobei ich mir ein Stück

Papiertuch abriss und die beiden beäugte, während ich ging. Nick folgte mir nach draußen, und in dem Moment, in dem ich das tat, schlug mir der Geruch von Essen entgegen.

Ich hatte an diesem Ort nichts gegessen und kaum etwas zu trinken gehabt. Aber ich war nicht die Einzige. Caleb saß wartend da, den riesigen Teller mit Essen vor sich nicht angerührt. Rebel kaute und nagte an einem dicken, rohen Steak auf dem Boden, während ich mich ihm gegenüber in die Sitzecke sinken ließ.

»Besser?«

Ich begegnete Calebs Blicken, als er mein Gesicht musterte. Ich wusste, dass er die Spuren sah, die sein Bruder hinterlassen hatte. »Nicht im Entferntesten«, antwortete ich und senkte meinen Blick auf den riesigen Cheeseburger und die Pommes, die auf mich warteten. »Es wird mir besser gehen, wenn wir in Sicherheit sind und ich von meinem Dad höre.«

Er nahm Messer und Gabel in die Hand und schnitt in sein Steak. Er stürzte sich mit äußerster Präzision auf sein Essen, schnitt, kaute. Ich wusste, dass er hungrig sein musste. Er hatte seit dem einen Bissen von dem Sandwich nicht mehr gegessen.

Dieser Ort verdarb alles. Nick schritt auf uns zu, aber anstatt sich zu setzen, ging er weiter. Ich nahm einen riesigen Bissen von dem Burger und stöhnte über den Geschmack. Ich leckte das Fett und die Soße ab, die an meiner Hand heruntertropften, und schaute über meine Schulter, um zu beobachten, wie Nick mit der Frau hinter dem Tresen sprach.

Sie hob ihre Hand und deutete auf etwas im Schatten neben der Tür. Ich sah meinen Teller kaum, als ich danach griff, zwei Pommes nahm und sie durch das Ketchup schleifte, bevor ich sie in meinen Mund schob und mich umdrehte.

Es war ein Telefon. Eines dieser alten Festnetztelefone, die Autofahrer ohne Handy-Empfang benutzten, wenn sie gestrandet waren. Aber Nicks Handy lag vor uns auf dem Tisch und hatte vollen Empfang.

Ich kaute und schluckte weiter, diesmal ohne hinzusehen. Stattdessen beobachtete ich meinen Bruder, wie er Nummern eintippte und in den Hörer sprach, mit wem, wusste ich nicht.

»Mit wem redet er?«

»Wenn ich das wüsste«, antwortete Caleb.

Ich glaubte ihm nicht. Ich sah ihn an und suchte in seinen haselnussbraunen Augen nach der Wahrheit. »Was ist los?«

Eine Augenbraue hob sich, als er kaute und schluckte, dann griff er nach der Serviette und tupfte sich die Seite seines Mundes ab. »Willst du die lange oder die kurze Version, kleine Schwester?«

Er spielte mit mir. Ich schaute zu der geschlossenen Tür der Damentoilette. Tobias war immer noch nicht herausgekommen, und plötzlich hatte ich keinen Hunger mehr, sondern war besorgt und sauer.

»Da kommt er«, murmelte Caleb. »Du kannst ihn selbst fragen.«

Nick setzte sich neben Caleb. Ich wartete nicht und deutete mit dem Kopf zu dem Telefon. »Wer war das?«

Nick lächelte nur und schaute auf meinen Teller. »Hast du keinen Hunger, Prinzessin?«

»Nein.« Ich legte meinen Burger auf den Teller. »Wirst du mir antworten?«

Seine Mundwinkel zuckten, als er den Kopf schüttelte. »Wenn du keinen Hunger hast, dann holen wir uns den Rest zum Mitnehmen.«

Er winkte die Kellnerin heran und diesmal war sie entgegenkommend und lächelte sogar, als sie sich näherte. Er wandte den Blick nicht einmal von mir ab. »Können Sie den Rest einpacken? Legen Sie noch drei Steaks für den Hund und sechs Flaschen Wasser dazu, dann können wir los.«

Sie nickte nur, schnappte sich meinen Teller und das unangetastete Essen von Tobias. »Klar doch.«

Kaum war sie weg, hallte das Klappern der Teller durch die Küchentür. Es schien, als wäre sie froh, uns loszuwerden.

»Willst du mir sagen, was los ist, Nick?«, forderte ich. »Ich verdiene es, es zu erfahren.«

»Das tust du.« Sein Lächeln war dieses Mal traurig. »Und ich will es dir sagen, aber zuerst müssen wir dich an einen sicheren Ort bringen. An einen Ort, an dem sie dich nicht aufspüren können. Irgendwohin, wo sie dich nicht finden können. Erst dann werden wir dir sagen, was hier los ist und warum.«

Die Badezimmertür öffnete sich und Tobias stolperte heraus, nur dass er dieses Mal etwas stärker hinkte. Der Schweißtropfen war jetzt noch deutlicher zu sehen, als er sich auf den Weg zum Tisch machte. »Gehen wir?«

»Ja«, antwortete Nick.

»Gut.« Tobias schien damit zufrieden zu sein und ging weiter an der Kellnerin vorbei, als diese zurückkam, die beiden restlichen Teller nahm und ging.

Kaum eine Minute später kam sie mit einer Plastiktüte zurück, in der sich die Essensbehälter befanden. Nick griff in seine Tasche, holte einen weiteren Hundert-Dollar-Schein heraus und legte ihn auf den Tisch, bevor er hinausging. »Danke.«

Er schnappte sich die Tüte und deutete auf die Tür. »Ryth.«

Er sagte meinen Namen nicht einfach so. Nicht normalerweise.

Ich schnappte mir eine Serviette vom Tisch vor mir, wischte mir die Hände ab und legte sie zurück, während ich aufstand und ihnen nach draußen folgte.

Tobias hatte kaum drei Schritte vor uns gemacht, als wir ihn einholten. Ich trat auf die erste Stufe, als er schwankte und nach dem Geländer griff.

Doch er verfehlte es.

»Tobias!«, rief ich.

Er machte einen Schritt und noch einen, bis seine Knie nachgaben und er auf den Boden stürzte. Panik durchströmte mich, als ich zu ihm eilte. »Tobias!« Ich rief seinen Namen ...

Aber dieses Mal stand er nicht auf.

ZEHN

Vivienne

Sie waren da draußen, auf der anderen Seite dieser verdammten Tür ... zumindest war da irgendjemand.

Da war ich mir sicher.

Ich *spürte* sie mehr, als dass ich ein Geräusch hörte. Die Luft war aufgeladen, mit dieser unverwechselbaren männlichen Spannung. Ich fing an, diesen verdammten Fleck zu *hassen*. Ich machte einen Schritt auf die Tür zu, dann warf ich einen Blick auf die schwarzen Vorhänge, die das Fenster verdeckten. Ich würde mich durch das verdammte Ding stürzen, selbst von so hoch oben ... wenn ich so eine Fluchtmöglichkeit hätte.

Nein. Meine Hoffnung darauf war in der Heckscheibe des Wagens verschwunden, in dem mich der Bastard entführt hatte. Ryth und ihre Stiefbrüder waren weit zurückgeblieben. Ich wusste nicht einmal, ob sie noch am Leben waren. Sie war es, da war ich mir sicher. Der Orden riskierte sein Eigentum nicht.

Und das war alles, was wir für sie waren.

Eigentum.

Ich richtete meinen Blick auf die durchsichtigen Vorhänge, die so weit zur Seite gezogen waren, dass ich einen Blick in die Dunkelheit werfen konnte ... wieder.

Schon wieder.

Das Wort ertönte. Drei Tage hatten sie mich hier festgehalten. Drei Tage, um herumzulaufen und mir jede Gemeinheit auszudenken, die ich diesem Mann und seinen verdammten Söhnen antun wollte, sobald ich fliehen konnte. Ich war die Gefangene von London St. James. Daran gab es keinen Zweifel. Ich hatte versucht, die Schlösser an den Fenstern zu öffnen, aber das Plastikbesteck, das er mir überlassen hatte, erwies sich als unbrauchbar.

Trotzdem hatte ich es geschafft, eines der Schlösser so zu verbiegen, dass es aussah, als könnte ich entkommen. Das würde ihn verärgern und sein perfektes Schlafzimmer ruinieren *... das er für mich eingerichtet hatte.*

Fand er die dunklen, launischen Tonfälle sexy? Ich hob meinen Blick auf das schwarze Kopfteil des Kingsize-Bettes und die weiche rosa Bettwäsche aus ägyptischer Baumwolle. Glaubte er, dass mir alles gefiel, was er mir gekauft hatte? Die perfekten Laken zogen meinen Blick auf sich. Laken, die sich wie Satin anfühlten, als ich zwischen sie schlüpfte.

In diesem Moment war nur das untere Spannbettlaken da. Ich blickte auf das staubige Rosa hinunter, das sich um meinen Körper wickelte. Denn das andere Laken war besetzt. Ich steckte die Ecke um meine Hüften und überprüfte den Knoten an meinem Rücken. Es schien, als wären seine teuren Laken nicht nur zum Schlafen geeignet, sondern auch zum Tragen.

Schwarz, kombiniert mit Blutrot und zarten Rosatönen füllten den großen Raum. Nein, ich hasste dieses Zimmer und alles, was sich darin befand.

Schützling.

So nannte er mich. Aber das war nur ein schöner Name für eine Gefangene. Seine ... eigene, persönliche Sklavin. Nur hatte er mich nicht gezwungen. Zumindest noch nicht. Ich drückte meine Handfläche gegen die Tür und versuchte dann, den Griff zu öffnen. Das Schloss klemmte, der Stahl war unnachgiebig. *»Lasst mich raus, verdammt!«*

Ich schlug meine Faust gegen das Holz.

Draußen war ein leises Geräusch zu hören.

Ein Scharren von etwas auf der anderen Seite.

Vor Schreck bekam ich eine Gänsehaut. »Ich weiß, dass du da bist.« Ich drückte meine Handfläche gegen das gestrichene Holz. »Ich kann dich atmen hören.«

»Kannst du das?«

Ich zuckte bei der Stimme zusammen und wich zurück. Aber die Stimme war nicht die von London. Es war der Sohn, nur welcher war es? Ihre identischen Gesichter erfüllten mich, nur dass alles andere verschwommen war. »Dein Name.« Ich starrte die Tür an. »Wie war er noch gleich?«

Stille. Dann ein leises Schnauben.

Dieses Geräusch machte mich wütend. »Habe ich etwas Lustiges zu dir gesagt?«

Immer noch war nichts zu hören.

Meine Mundwinkel zuckten. »Ihr könnt mich nicht ewig hier festhalten. Ich werde rauskommen. Vielleicht bringe ich Daddy sogar um, wenn ich schon dabei bin, was hältst du davon, Arschloch?«

Ich wusste, dass er mich gehört hatte, aber trotzdem sagte er nichts. Das machte mich nur noch wütender.

»Antworte mir!«, schrie ich und schlug gegen die Tür, bis sie erbebte. *»ANTWORTE MIR!«*

Aber er antwortete nicht. Denn er war nicht da, nicht mehr. Da war eine Leere, die er zurückgelassen hatte. Es war ein Vakuum der Stille. Genau wie dieser verdammte Ort. Ein erdrückendes Gewicht … eine Last in meinem Bauch. Denn ich war verschwunden, schon wieder … nicht wahr?

Genau wie beim ersten Mal, als meine Familie mich bei der ersten Gelegenheit losgeworden war. Ich hatte mich gewehrt und getreten, als sie versucht hatten, mich in ein verdammtes Kloster zu schleppen. Ich hatte um mich geschlagen und darum gebettelt, bleiben zu dürfen, als ihnen bewusst geworden war, dass ihre Drohungen mir gegenüber nicht mehr als Worte waren.

Um ehrlich zu sein, hatten sie mich nie geliebt.

Verdammt, sie hatten mich kaum geduldet.

Denn wir teilten nicht das gleiche Blut. Keiner von ihnen.

Ich sollte mich glücklich schätzen, dass ich nicht in einer Pflegefamilie gelandet war. Nein, stattdessen war ich bei Eltern aufgewachsen, die die emotionale Kapazität von verdammten Robotern hatten.

Ich hatte nur mich selbst gehabt. Meinen Verstand. Meine Kraft. *Meine Gerissenheit.*

Das musste auch reichen, um mich aus dieser Situation zu befreien.

Ich hatte ja keine andere Wahl, oder?

Das langsame Poltern von Schritten hallte von der Treppe wider. Ich ließ meine Hand von der Tür fallen und trat einen Schritt zurück. Ich hatte diesen Moment schon seit Stunden im Kopf … aber jetzt war ich mir nicht mehr so sicher.

Ich warf einen Blick auf das Laken, das mich umhüllte und trat zurück, bis meine Beine an die Bettkante stießen, als das Schloss klickte und die Tür sich öffnete.

Dann kam der Teufel persönlich herein, mit einem Tablett voller Essen.

Natürlich schloss er die Tür hinter sich ab. So einfach ging das nicht. Er warf keinen Blick in meine Richtung, sprach nicht einmal, als er das Tablett neben dem halb aufgegessenen Sandwich und dem leeren Wasserglas auf den Schreibtisch stellte. »Gut.« Seine Worte waren vorsichtig. »Du fängst an zu lernen.«

»Fick ... *dich*.«

Sein undurchdringlicher, eisiger Blick richtete sich auf mich, dann senkte er ihn langsam. Ich kämpfte nicht gegen die Genugtuung an, die mir der abweisende Blick bescherte. »Wo sind die Klamotten, die ich zur Verfügung gestellt habe?«

»Ich habe sie aus dem Fenster geworfen.«

Er zuckte zusammen und sein Blick wanderte zu den Vorhängen hinter mir. »Du hast was getan?«

Ich lächelte breiter. »Ich habe sie ... *aus* dem Fenster geworfen.«

Seine Nasenlöcher blähten sich auf. Seine Augen verengten sich und lenkten die Aufmerksamkeit auf die schwachen Falten in der Nähe seiner Schläfe, die sein Alter deutlich verrieten. Ich reckte mein Kinn in die Höhe. »Wenn du willst, dass sich jemand wie eine Hure anzieht, dann solltest du die verdammten Klamotten selbst tragen ... *Daddy*.«

Er wurde still. So still, dass er wie eine verdammte Statue aussah, dann bewegte er sich schneller durch den Raum, als ich reagieren konnte. Seine Hand holte aus, packte mich an der Kehle und zwang mich nach hinten, bis ich auf das Bett fiel.

Er war augenblicklich auf mir und ließ mir keinen Ausweg.

»Die haben mich ein verdammtes Vermögen gekostet.« Sein kultivierter, steinerner Ton ließ die Angst in meiner Brust flattern, als er auf das Laken hinunterblickte, das sich um meine Brüste schmiegte. »Wenn du das nächste Mal beschließt, etwas wegzuwerfen, was ich dir gekauft habe, wird es das letzte Mal sein, dass du die Freiheit hast, so etwas zu tun. Habe ich mich klar ausgedrückt?«

Ein Schaudern durchlief mich.

Er starrte mich mit seinem tödlichen Blick an und sein Griff wurde fester, bis ich den Drang zu würgen verspürte. »*Habe ... ich ... mich ... klar ... ausgedrückt?*«

»Ja«, zischte ich.

Langsam lockerte sich sein Griff, bevor er sich zurückzog und aufstand. Sein kalter Blick ruhte auf meinem Körper und auf der Art, wie meine harten Atemzüge gegen den Stoff drangen. Ich spürte einen kalten Luftzug, der meine Hüfte streichelte, wo das Laken offen war. Die Berührung seiner Finger ließ mich erschaudern, als er das Laken beiseite schob, damit es zwischen meine gespreizten Schenkel fiel. Noch einen Zentimeter weiter nach links und er würde alles sehen ... und enthüllen, dass ich nichts darunter trug.

Denn das war es, was er wollte ... nicht wahr?

Meinen nackten Körper.

Offen.

Entblößt.

Ich wartete auf seine brutale Berührung.

Er leckte sich über die Lippen und seine Brust hob und senkte sich.

Jetzt sah ich es. In London St. James gab es eine Belastungsgrenze, und ich hatte sie endlich erreicht.

Das Flattern in meiner Brust sank tiefer, bis es sich zwischen meinen Schenkeln niederließ, ein wenig tiefer als das Laken. Meine Muschi verkrampfte sich mit diesem Pochen. Ich hasste das, ich hasste es, dass ich wollte, dass er das Laken weiter zur Seite schob, anstatt mit meinen Fäusten auf ihn einzuschlagen und ihm ins Gesicht zu schreien.

Ich wollte, dass er mich sah.

Dass er mich ausnutzte.

Dass er mich wieder in den Keller brachte und seine Drohungen wahr machte.

Oh, Gott ...

Meine Wangen brannten. Die Hitze ließ den Herzschlag zwischen meinen Beinen nur noch heftiger pochen. Ich brauchte keinen Spiegel, um meine eigene Erniedrigung zu sehen, ich sah sie in seinem Gesicht. Seine Mundwinkel zuckten, als er sich wie ein Vampir von meiner Scham ernährte.

»Jetzt möchte ich, dass du das Essen isst, das ich dir gebracht habe ... und Vivienne.«

»Ja?«

Er blickte auf den Stoff hinunter, der meine Muschi umschloss, und seine Stimme klang verführerisch. »Ich habe die Nase voll von deinem Verhalten. Noch so ein Auftritt von dir und ich bringe dich nach unten. Hast du verstanden, was ich sage?«

Pochen ...

Ich schluckte und nickte langsam, mein Puls raste in meiner Brust.

»Gut«, murmelte er und begegnete meinem Blick. »Jetzt iss. Ich komme später wieder und hole das Tablett.«

Er drehte sich auf dem Absatz um und ging zum Schreibtisch, dann nahm er den Plastikteller mit dem Sandwich und den Wasserkrug und ging zur Tür.

Ich wagte nicht zu atmen, bis die Tür hinter ihm zufiel. Ich wartete nur darauf, dass sie zuschnappte, bevor die Luft meine Lungen mit einem Zischen verließ.

»Oh Gott.« Ich ließ meine Hände auf die Bettdecke fallen und umklammerte die weiche Oberfläche.

Das war knapp …

Das war wirklich verdammt knapp.

Poch …

Poch …

Ich schob meine Schenkel hin und her und der Stoff streichelte die Seiten meiner Muschi. Ich war feucht … und bedürftig. Ich griff nach unten, schob den Rand des teuren Lakens zur Seite und versenkte meine Finger darin.

»Ahhh«, stöhnte ich und schloss meine Augen.

Ich war nicht sanft. Ich bewegte mich nicht zuerst zu meinem Kitzler, um mich vorzubereiten. Ich schob einfach zwei Finger hinein, so weit es ging, aber es war nicht weit genug. Nicht einmal annähernd. Ich spreizte meine Schenkel weiter und stieß erneut zu.

Ich habe die Nase voll von deinem Verhalten.

Ein Stöhnen entrang sich mir, tief und kehlig, wie das eines Tieres.

Ich bringe dich runter in den Keller.

Bring dich runter … Ich beschleunigte meine Bewegungen und benutzte meine Feuchtigkeit, um meinen Kitzler zu finden. Verdammt, ich war feucht … feuchter als ich es je in meinem Leben gewesen war. »Nein.« Ich schloss meine Augen fester. Ich wollte es nicht, aber ich konnte es nicht aufhalten, selbst wenn ich es versuchte.

Ich wollte das. Ich wollte … *ihn.*

Mein Kitzler pulsierte und meine Muschi verkrampfte sich.

Während mein Verstand nach Erlösung schrie.

Ich fuhr mit drei Fingern in meine Muschi, hielt inne und stemmte meine Hüften vom Bett hoch. Ich hätte mich in diesem Moment von ihm ficken lassen … von ihm und seinen beiden Söhnen. Ich hätte ihn alles machen lassen, was er wollte …

Fuck!

Ich kam härter, pulsierte, klammerte mich fest und presste mich gegen meine Hand. Ich schloss meine Schenkel und rollte mich, wobei ich meine Finger immer noch in mir ließ … und als mein Verstand langsam in die Realität zurückkehrte, hörte ich wieder das Geräusch vor der Tür.

Sein Gewicht.

Wer auch immer er war …

Und ich wusste, dass er alles gehört hatte, was ich gerade getan hatte.

»Fick dich«, keuchte ich. »Ihr könnt mich alle mal!«

Langsam zog ich meine Finger heraus und hob sie an meinen Mund. Salzig, süß. Ich mochte meinen eigenen Geschmack. Meine Augen konzentrierten sich und entdeckten den kleinen schwarzen Fleck, der unter dem Rand des Kissens hervorlugte.

Ich wollte mich nicht bewegen, aber ich tat es doch und streckte mich, um den Rand des Kleidungsstücks zu greifen und es herauszuholen. Ich hob es vor mir in die Luft.

Das war keine Unterwäsche. Das war pure Unterhaltung … *seine Unterhaltung.*

Das hochtaillierte Höschen bestand auf der Rückseite hauptsächlich aus Riemen. An der Taille waren sie dick und gingen in dünne Riemen über, die meine Hüften umschließen sollten. Ich vermutete, dass die beiden tiefen Träger meinen Hintern umschließen und darunter abtauchen sollten, um mich zu spreizen.

Er wollte, dass ich das trug.

Nein, er verlangte, dass ich es trug.

Zu meiner Erniedrigung und zu nichts anderem. Denn er konnte den Vertrag nicht brechen. Wenn er es täte, wäre ich für immer weg. Das war alles, was zwischen mir, diesem Monster und den kahlen weißen Mauern des Ordens stand. Ein lächerlicher Zettel und seine verdammte Unterschrift.

Ich wette, ich würde sogar sein verdammtes Gekritzel hassen.

War London St. James ein Mann von Ehre? Nein. Aber er war ein Mann von Rang. Ich schluckte schwer, denn ich spürte seinen starken Griff um meine Kehle noch immer. Das wusste ich bereits. Wenn er seinen Schwur gegenüber den Monstern, die den Orden leiteten, brechen würde, würde er in der Hölle schmoren.

Ich starrte das fadenscheinige Outfit in meiner Hand an.

Wenn er nicht bereit war, den Vertrag zu brechen …

Warum zum Teufel wollte er dann, dass ich das trug?

Ich bringe dich in den Keller.

Seine Drohung war immer noch nicht verstummt.

Er war zwar nicht in der Lage, in meinen Körper einzudringen, aber das würde ihn nicht davon abhalten, mich auf andere Weise zu erniedrigen. London war ein Mann, der auf meine Zerstörung aus war. Die Frage war nur, ob er auch mein Begehren für sich beanspruchen würde.

ELF

Caleb

»Tobias?«, rief Ryth und stolperte nach vorne. »*Tobias!*«

Ich starrte meinen Bruder am Boden an und versuchte zu verstehen, was los war. »Was ist passiert?« Die Angst meldete sich und ließ mich nach hinten greifen, um die Waffe aus dem Hosenbund zu holen, bevor ich mich drehte und den leeren Parkplatz nach Bewegungen absuchte. »Wurde er angeschossen?«

Nick knurrte und fiel neben T auf die Knie.

»*Nick!*«, brüllte ich. »Wurde er verdammt noch mal angeschossen?«

Ryth blickte zu ihm auf, als sie Tobias an der Schulter packte und ihn auf den Rücken rollte. Ich riskierte einen Blick und suchte die Brust meines Bruders nach Blut ab, bis Nick mir die Sicht versperrte. »Er wurde nicht angeschossen. Er wurde nicht ... *angeschossen.*«

Ich atmete auf, als ich diese Worte hörte. Mein Gott ... Trotzdem vertraute ich niemandem, nicht mehr. Nicht, wenn es um meine Familie ging. Ich richtete die Mündung auf den draußen geparkten Truck und schwenkte zu der dunklen Baumreihe, die das Diner umgab.

»Tobias«, flehte Ryth. »Kannst du mich hören? *Bitte, sag etwas.*«

»Wir müssen ihn zum Auto bringen.« Nick warf einen Blick in meine Richtung. »Ihr müsst mir helfen.«

Tobias' Atemzüge waren so flach, dass sein Brustkorb sich kaum bewegte. Gott, er sah nicht gut aus. Nein, er sah ganz und gar nicht gut aus. Ich nickte kurz, steckte die Waffe zurück in meinen Hosenbund und ging auf sie zu.

Nick war immer noch verletzt. Die Stichwunde in seiner Seite war noch nicht einmal genäht. Ich wollte auf keinen Fall zulassen, dass er sich noch mehr verletzte. »Ich nehme seine Schultern, du seine Füße.«

»Gib mir die Schlüssel, Nick.« Ryth erhob sich vom Boden und streckte ihre Hand aus. »Ich öffne die Türen.«

Er durchsuchte seine Taschen und überreichte sie ihr, bevor sie zu dem Auto eilte, das neben dem Diner geparkt war.

»Rebel.« Nick ruckte mit dem Kopf. »Ihr nach.«

Ich wollte ihm sagen, dass das Kommando sinnlos war. Die Hündin war noch klein, und selbst wenn ich ihr beigebracht hätte– Ich hatte kaum den Mund aufgemacht, da humpelte das verdammte Ding schon davon. Ich schüttelte ungläubig den Kopf, dann ging ich auf meinen Bruder zu, beugte mich vor und schob meine Hände unter seine Achseln. »Bereit?«

»Wenn du es bist.«

Meine Muskeln verkrampften sich und mein Rücken spannte sich an, als ich meine Stiefel in den Boden stemmte und ihn hochhob. »Mein Gott, T«, stöhnte ich. »Du bist verdammt schwer.«

Erinnerungen kamen auf. Als T und ich auf den Sitzen vor dem Operationssaal gesessen hatten, während wir darauf gewartet hatten, dass uns jemand mitteilte, ob unser Bruder überlebt hatte. T, als er neben Moms Sarg gestanden hatte, und als er es in dem Club mit zwei verdammten Türstehern aufgenommen hatte, als sie hinter mir her gewesen waren.

Er hatte immer gekämpft.

Er hatte gegen Dad gekämpft.

Er hatte gegen das Leben gekämpft.

»Du bleibst besser am Leben, du sturer Bastard«, murmelte ich und taumelte zum Auto. »Du bleibst besser ... am Leben, verdammt noch mal.«

Ryth wartete mit entsetztem Gesichtsausdruck neben der offenen Hintertür. Ich wollte etwas sagen, um sie zu trösten. Aber die Hoffnung, die ich hatte, war bestenfalls dürftig.

»Ich steige ein, halt ihn einfach fest, okay?« Ich ließ fast seine Schultern fallen, als ich mich rückwärts in den Sitz begab und ihn hinter mir herzog.

Im Handumdrehen war sie weg, huschte zum Heck des Autos und öffnete die andere Tür, damit ich ihn ganz hineinziehen konnte. »Das Licht«, drängte Nick. »Mach das verdammte Licht an.«

Ich drückte auf den Schalter oben und das Innere des Wagens wurde von einem schwachen Lichtschein erfüllt. Aber es reichte aus, um den Blutfleck zu sehen, der seine schwarze Jeans durchtränkt hatte.

»Was zum Teufel ist passiert?« Ich starrte Nick an, als er Tobias' Jeans aufknöpfte und sie herunterzog.

»Wir haben nur ...«, fing Ryth an und hielt inne, als wir den oberen Teil des weißen Verbandes sahen. »Wir hatten Sex«, beendete sie und schüttelte langsam den Kopf.

»Sex hat das nicht verursacht, Prinzessin.« Nick zerrte die Hose meines Bruders nach unten. »Das war eine Kugel.«

Je tiefer sie rutschte, desto schlimmer wurde der Anblick, bis kaum noch etwas Weißes auf dem Verband zu sehen war. Stattdessen war er mit Blut befleckt.

»Mein Gott«, zischte ich. »Warum zum Teufel hat er nichts gesagt?«

Nick warf mir einen ruckartigen Blick zu. »Du kennst doch unseren Bruder, oder?«

Damit war alles gesagt. »Sturer Wichser«, knurrte ich, als Nick den oberen Teil des Verbandes herunterzog und die dunkle Wunde anstarrte.

»Scheiße.« Nick schloss kurz die Augen, und als er sie wieder öffnete, sah ich nur noch Angst.

»Oh Gott. Oh Gott ...«, flüsterte unsere Schwester. »Wir müssen ihn in ein Krankenhaus bringen.«

»*Kein Krankenhaus*«, antworteten Nick und ich gleichzeitig.

»Was meinst du mit ›kein Krankenhaus‹?« Sie drängte sich um mich herum und zeigte mit dem Finger auf die Wunde. »Sieh dir das an, das ist schlimm ... *das ist wirklich verdammt schlimm.*« Ihre Stimme brach, bis sie nichts mehr sagte ...

Schweigen.

Mein Magen verkrampfte sich und der Geschmack des Steaks stieg in meiner Kehle auf. Die Mullbinde schimmerte. Die Wunde war an den Rändern schwarz. Es sah schlimm aus ... verdammt schlimm.

Ich hatte das getan.

Es gab keinen Weg daran vorbei.

Ich habe das alles verursacht. Wenn ich Killion nicht verfolgt hätte, wenn ich sie nicht zurückgelassen hätte …

Das Auto schien unter dem Gewicht der Konsequenzen zu schwanken. Ich schloss meine Augen, als die Schwere auf meine Brust drückte. Wir hatten keinen Ort, an den wir gehen konnten, und niemanden, dem wir vertrauen konnten. Wir konnten nicht ins Krankenhaus gehen. Und hier konnten wir ganz sicher nicht bleiben.

»Es gibt da einen Arzt.«

Ich öffnete meine Augen.

Nick leckte sich über die Lippen und begegnete meinem Blick. »Dieser Typ.«

Ich runzelte die Stirn. »Welcher Typ?«

Mein Bruder richtete sich auf, kramte in seiner Tasche, holte eine Art Visitenkarte heraus und murmelte: »Ein Freund eines Freundes, anscheinend.«

Ich konzentrierte mich auf das verdammte Ding in seiner Hand. »Ein Freund? Welcher verdammte Freund?«

Aber Nick antwortete nicht. Er schüttelte nur den Kopf und starrte mich seltsam an. Dieser Blick gefiel mir überhaupt nicht. *»Was für ein verdammter Freund, Nick?«*

Ein rasselnder Atemzug wurde von einem Stöhnen begleitet. Tobias öffnete langsam seine Augen. »Was zum Teufel ist passiert?«

»Du bist zusammengeklappt.« Ryth drängte sich um mich herum, stieg in den Fußraum und ich wich ihr aus. *»Warum* *zum Teufel hast du mir nicht gesagt, dass du angeschossen wurdest?«*

Aber der Klugscheißer lächelte nur schwach und sagte nichts, während er die Augen schloss. In dem Moment, als er das tat, verwandelte sich das Grinsen in ein Zucken.

»Wir müssen den Arzt anrufen«, antwortete Nick.

Tobias riss seine Augen auf und starrte unsere Schwester an. »Ich kann ... niemandem vertrauen.«

»Ja, aber uns gehen langsam die Optionen aus«, schnauzte Nick. »Ich werde ganz sicher nicht meinen Vater und meinen Bruder am selben Tag verlieren.«

Meinen verdammten Vater?

Ich wich zurück. Minen Vater? Was zum Teufel sollte das bedeuten? War Dad ... *war er ...*

Nicks Augen weiteten sich, als hätte er sofort gemerkt, dass er gerade eine verdammte Bombe abgeworfen hatte.

Ich schluckte und zwang mich, mich auf T zu konzentrieren. »Der Typ ist Arzt?«

Nick nickte nur langsam. Ein Arzt und der Verlust unseres Vaters. Es sah so aus, als wären meine Brüder beschäftigt gewesen.

Der kalte Ton in meiner Stimme kam zurück. »Bist du sicher, dass wir dem Kerl vertrauen können?«

»Nein.« Nick starrte Tobias' flache Atemzüge an. »Aber im Moment haben wir keine andere Wahl.«

»Dann ruf ihn an«, antwortete ich vorsichtig. »Ruf ihn an und wir kümmern uns um alles, was kommt.«

Solange T am Leben bleibt.

Es war mir egal, was mit mir geschah. Solange sie in Sicherheit waren.

Mein Bruder entfernte sich und ließ Ryth zurück, die Tobias über die Wange streichelte. »Du verdammter Idiot.« Sie lehnte ihren Kopf an seinen. »Warum zum Teufel hast du mir nicht gesagt, dass du verletzt bist?

»Meinst du, du hättest ihn aufhalten können?«, antwortete ich für ihn, als Nicks Stimme durch die offene Autotür drang.

»Hilf mir«, sagte ich zu Ryth, während ich meinen Bruder wieder umarmte und ihn weiter hineinzog. »Wir müssen bereit sein, loszufahren.«

Sie kämpfte mit seiner Jeans und zog sie so weit hoch, dass sie um seine Beine herumrutschen konnte.

Das Knirschen von Stiefeln kam näher, als Nick zurückkam. »Wir haben eine Adresse. Eine Hütte, etwa eine Autostunde von hier entfernt.«

Ich hielt T an den Schultern fest und schloss vorsichtig die Tür. »Eine Stunde?«

»Dreißig Minuten für mich. Aber eine Stunde für den Doc.« Nick umrundete das Auto, stieg hinter das Lenkrad und griff durch den Spalt zwischen den Sitzen. »Die Schlüssel, Prinzessin.«

Ich eilte ihm hinterher und riss die Beifahrertür auf, um einzusteigen. Ich rief Rebel zu mir und hielt sie auf meinem Schoß, um sie vom Rücksitz fernzuhalten. Der Motor der Limousine heulte auf, bevor die Scheinwerfer gegen die Fassade des Diners prallten.

Wir fuhren aus dem Parkplatz heraus und wirbelten Steine hinter uns auf. Die verdammte Fahrt war eine Qual. Ich konzentrierte mich nur auf die Straße und meinen Bruder. Aber trotzdem raste mein Verstand.

Hoffentlich ist dieser Typ vertrauenswürdig.

Hoffentlich sorgt er dafür, dass unser Bruder am Leben bleibt.

Das GPS leuchtete in der Dunkelheit, als Nick mit seinen Unterarmen lenkte und die Karte aufrief. »Scheiße ich kann hier draußen kaum erkennen, welche Straße welche ist.«

In meinem Kiefer zuckte es. Das war nicht das, was ich hören wollte. »Lass uns bloß nicht verloren gehen.«

Ein kurzer Blick zwischen die Sitze zu Ryth, die Tobias im Arm hielt, und er wandte sich der Straße zu. »Das werde ich nicht.«

Ich musterte jede Straße, an der wir vorbeikamen, und die ganze Zeit brodelte die Panik in mir ... *Wir würden es nicht schaffen ... Wir würden es nicht schaffen ... Wir würden es nicht ...*

»Ich glaube, das ist es.«

Ich suchte die Straße ab und entdeckte eine Abzweigung, bevor ich einen Blick auf das GPS warf. »Bist du sicher?«

»Das sagt die Karte auch.«

Ich musste darauf vertrauen, dass Nick wusste, was er tat, als er blinkte und dann abbog. Wir fuhren gut zwanzig Minuten lang diese Straße entlang. Alles, was ich sah, waren Bäume und Dunkelheit und kein einziges verdammtes Haus in Sicht.

Nick verlangsamte das Tempo, als wir an einem verblassten gelben Briefkasten vorbeikamen.

»Das ist es«, murmelte er, blickte auf den Bildschirm und wieder nach oben. »DeLuca.«

Wir bogen ein und fuhren noch langsamer über die zerfurchte Einfahrt, die für einen Allradantrieb und nicht für ein normales Auto gedacht war. Die Reifen schlitterten und wir rutschten zur Seite. Trotzdem gab es niemanden, der hinter dem Steuer besser gewesen wäre.

Nick lenkte das Auto präzise, fuhr in die Kurve hinein und korrigierte sanft, als wir uns einer großen Hütte zwischen den Bäumen näherten.

»Das muss eine Art Rückzugsort sein.« Nick beugte sich vor und musterte das Gelände. »Sieht nicht so aus, als wäre jemand hier.«

Tobias wimmerte hinter uns, dann murmelte er etwas, das ich nicht verstand.

»Ich glaube, er träumt«, murmelte Ryth.

Ich konnte meinen kleinen Bruder nur anstarren und versuchte herauszufinden, wann genau unsere Welt begonnen hatte, aus den Fugen zu geraten.

Er war es …

Dad.

Er war der Auslöser.

Sein Verrat an Mom.

Und jetzt Ryth.

Die Tatsache, dass er jetzt offenbar tot war, zerriss mich. Ein Teil von mir war zufrieden, der andere war immer noch sein verdammter Sohn. Ich rang mit mir, als Nick neben der Hütte anhielt und den Motor abstellte.

Ich stieg aus und ließ Ryth und Nick zusammen mit Tobias im Auto zurück. Als ich zu den dunklen Fenstern blickte und dem

Wind lauschte, der durch die Bäume heulte, spürte ich, wie mir ein Schaudern den Rücken hinunterlief.

Vielleicht war es doch ein Fehler, hierherzukommen? »Das fühlt sich nicht richtig an.« Ich schaute mich um und ging langsam auf die Hütte zu.

»Wir haben nicht wirklich eine Wahl, oder?«

Nein, hatten wir nicht.

An der Außenseite der Hütte stapelten sich Berge von heruntergefallenen Blättern, die von den Bäumen herangeweht worden waren. Der Ort fühlte sich sogar leer an. Langsam glaubte ich, dass wir den ganzen Weg hierher umsonst gefahren waren ... Zeit, die wir nicht hatten.

Ich drehte mich um und wollte Nick gerade sagen, dass wir zurückfahren sollten, dass wir etwas finden würden, eine Apotheke oder einen verdammten Arzt, den wir entführen könnten, um das Leben unseres Bruders zu retten, als der Scheinwerferstrahl durch die Bäume drang und mich überflutete.

Das schwere Dröhnen eines Motors folgte, als ein dunkler Geländewagen die Einfahrt hinunterrollte und auf uns zukam.

Ich griff nach der Waffe auf meinem Rücken und näherte mich dem Auto. Das bullige Fahrzeug kam näher, bis es mit einem Ruck anhielt und neben unserem Auto parkte. Die Scheinwerfer blieben an und blendeten mich, als ich näherkam.

»Nick«, warnte ich und hob die Waffe, als ich näher ranging.

Der Aufprall einer Autotür folgte ...

Und ich wusste nicht, ob sie Freunde oder Feinde waren.

ZWÖLF

Ryth

Das grelle Licht der Scheinwerfer erhellte das Auto hinter uns. Nick zuckte zusammen und wich dem Lichtstrahl im Rückspiegel aus, bevor er ausstieg und mich mit der blassen, zitternden Gestalt neben mir allein ließ.

»T«, krächzte ich und strich über seinen Arm. »Kannst du mich hören?«

Nichts. Nicht einmal ein Zucken, nicht einmal die Lüge eines Lächelns, nicht einmal für mich. »Es wird alles gut«, flüsterte ich. »Alles wird gut.«

Wenn eine Lüge das Einzige war, woran wir festhalten konnten, dann würde ich meine Krallen in sie schlagen und mich mit allem, was ich hatte, festklammern. Ich würde dafür sorgen, dass es ihm gut ging ... denn für mich gab es keine Zukunft ohne ihn. Ich stieg aus.

»Hinter mich, Ryth«, befahl Caleb, als der Geländewagen auf uns zukam und ins Schlittern geriet.

Ich rieb mir die Arme, um die Gänsehaut zu lindern, und bewegte mich instinktiv. Ich hatte mich so daran gewöhnt, dass sie mich beschützten und sich selbst immer in Gefahr brachten. Ich machte einen Schritt und mir wurde bewusst, dass ich das nicht wollte.

Nicht mehr.

Ich wollte diese quälende Fahrt mit Waffen, Verrat und Verlust beenden. Ich wollte aussteigen ... und nie wieder zurückkommen. Ich wollte, dass wir verschwanden, dass wir aus diesem Chaos ausstiegen und nie mehr zurückkamen. Nicht für Dad und auch nicht für Mom. Für niemanden außer uns.

Sie beschützen ...

Das Bedürfnis heulte in mir auf.

Beschütze ... sie.

Die Scheinwerfer prallten gegen das Auto, das mein Vater für uns abgestellt hatte. Ich drehte mich um, als der glänzende schwarze Range Rover zum Stehen kam und der Motor abgestellt wurde. Die Fahrertür öffnete sich und ein Mann stieg aus. Aber er kam nicht auf uns zu, sondern blieb in der offenen Tür stehen und musterte jeden von uns, bevor er jemanden auf dem Beifahrersitz ansah und in gedämpftem Ton sprach. »Es ist alles in Ordnung, es ist sicher.«

Es ist sicher?

Sprach er von uns?

Die Beifahrertür öffnete sich. Ich wusste nicht, wen ich erwartet hatte, aber es war nicht die hübsche junge Frau, die einen Blick auf mich warf und lächelte.

»Nick.« Der fremde Mann nickte meinem Stiefbruder zu. »Ist er das?«

»Im Auto«, antwortete Nick und schritt zu der Tür, die ich offen gelassen hatte.

»Kit, nimm meine ...«

Aber sie war schon in Bewegung und ging zum Heck des Geländewagens. »Bin schon dabei.«

Der Fremde zog sein Handy heraus, drückte auf die Taschenlampe und beleuchtete T, während er sich ins Auto beugte. Ich hielt den Atem an und trat näher, meine Arme fest um meinen Körper geschlungen, verzweifelt darauf bedacht, jedem Wort zu lauschen, das dieser Mann zu sagen hatte.

»Er wird wieder gesund«, sagte sie, während sie in unsere Richtung ging und ihr Lächeln nur für mich breiter wurde. »Warte nur ab, mein Bruder ist der beste Notarzt im ganzen Land.«

»Kit.« Das leise Bellen kam aus dem Inneren des Autos. »Was habe ich dir gesagt? Du sollst nicht so etwas sagen.«

Sie zwinkerte mir nur zu und augenblicklich entwich der Atemzug, den ich angehalten hatte, als sie murmelte: »Ich soll doch immer die Wahrheit sagen.«

Ich mochte sie ...

Nein, ich mochte sie sogar sehr.

Ich brauchte sie.

Ihren Glauben. Ihr Lächeln. Ihre warmen, braunen Augen, als der Fremde sich vom Rücksitz aufrichtete. »Wir müssen ihn reinbringen.«

»Caleb.« Nick rannte auf die andere Seite des Autos.

»Komm schon.« Sie nickte in Richtung der Hütte. »Du kannst mir beim Aufmachen helfen.«

Sie hievte die riesige schwarze taktische Tasche mit der medizinischen Ausrüstung aus dem Fahrzeug. Ich trat näher heran. »Kann ich dir dabei helfen?«

Ein Blick auf die Verzweiflung in meinen Augen und sie nickte. Ich packte die Griffe, wobei ich fast unter dem Gewicht zusammenbrach. Aber sie ließ mir keine Wahl, sondern eilte die Stufen zur großen Veranda hinauf und verschwand in der Dämmerung. Ich folgte ihr und hörte das Grunzen meiner Stiefbrüder hinter mir, als sie Tobias in die Hütte trugen.

Das Klirren eines Schlosses ertönte, bevor Licht aus der offenen Tür fiel und den Weg erhellte.

»Die zweite Tür links im Flur, da lang.« Sie deutete tiefer in die Hütte hinein.

Ich rannte vorwärts und eilte durch den Raum, als Tobias ein Brüllen ausstieß, das meinen Magen verkrampfen und mein Herz hämmern ließ. Ich riss die Tür auf, knipste das Licht an und trat ein.

Es war eine Art Operationssaal, ausgestattet mit Monitoren, Geräten und Schränken mit Instrumenten.

»Legt ihn auf den Tisch«, bellte der Arzt über Tobias' Schrei hinweg.

Ich hob die Tasche auf den langen Tresen an der Wand und drehte mich um, um zu ihm zu eilen. »Ich bin hier.« Ich ergriff die Hand meines Stiefbruders. »Ich bin ja da.«

Er hielt sich mit der anderen Hand an der Seite des Edelstahltisches fest und starrte mich mit einem entsetzten Blick an. Seine keuchenden Atemzüge wehten durch mein Haar, als der Arzt sagte: »Wir müssen die Jeans ausziehen.«

»Ryth«, keuchte Tobias.

»Ich gehe nirgendwo hin.« Ich richtete meinen Blick auf ihn. »Sieh mich an.«

Er tat es und klammerte sich an meine Hand, während Nick seine Jeans aufknöpfte und den Reißverschluss herunterzog.

Der Fremde bewegte die Tasche, die ich hineingeschleppt hatte, öffnete sie, durchwühlte sie und holte einen Plastikkoffer voller Ampullen heraus. Er schnappte sich eine, dann eine Spritze und füllte sie mit dem Inhalt. »Kit.«

»Es ist bereit«, antwortete sie und lenkte meine Aufmerksamkeit auf sich.

Ich hatte sie nicht einmal im Raum gesehen, aber sie schob einen Infusionsständer näher an den Tisch heran.

»Den Kapuzenpulli müssen wir auch noch ausziehen.« Der Arzt nickte Tobias zu.

»Hilfst du mir?«, fragte sie.

Ich ließ Tobias' Griff nur so lange los, bis ich ihm den Ärmel ausziehen und den Kapuzenpullover über eine Schulter und seinen Kopf ziehen konnte. Dann klammerte ich mich wieder an seinen feuchten Griff.

»Ich muss das spritzen«, sagte der Arzt, während er einen Alkoholtupfer aufriss und die Armbeuge von Tobias reinigte. »Das wird kurz pieksen«, murmelte er und schob die Nadel tief hinein.

Kit ging schnell durch den Raum, um eine Schublade aufzureißen und zurückzukommen.

»Hier.« Sie riss einen Streifen Klebeband ab und klebte ihn über die Infusionsleitung, während der Arzt die Medikamente injizierte.

»Das wird die Schmerzen lindern«, sagte er und starrte Tobias an. »Halte durch.«

Tobias krümmte sich vor Schmerzen und klammerte sich fest an den Tisch, als sie ihm die Jeans herunterzogen. Aber nicht ein einziges Mal wurde sein Griff um meine Hand fester. Nein, dafür hatte er gesorgt. Selbst im Todeskampf war sein erster Instinkt, mich zu beschützen.

»Ich wollte schon immer in so einer Hütte leben«, platzte ich heraus, wobei meine Worte von heftigen Atemzügen unterbrochen wurden. Aber das waren die einzigen Worte, die mir einfielen. In diesem Moment war es mir egal.

Tobias starrte mich an. »Was?«

»Eine Hütte.« Ich redete weiter. Es war egal, solange er sich auf etwas anderes konzentrierte als auf die Bemühungen seines Bruders. »Ich habe mich gefragt, wie es wohl sein würde. Du weißt schon, jagen, wandern, angeln. Das Problem ist nur, dass ich Fisch hasse.«

T runzelte die Stirn. »Du ... hasst ... *Fisch*.« Er stöhnte auf, als Nick sein Bein anhob, während Caleb seine Jeans herunterzerrte. »Wer hasst schon Fisch?«

»Ich«, fügte Caleb hinzu. »Ich verabscheue ihn sogar.«

»*Scheiße*.« Tobias zuckte zusammen, als der Arzt mit einer Schere an dem blutigen Verband um seinen Oberschenkel herum arbeitete.

»Lukas?« Nick schaute den Mann an.

Der Arzt zuckte zusammen. Das war kein gutes Zeichen. »Ich muss das rausholen.«

Er bewegte sich und ging noch einmal zu dem offenen Beutel. Mehr Drogen wurden in Tobias' Venen gepumpt, aber diese wirkten schnell. Seine Augen begannen sich zu schließen, bis sie nur noch Schlitze waren.

Nur sein Brustkorb hob und senkte sich langsam und gleichmäßig.

»Du solltest vielleicht mal rausgehen.« Lucas schaute mich an, als er sprach.

Ich schüttelte nur den Kopf und drückte Tobias Hand. »Ich bleibe.«

»Wie du willst.«

Er verschwendete keine Sekunde, spritzte sich Gel auf die Hände und machte sich daran, sterile Packungen zu öffnen. Er nahm eine Zange in die Hand. Im letzten Moment wandte ich den Blick ab und konzentrierte mich stattdessen auf Tobias. »Du wirst wieder gesund«, flüsterte ich. »Du wirst wieder gesund.«

DREIZEHN

Nick

Sie wich nicht von seiner Seite, auch nicht, nachdem der Arzt die Kugel entfernt und seine Wunde genäht hatte. Stattdessen blieb sie bei ihm, hielt seine Hand fest und starrte ihn mit vor Angst geweiteten Augen an.

»Er muss sich jetzt ausruhen.« Lucas fixierte das Ende eines Verbandes und passte die Elektroden an, die auf der Brust meines Bruders befestigt waren. »Ich komme vorbei und sehe nach ihm. Im Moment könnt ihr nichts weiter tun.« Er trat näher und legte seine Hand auf meine Schulter, seine Stimme war düster. »Abgesehen davon, dass ihr auf euch selbst aufpassen müsst.«

Ich starrte die blutigen Instrumente an, die auf dem Krankenhaustisch neben meinem Bruder lagen, und in meinem Kopf schwirrten die ganzen Was-wäre-wenn-Fragen herum. *Was, wenn wir ihn verlieren würden ... Was, wenn ich sie alle verlieren würde.*

Mein Dad war eine Sache ...

Sein eigener verdammter Verrat hatte ihn das Leben gekostet.

Aber meine Brüder?

Das wäre zu viel, um es zu ertragen.

Die Tür öffnete sich hinter mir und die sanfte Stimme seiner Schwester folgte. »Das Essen ist fertig.«

»Gut.« Lucas lächelte sie an. »Ich bin nämlich am Verhungern.«

Mein Magen knurrte bei der Erwähnung von Essen. Das Essen aus dem Diner lag immer noch im Auto, längst vergessen. Es sah so aus, als würde Rebel gleich eine riesige Mahlzeit zu sich nehmen. Ich wollte in so einem Moment nicht ans Essen denken. Aber es ging um mehr als nur um mich. Ich trat dicht an ihre Seite heran und streifte ihre Schulter. »Prinzessin?«

Sie schüttelte den Kopf. »Du gehst, ich bleibe hier.«

Ich wollte mich wehren, aber ein Blick auf die Frau, die neben meinem Bruder saß, zeigte mir, dass das sinnlos war. Wilde Pferde könnten sie nicht wegzerren. »Ich bringe dir etwas zu essen.«

In diesem Moment hätte sie wohl zu allem genickt. Ich bezweifelte, dass sie mich überhaupt gehört hatte. Ich wartete, bis die anderen gegangen waren, dann folgte ich ihnen und ließ ihr den nötigen Freiraum. Kit war bereits in der Küche und das Klappern von Pfannen zog mich den Flur entlang.

Sie musste die Stiefschwester sein, von der uns der Arzt im Unterschlupf erzählt hatte, die in Schwierigkeiten steckte, und zwar in solchen, dass er vor Benjamin Rossi Angst haben musste.

Caleb stand neben dem Kamin und sah zu, wie die ersten schwachen Flammen aus dem Anzünder aufloderten. Ich hatte nicht gesehen, wie er gegangen war, so verwirrt war ich. Ich hatte den Ort kaum gesehen, als ich T hereingetragen hatte.

Aber jetzt sah ich sie. Es war größer als erwartet, voller Stein und Holz und dem Duft von Kiefern.

Ich durchquerte das Wohnzimmer und ging in die Küche, angezogen vom berauschenden Duft von Speck und Eiern. Lucas schnappte sich einen Teller mit frischem Toast, Eiern und einem Haufen knusprigem Speck und reichte ihn mir.

»Danke.« Ich beobachtete, wie seine Stiefschwester einen weiteren Teller zu Caleb trug, der einen Blick auf das Essen warf und den Kopf schüttelte. Dickköpfiges Arschloch.

Aber sie war streitlustig und schob ihm das verdammte Ding hin, bis er es annahm.

Gut so.

Fast hätte ich gelächelt, als ich sah, wie sie den Kopf schüttelte und einen weiteren Teller durch den Flur zurück in den Raum trug, den wir gerade verlassen hatten. Ich sah Ryth in ihr, vielleicht ein bisschen zu sehr. Sie war süß und frech zugleich. Ich nahm einen Bissen vom Toast, kaute und schluckte, dann wurde mir übel.

Waren wir hier wirklich sicher? Oder hatten wir diese Leute in unser eigenes verdammtes Schlamassel hineingezogen? Bei dem Gedanken daran wurde mir verdammt schlecht ...

»Sie ist wunderschön.« Kit zog meinen Blick auf sich, als sie Rebels Ohren kraulte, und schaute dann in meine Richtung. »Woher hast du sie?«

Ihr Heulen im Kampfring drang in meinen Kopf. »Von keinem guten Ort«, antwortete ich.

»Ohh.« Sie drehte sich wieder zu der Kleinen um, streichelte ihren Kopf und zog sie zum Knuddeln zu sich. »Aber jetzt geht es ihr gut, oder?«

»Ja«, antwortete ich und wollte sie unbedingt alle beschützen. »Es geht ihr jetzt gut.«

»Am Ende des Flurs ist das große Schlafzimmer.« Lucas lenkte meine Aufmerksamkeit wieder auf sich. »Es ist groß und vom Rest des Hauses getrennt. Du und deine ... Familie könnt euch dort alles nehmen, was ihr braucht.«

Ich nickte und kaute auf meiner Lippe herum, dann schluckte ich. »Ich kann dir nicht genug danken.«

»Du brauchst dich nicht zu bedanken. Wir alle brauchen ab und zu Hilfe. Aber diese Männer, Nick. Sie kommen wieder, stimmt's?«

Ich zuckte zusammen. »Ja.«

»Aus Rache?«

Ich schüttelte den Kopf und hatte wieder dieses flaue Gefühl im Magen.

»Weil du etwas hast, was sie wollen«, sagte er vorsichtig. Es war keine Frage, eher eine Bestätigung. Ich wartete auf die Frage.

»Habt ihr wenigstens einen Plan, wie ihr aus der Sache herauskommt?«

Ich stellte den Teller auf den Tresen. »Oh, ich habe einen Plan. Nur einen, der dir nicht gefallen wird.«

Eine Augenbraue hob sich. »Sag ihn mir.«

Ich begegnete seinem Blick und sagte den einzigen Namen, den er nicht hören wollte. »Benjamin Rossi.«

Er zuckte kurz, bevor er den Blick abwandte. Ihm gefiel die Idee nicht, den Stidda-Mafia-Boss einzuschalten, aber im Moment hatte ich keine andere Wahl.

Die Rossis waren irgendwie in die Sache verwickelt und so sehr ich auch darauf drängen wollte, die wahre Geschichte zwischen ihnen herauszufinden, musste ich mich um meine eigenen verdammten Angelegenheiten kümmern.

»Dann musst du tun, was du tun musst«, sagte Lucas vorsichtig.

Er schwieg und kaute leise vor sich hin, bis er zum Waschbecken ging. Die Stille war leer und unangenehm. Ich musste etwas sagen ... aber was gab es zu sagen?

Er stellte seinen Teller in die Spüle, ohne ihn abzuwaschen und entfernte sich, bevor er stehenblieb und in meine Richtung schaute. »Ich nehme an, ihr habt ... Schutz?«

»Ja«, antwortete ich und erinnerte mich an die Tasche mit den Waffen im Kofferraum der Limousine.

Lucas ging zu seiner Stiefschwester, die Rebel immer noch liebkoste, und strich ihr mit der Hand über die dicken Locken, wobei er Worte murmelte, die ich nicht verstehen konnte. Sie erhob sich und tätschelte Rebel ein letztes Mal den Kopf, bevor sie einen Blick in Richtung Flur warf. »Sie ist nicht rausgekommen.«

Sie begegnete meinem Blick und war sehr besorgt. »Ich habe ihr Essen gebracht und sie sagte, sie würde rauskommen, aber sie ist nicht gekommen. Ich mache mir ein wenig Sorgen.«

Ich nickte. »Ich werde nach ihr sehen.«

»Ich hole unsere Sachen aus dem Auto«, bot Caleb an, bevor er zur Tür ging.

Ich ließ ihn stehen und wandte mich dem Zimmer zu, während Lucas und seine Schwester auf einen Gang auf der anderen Seite der Kabine gingen. Ich riss die Tür zum Operationsraum auf und hörte das gleiche *Piep ... Piep ... Piep*, das mich verfolgte. Aber als ich hineinging, blieb ich stehen.

Ryth hatte ihren Kopf auf Tobias' Arm gelegt, der Teller mit dem Essen stand unangetastet neben ihr. Sie schlief, ihre Atemzüge waren langsam und tief. Verdammt, sie sah so friedlich aus. Ich wollte sie nicht wecken.

Calebs schwere Schritte hallten den Flur hinunter, in Richtung des Hauptschlafzimmers. Als er zurückkam, blieb er hinter mir stehen und schaute mir über die Schulter. »Verdammt«, sagte er und starrte unsere Schwester an.

»Ja«, stimmte ich zu. »Verdammt.«

Ich ging an ihre Seite.

»Nick, lass mich.«

Ich nickte ihm zu. Das Letzte, was ich brauchte, war, mich noch mehr aufzureißen, um meine Stiefschwester zu tragen. Aber als Caleb sie hochhob und an seine Brust drückte, kämpfte ich gegen einen Anflug von Eifersucht an.

Er trug sie in das Zimmer am Ende des Flurs und ich folgte ihm. Das riesige Kingsize-Bett stand in der Mitte des Raumes. An der Seite befand sich ein Badezimmer.

Wir arbeiteten schweigend, zogen ihr Schuhe und Jeans aus und legten ihren Kopf auf das Kissen in der Mitte des Bettes. Ich zog meine Stiefel aus und schob meine Jeans herunter, bevor ich neben sie schlüpfte. Caleb ging zur Tür und knipste das Licht aus.

Es dauerte nur eine Sekunde, bis das Bett auf der anderen Seite einsank. Warme Finger streiften meine Hand und fanden meinen Griff. Ryth war der einzige Mensch, der uns zusammenbringen konnte, selbst wenn wir uns hassten.

Ich schloss die Augen, als die Dunkelheit mich nach unten zog, aber bevor ich ganz unterging, hörte ich das leise Poltern von

Schritten, als der Arzt nach meinem Bruder sah. Dann schlief mit ihrer Hand, die meine umklammerte, ein.

VIERZEHN

Ryth

Ein Grunzen weckte mich. Das Geräusch war ein leises Knurren in meinem Ohr, das mich aus der Dunkelheit riss.

»Prinzessin ...« Nick stöhnte im Schlaf, sein Tonfall war verzweifelt.

Ich bin hier ..., antwortete ich. Doch die Worte kamen mir nicht über die Lippen. Stattdessen brauchte ich einen Herzschlag, um mich zu erinnern.

Nick.

Nick war neben mir.

Ich streckte die Hand aus und meine kalten Finger berührten seine Wärme. Ich atmete aus, als sich das Bett hinter mir bewegte und mich in die Wärme zog. Caleb war auch hier, auf der anderen Seite des riesigen Bettes. Ich tastete nach ihm, strich über seine Brust, berührte ihn einen Moment lang, meine Gedanken waren träumerisch und langsam. Wir waren zusammen. Wir waren in Sicherheit ... bis mich die Erinnerung an Tobias überkam.

Seine Schreie folgten und rissen mich aus der Geborgenheit. Ich stemmte mich nach oben und musterte die Düsternis. Mein Herz hämmerte, als mir alles klar wurde. *Tobias ... Tobias auf der Toilette des Diners. Tobias, wie er zusammengebrochen und gefallen war ...* Wie hatte ich das nur vergessen können? Wie hatte ich ohne ihn schlafen können?

Ich stieß mich vom Kissen ab und bewegte mich zum Fußende des Bettes, bevor ich die beiden schlafenden Gestalten hinter mir ließ. Als meine Füße den eisigen Holzboden berührten, stockte mir der Atem. Ein Schaudern überkam mich, als ich meine Arme um meine Mitte schlang und den Raum absuchte.

Ich dachte nicht nach. Ich *bewegte* mich einfach, stolperte vorwärts, bis ich auf eine Wand traf und nach einem Griff suchte. Meine Finger berührten Stahl. Eine Drehung und ich war draußen. Die Scharniere quietschten und ließen mich zusammenzucken. Ich hielt den Atem an und schloss die Tür vorsichtig hinter mir.

Alles, was mich interessierte, war, ihn zu finden ...

Komm schon ... Ich suchte im Dunkeln an der Wand entlang, bis ich einen anderen Griff fand, und drehte dann. Das leise Piepsen eines Monitors ließ mich für eine Sekunde stillstehen. Ich atmete den scharfen Geruch des Antiseptikums ein und trat dann langsam ein.

Aber es herrschte nur Stille.

Er war noch am Leben.

Das wusste ich.

Aber trotzdem gefiel mir die Stille nicht. Ich fühlte mich dadurch ... *allein.*

»Tobias?«, flüsterte ich, ging weiter ins Zimmer und schloss die Tür hinter mir.

Es kam keine Antwort. Ich machte einen Schritt, dann noch einen, streckte mich aus, um nicht gegen die Maschinen zu stoßen, bis ein heiseres Flüstern durch die Dunkelheit drang. »Hau ab … kleine Maus.«

Ich zuckte zusammen und mein Puls raste. »Du hast mich zu Tode erschreckt.«

Im schwachen Schein des Monitors konnte ich das Kräuseln seiner Lippen erkennen. »Kannst du nicht schlafen?«

Ich rückte näher. »Doch, ein bisschen. Aber jetzt kann ich nicht mehr.«

Er nickte, dann griff er nach der Bettkante und rutschte zur Seite, sodass ich neben ihm liegen konnte.

Denn für mich konnte er sich immer bewegen.

Vorsichtig kletterte ich hoch, aber ich stieß gegen sein Bein und er versteifte sich. Ich zuckte zusammen und musterte sein Gesicht. »Tut mir leid.«

Er nickte und hob seinen Arm, damit ich mich an ihn schmiegen konnte.

»Schlaf, Ryth«, murmelte er und schloss die Augen. Seine Stimme klang erschöpft.

Ich gehorchte und ließ mich treiben …

Aber nicht lange, denn ich öffnete meine Augen und sah die Dunkelheit. Die Ruhe entglitt mir und ich hörte nur noch Tobias' schwere Atemzüge. Ich liebte dieses Geräusch … Ich *sehnte* mich nach diesem Geräusch. Es war der Klang des Lebens, des Trostes, der all die Dinge vertrieb, die uns widerfahren waren. Alles traf mich auf einmal. Mom. Dad … Ich hob meinen Blick zu Ts friedlichem Gesicht. Er. Ich hätte ihn fast verloren … Ich hätte ihn fast *verloren* …

Ich schob die Vorstellung, wie er vor dem Diner auf dem Boden gelegen hatte, beiseite und stand langsam auf, um ihn nicht zu wecken. Schließlich schlüpfte ich aus dem Bett und ging aus dem Zimmer.

Es dauerte eine Sekunde, bis sich meine Augen daran gewöhnt hatten, als ich aus dem Flur trat und stehen blieb. Das Mondlicht fiel durch das Küchenfenster. Der sanfte Schein genügte mir, um einen Lichtschalter zu finden. Die Deckenbeleuchtung blinkte auf. Ich sah mich um und betrachtete das Holz und den Stein der eleganten, teuren, rustikalen Küche. Die ganze Hütte war so gut gepflegt, ordentlich und urig. Ich fuhr mit den Fingern über die glänzende Arbeitsplatte, blieb an der Spüle stehen und starrte hinaus in die Nacht.

Es war noch früh, zu früh, um wach zu sein. Der Mond stand tief am Himmel und schaute zum Waldrand. Ich blickte auf das schmutzige Geschirr in der Spüle hinunter und seufzte fast vor Freude, weil ich eine Aufgabe hatte. Ich machte mich an die Arbeit, füllte die Spüle mit Wasser und begann zu spülen.

Ich öffnete Schränke und suchte, bis ich eine Kanne und gemahlenen Kaffee fand. Schon bald erfüllte der himmlische, berauschende Duft von frischem Kaffee die Luft. Ich schenkte mir eine Tasse ein, wärmte meine Hände an der Tasse und trank einen Schluck, ohne das dumpfe Geräusch der Schritte hinter mir zu bemerken, bis sich jemand vorsichtig räusperte. Ich drehte mich mit großen Augen um und entdeckte den Arzt von letzter Nacht ... Lucas ... direkt hinter mir.

»Das riecht gut.« Er lächelte schwach und nickte zu der Maschine. »Es ist ungewöhnlich, dass jemand früher aufsteht als ich.«

Ich lächelte, schluckte mein verdammtes Herz herunter und nickte langsam. »Ich konnte nicht schlafen«, antwortete ich und drehte mich um, um ihm eine Tasse einzuschenken, bevor ich sie ihm überreichte.

»Das ist verständlich.« Er nahm einen Schluck, dann schloss er die Augen. »Oh, das ist verdammt gut.«

»Ich dachte mir, wir würden ihn stark brauchen.«

Er öffnete seine Augen und nickte. »Es ist ein Grundnahrungsmittel für jeden Arzt.«

Ich beobachtete ihn, seine Hände, sein Verhalten und erinnerte mich daran, wie vorsichtig und konzentriert er gestern Abend bei der Behandlung von Tobias gewesen war. »Ich habe mich nie bedankt.«

Er lächelte und schüttelte den Kopf. »Nicht nötig. Es ist meine Berufung. Geht es ihm besser?«

»Er schläft«, antwortete ich.

Er nickte, nippte an seinem Kaffee und stellte seine Tasse langsam ab. »Es scheint, als hättest du bei meiner Schwester einen guten Eindruck hinterlassen.«

Kit. Sie war ein verdammt helles Licht, das mich zum Lächeln brachte, während ich trank. »Das hat sie auch bei mir. Sie ist wundervoll.«

Er nickte vorsichtig. »Das ist sie.«

»Und sie kann sich glücklich schätzen, jemanden wie dich zu haben, der auf sie aufpasst.«

Er sagte nichts, trank nur und dachte darüber nach. »Das sind wir auch. Ohne dich hätten wir ihn verloren«, fuhr ich fort.

Seine braunen Augen verdunkelten sich. Darin war ein Schmerz zu erkennen, der mich hart traf. »Es ist ein sehr gefährliches Spiel, das ihr da treibt. Ich habe schon viel zu viele Menschen sterben sehen.«

Meinen Dad.

Meine Mom …

Creed. Gott … *Creed.* »Du hast ihn gesehen, nicht wahr?« Ich suchte den Flur ab, nur für den Fall, und fuhr dann fort. »So habt ihr euch kennengelernt. Du warst dabei, als Creed starb.«

»Ja.«

Ich nickte langsam und nippte an meinem Kaffee, der jetzt bitter schmeckte. »Ich will das nicht, diese Hilflosigkeit.«

Ich lehnte mich gegen den Tresen und hörte zu.

»Ich habe das Gefühl, dass ich …« Meine Brust schmerzte. »Innerlich zerquetscht werde.«

»Wenn du keine Kontrolle hast, fühlst du dich hilflos.«

Ich nickte.

»Aber du kannst ein gewisses Maß an Kontrolle zurückgewinnen«, fuhr er fort. »Diese Männer, wer auch immer sie sind, haben dir deine Macht genommen, aber es braucht nur einen Gedanken. Eine Handlung. Ein … Verlangen.«

Aus den Augenwinkeln sah ich, wie Kit auf uns zuschritt, ihr weißes Hemd straff über ihre prallen Brüste zugeknöpft, während sie sich durch ihr unordentliches Haar strich.

»Und ein Grund, weiterzukämpfen«, murmelte er.

Der sinnliche Blick, mit dem er sie ansah, ließ mir die Hitze in die Wangen steigen. Ich sah weg, wie eine Schaulustige in einem privaten Moment. Was auch immer Lucas durchmachte, ich wusste, dass sie sein Grund war, auch wenn sie selbst keine Ahnung hatte.

»Morgen«, murmelte sie, ohne es zu merken.

»Morgen«, antwortete er und ging durch die Küche, um ihr eine Tasse Kaffee einzuschenken und sie ihr zu reichen.

Sie lächelte ihn wissend an … eine aufkeimende Anziehungskraft oder vielleicht eine, die ewig geschlummert hatte und nun an die Oberfläche kam.

»Ich mache mir gleich Pfannkuchen und Speck.« Ich blickte auf den Rand meiner Tasse hinunter. »Wenn jemand etwas möchte …«

»Oh.« Sie hob die Augenbrauen. »Ich schon … aber ich will den Speck zuerst haben, weil Lucas sonst alles aufisst.«

»Tue ich nicht.« Er runzelte die Stirn.

»Doch …«, konterte sie und fixierte mich mit ihrem Blick. »Er ist wie ein Fass ohne Boden, wenn es um Speck geht.«

»Warum, du kleine …«, stieß er hervor.

Sie stieß einen kleinen Schrei aus und hielt die schwappende Tasse hoch, als sie rückwärts um das Ende des Tresens trat. »Zwing mich nicht, ihn zu verschütten.«

Er blieb stehen, grinste und ließ sie dieses Mal davonkommen.

Ich stellte meinen Kaffee ab und machte mich an die Arbeit. Unter den Anweisungen von Kit fand ich alle Zutaten, die ich brauchte, während Lucas wegging und ein paar Minuten später zurückkkam. Ich kochte, während er weg war, und als ich den Teig in die Pfanne goss, hatte ich Zeit, darüber nachzudenken, was er gesagt hatte.

Ein Ziel, das war genau das, was ich brauchte.

»Du bist im Moment so weit weg.« Kit schenkte sich noch eine Tasse ein und füllte dann Wasser und Kaffeesatz nach, bevor sie den Kaffee erneut aufbrühte.

»Ich denke über etwas nach, das dein Bruder gesagt hat.«

»Oh?«

Ich nickte, während ich einen perfekt gebräunten Pfannkuchen auf den Stapel legte. »Er sagte, ich bräuchte ein Ziel, um die Kontrolle wiederzuerlangen.«

»Das klingt ganz nach ihm.«

Ich legte den Pfannenwender ab und begegnete ihrem Blick. »Ich glaube, ich habe herausgefunden, was das ist.«

Sie war neugierig. »Erzähl weiter.«

»Ich möchte, dass Lucas mir zeigt, wie man ein Leben rettet.«

Sie hielt inne und dachte nach. »Wie man ihr Leben rettet?«

Ich schluckte und nickte.

»Dann hast du den besten Lehrer gefunden, den man sich vorstellen kann. Er ist gut, Rye. Er ist wirklich gut.«

Rye ... Mom hatte mich so genannt und bei jedem anderen wäre ich vielleicht zusammengezuckt. Aber nicht bei ihr. Nicht bei Kit.

»Er hat einfach eine gewisse Art.« Sie redete weiter, aber ich bezweifelte, dass sie meine Anwesenheit überhaupt noch bemerkte. »Er ist so toll ...«

Ich lächelte, schnappte mir den Speck, der an den Rändern knusprig war, und schichtete ihn auf einen Teller.

»Perfektes Timing.« Lucas lächelte, als er den Raum durchquerte.

»Siehst du?« Jetzt schaute sie in meine Richtung und nickte ihrem Bruder zu. »Speck. Das ist alles, worauf er hört.«

Ich wollte ihrem Geplänkel folgen, aber dieses Bedürfnis summte in mir und als Lucas sich am Essen bediente und vor ihr in ein Stück Speck biss, wandte ich mich an ihn. »Ich kenne meine neue Aufgabe.«

»Ja?« Er schaute in meine Richtung.

Kit lächelte hinter ihm, als ich sprach. »Ich möchte, dass du mich unterrichtest. Kannst du mir beibringen, wie ich sie alle am Leben erhalten kann, falls so etwas wieder passiert?«

Sein Kauen verlangsamte sich und er sah überrascht aus. »Du willst, dass ich dir Notfallmedizin beibringe?«

»Ja«, sagte ich nickend. »Wenn du es mir beibringst.«

Seine Augen weiteten sich und ein Lächeln war zu sehen. »Ich hoffe, du lernst schnell.«

Das hat mir gerade noch gefehlt. Ich nickte. »Das muss ich.«

»Dann werde ich dir alles beibringen, was ich kann.«

FÜNFZEHN

Tobias

Sie war weg, als ich aufwachte, und für eine
Sekunde, in dieser grausamen Stille, in der ein Herzschlag den
nächsten ablöste, spielte mein Verstand mir Streiche. Vielleicht
war das alles nur ein Traum? Sie, wir ... die Hölle, in die wir
hinabgestiegen und aus der wir irgendwie herausgekrochen
waren. Caleb. Nick ... *Dad*. Panik erfüllte mich. Eine Panik, die
erdrückend war. Ich zuckte zusammen und bewegte mich im
Bett, und als ich das tat, kam alles wieder hoch.

Der Schmerz ...

Und der Schrecken.

Und sie.

Ich schloss meine Augen und stöhnte auf. Eine unerträgliche
Schmerzwelle durchbohrte meinen Oberschenkel und ließ mich
zusammenzucken. Meine Hände fielen an die Seiten des Bettes
und umklammerten das kalte Stahlgitter. Aber ich wollte die
Qualen ... *nein, ich hungerte danach*. Ich hungerte, bis ich krank
vor Verlangen war.

Ich öffnete meinen Mund, um *ihren Namen* zu schreien.

Ihren Namen ...

Immer ihr verdammter Name, der immer wieder ertönte.

KLEINE MAUS!

Der Schrecken brach aus – und die Tür öffnete sich ... und sie trat hindurch, mit einem Teller voller Essen. Einen, den ich nicht einmal sah. Meine Kehle schnürte sich zu und Tränen drohten ihr Gesicht verschwimmen zu lassen. Ich verdrängte sie, denn ich konnte keine Sekunde vergeuden, nicht einen verdammten Augenblick.

Alles, was ich sah, war sie. Ihr unordentliches Haar. Die dunklen Ringe unter ihren Augen. Den gequälten Schimmer in ihren graublauen Augen und den Fleck auf ihrer Wange, der blasser war, als er sein sollte.

Sie hatte nicht geschlafen, das wusste ich mit einem flüchtigen Blick. Nicht zwischen meinen Brüdern eingeklemmt oder unter meinen Arm gekuschelt. Hatte sie etwas gegessen? *Hatte sie ...* Sie begegnete meinem Blick und erstarrte. »Tobias?« Die Falte zwischen ihren Augenbrauen vertiefte sich. »Alles in Ordnung?«

Ich leckte mir über die Lippen und mein Atem ging stoßweise. »Ja«, sagte ich nickend. »Mir geht es gut.«

»Hey.« Sie zwang sich zu einem Lächeln.

Meine Stimme war heiser, als ich ihr ein schwaches Lächeln schenkte. »Hey.«

Lass sie nicht sehen, dass du panisch bist, dann macht sie sich nur noch mehr Sorgen. Berühre sie einfach, rieche an ihr. Nimm sie in den Arm und sag ihr, dass alles gut werden wird.

»Ich dachte mir, dass du hungrig bist.«

Ich schluckte das Brennen in meiner Kehle hinunter. »Am Verhungern.«

Schwere Schritte polterten, nicht die von Nick ... und auch nicht die von C. Ich runzelte die Stirn, als der vertraute Mann den Raum betrat. *Der verdammte Arzt? Wie zum Teufel waren wir hier hingekommen?* Erst Dad ... und jetzt das. Eifersucht überkam mich, als ich erst Ryth und dann ihn ansah. Ich versuchte, nicht an den Kerl zu denken, der meine Stiefschwester umlagerte, als er näher kam und keine Sekunde zögerte.

»Wie geht's meinem Patienten heute?«

Patient?

Ich sah mich um und betrachtete die Maschinen und die medizinischen Geräte. »Wo sind wir?«

Der Arzt zog das Laken von meinen Beinen. »In Sicherheit.«

Sicherheit ...

Ich atmete langsam aus, begegnete Ryths besorgtem Blick und nickte. *Sicher ... Sie war sicher.* Ich wandte den Blick nicht ab, als die kalte Luft meine Beine streichelte, oder als er die Rückseite meines Knies anhob, um den Verband um meinen Oberschenkel zu entfernen. Ich richtete meinen Blick nur auf sie.

»Was machen die Schmerzen?«, fragte er.

»Überschaubar.«

Ich sah, wie sich seine Augenbraue hob. »Harter Kerl, was?«

Aber es war mir egal, was er sagte. Das Letzte, was ich brauchte, war, langsam zu sein, wenn sie kamen. Denn sie würden kommen, und wenn sie kamen, musste ich bereit sein. Stattdessen konzentrierte ich mich auf die leichte Röte des

Blutes auf dem Verband. Wenigstens war das jetzt unter Kontrolle.

»Ich nehme an, du willst nichts, was den Schmerz betäubt, den du nicht hast?«

»Das ist richtig.« Ich starrte den Arzt an, dann richtete mein Blick sich auf die Tür, als meine Brüder eintraten und einen Blick auf mich warfen, dann auf meinen verdammten Oberschenkel.

»T.« Nick begegnete meinem Blick.

Ich nickte nur und ballte meine Faust um die Bettkante, als das Arschloch zu stochern begann.

»Ryth, nimm dir ein paar von den Mulltüchern da drüben, Kit wird dir zeigen, welche. Und die Betadine wirst du auch brauchen.«

Ich zuckte zusammen und beobachtete, wie eine junge, schwarze Frau hinter ihm den Raum durchquerte und anfing, Schubladen herauszuziehen. Wer zum Teufel bist du? wollte ich fragen, aber ich war mehr damit beschäftigt, wie Ryth die Kontrolle übernahm und sich die Verbände, die die junge Frau ihr reichte, sowie die Flasche mit dem Antiseptikum schnappte, bevor sie auf die andere Seite des Bettes kam.

Ein Blick zu meinen Brüdern zeigte mir, dass sie genauso fassungslos waren. Während der Arzt ihr Anweisungen gab, machte unsere Schwester sich an die Arbeit. Ich zuckte nicht zusammen, als die wütende Wunde an meinem Oberschenkel gesäubert wurde, wandte den Blick nicht ab, sondern beobachtete sie und war erstaunt, wie vorsichtig sie war.

»Verdammt.« Der Arzt lehnte sich nah an sie heran und betrachtete ihre Arbeit. »Du bist ein Naturtalent.«

Bei diesen Worten zuckte sie zusammen und der Fleck auf ihrer Wange wurde noch blasser als zuvor. »Und ich musste nicht einmal auf die Knie gehen«, murmelte sie.

Caleb wandte den Blick ab und erregte meine Aufmerksamkeit. Irgendetwas war zwischen den beiden vorgefallen, etwas, das ich nicht wusste. *Was zum Teufel sollte das bedeuten, C? Ich* verkrampfte meinen Kiefer und wollte, dass er mich ansah. *Was ... zum Teufel ... bedeutete ... das ...?*

»Perfekt. Du kannst diesen Tegaderm-Verband benutzen, und morgen machst du dasselbe. Kommst du damit klar?«

»Ja«, antwortete Ryth.

Sie war so stolz auf sich, richtete ihre Wirbelsäule auf und reckte ihr Kinn in die Luft. Sie schaute in meine Richtung und ich wollte nur noch in ihren Kopf kriechen und jede Kleinigkeit herausfinden, von der ich nichts wusste. *Vor allem, was an diesem Ort passiert war.*

»Du musst hungrig sein.« Der Arzt unterbrach meine Gedanken.

»Ich habe Essen gebracht.« Ryth schnappte sich den Teller und schob ihn in meine Richtung.

Aber ich konnte das Zeug nicht verdauen, nicht wenn ich nach ihren verdammten Dämonen hungerte. Ich wollte die Männer töten, die ihr wehgetan hatten, ihren ganzen Schrecken und ihren Schmerz verschlingen. Mehr als alles andere wollte ich sie vor jedem anderen beschützen, der versuchte, sie zu entführen.

»T?«, murmelte sie vorsichtig und ihr Lächeln verschwand schnell.

Ich nahm den Teller und zwinkerte ihr zu. »Das sieht perfekt aus, kleine Maus.« Und ich zwang mich zu essen, kaute und schluckte, aber die ganze Zeit über war ich auf diese brodelnde

Dunkelheit fixiert. Ich wollte wissen, was dort passiert war – ich warf Caleb einen Blick zu – und ich wollte meinem Bruder eine verfluchte Ohrfeige verpassen, weil er uns fast umgebracht hätte ... oder noch schlimmer, *benutzt.*

Sie hätten sie benutzen können.

Sie hätten sie dazu bringen können, *rot* zu tragen ...

»T?«

Ich warf einen Blick auf Nick, der mich seltsam ansah. »Ja?«

»Der Arzt hat gefragt, ob du dich stark genug für eine Dusche und ein bequemeres Bett fühlst.«

Ich nickte nur und konzentrierte mich auf Caleb auf der anderen Seite des Raumes. Er spürte es auch und schaute in meine Richtung, bevor er finster dreinblickte. »Ich werde euch etwas Freiraum geben«, murmelte er. »Schön, dass es dir besser geht, T.«

Ich verkrampfte meinen Kiefer und presste die Worte durch meine Zähne. »Bist du dir da sicher, Bruder?«

Denn das würde er nicht mehr lange sein.

Er ging und die Spannung im Raum wurde unangenehm.

»Ich kann dir ein Schmerzmittel geben, das dich nicht schläfrig macht, was meinst du?«, fragte der Arzt.

Ich starrte nur die Tür an, durch die Caleb gegangen war, und nickte.

»Ryth«, rief er und wies ihr den Weg zu den Schubladen mit den Medikamenten.

Ich drehte mich zu ihr um, nahm die Pillen, die sie mir anbot, und steckte sie in den Mund, bevor ich sie mit dem Glas Wasser, das sie mir gab, herunterschluckte.

»Okay, dann bringen wir dich jetzt ins Bad.«

Mein Körper heulte auf, sobald ich mich bewegte, aber ich hielt mich an den Seiten fest und zog mich hoch.

»Du kannst dich an mich anlehnen.« Ryth hielt mich fest, als ich mich einen Moment lang setzte. Ich schlang meinen Arm um ihre Schultern und stützte mich auf sie, während ich langsam versuchte, aufzustehen.

In dem Moment, in dem mein Fuß den Boden berührte, zündeten Funken hinter meinen Augen. Mein Oberschenkel verkrampfte sich, was die Qualen noch verstärkte. Ich holte tief Luft und hielt sie fest umschlungen. Sie wich nicht zurück, bewegte sich nicht. Sie war ein verdammter Turm aus Stärke, der mein Gewicht stützte, während ich zur Tür humpelte.

Schritt für Schritt ließen wir sie hinter uns und machten uns auf den Weg zu der offenen Tür am Ende des Flurs. Als wir drinnen waren, gab es nur noch sie und mich.

»Ich helfe dir in die Dusche.«

Ich nickte. »Danke.«

Als ich im Bad ankam, musste ich mich vor Schmerzen übergeben. Wie lange brauchten die Schmerzmittel, um zu wirken? Ich bedauerte fast, dass ich nicht nach etwas Stärkerem gefragt hatte, bis mir einfiel, dass ich mich mit dem Schmerz in meinem Oberschenkel abgefunden hatte.

Ryth knipste das Licht an und hielt mich fest, während ich zum Waschbecken humpelte. Ich umklammerte den Waschtisch und hob meinen Blick langsam auf das verfluchte Gesicht im Spiegel. »Mein Gott«, stöhnte ich. »Ich sehe verdammt schlecht aus.«

»Du siehst aus, als hätte man dich angeschossen und als wärst du mit einer Kugel im Oberschenkel herumgelaufen, so siehst du aus«, murmelte sie, als sie in die Duschkabine trat und das Wasser aufdrehte.

Dann drehte sie sich zu mir um und unsere Blicke trafen sich im Spiegelbild.

Eine Kugel, die ich in mir hatte, um sie zu retten.

Wir brauchten keine Worte, um die Wahrheit zu hören. Wieder flackerte der Schmerz in ihren Augen auf. »Ich wünschte, du hättest es mir gesagt.«

»Ich nicht.«

Die Muskeln ihres Kiefers spannten sich an und das Feuer in ihren Augen brannte heller. Verdammt, sie war hübsch, wenn sie wütend war. Sie nickte mit dem Kopf und atmete schwer und langsam aus. »Du fängst an zu lernen, kleine Maus.«

Ein kleines Lächeln war zu sehen, aber nur ein kleines. Wenigstens hatte sie sich ihren Sinn für Humor bewahrt. Dampf stieg aus der Dusche auf und ließ mich einen Schritt nach vorne machen.

»Lass mich dir helfen.« Sie kam näher und ließ sich auf die Knie fallen, und ich konnte nicht anders, als mich verdammt erregt zu fühlen. Die Art, wie sie nach oben griff, meine Boxershorts packte und sie herunterzog, war verdammt heiß.

Ich hob die Hand, zog mir mein Hemd über den Kopf und ließ es auf den Boden fallen, als sie sich erhob. Ihr Atem stockte und ein Stöhnen entwich ihr. »Tobias ...«, flüsterte sie.

Ich blieb nicht stehen, sondern humpelte einfach weiter. »Es ist nicht so schlimm, wie es aussieht.«

Aber sie streichelte mit ihren Fingern über meinen Rücken. »Das tut nicht weh?«

Bei ihrer Berührung pochte es, tief, schmerzhaft, an allen möglichen Stellen. Ich schluckte und schüttelte den Kopf, weil ich mich nicht traute, zu sprechen.

Aber sie wusste es. »Ich helfe dir.«

Das Pochen schien nach oben zu wandern und sich in meiner Kehle festzusetzen. Ich ließ sie mit mir in die Kabine gehen und erlaubte ihr, mit ihren Fingern über meine Schultern zu streichen, während ich mich zu ihr umdrehte. Ihre großen Augen nahmen jeden Kratzer und jede Schramme wahr. Ich war ein Wrack ... das wusste ich, aber es war die Art von Schmerz, die mich dazu bringen würde, tausendmal mehr für sie zu empfinden. Wusste sie das nicht schon längst?

Sie ging hinaus, holte einen sauberen Waschlappen aus dem Waschbecken und ging, kam wieder herein, um ihn einzuweichen, bevor sie nach der Seife griff. Stille erfüllte den Raum. Die Hitze pochte gegen meine Schultern und ihre Hände gaben mir ein Gefühl der Geborgenheit, das ich schon lange nicht mehr gespürt hatte ... nicht mehr, seit sie sie entführt hatten.

Nicht mehr, seit sie ...

Durchnässte Haarsträhnen klebten an der Seite ihres Gesichts. Ich strich sie weg, als sie mit dem Tuch über meine Brust und unter meinen Armen fuhr, bis zu den tiefen Blutergüssen über meinen Rippen. »Das muss wehtun«, flüsterte sie.

»Nicht, wenn ich dich ansehe.«

Ihre Wangen erröteten, bevor sie den Blick abwandte.

»Du kannst hinsehen, Ryth.« Meine Stimme wurde heiser. »Du kannst mich berühren, du kannst alles mit mir machen, was du willst.«

Verdammt, wenn das nicht zu nah an der verdammten Wahrheit war.

Alles, was sie wollte.

Mich ficken.

Mich schlagen.

Mich hassen ...

Aber mich nie wieder verlassen. Nie wieder. Nie wieder ...

»Kopf zurück«, forderte sie und spritzte Shampoo in ihre Handfläche.

Ich lächelte und tat, was sie mir befahl, während ich die Hitze durch mein kurz geschnittenes Haar strömen ließ. Sie musste sich strecken und ihr Körper streifte meinen, als sie sich auf die Zehenspitzen stellte und wackelte. Es war ein Instinkt, sie zu packen, aber auch ein verdammter Appetit danach, sie an mich zu ziehen.

Durch die Reibung wurde ich hart. Mein Gott, ich wollte in ihr sein und spüren, wie sich ihre hübsche kleine Muschi dehnte, während sie sich mir anpasste. Die Erinnerung an das Diner kam hoch, als ihre Hände gegen das Waschbecken gestützt gewesen waren und ich sie von hinten genommen hatte.

Trotzdem war es nicht genug.

Es würde *nie* genug sein.

Mein kleiner Vorgeschmack auf das Verbotene.

Ich starrte ihr in die Augen, als sie das Shampoo sanft einmassierte und mir den Kopf abspülte.

Sie war meine Stiefschwester.

Nein, *unsere* Stiefschwester.

Wenigstens hatte mein Vater diese eine Sache richtig gemacht, bevor er gestorben war. »Scheiße, ich habe das vermisst.«

Sie begegnete meinem Blick und ließ sich wieder auf die Zehenspitzen sinken. »Ich auch.«

»Wir werden nie wieder dorthin zurückgehen«, sagte ich, als die Verzweiflung in mir aufstieg. »Nicht zu unserem Zuhause oder unserem Leben. Von jetzt an wird alles neu sein, du, ich ... wir.«

»Das mit Creed tut mir leid.«

Ich zuckte zusammen und wandte den Blick ab. »Das tut es mir nicht. Er hat es sich selbst angetan.«

»Erzählst du mir, was passiert ist?«

Ich versteifte mich und überlegte, ob ich sie anlügen oder ihr sagen sollte, dass ich es nicht wusste. Aber es gab zu viele Lügen und Halbwahrheiten. Das wollte ich nicht zwischen uns stehen haben. »Elle hat ihn vor meinen Augen getötet.«

»Meine Mom?«

Verdammt, ich hasste das Zittern in ihrer Stimme. Dieses Brennen. Dieser ... *Verrat, schon wieder.* »Ja, deine Mom.«

»Wann?« Ihr Atem wurde tiefer.

Ich begegnete ihrem Blick und sah sie finster an. »Als sie dich mitgenommen haben.«

Sie schwieg und dachte nach. »Sie ist weggelaufen, nicht wahr? Sie ist gerannt.«

»Ja, sie ist gerannt.«

Ryth hob ihre Hand und strich sich über die Wange. »Sie war atemlos, als ich sie gesehen habe, panisch, die Augen weit aufgerissen. Dann hat sie mich geschlagen.«

»Sie hat dich *geschlagen*?« Mir wurde kalt.

Sie nickte und begegnete meinem Blick. »Dann hat sie zugelassen, dass sie mich mitnehmen. Sie haben mir gesagt ...«, sie wandte den Blick ab. »Vergiss es.«

Aber ich wollte das nicht auf sich beruhen lassen. Ich umfasste ihr Kinn und drehte ihr Gesicht zu mir. »Sag es mir.«

Mit einem Schimmer von Angst in ihrem Blick antwortete sie. »Sie haben mir gesagt, dass mein Vater nicht mein Vater ist.«

Ihre Unschuld wird genau das sein, was sie perfekt für sie macht. Ich brauche sie perfekt, denn ich sitze in der Klemme und halte sie vor mir her, in der Hoffnung, dass sie sie stattdessen nehmen werden.

Diese verdammten Worte fielen mir wieder ein. Worte, bei denen mir ganz schlecht wurde. Worte, die ich am liebsten mit blutigen Fäusten aus meinem Kopf geschlagen hätte. Aber ich konnte es nicht, denn ich kannte die Frau, die sie geschrieben hatte.

Gib sie auf. Elles Stimme erfüllte mich und ließ mich bis auf die Knochen erschaudern. *Sie ist sowieso so gut wie tot.*

Sie ist so gut wie tot ...

So gut wie tot ...

So gut wie ...

»Er ist dein Vater, Ryth.«

Hoffnung erfüllte ihren Blick. »Ist er das?«

Ich lockerte meinen Griff um ihr Kinn und strich mit meinen schwieligen Fingern an ihrem Kiefer entlang, wobei ich einige Wassertropfen auffing. »Blut bedeutet gar nichts. Das solltest du inzwischen wissen.«

Das wusste sie. Ich wusste, dass sie es wusste. Diese Frau, die vor mir stand, war nicht mehr das Kind, das unsere Eltern bei uns zu Hause abgeladen hatten. Nein, sie war stärker, härter. Sie gehörte uns.

Ryth schluckte den Schmerz hinunter und nickte. »Du hast recht. Scheiß drauf, was sie sagen.«

Ich lächelte. »Genau so, Baby, scheiß auf alles, was sie sagen.«

Ich ließ meine Hand fallen, griff nach dem Wasserhahn und drehte ihn zu, um den Strahl zu stoppen. Das Wasser lief in Rinnsalen über meine Brust und zog ihren Blick auf sich. Ich sah ihr Verlangen, sah den Moment, in dem sich ihre Atemzüge vertieften und das perfekte Mal auf ihrer Wange errötete.

»Willst du mich anfassen, kleine Maus?«

Ihre Augen huschten zu meinen und sie nickte. Ich stand da, während die Kälte immer näher kam und mein verdammtes Bein zitterte. Trotzdem ließ ich sie das nicht sehen. Meine Nippel versteiften sich. Das gefiel ihr und sie strich mit ihren weichen Fingern über meine Brust. Ein Zittern durchfuhr mich. Verdammt, sie war gefährlich. Sie war so verdammt gefährlich und sie hatte keine Ahnung.

Kein Mensch kam mir so nahe.

Nicht einmal diejenigen, die mit mir verwandt waren.

Sie trat näher und senkte ihren Kopf. Ihre warme Zunge streifte meine Brustwarze und ließ mich die Augen schließen. Mein Puls raste und dröhnte in meinen verdammten Ohren. Aber sie hob ihren Kopf und trat einen Schritt zurück, um nach dem Handtuch zu greifen.

»Ich werde mich um dich kümmern, Tobias.« In ihrem Tonfall lag eine gewisse Strenge.

Tobias?

Okay …

Meine Mundwinkel zuckten nach oben, als sie das Handtuch über meinen Körper zog. Aber ich wusste, was sie tat: Sie überdeckte die Erkundung meines Körpers mit ihrem Bedürfnis, mich zu trösten und zu umsorgen.

»Arme hoch«, murmelte sie.

Das Muttermal wurde noch ein bisschen röter, als ich ihr erlaubte, mit dem Handtuch über meine harten Muskeln und die aufgeschürfte Haut zu fahren. Bei jedem Schnitt zuckte sie zusammen, und ihre Nasenflügel blähten sich auf, als sie sanft über den Bluterguss strich. »Ich bringe dich ins Bett.«

Ich nickte, lehnte mich an sie und humpelte aus dem Bad. Der Schmerz saß so tief, dass ich stolperte und auf das Bett fiel. Ich schlug hart auf und blieb liegen, um wieder zu Atem zu kommen. Dann bewegte ich mich rückwärts und zog meine Beine auf das Bett.

»Es tut mir leid«, jammerte sie.

Ich zwang mich trotz des Schmerzes zu einem Lächeln. »Es ist nicht deine Schuld, Prinzessin.« Ich tätschelte das Bett. »Komm hoch.«

»Ich tropfe.«

Über diese Worte musste ich grinsen. Ich öffnete die Augen und sah sie neben dem Bett stehen. Ich klopfte auf die Matratze, diesmal sanfter. »Zeig es mir.« Sie schüttelte den Kopf, aber sie ging nicht weg. Nein. Sie ging nicht. Sie dachte darüber nach. »Ich möchte sehen, was du Nick an dem Tag im Auto gezeigt hast.«

Die Röte vertiefte sich.

Verdammt.

»Als du in seinem Mustang saßt, den Kopf nach hinten geneigt, die Finger in dieser ...« Ich leckte mir über die Lippen und senkte meinen Blick. »Dieser perfekten Fotze.«

»T ...«, flüsterte sie.

Sie mochte es, wenn ich so sprach, sie mochte es mehr, als sie wollte. »Ein braves Mädchen, das es mag, wenn ihre Fotze betrachtet wird.«

Sie biss sich auf die Lippe und strich mit den Zähnen über die weiche, pralle Haut. Dann bewegte sie sich und kletterte auf das Bett, wobei das T-Shirt meines Bruders an ihren Brüsten haftete.

»Zieh das T-Shirt aus.« Ich ließ meinen Blick über sie schweifen. Ihre winzigen Brustwarzen spannten sich an, als ich sprach.

Sie warf einen Blick zur Tür.

»Es wird niemand reinkommen, Ryth. Zumindest niemand, der dich nicht kosten will.«

Sie zitterte angesichts dieser Worte. Ihre Finger zitterten ebenfalls, als sie sich das durchnässte Hemd auszog und es neben das Bett fallen ließ. Ich senkte meinen Blick auf die ebenso nassen Boxershorts, die sie trug. »Hose, Prinzessin.«

Ihr Blick war fest auf meinen gerichtet, als sie nach unten griff. Verdammt, ihre Haut war so perfekt, ihr süßer, praller Hintern, die Weichheit zwischen ihren Schenkeln. Jeder andere Mann würde nur Makel sehen – zumindest so lange, bis ich ihm die Augen ausstach.

Aber nicht ich ... oder meine Brüder.

Sie ließ die Hose auf das Shirt fallen und umarmte ihren Körper.

Ich kämpfte gegen den Drang an, über das Bett zu ihr zu kriechen. Ich wollte sie mit meinem Körper umschließen und diese süßen Schenkel spreizen. Ich wollte meinen Schwanz in sie rammen und sie in Ekstase aufbäumen lassen. Ich wollte meinen Namen in einem zitternden Atemzug hören.

»Zeig es mir, Prinzessin. Zeig mir, wie mein Bruder dich an diesem verdammten Ort behandelt hat.«

Sie zuckte zurück und ihre Augen weiteten sich. »Du weißt es?«

»Ich kenne ihn«, antwortete ich, auch wenn der Schmerz des Verrats nicht zu übersehen war. »Ich weiß, dass die Schuldgefühle ihn bei lebendigem Leib auffressen würden. Ich weiß auch, dass er diese Schuldgefühle in das Einzige verwandelt hat, was er konnte, und das war, sich um dich zu kümmern.«

Ihr Blick war voller Schmerz. Ich hasste den Aufruhr in ihr, ich hasste es zu sehen, wie sie mit ihren eigenen Dämonen kämpfte, wegen dem, was mein Bruder getan hatte, als er sie an sie ausgeliefert hatte.

»Ich hätte es so gewollt«, fügte ich hinzu. »Wenn er sich nicht um dich gekümmert hätte, wäre das alles noch viel schwieriger gewesen. Deshalb bin ich froh, dass er da war. Ich bin froh, dass er sich um dich gekümmert hat.«

»Wirklich?«

Ich nickte und senkte meinen Blick auf ihre Oberschenkel. »Ja, Prinzessin. Das bin ich. Jetzt zeig es mir. Zeig mir, wie er sich um dich gekümmert hat.«

Die Erregung kehrte zurück und sie ließ ihre Hand langsam sinken, bis ihre Finger ihren Schamhügel berührten. Ich lehnte mich in die Kissen zurück und zog sie höher, während sie langsam ihre Schenkel spreizte und mir einen Blick auf ihre rosa Haut gewährte. »Mein Gott, genau so.« Ich war gefesselt von der Art, wie sie mit ihren Fingern über ihre Schamlippen fuhr und in den oberen Teil ihres Schlitzes eintauchte. »Spreize dich, Baby. Ich will deine Klitoris sehen.«

Der winzige Knubbel lugte hervor, als sie zwei Finger nach unten gleiten ließ und sie spreizte. Ich konnte mich nicht entscheiden, wohin ich schauen sollte: zu dem Leuchten in ihren Augen, zu der Erhebung ihrer Brust oder zu den dünnen Fingern, die um das Zentrum ihrer Lust tanzten.

Langsam. So verdammt langsam. Ich beobachtete, wie ihre Verlegenheit winzigen Schüben der Lust wich. Sie umkreiste sich immer wieder, bevor sie langsam nach unten glitt und einen Finger hineinsteckte.

Mein Gott ...

Mein Schwanz zuckte, als ich sah, wie ihre Fingerknöchel feucht herauskamen. »Bist du feucht für mich, Baby?«

Sie nickte.

»Dann zeig es mir.« Ich senkte meinen Blick auf ihre Muschi und griff nach meinem Schwanz. »Zeig mir, wie du kommst.«

Diesmal versenkte sie zwei Finger in sich, woraufhin ich mir ein Stöhnen verkneifen musste und stattdessen meinen Schaft umfasste. Sie wölbte ihren Rücken und ihre Nippel standen hervor. Sie stützte sich mit der anderen Hand hinter sich auf die Matratze, während sie mit ihren Fingern hindurchfuhr.

»Fick dich«, knurrte ich und drückte meine eigene Faust nach unten. Ich wollte meine eigene Berührung nicht, ich wollte nur sehen, wie sie auf die verdammte Bettdecke tropfte. Aber ich sehnte mich nach der Erlösung.

Ihre Augen flatterten zu, als der Schwung sie ergriff und sie zumindest für einen Moment mit sich riss. Bis sie mit einem

Hüftschwung aufschrie, während ihre Finger noch immer in ihr steckten.

»Mach auf«, grunzte ich. »Öffne deine verdammten Schenkel, Ryth.«

Sie tat es und spreizte ihre Schenkel. Ihre Fingerspitzen wurden von cremiger Flüssigkeit benetzt. Ich löste meinen Griff und ergriff ihre Hand, um sie zu mir heranzuziehen und ihre Finger langsam in meinen Mund zu schieben, ohne die brüllenden Schmerzen zu beachten.

Salzig.

Süß.

Ich suchte den Geschmack mit meiner Zunge und saugte, bevor ich meinen Griff lockerte. »Mein«, erinnerte ich sie. »Deine Muschi und dein verdammtes Herz.«

Sie beugte sich vor und starrte mir in die Augen. »Dein, Bruder.« Sie zog sich zurück und ließ sich langsam sinken.

Ihre Hand legte sich um meinen Schwanz. Ich senkte meinen Blick und sah zu, wie sie ihre Lippen um die Spitze meines Schwanzes schlang und leckte, bevor sie saugte. »Fuck, kleine Maus.« Mein Stöhnen war heiser.

Ich wollte schon kommen. Ich wollte jedes verdammte Loch füllen, bis sie befriedigt war.

Bis ich befriedigt war.

Sie saugte und drückte ihre Faust nach unten, um den Ansatz zu treffen. Ich fuhr mit meinen Fingern durch ihr Haar, umfasste ihren Kopf und drückte sie nach unten. »Nimm ihn, kleine Schwester. Öffne deinen Mund und nimm den Schwanz deines Bruders.«

Und verdammt, genau das tat sie.

Als sie ihren Mund weit öffnete, tropfte der Speichel aus den Winkeln und ihr Kopf wippte. Die Adern traten in meiner Länge hervor, als die Wärme herausspritzte. Ich hielt sie fest, atmete tief ein und benutzte ihren Mund auf die köstlichste Weise. Sie wehrte sich nicht, würgte nicht, drückte nicht gegen meinen Schenkel, weil sie so ein braves Mädchen war.

Ich stöhnte, löste meinen Griff, ließ sie aufstehen und sich die Lippen lecken, bevor sie neben mir auf die Matratze sank.

»Mein Gott, Baby«, stöhnte ich und ließ mich zurück in die Kissen fallen. »*Gott*.«

Sie schmiegte sich an mich, als ich meinen Arm anhob. »Habe ich dir wehgetan?«, fragte sie.

Ich schüttelte den Kopf. »Nein. Du könntest mir nie wehtun.«

Aber sie könnte es, mit einem einzigen Wort. Ich verdrängte die Angst, wollte in die Realität zurückkehren und schloss meine Augen. Ich würde nur schlafen, nur ein bisschen ... dann würde ich ihre Muschi ruinieren ...

Und sie würde mich ruinieren.

SECHZEHN

Nick

Kit blickte zum vierten Mal innerhalb weniger Minuten auf den Flur. Die Stimme ihres Bruders dröhnte im Hintergrund, als er mit Caleb über das Krankenhaus sprach, in dem er arbeitete. Mein Bruder hörte aufmerksam zu, aber während er sich auf den Arzt konzentrierte, beobachtete ich, wie Lucas' Stiefschwester ein wenig zu sehr von *Tobias* fasziniert war.

Sie runzelte die Stirn und wurde rot, bevor sie leise vor sich hin murmelte. »Vielleicht sollte jemand nach ihnen sehen.« Und sie bewegte sich ... ein bisschen zu schnell.

Verdammt.

In dem Moment, als sie auf den Flur zuging, trat ich um sie herum und versperrte ihr den Weg. Ich schüttelte den Kopf und murmelte: »Das solltest du nicht tun.«

Lucas warf mir einen kurzen Blick zu. Als er von mir zu ihr sah, flackerte ein Hauch von Verärgerung auf. Für einen augenblicklichen Moment flammte Eifersucht im Blick des Arztes auf, bevor er sie in den Griff bekam. Ja, der Typ konnte gefährlich sein, wenn er wollte. »Kit?«, murmelte er. »Alles in Ordnung?«

Sie warf einen Blick auf den Eingang zum Flur. »Ich dachte nur, jemand sollte nach ihnen sehen, das ist alles.«

Lucas räusperte sich, als er ihrem Blick folgte. Ein hochgradig gestresstes Arschloch wie T und jemand unsere kleine Stiefschwester allein in einem Raum zusammen? Ob verwundet oder nicht, der Arzt wusste, was sie taten. Er wusste auch, dass seine Schwester viel zu neugierig für ihr eigenes Wohl war.

»Vielleicht könntest du unsere Vorräte überprüfen?« Sein Tonfall war heiser, als er seine Aufmerksamkeit wieder auf seine Stiefschwester richtete. »Nick und ich fahren in die Stadt. Wir wollen aufstocken.«

Sie rümpfte die Nase und machte einen Schmollmund, der mich an Ryth erinnerte, als sie vor unserer Haustür gestanden hatte, und es war kaum zu glauben, dass das erst wenige Monate her war.

Sie war noch so verdammt jung gewesen.

So verdammt naiv.

Aber das war sie nicht mehr.

Nein.

Dafür hatten *sie* gesorgt.

»Gut.« Kit starrte mich an und wusste, dass ich ihr nicht aus dem Weg gehen würde. »Ich werde die verdammte Liste machen.«

»Und wenn sie weg sind, kannst du mir vielleicht das Haus zeigen.« Caleb lenkte ihre Aufmerksamkeit auf sich. »Ich wette, du kennst diesen Ort wie deine Westentasche.«

Sie lächelte und ihre Augen leuchteten. »Ja, ich kenne ihn wirklich gut. Nicht weit von hier gibt es einen Bach, eine Wasserstelle und den größten Felsen, den ich je gesehen habe. Ich nenne ihn den Aussichtspunkt.«

»Klingt gut«, murmelte C und schaute in meine Richtung.

Er würde sie beschäftigen und dafür sorgen, dass sie sich nicht verirrte. Obwohl der Arzt diese Idee gar nicht zu mögen schien. Ich ging langsam weg, behielt den kleinen Feuerwerkskörper von einer Frau im Blick und durchquerte die Küche. »Sie wird bei ihm sicher sein«, murmelte ich und begegnete Lucas' Blick. »Mach dir da keine Sorgen.«

Er machte sich Sorgen …

Und es gab nichts, was ich dagegen tun konnte.

Caleb hatte jetzt einen Hauch von Dunkelheit an sich, eine Brutalität, die das Eis im Kontrast zu Ts Feuer war. Ich warf einen Blick nach links und sah, wie er den Raum durchquerte. »Ich kann dir auch mit der Liste helfen, wenn du willst.«

Sie schaute ihren Bruder an und er nickte langsam. Geh, sagte die Bewegung. Ist schon in Ordnung. Sie tat es und blickte ein letztes Mal zurück, bevor sie in die Küche ging.

»Er ist gefährlich.«

Die Worte waren so leise, dass ich sie fast überhört hätte. Aber mir entging nicht der Blick, den der Arzt mir zuwarf, ein Blick, der viel zu viel aussagte. Jetzt war ich an der Reihe, den Blick abzuwenden und zu versuchen, das Heulen in meinem Kopf zu ignorieren. Es sagte mir, dass Caleb zwar der ruhigste von uns allen war, aber auch der gefährlichste.

Gefährlich für uns …

Und für Ryth.

»Ich treffe euch draußen«, murmelte ich und ging ihnen nach.

Der Ort war schön, aber verdammt ruhig. Das Zwitschern der Vögel in den Bäumen war alles, was ich hörte, als ich aus dem Haus trat und zurück zur Veranda ging, wo ich mit den Füßen nach Blättern trat. Ich ging zu dem Auto, das Jack Castlemaine für uns in der Scheune eines Fremden mitten im Nirgendwo abgestellt hatte.

Nein, nicht für uns … für sich selbst.

Ich öffnete die Fahrertür und riss den Riegel des Kofferraums auf. Die Waffen waren unter dem Deckel befestigt. Ich klemmte meine Finger unter den Teppich, zog den Bodenbelag hoch und starrte die Waffen an, die in der Ersatzreifenmulde verstaut waren. Das war nicht für die Ewigkeit gebaut worden, sondern nur dafür, sie zum nächsten Ort zu bringen, der auf einer Karte versteckt war, die Ryths Vater im Kopf gehabt hatte.

Eine Karte, die ihnen zur Flucht verholfen hätte.

Und die uns zurückgelassen hätte.

Ich stützte mich mit der Hand an der Seite des Kofferraums ab und spürte, wie die Welt schwankte. Sie hätten uns verlassen … *er hätte sie dazu gebracht, uns zu verlassen.* Allein der Gedanke daran war zu viel für mich. Ein Schmerz erfüllte meine Brust. Die Art von Schmerz, die erdrückend war. Speere rissen an meinem Arm … Ich konnte nicht atmen … *Ich konnte nicht atmen.* Ich–

»Bist du bereit, zu gehen?«

Lucas tauchte aus dem Nichts auf und warf einen Blick auf die Waffen in dem Auto und dann auf mich. Er sah mich finster an und sein Blick wanderte zu meiner Faust, die gegen mein Brustbein gepresst war. »Bist du in Ordnung?«

»Ich glaube, ich habe einen verdammten Herzinfarkt«, stöhnte ich.

Er rückte näher, drückte seine Fingerspitzen gegen meinen Hals und sein Blick war einen Moment lang unkonzentriert, bevor er seine Hand fallen ließ. »Dir geht es gut.«

Der Schmerz pochte immer noch und zerfraß meine verdammte Brust. Er schaute noch einmal auf den offenen Kofferraum und hob die Augenbrauen. »Beeindruckende Ausbeute. Sieht aus, als wärt ihr für die Flucht gerüstet.«

»Nicht wir«, zwang ich mich zu sagen und in dem Moment, als ich es tat, wurde der Schmerz real und riss mir die Worte aus dem Mund. »Ryths Dad.«

»Und Ryth, nehme ich an?«

Ich nickte, unfähig, die Worte laut auszusprechen.

»Wie wäre es, wenn wir losfahren?«

Ich hob meinen Blick, nickte dann und schlug den Kofferraum zu. »Klingt gut.«

Bevor ich auf den Beifahrersitz stieg, warf ich noch einmal einen Blick in den Innenraum. T und Ryth waren beschäftigt, wahrscheinlich schliefen sie schon. C und Kit waren unterwegs, um sich einen Überblick über den Ort zu verschaffen. Im Moment waren sie sicher. Wir waren vorerst in Sicherheit. Das war alles, woran ich dachte, als ich in den Range Rover stieg und die Tür schloss.

Der Motor dröhnte, als er ihn anließ, den Rückwärtsgang einlegte und mit einem kräftigen Schwung rückwärts fuhr. Die Reifen waren nicht für den losen Untergrund gedacht, aber sie hielten gut, als er den Geländewagen über die Schotterstraße vorwärts rollte.

»Ist das dein Haus?«

»Es gehört meinem Großvater«, antwortete er, als das Fahrzeug in eine Furche rutschte. »Wir haben es auf seinen Namen überschrieben, damit es sicher ist und man es nicht zurückverfolgen kann.«

»Sehr sicher«, sagte ich durch zusammengebissene Zähne und hielt mich fest.

Er warf mir einen Blick zu. »Nichts ist hundertprozentig sicher.«

Er hatte recht. Ich konzentrierte mich auf die Straße, als wir geradeaus fuhren, das Tempo erhöhten und an dem Briefkasten vorbeifuhren, der einen Namen auf der Seite hatte. Ich dachte mir, wenn jemand so weit fuhr, um ihn zu verfolgen, dann war ein verdammter Name völlig egal.

Wenn sie uns unbedingt wollten, würden sie kommen.

Denn nirgendwo war es wirklich sicher. Zumindest nicht, wenn wir auf uns allein gestellt waren.

Während wir fuhren, dachte ich an Jack Castlemaine, wo er gewesen war und wie er aus dem Gefängnis entkommen war. Ich hatte zu viele Fragen ... Die quälendste davon führte mich zu dem verdammten Notizbuch, das ich in Elles Schrank gefunden hatte. *Als ich sie mit ihren Freundinnen beobachtet hatte, hatte ich fast vergessen, wie sie geworden war, was sie repräsentierte und welchen Zweck sie verfolgte.*

Welchen Zweck?

Das war es, was mich in Panik versetzte, es war, als würde ich mit einer tickenden Zeitbombe leben. Das Problem war nur, dass Ryth nicht einmal wusste, dass sie selbst gefährlich war.

»Du hast kein Wort von dem gehört, was ich gesagt habe, oder?«

Ich warf einen Blick auf den Arzt hinter dem Lenkrad. »Tut mir leid.«

Er nickte. »Ich habe dir gerade gesagt, dass wir morgen früh abreisen werden.«

»Ihr geht?«

Er nickte und konzentrierte sich auf die Straße. »Du rufst Benjamin Rossi an, oder?«

Ich runzelte die Stirn. »Ja, wir haben nicht wirklich eine Wahl.«

»Das verstehe ich, aber ich muss auf meine Leute aufpassen.«

Da war wieder diese Bemerkung und die Angst, wenn es um die Rossis ging. Ich kannte Ben, wusste, dass er ein harter Kerl und ein rücksichtsloses Arschloch sein konnte, und ich wusste auch, dass Lazarus die Art von Kerl war, mit dem man sich nicht anlegen wollte. Was zum Teufel hatte der Doc also wirklich getan?

Meine Gedanken drehten sich wieder um Geld. »Wenn du Geldprobleme hast«, begann ich.

Er warf einen Blick in meine Richtung und schüttelte kurz den Kopf. »Ich wünschte, es wäre so. Nein ... es ist ...«, sagte er seufzend. »Es geht um Kit.«

»Deine Schwester?«

»Sie ist sehr defensiv, vor allem, wenn es um Leute geht, die sie als Freunde betrachtet.«

Jetzt war ich neugierig. »Rede weiter.«

Er wollte nicht und wurde rot, als er die Stirn runzelte. Der Typ hatte meinem Bruder eine Kugel aus dem Oberschenkel geholt und die Leiche meines Vaters auf den Rücksitz seines Autos geschleppt, aber wenn es um seine Stiefschwester ging, zierte er sich?

Da musste mehr dahinterstecken. Aber ich sagte nichts, während er mit den Worten rang.

»Sagen wir einfach, meine Stiefschwester ist diejenige, die Benjamin Rossi und der Liebe im Weg steht.«

»Und der Liebe?«

Er schaute in meine Richtung. »Buchstäblich. Love Hartman ist eine Unfallkrankenschwester, die Mr. Rossi durch einen Bekannten kennengelernt hat.« Bei seinen Worten zuckte er zusammen.

Durch einen Bekannten. »Ich nehme an, dieser Bekannte bist du?«

Er nickte. »Ja.«

Ich fuhr mir mit den Fingern durch die Haare. Das ergab jetzt einen Sinn.

Nicht der Teil, dass Benjamin Rossi sich verliebt hatte. Damit hatte ich meine Schwierigkeiten. Ich hatte noch nie gesehen, dass er eine Frau auch nur angesehen hatte, geschweige denn eine verdammte Krankenschwester. Aber ich verstand, wie die feurige junge Frau, die wir in der Hütte zurückgelassen hatten, dem Arzt das Leben schwer machen konnte. Vor allem, wenn sich auch andere Frauen in der Nähe des Mannes aufhielten.

Denn er war ein gut aussehender Mann ... und so wie sie ihn ansah ...

Verdammt ...

»Da wären wir«, murmelte er und lenkte meinen Blick auf das ruhige Städtchen. »In Meg's Diner gibt es ein Münztelefon, das kannst du benutzen, während ich das Auto mit allem belade, was ihr braucht.«

Er blinkte und parkte auf einem Parkplatz vor einem großen Sportgeschäft. Ich hatte immer noch keine Ahnung, warum er uns half, aber im Moment war ich ihm verdammt dankbar. Ich hatte vor, es wiedergutzumachen, das war sicher.

Im Moment würde ich alles annehmen, was er mir anbot. Ich stieg aus dem Auto, ging um die Ecke und betrat den kleinen Imbiss. Bis auf ein älteres Ehepaar, das sich einen Milchshake gönnte, war der Laden leer, und als ich den Raum durchsuchte, sah ich das Münztelefon im hinteren Teil des Ladens. Ich ging dorthin, warf mein Geld ein und wählte die Nummer, die ich mir gemerkt hatte.

»Ja?«, meldete Benjamin Rossi sich vorsichtig.

»Ich bin's.«

Stille, dann wieder Vorsicht. »Ich nehme an, ihr seid in Sicherheit?«

»Vorerst. Aber wir müssen uns treffen.«

Im Hintergrund dröhnte das Triebwerk eines Jets und das dumpfe Geräusch von Stiefeln auf einer Stahlplattform war zu hören. »Leider muss das warten. Ich habe es hier mit einem Problem zu tun.«

Besorgnis erfüllte mich. »Was für ein Problem?«

»Nichts, was ich über das Handy erklären könnte. Gib mir drei Tage, dann bin ich wieder im Lande. Bis dahin müsst ihr euch gedulden.«

Gedulden? Das gefiel mir nicht. Aber der Mann ließ mir keine andere Wahl. »Wird gemacht«, antwortete ich. »Wir sehen uns dann.«

»Bis dann, und Nick ...«

»Ja?«

»Kopf runter, Junge. Pass auf dich auf.«

Mit diesen Worten im Ohr legte ich auf. Das alte Ehepaar beobachtete mich immer noch, als ich mich umdrehte und zurück zur Tür ging.

»Hast du alles, was du brauchst?«, fragte die Kellnerin hinter dem Tresen.

»Ja ... na ja ...« Ich blieb stehen, mein Blick fiel auf drei frische Kuchen unter der Theke, und nickte ihnen zu. »Die nehme ich.«

»Ein Stück?«, fragte sie, wischte sich die Hände an einem weißen Küchentuch ab und griff nach einem Messer.

»Nein, alle drei.«

Der eine war mit Schokolade und Schlagsahne, der zweite mit Karamell, und der letzte war der schönste, selbstgebackene Apfelkuchen, den ich je gesehen hatte.

»Okay, klar.« Sie lächelte und holte Kartons hinter der Theke hervor.

Als ich hinausging, fühlte ich mich immerhin ein bisschen besser. Jetzt mussten wir nur noch drei Tage lang am Leben bleiben und vorsichtig sein ... und unsere endgültige Flucht planen.

SIEBZEHN

Vivienne

Ich starrte das Armani-Kleid an, das fein säuberlich auf dem riesigen Kingsize-Bett lag, und unterdrückte ein Schaudern. Angst mischte sich mit meiner Wut. Es war ein gefährlicher Cocktail. Einer, den ich hinunterschluckte. Trotzdem konnte ich den Blick nicht von den Sachen abwenden, die er von mir erwartete. Das karamellfarbene Kleid hatte einen weiten Schlitz auf Oberschenkelhöhe. Ich beugte mich vor und zupfte an der Schleife, die ich um meinen Hals binden sollte.

Genau wie seine Hände, nicht wahr?

Das war der Effekt.

Um meine Kehle gewickelt.

Er kontrollierte mich.

Mein Blick wanderte zu den Dessous, die getrennt voneinander auslagen. Der weiche rosa Spitzen-BH thronte auf dem Satin-Tanga, der vorne so verdammt schmal war, dass er mir beim ersten Schritt zwischen die Lippen rutschen würde. Abscheu brannte in mir und ich fühlte mich krank. Alles an dieser Sache

176

war kalkuliert, bis hin zu dem verdammten Material. Meine Atemzüge waren schwer und heftig. Wenigstens war es nicht rot. Diese Farbe konnte ich nicht ertragen.

Dies war der dritte Tag ... und das dritte Outfit, jedes einzelne war fachmännisch ausgewählt worden, als wäre ich eine Art dressierter Hund. *Zieh die hübschen Kleider an, Vivienne, und tu genau das, was man dir sagt.* Ich griff nach dem Bettlaken, das noch immer um meinen Körper gewickelt war. Seit drei Tagen hatte ich das Gleiche an ... und ich fing an zu stinken.

Ich warf einen Blick über meine Schulter auf die verschlossene Tür.

Ich wollte nicht hier sein.

Nicht in diesem Zimmer ... oder an diesem Ort.

Aber wenn ich mich weigerte, würde er mich für immer einsperren. Er würde mich niemals freilassen, solange ich nicht nach seinen Regeln spielte. Ich drehte mich wieder zu den Klamotten um, die auf mich warteten. Denn genau so ein Mann war London St. James ...

Ein abscheulicher Mistkerl.

Hass durchfuhr mich und ich zitterte. Ich ging ins Bad, löste das verknotete Laken von meinem Körper und ließ es auf den Boden fallen. Die kalten Fliesen brannten unter meinen Zehen, als ich das Bad betrat und unter die Dusche stieg. Das Zischen setzte augenblicklich ein und das heiße Wasser dampfte in der Kabine. Ich näherte mich dem Wasserstrahl, ließ meinen Kopf nach hinten fallen und die Hitze gegen meine Schultern prallen, um mich aus dieser Hölle zu befreien, zumindest für ein paar Sekunden.

Bis die Verbitterung kam.

Ein Gedanke überfiel mich, und dann folgte die Vergangenheit.

Die Vergangenheit, in der ich ein Niemand gewesen war, nicht gesehen, nicht gehört. Und schon gar nicht erwünscht. Ich öffnete meine Augen, gab etwas Shampoo in meine Hand und schäumte mir die Haare ein.

Ich hatte so sehr versucht, mich von der Vergangenheit zu distanzieren. In den Monaten, die ich im Orden verbracht hatte, war ich darauf konzentriert gewesen, in der Gegenwart zu überleben. Doch in der Stille der Nacht, zwischen den Kontrollgängen der Wächter, hatte sich die Vergangenheit eingeschlichen. Zuerst war es das Haus, das ich mein Zuhause hätte nennen sollen, und das Paar, bei dem es sich nicht um meine Eltern gehandelt hatte. Sie hatten in meinem Leben kaum eine Rolle gespielt, abgesehen von den Regeln ... so viele verdammte Regeln.

Nicht an die Tür gehen ...

Deine Adresse nicht herausgeben.

Mit niemandem sprechen, der nicht von Mutter oder Vater genehmigt wurde.

Regeln und Gesetze.

Trotzdem war es besser gewesen als die flackernden Erinnerungen an die Zeit vor ihnen. Der »Ort«, an dem sie uns untergebracht hatten, war nichts anderes als ein Gefängnis für Kinder gewesen. Man hatte mir erzählt, dass es sich um eine Pflegefamilie handelte und dass meine richtige Mutter »Probleme« mit Drogen gehabt und mich bei der Geburt ausgesetzt hatte. Ungewollt. Unwürdig ...

Nur dazu da, um benutzt zu werden.

Und genau das war es, was London St. James tun wollte. Darüber machte ich mir keine Illusionen.

Schützling, nannte er mich.

Aber Schützling mit Einschränkungen.

Er konnte mich nicht ficken, der Vertrag erlaubte es nicht.

Ich fuhr mir mit der Spülung durch die Haare und machte mich daran, mich zu waschen und zu rasieren. Wenigstens war ich dieses Mal allein. Ich hob meinen Blick zu der kleinen, sauberen Kamera in der Ecke des Badezimmers und kämpfte gegen das Bedürfnis an, dem Bastard den Mittelfinger zu zeigen. Aber das würde mich nicht von hier wegbringen, oder? Es würde mich nicht befreien ...

Es würde mir nicht erlauben ... *zu fliehen.*

Das Wort summte in meinem Kopf, während ich die Rasierklinge erst an meinen Beinen entlang und dann zwischen ihnen hindurchzog. Ich warf einen Blick auf die Kamera. Sah er zu? Darauf wette ich. Ich richtete mich auf und ließ meinen Kopf nach hinten in die Gischt fallen. Ich wettete, dass er wie gebannt vor dem Bildschirm saß.

Ich drehte den Wasserhahn zu, stellte das Wasser ab und ging hinaus. Mein Blick wanderte zu den teuren Parfüm- und Make-up-Fläschchen, die auf dem Waschtisch standen, während ich mir ein Handtuch vom Wärmeständer nahm, mich abtrocknete und meine bräunliche Haut abtrocknete.

La Prairie und Guerlain. Die Namen sagten mir nichts, aber ich erkannte Designer, wenn ich sie sah. Ich wickelte das Handtuch um meinen Körper, trat näher und fuhr mit den Fingern über das schimmernde Platinfläschchen. Ich hatte mir vorher nicht erlaubt, sie zu berühren. Ich hatte mir nicht einmal erlaubt, sie anzusehen. Ich wollte mir nicht eingestehen, wofür sie standen ... für den Bastard, der sie gekauft hatte.

Meine Finger zitterten kurz, dann holte ich aus und verpasste den Flaschen einen Schlag. Sie klirrten, kippten und rollten. In dem Moment, in dem sie das taten, flammte dieses panische

Gefühl in mir auf. Ich stolperte nach vorne, packte die Fläschchen und richtete sie auf, bis sie wieder perfekt standen.

Perfekt …

Ich nahm ein Serum in die Hand und öffnete den Deckel. Ein silberner Tropfen fiel in meine Handfläche, bevor ich ihn mit meinen Fingern berührte und mich dicht an den Spiegel lehnte, um ihn auf meinen Wangenknochen zu verteilen und zu sehen, wie der Schimmer einsank. »Oh, Scheiße, das ist verdammt schön.«

Ich zog mich zurück und betrachtete den herrlichen Glanz, während ich meinen Kopf in die eine oder andere Richtung drehte. »Nein.« Ich ließ meine Hand sinken und schüttelte den Kopf. »Einfach nein. Ich werde das nicht benutzen, ich spiele sein verdammtes Spiel nicht mit.«

Sei klug … Ich starrte mein Spiegelbild an und richtete meinen Blick dann auf die verschlossene Schlafzimmertür hinter mir. Ich würde hier nicht mehr rauskommen. So einfach war das. Egal, wie sehr ich es hasste.

Trag das Make-up.

Zieh die Klamotten an.

Aber sorge dafür, dass du die Kontrolle behältst. Ich warf einen Blick auf die Kamera über mir …

Der wütende Blick in seinen Augen, als er mich auf dem Bett gehabt hatte, kam mir wieder in den Sinn. Ich war diejenige, die hier die Kontrolle hatte. Ich war diejenige, die er wollte …

Er konnte mich zwingen.

Aber würde er das tun?

Mein Puls raste … Nein, ich glaube nicht, dass er das tun würde. Er wollte dieses Spiel, wollte, dass ich mich fügte …

Ich leckte mir über die Lippen. Ja, das war es, was er wollte. Mich, auf Knien.

Ich drehte mich um, konzentrierte mich auf die Foundation, die einen goldenen Unterton für meine Haut hatte, und machte mich an die Arbeit … mich schön zu machen. Meine Vergangenheit meldete sich, der gleiche Schmerz, das gleiche Gefühl der Verlassenheit. Dies war nur eine weitere dieser Situationen, dieselbe Zurückweisung. Das gleiche verdammte Machtspiel.

Aber dieses Spiel kannte ich gut …

Ich konnte es genauso gut spielen wie er.

Dunkle, glühende Augen, der Glanz von Bronze auf goldener Haut hoch oben auf meinen Wangenknochen. Ich riss den Schrank auf, fand einen Föhn und machte mich an die Arbeit, indem ich das Produkt einmassierte und die Strähnen föhnte, bis sie glatt und glänzend waren. »Das wird reichen«, murmelte ich. »Ja, das wird es.«

Auf dem Weg zurück zum Bett entglitt mir die Kontrolle. Es war weder ein Tröpfeln noch ein Schwall. Es war ein wildes Gefühl, das ein klaffendes Loch in mir aufriss und sich seinen Weg nach innen bahnte. Ich dachte nicht nach. Ich schnappte mir einfach den Slip vom Bett und zog ihn an, dann folgte der Rest der Kleidung, bis ich in die Prada Stöckelschuhe schlüpfte.

Ich kämpfte gegen den Drang an, mich umzudrehen und mich in dem Ganzkörperspiegel gegenüber von dem Bett zu betrachten. Ich wollte mich nicht in seinen Klamotten sehen, ich wollte ihn nicht in dem weichen Stoff sehen, der über meine Haut streichelte. Ich wollte ihn nicht sehen …

Aber ich tat es, weil ich nicht anders konnte. Mein Blick wanderte hin und her, als ich den Hauch von Bräune sah. Ein Schritt und der Spalt verbreiterte sich und enthüllte meinen

Oberschenkel. Meine Knie zitterten, mein Puls wurde träge und langsam. Die Demütigung durchfuhr mich und zog das Verlangen mit sich.

Die Frau im Spiegel war nicht ich.

Nicht die Kämpferin ... oder die Einzelgängerin.

Nein, sie war die Hure.

Das »*Gefäß*«, das sie im Orden geschaffen hatten.

Ein Gefäß, das sie auf jede erdenkliche Weise benutzen würden. »Ich hasse dich«, flüsterte ich und musterte ihre vorstehenden Brüste, ihre schmale Taille und ihre olivfarbene Haut. »Ich hasse dich verdammt noch mal so sehr.«

Dieser Hass blieb in mir, als ich mich zur Tür bewegte. Aber dieses Mal schrie oder jammerte ich nicht. Nein, damit war ich fertig. Stattdessen hob ich meine Hand und klopfte mit den Fingerknöcheln sanft gegen das Holz. Das Geräusch drang kaum an meine Ohren, doch das Schloss schnappte fast augenblicklich auf und die Tür öffnete sich langsam.

Er war da ...

Dunkle Augen funkelten mit diesem kriminellen Blick. Langsam senkte er seinen Blick, betrachtete mein Gesicht, meine Brüste und meine Taille, um dann langsam zu meinen Schenkeln und Schuhen hinunter zu wandern. Ich wandte den Blick ab und konzentrierte mich dann auf sein kaltes Starren. Hitze durchfuhr mich, als sein Blick zwischen meinen Beinen verweilte und dann zu meinen Brüsten wanderte ...

Dachte er an den dünnen Riemen zwischen meinen Pobacken? Ich hoffte es ... ich hoffte es wirklich. Ich schluckte schwer, denn ich hasste es, wie gut er in diesem Moment aussah. Er war immer so wütend und makellos. Der kohlegraue Anzug war zugeknöpft, das gebügelte weiße Hemd darunter makellos. Ich wollte das Hemd ruinieren, wollte das Make-up, das ich trug, darauf verschmieren.

Der Gedanke daran überfiel mich. Wie meine Wange gegen das weiße Hemd drückte und einen dunklen Fleck hinterließ. Meine Muschi pulsierte und verkrampfte sich. Nein. Einfach nein. Ich zwang das Zittern aus meiner Stimme. »Ich will hier raus.«

Er antwortete nicht. Stattdessen schob er die Tür weiter auf und trat zur Seite.

Mein Puls stotterte und mein Blick huschte zum oberen Ende der Treppe. Die Freiheit wartete ... die Freiheit ...

»Die Vordertür ist mit einer Alarmanlage ausgestattet die einen Alarm auf meinem Handy auslöst, ebenso wie alle Fenster. Versuch zu fliehen, Vivienne, und schau, was passiert.«

Ich zuckte zusammen und richtete meinen Blick auf ihn. Er konnte nicht hören, wie mein Puls stotterte, er konnte die Gedanken in meinem Kopf nicht hören. Er *kannte* mich nicht.

Aber er hatte mir gerade ein Ultimatum gestellt, das ich nicht einhalten konnte, oder? Ich konnte mich vor lauter Andeutungen kaum noch konzentrieren. Doch die Hoffnung wartete, und sie begann mit einer offenen Schlafzimmertür. Mit einem Nicken hob er die Hand und bedeutete mir, vorzutreten.

Ich tat es und meine Absätze klackerten auf dem gefliesten Boden, bis ich mich am Geländer festhielt und die erste Stufe betrat. Die Stille verschluckte jedes Geräusch meiner Schritte. Die Stilettos sanken in den Plüschteppich der Treppe. Ich ging die drei Stockwerke hinunter und betrachtete die Glaswand des Aufzugs in der Mitte des Gebäudes.

Ein Schaudern durchlief mich. Ich war schon einmal in diesem Haus gewesen ... aber meine Zeit hier war flüchtig gewesen, ich hatte es kaum über das Foyer und den unteren Flur hinaus geschafft. Ich hatte es nie bis hierher geschafft ... *nie zu etwas Persönlichem.* Ich klammerte mich an das kalte Stahlgeländer und machte mich auf den Weg nach unten. Ich fragte mich, wo sein Schlafzimmer war ...

War es in der Nähe? Mein Blick huschte den Flur im ersten Stock entlang ... *dort? War es dort?*

Eine Sekunde lang kamen mir diese Gedanken in den Sinn, bevor mich eine Welle von Schwindel überkam. *Sein Schlafzimmer? Du willst etwas über sein verdammtes Schlafzimmer wissen?* Mein Kiefer verkrampfte sich und ich eilte die letzte Treppe hinunter, bis ich am Rande des Foyers stehen blieb. Schimmernde, italienische Fliesen, kalt und glatt. Alles, was ich sah, war mein Gesicht, das gegen sie gepresst wurde ... und die zwei Paar Stiefel vor meinen Augen.

Ich habe dich gewarnt, Vivienne. Ich habe dir gesagt, dass das Konsequenzen haben wird ...

Ein Schmerz durchzuckte meine Brust, feurig und brutal. Ich hielt mich am Geländer fest und konnte mich nicht bewegen. Die Angst ließ mich wie angewurzelt stehen bleiben. Ich konnte den Blick nicht abwenden. Die Panik. Die Demütigung.

»Denkst du daran, zu fliehen?«

Meine Knie zitterten, aber ich zwang mich, mich zu bewegen. Ich drehte mich um und trat einen Schritt zurück. Er kam herunter wie das Böse in Person. Diese kalten, unerschrockenen Augen fixierten mich mit ihrem Blick. Silberne Haare funkelten an seinen Schläfen, als er ins Foyer hinunterstieg und vom Sonnenlicht beleuchtet wurde. Ich begegnete diesem widerwärtigen Blick, dann wandte ich mich ab. »Nein.«

»Gut.«

Ich zuckte zurück, machtlos, gefangen. Was dachtest du denn, was passieren würde? Der Gedanke stieg in mir auf ...

Er blieb vor mir stehen. »Ich muss arbeiten.«

Meine Angst verwandelte sich in Wut. »Dann geh zur Arbeit.«

Seine Mundwinkel zuckten. Mein Magen verkrampfte sich und mein Atem ging fast stoßweise. Er war sprunghaft ... so verdammt sprunghaft. Ich wartete darauf, dass er sich auf mich stürzen, mich an der Kehle packen und durch das Foyer schleudern würde. Ich wartete auf seinen Zorn, den, den ich unter der Oberfläche schimmern sah.

Aber nichts davon kam. Nur ein Zucken in seinem Mundwinkel. War der Dämon etwa beeindruckt? Mit einem Nicken drehte er sich um und seine Schritte waren so langsam, dass sie wie ein Befehl wirkten. Er erwartete, dass ich ihm folgte, wie eine gute kleine Hure.

Der Hass war wie eine Faust in meinem Bauch, die sich durch meine Rippen bohrte, aber ich folgte ihm und warf einen Blick auf die geschlossene Kellertür, als wir vorbeigingen. Das elektronische Schloss an der Außenseite der Tür blinkte rot und wartete nur darauf, dass er seinen verdammten Code eingab und mich nach unten zerrte.

Aber er ging weiter und neigte den Kopf zur Seite. Er lauschte. Er wartete darauf, dass ich nachgab. Ich versuchte, das Donnern in meiner Brust zu unterdrücken und ging weiter, vorbei an der eleganten Küche, die glänzte, und tiefer in das Haus hinein. Ich war überrascht, dass hier jemand wohnte. Es sah nicht danach aus.

Nicht ein Staubkorn.

Kein einziger Fingerabdruck.

Er bog in einen Flur ein. Ich hatte Angst, ihm zu folgen. Mit London in einem engen Raum zu sein ...

Du hast das nicht durchdacht, oder?

Ich versuchte zu Atem zu kommen, als er eine Tür am Ende des Flurs öffnete und verschwand, ohne sie zu schließen. Ich hatte nicht damit gerechnet, dass er tatsächlich eine Tür aufmachen würde.

Aber ich konnte nicht weglaufen, ich konnte nicht einmal daran denken, mich umzudrehen und zu fliehen. Wenn ich das täte, würde er gewinnen.

Das würde auf keinen Fall passieren.

Ich verkrampfte meinen Kiefer und schritt vorwärts.

Mein Blick fiel auf die schlichten schwarzen Bücherregale, die sich an der Rückwand entlangzogen, als ich eintrat. Der Raum war voll mit Büchern und zwar mit sehr vielen. Perfekt wie immer, kein einziges fehl am Platz.

»Die Tür, Vivienne.«

Mein Blick fiel auf ihn, wie er mit gesenktem Kopf hinter dem Schreibtisch saß und sich auf die Seiten vor ihm konzentrierte. Die Empörung brodelte. *Mach es doch selbst, verdammt noch mal ...* Die Worte kamen mir nicht über die Lippen, als ich die schwarzen Lederhandschuhe sah, die er trug. Sein Jackett war verschwunden, das weiße Hemd an den kräftigen Unterarmen hochgerollt.

Ich wandte den Blick ab, trat ein und schloss die Tür. Das Arbeitszimmer war groß ... und atemberaubend. Ein blutrotes Sofa stand im hinteren Teil des Raumes, gegenüber dem schönsten schwarzen Gaskamin, den ich je gesehen hatte. Der Rest des Raumes war schwarz, schwarze Möbel, schwarzer Stahl überall, bis auf eine kleine Abteilung mit Büchern ganz hinten in der Ecke ... nein, die waren rosa. Die Farben waren dieselben wie in meinem Schlafzimmer.

Ich drehte mich um und bemerkte, wie sich seine Aufmerksamkeit auf mich richtete, ohne dass er den Blick hob.

Ich verunsicherte ihn allein durch meine Anwesenheit. Er hob den Kopf und seine dunklen Augen huschten in meine Richtung, bevor er auf den riesigen iMac-Bildschirm vor ihm starrte. Ein Mausklick, und ein Drucker begann am Rand des Schreibtisches zu arbeiten. Er erhob sich lautlos und drehte sich um. Ich wurde von dem umgedrehten Papier auf seinem Schreibtisch angezogen, auf das er so konzentriert zu sein schien.

Ich ging einen Schritt auf ihn zu und mein Puls raste, als ich mich von dem Dokument in den Bann ziehen ließ. Aber je näher ich kam, desto bewusster wurde mir, dass es nicht das war, was ich gedacht hatte ... es war eine Art ...

»Dir helfen?«

Ich hob meinen Blick. Diese dunklen Augen bohrten sich in meine. Ich schaute weg und schüttelte den kopf. In dem Moment, in dem ich das tat, fiel mir der Rand eines Stapels von Seiten auf, der in der Mitte einer Ledermappe hervorschaute. *Ooks*, das Wort zog mich in seinen Bann. Unbewusst wusste ich, was es war. Aber ich musste es mit eigenen Augen sehen. Ich streckte die Hand aus ...

»Vivienne ...«, kam die Warnung.

Aber er bewegte sich nicht. Er testete mich. Ich schaute das Wort an ... *ooks* ...

Meine Hand zitterte, als ich sie ausstreckte, die Kante ergriff und sie mit einem Ruck herausriss.

Er bewegte sich schnell und durchquerte das Arbeitszimmer, um mein Handgelenk zu packen. Aber es war zu spät ... mein eigener Name stand direkt vor mir.

Vivienne Brooks ...

Ich musterte die Worte.

Die Vertragspartei muss den Gegenstand sofort aushändigen oder sie riskiert einen Rechtsstreit und/oder weitere Konsequenzen. Andernfalls werden Maßnahmen gegen die Partei ergriffen, einschließlich, aber nicht beschränkt auf, Schädigung.

Einschließlich, aber nicht beschränkt auf, Schädigung? Hatte London St. James dem Orden gedroht?

»Du spielst ein sehr gefährliches Spiel, Vivienne.«

Ich starrte seine Hand an, die sich um mein Handgelenk geschlungen hatte, dann begegnete ich seinem Blick. Ja, ja, das hatte er. »Tun wir das nicht alle?«

ACHTZEHN

Ryth

TOBIAS WAR ENDLICH EINGESCHLAFEN. SEINE ATEMZÜGE waren tief und gleichmäßig, und es schien, als hätte der Schmerz keine Kontrolle mehr. Ich wartete einen Herzschlag lang, dann löste ich sanft seinen Arm von meinem Körper und stand auf. Die Matratze senkte sich, als ich abrutschte. Aber er rührte sich nicht, während ich leise zu dem Stapel Kleidung ging, der sich in der Ecke des Zimmers angesammelt hatte. Kleidung, die Caleb an diesem Morgen aus dem Fluchtwagen geholt hatte. Kleidung, die mein Vater für mich mitgebracht hatte.

Der Boden zu meinen Füßen war mit rosa und lila Stoffen übersät, aber wenigstens hatte er darauf geachtet, dass die Jeans schwarz waren.

Ich zog mein Hemd und meine Boxershorts aus, die noch feucht von Tobias' Dusche waren, und ließ sie auf den Boden fallen, bevor ich mir einen BH, einen Slip, Shorts und ein T-Shirt anzog, das mir etwa zwei Nummern zu klein war. Ich überlegte, ob ich Nicks übergroßes schwarzes Hemd anziehen sollte, aber dann wurde mir bewusst, dass sie noch weniger Kleidung hatten als ich.

Also zerrte ich an dem Hemd, was mir gar nicht gefiel, weil es ständig hochrutschte und sammelte unsere schmutzigen Sachen ein. Ich wollte die Zeit, die wir an diesem Ort hatten, sinnvoll nutzen. Unsere Kleidung zu waschen, zu lernen, wie ich uns am Leben erhalten konnte, diese Aufgaben würden mir einen Sinn geben ... das war es, was ich jetzt brauchte. Sinn. Schwung. Frieden.

Der Frieden würde kommen, wenn wir in Sicherheit waren.

Wenn wir alle in Sicherheit waren.

Meine Gedanken drehten sich um Dad, als ich leise zur Tür ging. Ich versuchte, das Bild seines zerschlagenen Gesichts und seiner Augen aus meinem Kopf zu verbannen. Aber so sehr ich mich auch anstrengte, ich konnte es nicht. Er war genau dort, mit diesem traurigen Lächeln, kurz bevor er auf die Männer zumarschiert war, die ihn töten wollten.

Ich drehte den Griff und öffnete die Tür, bevor ich hinausging.

»Ist er eingeschlafen?«

Mein Herz raste und schlug mir bis zum Hals. Ich unterdrückte einen Schrei und drehte mich um, als ich Kit hinter mir im Flur stehen sah. »Mein *Gott*, du hast mich zu Tode erschreckt!«

Doch ihr Blick wanderte zur Tür und blieb dort haften. »Du schläfst mit deinem Stiefbruder, stimmt's?«

Hitze schoss mir in die Wangen. Ich schluckte den Hitzeschwall herunter und antwortete. »Ja.«

»Nur mit ihm?« Sie begegnete meinem Blick und diese großen braunen Augen verlangten die Wahrheit.

Ich schluckte. »Nein.«

Sie runzelte die Stirn, als würde sie mit ihren eigenen Dämonen ringen. Dann zügelte sie ihre Neugierde und wandte sich ab.

»Lucas wollte, dass ich dir zeige, wo die Antibiotika und Schmerzmittel sind, nur für den Fall, dass du es das nächste Mal wissen musst.«

Nächstes Mal? Ich hoffte, dass es nie ein nächstes Mal geben würde. Ich hoffte auf viele Dinge, aber hoffen und planen waren zwei verschiedene Dinge. Das wusste ich. Also folgte ich ihr, als sie die Tür zum Behandlungsraum öffnete und zum Medikamentenschrank ging.

Ich warf die feuchte und schmutzige Kleidung auf den Boden neben der Tür und richtete meine Aufmerksamkeit auf sie. Aber sie war still und griff noch nicht nach der Schublade.

»Wissen deine Eltern Bescheid?«

Ich warf ihr einen kurzen Blick zu. Sie bewegte sich nicht, starrte nur auf den Tresen.

»Ja.«

Kit hob meinen Blick in meine Richtung und ihre Augen weiteten sich. »Wirklich? Und sie haben es einfach … zugelassen?«

Zugelassen? Ich dachte an Tobias und daran, wie er mich gequält hatte, an seinen Hass, seine Wut … und seine Liebe. »Sie hatten nicht wirklich eine Wahl«, antwortete ich vorsichtig. »Das war nicht geplant.«

Sie nickte langsam. »Das ist es aber nie wirklich, oder?«

»Nein.« Ich rückte näher und konzentrierte mich auf all die Dinge, die sie nicht sagte. »Ist alles in Ordnung, Kit?«

Sie zwang sich zu einem Lächeln und nickte. »Sicher. Ich wollte es nur wissen. Ich war mir nicht sicher, ob du …«

»Ob ich sie alle drei liebe?« Ich versuchte, die Lücken zu füllen. »Oder weil sie meine Stiefbrüder sind?«

»Ja.«

Ja ...

Sie differenzierte nicht und ich war zu sehr in der Vergangenheit verloren, um die Flut der Gefühle zu stoppen. »Sie mochten mich nicht, jedenfalls nicht am Anfang.«

»Sie mochten dich nicht?«

Ich schüttelte den Kopf und begegnete ihrem Blick. »Nein. Besonders Tobias. Er war ... wütend und verletzt.«

»Und dann mochten sie dich doch.«

Ich zwang mich zu einem Lächeln. »Ich schätze schon.«

»Lucas sagte, du könntest das hier gebrauchen.« Sie griff nach einem Stapel langer weißer Pillenschachteln und schob sie mir zu.

Ich brauchte nicht auf die Etiketten zu schauen, um zu wissen, was es war. Ich nahm die oberste Schachtel in die Hand, öffnete sie und nahm eine Scheibe heraus. »Kit, nimmst du die Pille?«

Sie errötete und schüttelte langsam den Kopf.

»Willst du sie nehmen?«

Die Antwort brannte in ihren Augen. Mein Puls stotterte und raste bei diesem Anblick. Da waren so viele Gefühle, so viel Aufruhr ... so viel Bedürfnis. Ich wollte mich nicht zu weit aus dem Fenster lehnen, aber sie sah aus wie jemand, der gerade jetzt eine Freundin gebrauchen konnte. Jemanden, mit dem sie über ihre Gefühle reden konnte. Jemanden, der nicht ihr Stiefbruder war ...

»Ich habe gesehen, wie er dich ansieht«, murmelte ich. »Und wie du ihn ansiehst.«

Sie schluckte schwer. »Hast du das?«

Ich nickte. »Ja.«

»Und sieht er ... mich genauso an, wie deine Brüder dich ansehen?«

Ein Lächeln umspielte meine Mundwinkel. »Ja, Kit, das tut er.«

Sie wurde wieder rot und wandte sich kurz ab, bevor sie auf den Oberschrank deutete. »Die Antibiotika sind auf dem obersten Regal. Ich komme nicht ganz ran.«

Ich öffnete den Schrank und griff hoch. Meine Gedanken waren in der Vergangenheit gefangen, in der Art und Weise, wie Tobias mich gehasst hatte, bevor dieser Hass zu einem Inferno geworden war, als eine Berührung über meinen Bauch gewandert war. Der Schmerz brannte über dem Tattoo, das sie mir in die Haut gestochen hatten.

»Das ist schön.« Kit trat näher und ihre Augen waren auf meinen Bauch gerichtet. »Ein H in einem O. Was bedeutet das?«

Der Schrecken zog mich dorthin zurück, an diesen Ort und in diesen Raum.

Haltet sie fest!

HALTET DIE SCHLAMPE FEST!

Ich stolperte rückwärts und legte mir eine Hand auf den Bauch, die andere hielt ich vor mir.

In meiner Panik schritt Kit auf mich zu. »Ryth?« Sie streckte ihre Hand nach mir aus. »Geht es dir gut?«

Haltet sie fest ... Haltet sie ... verdammt noch mal fest!

Ich konnte nicht sprechen, konnte nicht schreien. Mein Herzschlag explodierte und schlug gegen meine Rippen.

Ich sah alles, die Art, wie sie nach mir gegriffen hatten ... die Art, wie sie sich bewegt hatten. Sie wurde zu ihnen. Zu ihrem Hass, ihrer Grausamkeit. Ihrem *Verlangen*. Ich musste von dort weg. Ich musste ...

Rennen ...

Ich drehte mich um ... und rannte los. Die Tür war verschwommen, ebenso das Wohnzimmer und die Eingangstür der Hütte, und selbst als ich auf das Sonnenlicht traf, blieb ich nicht stehen. Weil ich es nicht konnte.

»Ryth! RYTH! Es tut mir leid!«

Harte Steine stachen mir in die Fußsohlen, als ich von der Veranda auf den Erdboden sprang. Als ich die Baumgrenze erreichte, war ich schon im vollen Sprint. Äste peitschten mir ins Gesicht, stachen mir in die Wange und ließen den Wald durch meine Tränen verschwimmen.

»Ryth!« Calebs Gebrüll kam weit hinter mir.

Ich hörte das leise Geräusch von Kits Panik. Aber ich war zu weit weg, um mich darum zu scheren, wurde aus dem Sonnenschein gerissen und in die Dunkelheit zurückgeschleudert.

Und die Kälte.

Und der leere Raum ...

Und ihre leeren Blicke.

Sie ist ruiniert ... Du magst es, geschlagen zu werden? Du magst es, gefickt zu werden ...

Eine Hand über meinem Mund, eine Hand um meine Kehle, gegen die Wand gepresst. Ich wette, ich könnte dich zum Schreien bringen ... Ich musste fliehen. Ich musste fliehen. Ich musste ...

»Ryth!«

Hände packten mich und zogen mich nach hinten, als ich über einen umgestürzten Baum kletterte.

»Ryth, ich bin's!«

Eine harte Brust war an meinem Rücken. Ein tiefes Knurren drang an mein Ohr und Wut, so viel verdammte Wut. Sie kochte auch in mir hoch und riss mich mit, bis ich nur noch die brennenden Schreie wahrnahm. Ich schlug und trat um mich und stemmte mich gegen die Arme, die mich umschlungen hielten.

»Ich bin's!«, brüllte er. *»Ryth! Ryth, ich bin's. Ich bin's, Caleb!«*

Ich krallte mich fest und kämpfte gegen den Griff an. *»Nein! NEIN!«*

Aber er ließ nicht los ... er ... ließ nicht los.

»Ich bin's. Baby, ich bin's.« Starke Finger drückten meine Arme, als er mich umdrehte. Durch die Tränen hindurch sah ich ... *ihn.* Seine dunklen, haselnussbraunen Augen hielten mich in ihren Bann. »Ich bin's, Prinzessin. Ich bin's.«

»Caleb?«

Er packte mich fest und zog mich an seine Brust. »Ich bin's, Baby. *Ich bin's.«*

Immer noch flossen die Tränen salzig über meine Wangen und in meinen Mund. *»Ich kann es nicht aufhalten. Ich kann nicht.«*

»Dann tu es nicht.«

Ich schloss meine Augen und schlang meine Arme um seinen Hals.

»Kämpf nicht dagegen an.« Der Bass seiner Stimme ertönte neben meinem Ohr. »Lass es einfach durch dich hindurchfließen. Es bin nur ich ... an diesem Ort mit dir.«

Ich vergrub mein Gesicht an seinem Hals und atmete seinen Duft ein.

»Ich berühre dich.« Diese tröstenden Worte verwandelten sich in etwas Dunkleres, etwas ... anderes.

Schwere Atemzüge beanspruchten mich.

Seine Hand glitt zwischen meine Beine.

»Sag meinen Namen, Prinzessin.«

»*Caleb*«, flüsterte ich mit heiserer Stimme. »Caleb.«

»Genau so. Noch einmal«, forderte er. Ich schloss meine Augen. »Caleb.«

»So ist es richtig, Prinzessin.« Er glitt mit seinem Finger an meiner Jeans entlang. »Ich bin doch da, oder? Du kannst mich in dem Raum sehen, aus dem du nicht entkommen kannst. Du kannst mich sehen.«

Ich konnte nur nicken und schlang meine Arme fest um seinen Hals. Seine Hand wanderte nach oben und seine Finger bearbeiteten den Knopf meiner Jeans. »Ich werde dich von hier wegbringen, Prinzessin.« Er schob sich unter den Gummizug meines Höschens. »Ich werde dich weit wegbringen.«

Er tauchte tief ein, grub sich in mein Höschen und schob seine Finger in mich hinein.

»Fuck, Baby.« Seine Stimme war ein Knurren. »Ich habe den ganzen Tag darauf gewartet, dass du zu mir kommst.«

Mein Körper reagierte auf ihn. Auf seine Dunkelheit ... auf sein *wildes Verlangen.*

»Atme gegen meinen Hals, während ich dich fingere, Fyth.«

Oh Gott, mein Körper zitterte … und meine Muschi bebte und pulsierte gegen das Eindringen.

»Gott, genau so«, murmelte er und schob zwei Finger in mich hinein.

Sein anderer Arm hielt mich fest und zog mich mit ihm auf den Boden, bis er sich entfernte, um mir in die Augen zu sehen. »Du musst hier draußen leise sein, Prinzessin. Meinst du, du kannst das?«

Mein Hintern schlug auf dem Boden auf. Er stemmte sich über mich, während ich auf den Stöcken und Blättern zurückgeschoben wurde. Aber seine Finger hörten nicht auf, langsam in mich einzudringen, während er mir eine Hand auf den Mund legte. »Du musst jetzt ganz leise sein«, wiederholte er, aber in seiner Stimme lag eine gewisse Schärfe.

Eine Kälte …

die sich in Verdorbenheit verwandelte.

Und sie brodelte in seinem Blick.

Der Druck auf meinen Mund ließ mich zusammenzucken. Mein Körper bäumte sich auf, als der Kampf in mir aufkam … bis er an mir herunterblickte. Meine Jeans war aufgeschoben, seine Finger benutzten mich auf die einzige Art, die er kannte. Ich starrte ihn an, gefangen von dem teuflischen Schimmer in seinen Augen, als er flüsterte: »So ist es gut, Baby. Sieh nur, wie nass du bist. Gott, du liebst das … du brauchst das.«

Ich stöhnte bei seinem Lob, ausgehungert nach seiner Verkommenheit. Meine keuchenden Atemzüge wärmten seine Handfläche, was ihn nur dazu brachte, sich noch fester an mich zu klammern und mir diesen wilden Blick zuzuwerfen.

Er brauchte mich.

Er wollte mich benutzen.

Er musste die Bestie in Schach halten.

Und ich brauchte ihn auch.

»Ich werde diese Fotze benutzen.« Seine Finger wurden feucht, als er sie zurückzog. Sterne glitzerten in den haselnussbraunen Abgründen seines Blicks. »Immer und immer wieder werde ich dich benutzen. Mein perfektes Fickspielzeug.« Er beugte sich herunter und knurrte gegen mein Ohr. »Meine bedürftige, kleine Stiefschwester.«

Er griff nach dem Knopf seiner Hose, zog den Gürtel auf und schob den Reißverschluss nach unten. Sein harter Schwanz sprang hervor, als er meine Taille mit beiden Händen packte und mich hochhob. Ich wurde herumgedreht und meine Knie berührten den Boden, als ich wieder nach unten gelassen wurde.

Seine Hand wanderte zu meiner Kehle. Seine Finger waren wie ein Käfig, als er sich gegen mich presste und mich gegen den Baumstamm drückte, über den ich so verzweifelt hatte klettern wollen. Ich streckte meine Hände aus und stemmte mich gegen die raue Oberfläche, als er seine andere Hand um meine Hüften schlang und zustieß.

»Meine Muschi.«

Noch ein Stoß.

Meine Wirbelsäule wölbte sich bei dem Eindringen, als er mich ausfüllte.

»Meine verdammte Schwester.«

Meine Beine zitterten. Meine Fingernägel kratzten und schälten die Rinde. Aber sein Griff um meine Kehle hielt mich fest, während er seinen dicken Schwanz in mich rammte.

»Ich werde dich benutzen, Prinzessin«, knurrte er wieder und drückte mich gegen den Baum. »Ich werde deinen Körper benutzen ... deine Seele nehmen. Ich werde dir das Herz aus der Brust stehlen ... so wie du mir meines gestohlen hast.«

Ich schloss die Augen und mein Körper verkrampfte sich. Der Abschluss verschlang mich und brachte mich in diesen Raum zurück. In die Dunkelheit ... *in sein Verlangen.*

»Siehst du mich, Prinzessin?«

Seine Stimme war ein Knurren. Ich nickte und drängte mich nach hinten, um seinem Körper zu begegnen. Meine Knie hoben sich und meine Muschi bebte. Ich konnte dieses Gefühl nicht aufhalten, konnte diesen Hunger nicht bekämpfen ...

Nicht mehr.

Ein wilder Laut entfuhr meiner Kehle. Meine Ellbogen knickten ein und ich wurde von seinem Griff um meine Kehle festgehalten, als ich mich ihm hingab. Seiner Brutalität. *Seinem Schwanz.*

Er benutzte mich.

Er fickte mich so, wie ich gefickt werden musste.

Ich kam zum Höhepunkt ... *heftig.*

Er grunzte und seine Finger drückten gegen die Ader in meinem Hals. Die Dunkelheit schwamm und trieb mich in die Höhe ...

Bis er mich losließ und ich wieder zu Boden stürzte.

»Ich habe dich.« Seine Brust stieß mit schweren Atemzügen gegen meine. Er zog mich auf sich, als wir zu Boden fielen. »Ich bin genau hier, Prinzessin. Genau hier.«

Ich schloss die Augen und mein Körper war erschöpft, leer ... und doch gleichzeitig voll. Seine Berührung war echt und holte mich von diesem Ort zurück. Ich zitterte, drehte mich zu ihm um und schlang meinen Arm um seine Taille.

»Ich werde an diesem Ort immer für dich da sein, Prinzessin. Wann immer du mich brauchst ... ich werde immer da sein.«

Das war die Wahrheit. Das würde er sein.

Nur er ...

Nur er.

Mein Caleb.

NEUNZEHN

Tobias

»*RYTH! RYTH, WARTE, ES TUT MIR LEID!*«

Ich riss die Augen auf, stemmte mich nach oben und schrie auf, als eine unangenehme Welle von Schmerzen durch meinen Oberschenkel fuhr. *Ryth … Ryth …* Ich musterte das Zimmer und entdeckte den leeren Platz neben mir auf dem Bett, bevor ich meinen Blick ruckartig zur Tür richtete. »Scheiße!«

»*Komm zurück!*« Die Stimme einer Frau ertönte, zusammen mit panischen Schritten, die verklangen.

Für eine Sekunde vergaß ich, wo ich war, wo wir waren. Bis Calebs leises Brüllen mich erreichte. »*Wo ist sie?*«

Ich wusste es, dieser Wichser.

Ich stieß mich aus dem Bett und schrie fast vor Schmerz auf, als mein Fuß auf dem Boden aufschlug. Sein Verrat … und seine egoistische Art. Alles kam mir wieder in den Sinn, als ich um das Fußende des Bettes herumstolperte. Der Orden. Ihr Dad. Das Diner … und der Arzt. Ich griff mir an den Oberschenkel, beugte mich vor und stöhnte, als ich mir eine abgeschnittene Jogginghose vom Boden schnappte und sie mir überstreifte.

Wenn Caleb ihr etwas antun würde …

»Ich werde ihn umbringen …« Ich grunzte, zog den Hosenbund hoch und stolperte zur Tür. Ich hielt so lange an, bis ich mir eine Pistole von der Kommode schnappte, dann stürmte ich zur Tür hinaus. »Ich bringe ihn um!«

Halb stolpernd, halb rennend rannte ich durch das Wohnzimmer, bevor ich mich nach draußen stürzte. Die Sonne traf mich wie ein Schlag, bohrte sich in meine Augen und blendete mich für eine Sekunde. »Scheiße.«

Ich hob meine Hand, um mich vor dem grellen Licht zu schützen. Die Bäume um mich herum verschwammen. Ich stolperte und taumelte und rief, während ich rannte. *»Ryth! Ryth, wo bist du?«*

Ich konzentrierte mich auf das verschwommene Bild des Waldes und das silberne Auto, das in der Sonne glitzerte. Ich wusste nicht, wohin ich rannte, ich wusste nicht einmal, wo wir waren. Aber ich konnte nicht einfach so dastehen. Ich holte tief Luft, ließ mich vom Instinkt leiten und musterte die hohen Bäume.

»Ryth, bleib stehen!«, rief Caleb von tiefer im Wald.

Ich griff nach der Waffe und bemerkte eine Bewegung aus dem Augenwinkel. Die Schwester des Arztes stand da und starrte in den Wald, als ich vorbeirannte.

»Ich wollte sie nicht erschrecken«, sagte Kit und kämpfte gegen die Tränen an. »Ich wollte nicht …«

Sie sah mich wahrscheinlich nicht einmal. Ich griff nach der Waffe, ließ sie hinter mir und rannte durch die Bäume. Stöcke knackten unter meinen Füßen. Der Schmerz folgte, biss zu.

Sie braucht mich …

Sie braucht … mich.

Vorbei war der Wald. Weg war der Schmerz. Ich dachte nur noch an Ryth. Etwas bewegte sich aus einem tieferen Winkel, versteckt hinter einem Busch. Das Flackern war nicht mehr als eine Unschärfe. Trotzdem war es da und führte mich weiter. Ich umrundete einen Baum und sah einen verrottenden, umgestürzten Baumstamm, um den ich nicht herumklettern konnte. Ich kletterte auf ihn, aber mein Knie knickte ein, als ich auf der anderen Seite aufschlug.

Ein Stöhnen entwich mir, als ich auf den Boden knallte.

»*Ryth, halt!*«, brüllte Caleb.

Aber das Geräusch war näher ...

Nur eine Baumgruppe entfernt.

Ich biss mit dem Kiefer gegen den Schmerz an und nutzte ihn, um mich nach oben zu treiben. Aber ich hatte keine Kraft mehr. Ich hatte nichts mehr. Ich stemmte das Gewehr gegen den Baum, um mich abzustützen, und drängte nach vorne. Meine Füße taumelten, als der Boden zu kippen schien.

»Nein ... *Wage* es *ja* nicht«, knurrte ich.

Ich nahm meine letzte Kraft zusammen, um mich aufrecht zu halten und hob meine Waffe.

»*Nein! NEIN!*«, schrie sie. »Lass mich los! *LASS MICH LOS, VERDAMMT!*«

Alles, was ich hörte, war ihre Angst. Alles, was ich fühlte, war ihre Angst. Ich verkrampfte meinen Kiefer und legte meinen Finger um den Abzug.

Caleb stieß ein Fluchen aus und seine gedämpften Worte wurden immer leiser, je näher ich kam, bis ich das dichte Gebüsch umrundete und sie sah.

»Ich bin's, Baby.« Er drückte sie, die strampelte und zappelte, an sich. »Ich bin's, Prinzessin. Ich bin's.«

»*Caleb?*«, stöhnte sie.

»Ich bin's, Baby«, wiederholte er und drehte sie um.

»*Ich kann es nicht aufhalten. Ich kann nicht*«, weinte sie und klang dabei so kaputt, dass es mich innerlich umbrachte.

»Dann tu es nicht.« Die Kälte seines Tons ließ mich zusammenzucken. »Kämpf nicht dagegen an.«

Meine Lippen kräuselten sich, als ich die beiden hinter den Bäumen beobachtete.

»Lass es einfach geschehen. Ich bin mit dir an diesem Ort.«

Sie drückte ihr Gesicht in seinen Hals und ich schluckte einen Anflug von Eifersucht hinunter.

»Ich berühre dich.« Er ließ seine Hand zwischen ihre Beine gleiten. Aber das brauchte sie nicht, denn wir hatten gerade erst … »Sag meinen Namen, Prinzessin.«

»*Caleb.*« Ihr Stöhnen war ein Schlag in meine Brust.

»So ist es richtig, Prinzessin. Ich bin doch da, oder? Du kannst mich in dem Raum sehen, aus dem du nicht entkommen kannst. Du kannst mich sehen.«

Er knöpfte ihre Jeans auf und schob sie hinein. Mein verdammtes Herz klopfte wie wild, als ich sie beobachtete. Etwas passierte zwischen ihnen, etwas mehr als nur Sex.

»Ich werde dich von hier wegbringen, Prinzessin. Ich bringe dich weit weg.«

Was zum Teufel?

Ich machte einen Schritt nach vorne.

»Verdammt, Baby, ich habe schon den ganzen Tag darauf gewartet, dass du zu mir kommst.«

Ich blieb stehen. *Verdammter Mistkerl …*

»Atme gegen meinen Hals, während ich dich fingere.« Ihre Arme legten sich fest um seine Schultern und klammerten sich an ihn, während er in ihrer Hose wühlte. »Gott, genau so.« Ich konnte mich nicht bewegen, als er sie auf den Boden sinken ließ und sie rückwärts gegen den umgestürzten Baum drückte. »Du musst hier draußen leise sein, Prinzessin. Meinst du, du schaffst das?«

Er schob ihre Jeans auf und zerrte ihre Hose herunter. »So ist es gut, Baby. Sieh nur, wie feucht du bist. Gott, du liebst das. Du *brauchst* das.«

Er fickte sie mit seinen Fingern, zog sich dann zurück und öffnete seine Hose. Ich wollte nicht, dass das passierte … ich wollte sie nicht mit ihm teilen. Denn er … hatte sie nicht verdient. Nicht nach allem, was er getan hatte.

Er beugte sich vor und knurrte ihr ins Ohr. »Ich werde diese Fotze benutzen, immer und immer wieder. Mein perfektes Fickspielzeug. Meine bedürftige, kleine Stiefschwester.«

Etwas Wildes bewegte sich in mir. Ich umklammerte das Gewehr, als er sie hochhob und sie mit dem Gesicht zum Baum drehte. In einer Sekunde war ich wieder an diesem Ort, lag auf dem Waldboden und starrte zu meinem Vater hinauf, der seine Waffe auf mich richtete, während ich nun meine hob und auf den Hinterkopf meines Bruders zielte.

»Meine Muschi.«

Er stieß in sie hinein. Die Grausamkeit in mir drängte an die Oberfläche.

»Meine verdammte Schwester.«

Er packte sie an der Kehle und drückte sie gegen den Baumstamm. Aber sie wehrte sich nicht ... sie schrie nicht einmal auf. Sie gab nach und ließ sich von ihm ficken wie ein Tier. *Weil sie das brauchte. Sie brauchte ihn ...*

Der Gedanke ließ mein Blut gefrieren.

Sie brauchte ihn so, wie er war. Seine Dunkelheit. Seine Kontrolle.

Denn dieser Ort hatte sie verändert.

Er hatte sie verdorben, befleckt und einen Teil von ihr zurückgelassen, der sich nach der Art von Dunkelheit sehnte, die Caleb geben konnte. Ich zuckte zusammen und war nicht in der Lage, den Schmerz zu bekämpfen, der in der Mitte meiner Brust aufkam. Ich könnte das für sie sein. Ich könnte ...

Nein.

Ich konnte es nicht.

Denn es ging nicht nur um den Sex, oder? Sie schrie auf und ihre Finger krallten sich in die Rinde des Baumes, als sie zum Höhepunkt kam. Es ging um diesen Ort. Der Ort, an den Caleb sie geschleppt hatte. Ich hasste ihn dafür, hasste ihn mehr als ich ihn zuvor gehasst hatte.

Aber ich wollte nicht, dass er starb. Denn das würde sie noch mehr verletzen. Ich ließ meine Waffe sinken und trat einen Schritt zurück, als mein Bruder die Frau fickte, der ich mein Herz geschenkt hatte. Nein, ich wollte ihn nicht tot sehen ...

Ich wollte, dass er verschwand.

ZWANZIG

Ryth

Mein Körper pulsierte, als ich aus der Vergessenheit zurückkehrte. Diese Dunkelheit war für eine Weile gesättigt, als Caleb mich an sich zog. »Ich werde immer genau hier sein.«

Genau hier ... genau hier ...

Knack.

Das Geräusch drang in mich ein und riss mich aus der Erstarrung. Panik überkam mich, als ich meinen Kopf nach oben riss, die Bäume musterte und erstarrte. Tobias stand in der Ferne und beobachtete uns mit einem Gewehr in der Hand und einem wilden Blick in den Augen. »Tobias?«

Seine Mundwinkel zuckten, bevor er nach vorne stürmte. Das Glitzern des Stahls in seiner Hand zog mich an. Alles, was ich in meinem Kopf sehen konnte, war der blutige Blick des Verrats in seinen Augen. Ich war wie erstarrt, als Tobias auf uns zustürmte und die Waffe in die andere Hand nahm.

»Du hast sie mir verdammt noch mal weggenommen!«, brüllte er, holte aus und traf Caleb am Kiefer. »*DU HAST SIE IN DIESE LAGE GEBRACHT!*«

Caleb stolperte durch den Schlag nach hinten und legte seine Hand auf seinen Kiefer, während er seinen Bruder mit einem kalten Blick fixierte. »T–«

»Du hast sie gebrochen«, keuchte Tobias. »*Du hast sie kaputt gemacht!*«

Ich schüttelte den Kopf und griff nach Tobias, als er erneut nach Caleb griff. »Nein! Hör auf damit!«, schrie ich. »*Hör auf!*«

Aber Tobias' Wut war nicht mehr zu bremsen. In diesem Moment war es Bruder gegen Bruder. Und ich war in der Mitte gefangen.

»Fick dich, Tobias!«, schrie Caleb. »Du arrogantes Stück Scheiße!«

»Arrogant?« Tobias' Stimme war steinern, als er sich vor seinen Bruder stellte. »Arrogant, verdammt noch mal?«

Tobias' Lippen kräuselten sich zu einem Grinsen. Auch wenn er zu Caleb aufblicken musste, wusste ich, wer hier der Tödlichste war ... und Caleb auch. »Du bist verdammt *schwach*, C. Du hast dich von deinen Gefühlen leiten lassen und Ryth in Gefahr gebracht.«

Caleb hielt seinen tödlichen Blick aufrecht und wich nicht einmal zurück. »Da behauptest du aber ganz schön viel. Dein ganzes verdammtes Leben war ein Wutanfall nach dem anderen, *kleiner Bruder*.«

Ein Schaudern lief mir über den Rücken.

Mein Magen verkrampfte sich.

Es war nicht mehr aufzuhalten.

Nicht jetzt.

Nicht nach dem hier …

Tobias' Griff um die Waffe wurde fester und etwas in mir zerbrach. Ich bäumte mich auf und riss Tobias weg, um mich zwischen sie zu drängen. »Nein … nein, das darf nicht passieren.«

»Oh doch, es passiert«, antwortete Tobias, aber er starrte Caleb an. Sein Blick versprach all die Dinge, die er mit ihm machen wollte. Dinge, die ich niemals zulassen würde. »Darauf habe ich ein Leben lang gewartet.«

»Caleb, geh.« Meine Worte waren heiser.

»Nein, Ryth, wir …«, begann er.

Aber ich warf ihm einen flehenden Blick zu, ohne Worte. Er begegnete meinem Blick und wich zurück. Eine Sekunde lang fühlte sich mein Herz an, als würde es in zwei Teile zerspringen, als würde es mir aus der Brust gerissen. Die beiden Hälften schlugen und pulsierten blutig in meinen Händen.

»Wenn du jetzt gehst, ist die Sache erledigt«, warnte Tobias.

Caleb starrte mich einen Herzschlag lang an, während sich Verwirrung mit verzweifeltem Schmerz mischte. Dann machte er einen Schritt rückwärts, bevor er auf die Bäume zuging.

»*Das war's!*«, brüllte Tobias. »Geh einfach weg, so wie du es immer tust. Auf diese Weise musst du nie die Konsequenzen tragen, richtig? Genau wie dein *verdammter Vater*!«

Caleb blieb mit dem Rücken zu uns stehen. Ich dachte, er würde sich umdrehen, aber er tat es nicht. Er machte einfach einen weiteren langsamen Schritt nach vorne und ging.

»Das war grausam«, flüsterte ich und drehte mich wieder zu dem Bruder um, den ich von ganzem Herzen liebte, aber in diesem Moment hasste. »Und unangebracht.«

»Ach, ja?« Er warf mir diesen wilden Blick zu. »Hat er dir wehgetan, kleine Maus?«

Die Art und Weise, wie er sprach, verletzte mich, als wollte er mich bluten sehen, nur um seinen verdammten Standpunkt zu beweisen. »Ich liebe dich«, flüsterte ich. »Aber im Moment mag ich dich nicht.«

»Dann schließt sich der Kreis wohl, nicht wahr? *Nur ohne die Liebe.*«

Er drehte sich um und ging davon, Caleb hinterher. Aber ich musste ihn aufhalten. Ich musste ihn *retten.*

Er verstand es nicht. Er sah es nicht. *Wenn einer von uns blutete, bluteten wir alle, bis der Fluss nicht mehr aufzuhalten war.*

Stöcke knackten, als Tobias Caleb folgte. Er hinkte jetzt nicht mehr so stark, angetrieben von kalter, harter Wut. »Komm zurück, C!«

Ich eilte ihnen hinterher und bahnte mir einen Weg durch die Bäume zurück zur Hütte. Doch je näher wir kamen, desto kälter wurde Tobias. »Komm zurück!«

Er wurde schneller, sprang über einen umgestürzten Baum und landete auf seinem guten Bein. »Du läufst weg, verdammt! *Das darfst du nicht tun!*«

Ich rannte los, um sie einzuholen, als das Geräusch eines Geländewagens in unsere Richtung kam. Das Sonnenlicht glitzerte auf dem Chrom. Tobias hinkte jetzt heftig und presste die Waffe in seinem Griff gegen seinen Oberschenkel.

Er hatte Schmerzen, die sich in seinen Worten widerspiegelten. »Dann hau doch ab, Caleb! Verschwinde, verdammt noch mal. Wir wollen dich hier nicht haben, hörst du mich? *ICH WILL, DASS DU VERSCHWINDEST!*«

»Tobias!« Ich rannte die Einfahrt hinunter, als der Geländewagen sie nur knapp verfehlte und zur Seite schlitterte. »*Nein!*«

Aber Caleb blieb stehen und drehte sich um, um seinen Bruder anzusehen. Sein Blick war kalt und brutal, als er sich auf Tobias stürzte, ihn am Arm packte und näher zu sich zog. »*Du willst, dass ich gehe? Ist es das? Gehen, damit du und Nick Ryth für euch haben könnt?*«

»Ja«, antwortete Tobias kalt. »Das will ich.«

»Weißt du was, T?« Caleb trat noch näher an ihn heran, bis er ihn überragte. »Selbst wenn ich gehen würde, würde sie mir folgen. Sie braucht mich, Bruder. Ich gebe ihr etwas, was du ihr nicht geben kannst. Ich ficke sie genau so, *wie sie es braucht*. Daran solltest du dich vielleicht gewöhnen.«

Oh Scheiße.

Oh Scheiße ...

Die Autotüren gingen auf. »Was zum Teufel ist hier los?«, bellte Lucas, als er ausstieg.

Aber Nick schritt schon um das Heck des Fahrzeugs herum und stellte sich vor ihn. »Du willst uns doch nicht etwa aufhören, Doc?«

Ich warf einen Blick auf Kit, die mit offenem Mund dastand und alles mit ansah. Ich hasste es, dass dies vor ihren Augen geschah. Ob verwundet oder nicht, Tobias brüllte los und schwang seine Faust, um Caleb am Kiefer zu treffen. Der Knall war ekelerregend und ließ mich erstarren. Ich konnte mich nicht bewegen, hin- und hergerissen, während die beiden Männer, die ich liebte, aufeinander losgingen.

»Du fickst sie richtig, was?« Tobias rammte seine Faust wieder in seinen Bruder.

Panik erfüllte mich, als Caleb rückwärts stolperte und auf den Boden fiel. Aber Tobias hörte nicht auf. Die Grausamkeit in ihm schien nur noch zuzunehmen, bis er fast nicht mehr zu erkennen war und sich auf Caleb stürzte.

»Du wolltest sie dort haben!« Er packte Calebs Hemd, ballte die Faust und schlug noch einmal zu. *»Du wolltest sie für dich haben!«*

Knall!

»STOPP!«, schrie ich. »Hör auf!«

Ich holte tief Luft und mein Verstand zersplitterte, während die Dunkelheit auf mich wartete und mich in den Wahnsinn trieb. »Er hat mich nicht gebrochen.« Langsam hob ich meinen Blick dorthin, wo Tobias Calebs blutbespritztes Hemd in seiner Faust hatte. Ein langsames Rinnsal von Blut floss aus Calebs Nase und glitzerte in der Sonne. Ich war wie hypnotisiert von diesem Anblick und konnte nicht wegschauen, als ich mich langsam in diesen Ort vertiefte. »Er hat mich gerettet.«

Die Welt schien stillzustehen.

»Er hat mich auf die einzige Art gerettet, die er kennt.« Ich richtete meinen Blick nach oben, bis ich Ts mörderischem Blick begegnete. »Du hast mich gebrochen, siehst du das nicht?«

Tobias zuckte zusammen und sein Brustkorb hob und senkte sich schwer. Ich trat auf sie zu, leer, ausgehöhlt und verletzt. »Sie haben uns gesagt, du wärst tot.« Ich trat noch näher. »Und ich wollte auch sterben.«

Seine Halsmuskeln arbeiteten, als Tobias schwer schluckte. »Sie haben dir gesagt, dass ich tot bin?«

Der Schmerz saß tief. Ich streckte meine Hand aus und legte sie um die von Tobias. »Ja. Sie wollten, dass ich kaputt bin, biegsam. Sie wollten ...«

»Ryth«, flüsterte Caleb.

Aber ich konnte seinen Blick nicht erwidern, denn sonst wäre ich zusammengebrochen.

»Vielleicht besprechen wir das ein andermal«, drängte Nick und trat näher heran. Er schaute mich an, dann Tobias. »Wir sollten uns alle beruhigen, damit wir keinen Scheiß sagen, den wir später bereuen werden. Und morgen, wenn wir uns abgekühlt haben, können wir darüber reden?«

Aber Tobias wandte den Blick nicht ab, sein Blick war unerschütterlich. Er wusste es nicht. Das sah ich jetzt. Er hatte keine Ahnung, was sie uns erzählt hatten, oder was wir getan hatten, um zu überleben. Oder was sie mit mir gemacht hatten. Keiner wusste es.

Ich werde dich ficken, bis du Sterne siehst ...

Bei der Erinnerung an diese Worte verkrampfte sich mein Magen.

»Okay, T?«, drängte Nick.

»Okay«, antwortete Tobias.

Ich atmete tief ein und starrte ihn an. Es war zu spät, um die Dinge, die gesagt worden waren, zurückzunehmen. Ich hoffte nur, dass wir irgendwie einen Weg finden würden, sie zu überwinden.

»C?« Nick drehte sich zu Caleb um.

»Gut«, sagte er und wischte sich über eine Blutspur, die sich in seinem Mundwinkel ausbreitete.

Tobias warf einen Blick auf Caleb, bevor er seine Faust vom Hemd seines Bruders löste und dann langsam seine Hand von meiner entfernte. »Ich hätte dich nie in die Nähe dieses Ortes gelassen«, sagte er vorsichtig, bevor er sich umdrehte und davonhumpelte.

Ich wandte den Blick ab.

»Es tut mir leid«, sagte Kit und kam näher. »Das ist alles meine Schuld.«

Und etwas in mir rastete aus. Ich schüttelte den Kopf und drehte mich zu ihr um. »Es gibt nichts, was dir leid tun müsste. Das musste irgendwann passieren.«

»Nun«, murmelte Lucas hinter uns. »Vielleicht hilft ja Kuchen? Nick hat welchen in Megs Diner gekauft und sie macht den besten, den ich je gegessen habe. Kit kann das bestätigen.«

Er deutete auf das Auto. »Hilfst du uns mit den Lebensmitteln, Nick?«

»Klar«, antwortete Nick und warf einen Blick auf Caleb, bevor er sich abwandte und wieder auf den Wagen zusteuerte.

Caleb folgte ihm, während ich mich umdrehte und Kit in meine Arme zog. »Es ist okay. Es wird alles wieder gut.«

Ich wusste nicht, ob ich sie oder mich selbst trösten wollte. Aber sie erwiderte meine Umarmung und folgte mir, während ich den anderen nachging, als sie ins Haus traten.

Kit bereitete die Kuchen vor, die köstlich aussahen, aber ich war nicht hungrig. Essen war das Letzte, was ich wollte. Stattdessen trug ich ein Stück auf einem Teller zu unserem gemeinsamen Schlafzimmer und blieb vor der geschlossenen Tür stehen. Er brauchte Freiraum, das wusste ich. Aber trotzdem tat es weh, zu wissen, dass er genau dort war und doch unerreichbar. Ich stellte den Kuchen auf den Boden vor der Tür und richtete mich auf. »Hier ist ein Stück Kuchen für dich.«

Als ich mich umdrehte, lief ich fast in Lucas hinein, der zwei Teller trug. Er reichte mir einen und deutete auf den Behandlungsraum. »Willst du noch ein paar Medikamente durchgehen, falls du sie brauchst?«

Ich hörte das Geräusch einer Axt.

Bumm.

»Klar.« Ich warf einen Blick zum Fenster.

»Nick arbeitet seinen Frust ab, glaube ich.« Er schüttelte den Kopf. »Du hast dir ein paar jähzornige Stiefbrüder geangelt, nicht wahr?«

Bumm!

»Das kannst du laut sagen.« Ich stellte den unangetasteten Kuchen auf den Tresen.

Bumm!

Er fing an zu reden und zog Fläschchen und Pillenpackungen aus verschlossenen Schubladen, bevor er aufhörte. »Du hast kein einziges Wort von dem gehört, was ich gesagt habe, oder?«

Bumm!

»Tut mir leid.« Ich schüttelte mich. »Ich höre zu, wirklich.«

Er schenkte mir ein kleines Lächeln. »Das macht nichts.« Er warf einen Blick zum Fenster. »Geh zu ihm. Das ist sowieso der Schlüssel zum Überleben. Man muss seine Leute finden und an ihnen festhalten.« Er griff nach seinem Stück Kuchen.

Ich machte mich auf den Weg zur Tür. »Das werde ich, danke, Doc.«

Er schnaubte und schüttelte den Kopf. »Kein Problem.«

Als ich aus dem Zimmer trat, warf ich instinktiv einen Blick auf die Tür am Ende des Flurs. Der Kuchen war weg. Ich wusste nicht, warum diese Kleinigkeit mir ein wenig mehr Sicherheit gab, aber es war so. Wenn er den Kuchen hatte, war vielleicht doch alles in Ordnung? Ich klammerte mich an diese Hoffnung und eilte hinaus, wobei ich alles zurückließ.

Bumm!

Ich ging auf das Geräusch zu und fand Nick neben einem Hackklotz an den Bäumen. Das Sonnenlicht schien auf seine harte Brust und lenkte meinen Blick auf den weißen Verband an seiner Seite, bevor ich ihm in die Augen sah.

Schmerz und Verzweiflung mischten sich, als er die Axt umklammerte und schwer einatmete. Ich betrachtete seine goldbraunen Augen und das dunkle Haar, das in den Monaten, in denen wir zusammen gewesen waren, gewachsen war und nun so lang war, dass es ihm mit dem Schweiß an den Schläfen klebte. Er war groß und sein langer, muskulöser Körper so verdammt perfekt. Mir war noch nie bewusst geworden, wie schön er war.

»Er hat Kuchen gegessen.« Das war alles, was ich sagte, als ich wie ein Idiot dastand. Schmerz und Verzweiflung wirbelten in mir auf, während ich meinen Stiefbruder erschöpft und verwirrt anstarrte. »Wenigstens hat er ein Stück Kuchen gegessen.«

Nick schien zu verstehen und schaute hinter mir zu der offenen Tür und dann zu Caleb, der sich von den geparkten Autos näherte. Er wandte den Blick ab.

Wir beschäftigten uns weiter und versuchten, nichts zu sagen, was die Situation nur weiter anheizen würde. Als die Sonne langsam unterging, ging ich ins Haus und half bei der Zubereitung des Abendessens. Die Steaks wurden auf dem

Grill gebraten, dazu gab es gedünstetes Gemüse und fluffiges Kartoffelpüree.

Ich trug einen Teller zur Schlafzimmertür und klopfte vorsichtig an. Diesmal öffnete er sie, nahm mir den Teller mit einem traurigen Lächeln aus der Hand und reichte mir den von vorhin.

»Kleine Maus«, begann er, als ich mich umdrehte.

Ich blieb stehen. »Ja?«

»Wirst du heute Nacht hier schlafen?«

Ich drehte mich um. »Willst du das?«

Er nickte leicht. »Ja, will ich.«

Das war ein Anfang, also schenkte ich ihm ein Lächeln. »Dann mache ich es.«

»Gut«, erwiderte er lächelnd und hob den Teller an. › Danke für das Essen.«

Ich nickte wieder. »Jederzeit.«

Wir waren fast wie Fremde. Höflich. Vorsichtig. Das tat mehr weh als alles andere. Dieser Mann hatte mich mit beiden Händen gepackt und in seine Welt voller Angst, Liebe und Verzweiflung hineingezogen, und doch sehnte ich mich nach mehr. Aber Tobias hatte auch eine Traurigkeit an sich. Eine, von der ich nicht wusste, wie ich sie heilen konnte.

Ich setzte mich zu den anderen und nahm ein paar kleine Bissen zu mir, als Nick und Caleb in meine Richtung blickten, dann half ich beim Aufräumen, während Lucas zusätzliches Bettzeug besorgte und Caleb ein Feuer machte. Es tat mir im Herzen weh, als ich sah, wie er sich ein Bett auf dem Sofa einrichtete.

»Keine Sorge, Prinzessin.« Caleb strich mir die Haare aus dem Gesicht. »Das Feuer wird mich warm halten. Du siehst aus, als könntest du etwas Schlaf gebrauchen. Also bringen wir das morgen in Ordnung, okay?«

Es fiel mir schwer, ihn zu verlassen, aber ich nickte, bevor ich Nick in das Zimmer folgte, das wir mit Tobias teilten. Er lag im Dunkeln und wartete auf uns. Er sah zu, wie ich ins Bad ging, mir die Haare zusammenband und unter die Dusche stieg. Ich wollte das Geplänkel, sogar den Spott, aber nicht das ... die Ruhe war zu grausam.

Nachdem Nick hereingekommen war, trocknete ich mich ab und zog mir eines seiner T-Shirts an, bevor ich ins Bett stieg. Tobias hob die Bettdecke für mich an, dann rollte er sich auf den Rücken. Ich kuschelte mich einen Moment lang an ihn, dann beugte ich mich vor und küsste seine Schulter.

»Schlaf, Ryth«, forderte er mich auf. »Wir brauchen es beide.«

Das taten wir. Ich lag da, wartete auf den Schlaf und hörte, wie Tobias' Atemzüge tief und gleichmäßig wurden. Das Licht im Bad ging aus und Nick legte sich auf meine andere Seite.

»Kannst du nicht schlafen?«

»Nein«, flüsterte ich, meine Stimme war heiser vor Aufregung.

Er hob seinen Arm und ließ zu, dass ich mich an ihn schmiegte, während er die Bettdecke über uns zog.

»Ich verstehe das nicht«, flüsterte ich. »Sag mir, was ich falsch gemacht habe?«

»Nichts, Baby. Du hast nichts falsch gemacht.«

»Warum fühlt es sich dann so an, als hätte ich das?«

Er hatte keine Antwort, außer dass er mich noch fester an sich drückte. Ich schmiegte mich enger an ihn, denn ich brauchte seine Stärke und seine Wärme. Die langsame Liebkosung an meinem Arm wurde stärker, seine Berührung wärmer, aufgeladen mit mehr. Ich hob meinen Kopf und begegnete seinem.

»Ich habe dich vermisst«, flüsterte er.

Caleb und Tobias hatten meine Aufmerksamkeit in Anspruch genommen und Nick hatte die ganze Zeit darauf gewartet, dass ich ihn bemerkte. Mein Nick. »Ich habe dich auch vermisst.«

Er beugte sich vor, senkte seinen Kopf und küsste mich. Wärme breitete sich auf meinem Mund aus. Ich schloss meine Augen und genoss die ruhige Behutsamkeit. Er vertiefte den Kuss, als er mich zurück in die Kissen drückte, und ich wurde daran erinnert, wie es mit den beiden war.

Jeder von ihnen forderte mich auf seine eigene, perfekte Weise.

Meinen Körper und mein Herz.

Ich schlang meine Arme um seine Taille, als er sich über mich auf dem Bett erhob. »Tut es noch weh?«, fragte ich, während ich mit meiner Hand über den Verband strich.

»Nein, Ryth«, murmelte er.

Ein Wassertropfen fiel von seinen Haaren auf meine Wange, bevor er tief sank, seine Hand über meinen Oberschenkel gleiten ließ, um unter sein T-Shirt zu fahren und es nach oben zu schieben. Ich war darunter nackt und zitterte, als er meine Brust betastete und mit dem Daumen über meine Brustwarze strich.

»Verdammt, ich habe dich vermisst«, murmelte er und senkte seinen Kopf.

Seine Zunge tanzte um meine Brustwarze, immer und immer wieder, bis ich erschauderte. Selbst in meinem Schmerz fand Nick mich, auf die einzige Art, die er kannte. Er saugte sanft an mir und zog mich tiefer in seinen Mund, während sein gieriger Blick mich an das Bett fesselte.

Aber das war gar nicht nötig – ich stöhnte auf, wölbte meinen Rücken und drückte meine Brustwarze noch tiefer in seinen Mund, denn ich würde nirgendwo hingehen.

»Ich habe dich so sehr vermisst.« Seine heiseren Worte sanken in mich hinein, als er tiefer ging. »Wie wäre es, wenn ich dir zeige, wie sehr?«

Ich sah ihm zu, wie er noch tiefer wanderte und meinen Bauch und meine Hüften küsste. Er hielt inne, als er das Tattoo erreichte, und strich dann mit den Lippen über die rote Haut. »Unser«, flüsterte er und begegnete meinem Blick. »Immer nur unser, Prinzessin.«

Er senkte sich weiter und schob seine Hand unter die Rückseite meines Oberschenkels, um mein Bein anzuheben.

Nick war nicht zu stoppen, er konnte nicht die Kontrolle übernehmen.

Er war wie die Flut, er kam, er forderte, egal was passierte.

Ich konnte ihn nur geschehen lassen.

Er spreizte meine Beine, dann leckte er über die pulsierende Stelle und saugte sie in seinen Mund.

»Oh, Gott«, stöhnte ich. »Oh, Nick.«

»Mhmm?« Er hörte nicht auf, sondern tauchte weiter ein, liebkoste mich uner eroberte mich mit seinem Mund.

Der Rausch setzte augenblicklich ein, wie ein Blitz, der mich durchfuhr. Mein Körper gehörte nicht mir, wenn Nick die Kontrolle hatte. Nein, jede Zelle, jedes Zittern ... jeder Höhepunkt gehörte ihm.

»Du bist alles, was ich will«, knurrte er und schob seine Zunge tiefer hinein. »Alles, was ich verdammt noch mal brauche, Prinzessin.« Er glitt mit seinem Finger an meinem Schlitz entlang und rammte diese Worte in mich hinein. »Es wird nie wieder einen Moment ohne mich geben, verstehst du das? Nie wieder. Es ist mir egal, ob ich dich an mein Bett ketten muss, Ryth. Du gehörst uns.« Tiefer. »Und du wirst uns nie wieder verlassen.«

Ich schauderte, als ich meine Hüften gegen ihn wiegte und meine Augen schloss. »Niemals«, krächzte ich, während meine Hüften sich gegen seine Berührung stemmten. »Niemals.«

Er glitt langsam aus mir heraus und küsste noch einmal das Tattoo, bevor er sich erhob. Unsere Blicke trafen sich, als er seine Hüften nach vorne schob und seinen Schwanz in mich hinein stieß. Mein Atem blieb stehen. Ich erstarrte, als sich mein Körper darauf einstellte. Er war so groß ... *und hart.*

»Unser.« Er stieß seine Hüften nach vorne und drückte mich hart gegen die Matratze, wodurch ich wippte. »*Unser .. unser ... unser ...*«

Ich packte seine Schultern und zog ihn an mich, während mein Körper nachgab. Jeder Stoß, jedes Stöhnen von ihm steigerte die Erregung noch mehr. Ich schlang meine Arme um seine starken Schultern und hielt mich fest. »Oh, Nick«, stöhnte ich, als der Höhepunkt über mich hereinbrach.

Und mit seinem nächsten wilden Stoß brach ich unter ihm zusammen.

Mein Körper pulsierte und bebte.

»So ein braves Mädchen«, knurrte Nick. »*Eine gute kleine Schwester.*«

Mit einem Knurren kam er hart und stieß tief in mich hinein.

Wärme strömte in mich hinein und erfüllte mich.

Ich schwebte im Rausch der schweren Atemzüge. Nick rollte sich auf die andere Seite. Sein schwerer Arm legte sich um mich und drückte mich fest an sich. »Schlaf, Prinzessin«, murmelte er und schloss bereits die Augen. »Du wirst es brauchen.«

Mein Körper bebte und pulsierte. Schnell setzte er sich auf, griff nach dem Ende der Bettdecke und zog sie über uns.

In der Wärme seines Körpers gab ich mich schließlich hin und fiel in den Schlaf ... noch tiefer als zuvor.

EINUNDZWANZIG

Nick

NICK!

NICK!

NEIN!

Ich riss meine Augen auf. Meine Panik dröhnte in meinen Ohren, als ich die trübe Dunkelheit des Raumes und die Frau neben mir wahrnahm. Aber in meinem Kopf war ich immer noch in der Lagerhalle gefangen, beherrscht von den Ereignissen, die sich seit diesem Moment überschlagen hatten. Ich blickte nach unten, entdeckte Ryth neben mir, die fest schlief, und eine Welle der Erleichterung überrollte mich, die mich so sehr erschütterte, dass mein Körper bebte.

Prinzessin.

Ihre Schreie verblassten in meinem Kopf, aber mein Körper reagierte immer noch, wurde hart und schmerzte. Ich musste sie noch einmal ficken, um mich daran zu erinnern, dass sie hier und real war und nicht nur ein Hirngespinst. Fast hätten wir sie verloren. Ich hob meinen Blick zu meinem Bruder auf der anderen Seite, der sich an sie schmiegte. Fast hätten wir alle verloren. Tobias schlief tief und fest und seine Lippen waren offen. Sein Arm war um ihre Taille geschlungen. Er brauchte Ruhe, jetzt mehr denn je.

Aber ich schlief nicht mehr. Ich hörte nur noch ihre Schreie in meinem Kopf. Ich drehte mich um und stieg aus dem Bett. Dann schnappte ich mir eine Jogginghose und ein T-Shirt und ging zur Tür.

Es war noch dunkel, als ich hinausging. Die einzigen Geräusche waren das Knistern des Feuers und das leise Brummen eines Motors, das immer leiser wurde. Ich ging den Flur entlang, schaute mich in der trüben Düsternis um und entdeckte beim Gähnen die schwache Spur von Sonnenlicht durch das Küchenfenster.

»Sie sind weg.«

Caleb bewegte sich. Er stand in der Nähe des Feuers und trug die gleichen Klamotten wie gestern. Ich musterte das Sofa und entdeckte die Bettdecke, die ordentlich gefaltet auf der Armlehne lag. Es sah so aus, als hätte er gar nicht geschlafen.

»Das scheint dich nicht zu überraschen.«

Ich erwiderte seinen Blick und strich mir die Haare aus dem Gesicht. »Tut es auch nicht.«

»Du wusstest also, dass sie gehen wollten?«

»Ja.«

»Deshalb hast du gesagt, wir sollten bis heute warten.« Ich antwortete nicht, denn das war nicht nötig. »Es ist frischer Kaffee in der Kanne.«

»Danke.« Ich machte mich auf den Weg in die Küche und hasste das Gefühl, dass wir Fremde waren.

Blut oder nicht, das bedeutete nichts, wenn es um Verrat ging.

»Nick.« Er hielt mich auf.

»Ja?«

»Werden wir das jemals hinter uns lassen?«

Ich blieb in der Mitte der Küche stehen und konnte ihn nicht ansehen. »Ich hoffe es, um Ryths willen.«

Er ließ mich allein, damit ich mir eine Tasse einschenken und aus dem Fenster schauen konnte, um mich zu fragen, wie das alles so schief hatte laufen können. Es ging hier nicht nur um Verrat. Es waren die Geheimnisse, über die ich nicht hinwegkam. So viele verdammte Geheimnisse, zu viele. Das machte es schwer, zu vertrauen, und ohne Vertrauen konnte es nicht funktionieren, egal, wessen Herz auf dem Spiel stand.

Ich drehte mich um und starrte Caleb an, der das Feuer beobachtete und seinen eigenen Kaffee trank. Der Termin für das Treffen mit Benjamin Rossi war in zwei Tagen. Zwei Tage, bis wir Antworten bekamen, echte Antworten. Nur würden uns die Antworten nicht in Sicherheit bringen, wenn überhaupt, würden sie eher eine Zielscheibe auf unsere Rücken malen.

Ich dachte daran zu fliehen, wirklich zu fliehen, all das hinter mir zu lassen. Ich hatte genug Geld, um es zu schaffen. Vielleicht würde es nicht ewig reichen, aber es würde uns über die Runden bringen, bis wir einen neuen Plan hatten.

Einen Plan, der uns zusammenhalten würde.

Ich starrte meinen Bruder an ...

Falls wir das hier überlebten.

Eine Bewegung auf dem Flur erregte meine Aufmerksamkeit. Tobias warf einen Blick auf Caleb und ging dann in Richtung Küche.

»T«, murmelte ich und deutete auf die halb volle Kanne.

Er hinkte heute nicht so sehr, was mich überraschte, nachdem er gestern unseren Bruder vermöbelt hatte. Aber er riss sich zusammen. Das wusste ich. Ich hatte gesehen, wie T vor Wut kochte, und als wir gestern in die Einfahrt eingebogen waren, hatte ich kurz geglaubt, der Arzt würde noch eine weitere Leiche zu unserem kalten Haufen hinzufügen.

Aber als ich aus dem Range Rover gestiegen war und mich auf den Weg zu ihnen gemacht hatte, wusste ich, dass das nicht passieren würde. Zumindest nicht zu diesem Zeitpunkt. Das hatte ich deshalb gewusst, weil sich ihm jemand in den Weg gestellt hatte.

Unsere Schwester.

Sie würde das *niemals* zulassen ... nicht ihretwegen.

Wir drehten uns alle drei um, als Ryth aus dem Flur kam, gähnte und auf halbem Weg zwischen Küche und Wohnzimmer stehen blieb, um uns alle aufmerksam anzuschauen. Sie errötete, als sie sich umsah und in Richtung Küche ging.

»Morgen«, murmelte sie.

»Morgen.« T drehte sich um und reichte ihr die frisch eingeschenkte Tasse, aus der er gerade einen Schluck genommen hatte.

Ich betrachtete das Angebot und dann ihn. Er sah genauso aus und bewegte sich auch genauso. Aber der Mann, der vor mir stand, war nicht der Bruder, den ich kannte. Er war anders, älter und rauer, als ich es je für möglich gehalten hätte. Ich warf einen Blick auf Caleb, der die beiden mit einem verdammt schmerzhaften Ausdruck in den Augen beobachtete.

Mein Gott, unsere kleine Schwester hatte uns alle verändert.

Sie nahm einen Schluck, schlang ihre Hände um die Tasse und drehte sich um. »Sind die anderen da?«

»Sie sind weg«, antwortete ich.

»Weg?« T warf einen Blick in meine Richtung.

Ich nickte. »Sie sind weg.«

»Wohin sind sie gegangen?« Ryth sah nervös aus.

Ich stieß mich von der Theke ab. »Nach Hause. Er sagte, er habe einige Dinge zu erledigen und wolle lieber nicht dabei sein, wenn Benjamin Rossi kommt.«

»Oh, gibt es böses Blut?«, fragte sie.

»Eher ein Missverständnis«, antwortete ich und konzentrierte mich auf sie. »Wir haben also noch zwei Tage bis zu dem Treffen.«

»Zwei Tage?«, flüsterte sie.

»Zwei Tage«, wiederholte T und beugte sich hinunter, um ihr ins Ohr zu flüstern. »Hoffen wir, dass wir alle überleben.«

Sie wurde blass und das Muttermal errötete, bevor sie es bedeckte, während sie einen weiteren Schluck nahm. Doch dann senkte sie die Tasse und begegnete seinem Blick. »Wenn nicht, Bruder, dann bist du der Erste, den ich ausschalte.«

»Geschwisterrivalität, was?«, fauchte er zurück.

»Nein.« Sie schüttelte den Kopf. »Du bist nur das Arschloch der Familie.«

»Autsch.« Er tat so, als hätte er einen Schlag bekommen, neigte den Kopf zur Seite und rieb sich den Kiefer. »Das hat wehgetan.«

Es war anstrengend, aber verdammt, es war schön, auch nur ein bisschen von dem unbeschwerten Geplänkel zu spüren, das wir gehabt hatten, bevor unser Leben vor die Hunde gegangen war.

»Wenn das so ist«, murmelte sie, »dann muss ich dich wohl füttern.«

»Ich helfe dir.« Caleb kam auf uns zu und sofort wurde T eiskalt. Sein Lachen wurde zu einem grausamen Glitzern in seinem Blick.

»Und plötzlich habe ich keinen Hunger mehr.« Tobias stellte seine Tasse auf den Tresen, drehte sich um und ging davon, ohne einen Blick in die Richtung unseres Bruders zu werfen.

»Tobias!«, rief Ryth.

Aber es war zu spät, er war schon weg und seine schweren, humpelnden Schritte hallten durch den Flur.

»Ich werde ihm nachgehen.« Ryth machte einen Schritt.

»Nein.« Ich hielt sie auf. »Lass ihn gehen, er wird zu seiner Zeit zu dir kommen.«

»Solange er kommt.«

»Oh, das wird er.« Ich seufzte, weil ich wusste, dass sie sich besser darauf gefasst machen sollte, wenn er kam.

Wir kochten und aßen, dann ging ich raus, überprüfte das Auto und schmiedete Pläne, wie weit und wie lange wir laufen könnten. Ich verbrachte den Tag damit, darüber nachzudenken und fuhr mit dem Auto in die Stadt, um zu tanken und Lebensmittel zu besorgen, bevor ich zurückkehrte.

Als ich zurückkam, war die Anspannung greifbar.

Als ich die Hütte betrat, stand Tobias vor Caleb und sah ihn mit einem kalten, harten Blick an. »Du willst das tun, Bruder? Dann lass es uns tun. Lass uns alles offenlegen ... lass uns genau hören, wie du sie verdammt noch mal gerettet hast. Aber ich schwöre dir, wenn du etwas verschweigst oder lügst, dann werde ich dich aus meinem Leben streichen und du wirst mich nie wieder sehen.«

Oh Scheiße …

Das würde verdammt unschön werden.

ZWEIUNDZWANZIG

Ryth

»Tobias.« Ich legte meine Hand auf seine Brust, als er vor Caleb stand. »Bitte, du hast es versprochen.«

Er blickte steinern in meine Richtung. »Das habe ich, kleine Maus. Glaub mir ... ich habe alles unter Kontrolle.« Mein Puls schlug schneller, als Tobias seinen Bruder anschaute. »Wie wär's, wenn wir ganz am Anfang beginnen ... mit den Clubs, in denen du warst.«

Nick kam von draußen herein und kehrte von irgendwo in der Stadt zurück. Er warf einen Blick auf Caleb, dann auf Tobias und murmelte: »Okay, wir machen das also wirklich.«

Tobias warf einen Blick in seine Richtung. »Oh, ja, wir machen das wirklich.«

»Willst du das wirklich durchziehen?«, fragte Caleb und schaute mich an.

Da war ein Flackern von Angst, als hätte er Angst, dass ich die Wahrheit erfuhr. Die echte Wahrheit und nicht den Teil, den ich kannte oder zu kennen glaubte. Das Gefühl des Verrats kam wieder hoch und ich musste an den Streit denken, den wir gehabt hatten, bevor er losgezogen war, um Killion zu suchen.

Ich war damals außer Kontrolle gewesen und hatte Lampen und alles, was ich in die Finger bekommen konnte, nach Caleb geworfen, weil ich nur seinen Verrat gesehen hatte. Das konnte ich nicht noch einmal tun, egal wie sehr es weh tat, zu hören, was passiert war, auch wenn der Sex ... Oh Gott, ich starrte zu Tobias hoch – unglaublich gewesen war. Aber hier ging es nicht um Sex, nicht wirklich. Es ging um Verrat und Vertrauen, und Vertrauen begann mit der Wahrheit. Ich atmete tief ein und nickte, um Caleb wissen zu lassen, dass ich bereit war.

Aber Tobias gab nicht nach. Im Gegenteil, er schien sogar noch wilder zu werden. »Ja, *Bruder*. Ich möchte wirklich damit anfangen.«

»Gut«, antwortete Caleb.

»*Gut*«, sagte Tobias ohne mit der Wimper zu zucken.

Ich drehte mich um, Panik wirbelte in mir auf und ging mir unter die Haut. Tobias sah es, packte mich und zog mich an sich. Seine Hand wanderte in die Mitte meines Rückens, sein Daumen bewegte sich in langsamen Kreisen, als bräuchte er die Berührung, um sich zu erden.

Zuerst war es ärgerlich und verschlimmerte die Spannung in mir ... bis diese irritierende Berührung langsam half, um mein Herzklopfen zu beruhigen. Meine Atemzüge wurden langsamer und tiefer. Mein Stiefbruder blickte in meine Richtung und seine dunklen Augen musterten mich. Ich hasste es, dass er besser wusste, was ich brauchte, als ich selbst. »Rede weiter«, drängte er seinen Bruder.

»Ich habe Evans kontaktiert, nachdem Ryth entführt wurde. Er war derjenige, der mich vor einigen Jahren mit Killion bekannt gemacht hat. Obwohl ich damals nichts mit diesen Männern zu tun haben wollte, wusste ich, dass sie mein Weg in den Orden sein würden.«

Die Art und Weise, wie er es sagte, war so sachlich, als würde er uns nur das Nötigste sagen. Trotzdem jagte mir die Erwähnung von Killions Namen ein Schaudern über den Rücken. Das Verlangen, das ich noch vor einer Sekunde verspürt hatte, wurde durch die widerwärtigen Versprechen ersetzt, die Killion mir ins Ohr geknurrt hatte, als er mich im Orden gegen die Wand gedrückt hatte. *Ich werde dich so hart ficken, dass du Sterne sehen wirst, du verdorbene kleine Schlampe.*

Meine Finger zitterten, als ich meine Kehle berührte und immer noch seine Finger spürte. Tobias sah es und wandte seinen kalten Blick von seinem Bruder zu mir. Er runzelte die Stirn.

»Also habe ich um eine erneute Bekanntmachung gebeten.« Caleb fuhr vorsichtig fort. »Und das hat er gemacht, indem er mich zu Killion in den gleichen Club gebracht hat, in dem ich in jener Nacht war ...«

»In der Nacht, in der du uns fast umgebracht hast.« Tobias drehte sich wieder zu ihm um.

»Ja.«

Aber in Tobias' Stimme lag keine Schärfe mehr. Stattdessen schluckte er und murmelte. »Erzähl weiter.«

»Beim ersten Mal musste ich zusehen, wie eine Frau des Ordens vergewaltigt und erniedrigt wurde.«

Die Temperatur im Raum sank. Tobias blickte finster drein und das Glitzern der Wut tanzte wieder in seinen Augen.

»Es war ein Test«, fuhr Caleb fort, als Nick näher kam und von der Dunkelheit angezogen wurde. »Mein erster Test ... aber nicht der letzte oder der schlimmste. Ich habe die Nacht überstanden, weil ich wusste, dass ich meinen einzigen Weg nach drinnen verlieren würde, wenn ich auch nur mit der Wimper zucken würde. Also spielte ich mit.«

»Das kannst du sehr gut«, murmelte Tobias.

»Gott sei Dank«, erwiderte Caleb. »Wir haben sie rausgeholt, nicht wahr?«

Diesmal war Tobias derjenige, der zusammenzuckte, aber er gab Caleb keine Chance und drängte ihn erneut. »Der Rest, C.«

Wenigstens nannten wir uns jetzt wieder beim Namen und Caleb bemerkte das. »Der zweite Test war eine andere Frau. Killion wollte, dass ich sie ficke, und zwar nicht nur ficken. Er wollte sehen, wie ich ›spiele‹.«

Ich wandte mich ab, ohne ihn ansehen zu können.

Trotzdem fuhr er fort, obwohl ich den Schmerz in seiner Stimme hörte.

»Er wollte den Beweis, dass ich einer von ihnen bin. Dass ich gerne demütige und erniedrige.«

»Und hast du das?«, fragte Nick. »Hast du gefickt und erniedrigt?«

Ich riss meine Augen auf und drehte mich zu Nick um.

Caleb blickte in meine Richtung und schluckte schwer. »Sie gefickt, nein ...«

Aber er hatte sie erniedrigt, nicht wahr?

Ich versuchte, den Ansturm der Vorstellungen zu stoppen, die folgten. Wie Caleb seine Hand um die Kehle der Frau gelegt hatte und ihr ins Ohr gebrummt hatte, dass er sie würgen und ficken würde, bis sie ohnmächtig würde. Mein Magen verhärtete sich und mein Kitzler pochte. Meine Sinne befanden sich im Krieg miteinander.

»Evans hat sie stattdessen gefickt«, flüsterte Caleb vorsichtig und bedauerte seine Worte. »Er wollte es nicht. Ihm war schlecht. Aber er tat es, weil er wusste, was für uns auf dem Spiel stand.«

Für mich ...

Das war es, was auf dem Spiel gestanden hatte. Er hatte es für mich getan.

»Und das ist es, was mich dazu gebracht hat.« Caleb schaute mich an und sein Blick wurde weicher. »Um Ryth zu befreien.«

»Bis du es vermasselt hast«, beendete Tobias.

Fast hätten wir ihn gehabt, fast hätten wir ihn zu uns zurückgeholt, bis zu diesem letzten Moment.

»Das war ... ist mein einziges Bedauern.« Caleb begegnete dem Blick seines Bruders. »Wenn ich zurückgehen und die Dinge anders machen könnte ...«

»Wir alle haben Dinge getan, die wir bereuen«, fügte ich vorsichtig hinzu, als meine eigenen Wutschreie wieder hochkamen. Die Art und Weise, wie ich Caleb geschlagen hatte, wie ich ihn gehasst und ihm misstraut hatte ...

»Du hast getötet, T«, sagte Nick so leise, dass ich ihn kaum hörte. »Ich habe zugesehen, wie du einen Mann getötet hast.«

Aber Tobias hörte es und drehte sich langsam zu Nick um. Er war in diesem Moment so kalt, so verdammt furchterregend. »Sogar mehrere«, fügte er hinzu. »Und ich würde es wieder tun. Ich würde töten und immer weiter töten, ich würde eine verdammte Blutlache hinterlassen, Bruder. Aber eines würde ich niemals tun, nämlich sie in Gefahr bringen.«

Er lenkte seinen tödlichen Blick in meine Richtung und seine Beherrschung zitterte. »Denn wenn ich das täte, wäre ich selbst der Nächste, den ich töten würde.«

Seine Liebe war mörderisch und verzehrend.

Mein Herz pochte heftig, auch als er meinem Blick begegnete und fragte. »Aber das bin doch ich, nicht wahr, C? Nicht du. Du bist nicht der dominante Liebhaber, den sie braucht, oder?« Er schaute von Caleb zu mir und ich sah Angst in seinem Blick, echte Angst. Ich hätte nie gedacht, dass ich jemanden so bedrohlich finden würde. »Ich will wissen, was zwischen euch beiden passiert ist.«

Ich zuckte zusammen und richtete meinen Blick auf ihn. »Was?«

Er ließ seine Hand von der Mitte meines Rückens fallen und entfernte sich. »Ich muss wissen, wie er dich gerettet hat.« Er rieb sich den Kiefer. »Wie er ...« *Dir gegeben hat, was du brauchst.* Er brauchte die Worte nicht auszusprechen, denn die Luft war mit ihnen aufgeladen.

Eine Sekunde lang war ich sprachlos. Ich konnte die Worte, die er so dringend sagen wollte, nicht aussprechen.

Wie sollte ich das in Worte fassen?

Ich schloss meine Augen und betete, dass Caleb oder Nick etwas sagen würden ... irgendetwas, um die Leere zu füllen.

Aber sie taten es nicht.

Ich zuckte zusammen. Denn es war nicht ihre Wahrheit, die ich sagen musste ... *sondern meine.*

Meine Kehle schnürte sich zu. Ich schluckte die Angst hinunter.

»Du hältst mein Herz in deinen Händen, kleine Maus«, flüsterte Tobias heiser. »Sei vorsichtig.«

Ich öffnete meine Augen, als sich eine Ladung in mir entzündete. Liebe. Das war es. Erschütternde, herzzerreißende, alles verzehrende Liebe. Tobias würde nie aufhören, sich für mich zu entscheiden. Das sah ich jetzt in seinem gefährlichen, launischen Blick. Er würde *nie* aufhören, mich zu lieben, für mich zu kämpfen und *für mich zu bluten.*

Meine Stimme zitterte, als ich sprach. »Er hat mich beschützt. Er ...« Ich leckte mir über die Lippen. »Er hat Killion von mir weggelockt, indem er eine andere Frau berührt hat, indem er ihr genau gesagt hat, was er mit ihr machen wollte ...«

»Mit dir, Ryth. Das waren alles Dinge, die ich mit dir machen wollte«, warf Caleb ein.

Aber Tobias wandte den Blick nicht von mir ab. »Lass sie ausreden, C. Mach weiter, kleine Maus. Ich will alles hören.«

Es sprudelte nur so aus mir heraus und ich konnte es nicht aufhalten. »Ich dachte, er hätte mich betrogen. Ich dachte, er ... wollte sie. Ich weiß nicht, was sich in dieser Nacht schlimmer anfühlte, die Vorstellung seiner Hände auf einer anderen Frau oder zuzusehen, wie er mir den Rücken zukehrte und ging.«

Caleb schüttelte den Kopf und wandte sich ab.

Aber ich konnte ihn nicht beschützen, nicht in diesem Moment. Ich hatte ein Herz zu retten. »Aber er kam zurück und nach diesem ... Tag wusste ich, wie viel er riskiert hatte, um mich zu retten.«

»Und als du wieder zurückkamst?«

Ein Schmerz durchzuckte meine Brust. »Als wir wieder dort waren, sagten sie uns, dass du tot seist ... und dass Nick gefangen genommen wurde.«

»Was zum Teufel?«, flüsterte Nick.

»Sie versuchten, uns zu brechen und ließen uns glauben, dass dein Leben auf dem Spiel stand. Sie wollten mich benutzen ...

mich dazu bringen ... für sie zu arbeiten. Aber das konnten sie nicht ... dank meines Vaters.«

»Er hat ihnen gedroht«, stellte Tobias klar.

Ich nickte langsam. »Also haben sie mir stattdessen wehgetan und eine Frau gezwungen, vor Caleb auf die Knie zu gehen. Sie hätte ihm fast ... Sie hat versucht ...«

»Verdammte Mistkerle«, knurrte Nick. »Sie haben Caleb gezwungen, vor deinen Augen eine Frau zu ficken?«

Ich hielt Tobias' Blick stand. »Nein.« Dieselbe Panik stieg in mir auf. »Das würde ich niemals zulassen.«

»Also hast du es stattdessen getan, nicht wahr, kleine Maus?«, flüsterte Tobias. »Du hast ihn vor ihren Augen gefickt.«

»Ich bin vor ihm auf die Knie gegangen, ja.« Ich konnte den Absturz nicht aufhalten, so sehr ich mich auch bemühte. »Und in den Momenten, in denen ich gebrochen war, in denen ich dachte, dass mein Verstand durch deinen Verlust zerstört war, holte er mich zurück. Er berührte mich und holte mich zurück in meinen Körper. Denn ich kann dir sagen, Tobias ... Ich war mental an einem sehr dunkeln Ort.«

Seine Brust hob sich mit einem tiefen Atemzug.

»Ich wollte sterben«, flüsterte ich. »Ich habe gebetet, geschrien ... ich ...«

Seine Brust bewegte sich nicht mehr.

Sie hörte auf, sich zu heben.

Alles hörte auf.

»Er holte mich zurück, durch seine Berührung und seine Verzweiflung.«

»Und du hast dich an ihn geklammert«, flüsterte Tobias. »Ihr habt euch aneinander geklammert.«

Tränen kullerten und verwischten sein Gesicht. Tobias trat einen Schritt näher, so nah, dass seine Brust gegen meine drückte. Er beugte sich zu mir hinunter, um mir klarzumachen, dass es wirklich um das hier ging. »Jetzt will ich sehen, wie er dich fickt, wie er derjenige ist, zu dem du rennst, wenn deine Welt zusammenbricht. Wie er ...« Er hielt inne, holte tief Luft und fuhr dann fort. »Wie er dir etwas gibt, was ich nicht habe.«

»Wenn das so ist, will ich sehen, wie *du* sie fickst«, erklärte Caleb. »Dass *du* derjenige bist, bei dem sie Trost sucht und nicht nur Sex. Ich will sehen, wie *du* ihr das gibst. Denn, Bruder, während sie sich an mich klammert und gegen die Dunkelheit dieses Ortes ankämpft, ist sie auch von *dir* vereinnahmt. Nur für den Fall, dass du das nicht siehst.«

Tobias hob den Kopf und seine dunklen Augen weiteten sich, als es ihm langsam dämmerte.

»Sie braucht uns ... *uns alle*«, fügte Nick hinzu und drehte sich zu mir um. »Stimmt's, Prinzessin? Jeden von uns auf seine eigene Weise.«

ICH NICKTE, während das Rauschen meines Pulses in meinen Ohren dröhnte. »Ja. Ich brauche euch alle.« Ich schaute jeden einzelnen an. »Auf eure eigene Art und Weise.«

Nick schüttelte langsam den Kopf und gluckste. »Du bist unser Tod und unsere Rettung zugleich.«

»Das seid ihr auch für mich«, flüsterte ich.

»Die Frage ist also, kleine Maus ...« Tobias beugte sich herunter und flüsterte mir ins Ohr. »Wirst du für uns *brav* sein?«

Für uns brav sein?

Mein Atem beschleunigte sich und vermischte sich mit dem Flattern meines Herzens, als er sich zurückzog.

»Was?« Ich blickte zu den anderen. »Jetzt?«

»Jetzt«, antwortete Tobias. »Es sei denn, du hast noch etwas anderes vor?«

Ich schluckte schwer. Das hatte ich nicht und er wusste das.

»Du willst, dass wir das hier hinter uns lassen«, fügte Nick hinzu. »Dann machen wir es so. Wir schauen *alle* zu, wir machen *alle* mit, wir kümmern uns *alle* um deine Bedürfnisse.«

Das war keine Bitte ... es war ein Ultimatum.

Sie wollten ficken ...

Ich atmete tief ein.

Also würden wir ficken.

»Okay.«

Nick lächelte, als ich den unteren Teil seines T-Shirts packte und es mir über den Kopf zog, sodass ich nur noch in meinem Slip dastand. Mir wurde augenblicklich kalt, als alle meine drei Brüder ihre Blicke auf meinen Körper senkten.

»Verdammt«, flüsterte Nick.

»Du wolltest es.« Caleb starrte auf meine Brüste und leckte sich über die Lippen. »Dann machen wir es.«

»Genau das habe ich auch vor«, knurrte Tobias, dann trat er vor, packte mich um die Taille und hob mich hoch.

»Tobias«, protestierte ich und stieß gegen seine Schultern. »Hör auf, dein Bein.«

»Das einzige Bein, das mich im Moment interessiert, kleine Maus, ist das schmerzende zwischen meinen verdammten

Schenkeln. Schling deine um mich und halt die Klappe. Jetzt geht es los.«

Ich tat, was er verlangte, und klammerte mich fest, als er in Richtung des Schlafzimmers am Ende des Flurs humpelte … und seine Brüder folgten. Ein Déjà-vu überkam mich, als Nick die Tür schloss. Es war genau wie beim ersten Mal, als ich gleichzeitig so verdammt ängstlich und aufgeregt gewesen war.

Sie hatten mich in ihr Zimmer gebracht … und mich zu ihrem Eigentum gemacht.

Jetzt war ich an der Reihe.

Ich war an der Reihe, uns auf jede erdenkliche Weise zusammenzubringen. Tobias warf mich sanft auf das Bett und sah zu, wie ich beim Aufprall wippte. Ich stützte mich mit den Händen auf der Matratze ab, während alle drei zwischen meine Beine starrten.

Tobias zog sein Oberteil aus, während Caleb dasselbe tat. Seine Haare waren noch feucht von der Dusche, die er vor der ganzen Sache gehabt hatte, und zerzaust und dunkler, als er die Knöpfe seines sauberen weißen Hemdes öffnete. Irgendwann in den späten Morgenstunden hatte er sich um die Wäsche gekümmert und sie ordentlich gefaltet zurückgelassen.

So war er schon immer gewesen, tadellos, ordentlich …

Aber bestimmt nicht sanft.

Er trat näher heran, ließ sein Hemd auf den Boden fallen und knöpfte seine Hose auf. »Unser Bruder will uns beobachten, kleine Maus. Wie wär's, wenn wir uns für ihn interessant machen?«

Mein Körper zitterte, als er seine Hose und Boxershorts nach unten schob, während Nick näher kam.

»Das ist nur fair, Prinzessin. Du nimmst unsere Klamotten und wir sorgen dafür, dass du nicht mehr laufen kannst ... zumindest für eine Weile.« Nick grinste und ließ sein T-Shirt auf den Boden fallen. »Zwei Tage bis zu dem Treffen ... wie sollen wir uns die Zeit vertreiben?«

»Ich habe ein paar Ideen«, bot Caleb an, während er auf das Bett stieg, seine Hand um meinen Nacken schlang und mir in die Augen sah. »Bist du bereit?«

Mein unregelmäßiger Puls geriet außer Kontrolle, aber ich nickte.

Seine Lippen spitzten sich zu, als er sich nach unten beugte. Ich hatte mit Dunkelheit gerechnet und vielleicht mit Gefahr. Ich hatte erwartet, dass er seine Hand um meine Kehle schlingen würde. Aber da war nichts von alledem. Eine Gänsehaut lief mir über die Haut, als er seinen Kopf senkte. Ich schloss die Augen und wartete auf den Kuss ... aber er kam nicht auf meine Lippen.

Sein Atem wärmte meinen Hals, als er meinen Kopf zur Seite neigte und mich küsste. Ich konnte ihm nicht folgen, konnte nicht vorhersehen, was er tun würde. Ich hatte mit Dominanz gerechnet, aber das hier war keine ...

Seine Zähne drückten auf meine Ader und fuhren nach unten, so fest, dass ich zusammenzuckte. Ich stieß einen Schrei aus und spürte, wie sich seine Hand von meinem Nacken nach oben bewegte und eine Handvoll meiner Haare packte.

»Ich werde dich markieren, kleine Schwester«, murmelte er an meiner Kehle, während er meinen Kopf nach hinten riss. »Ich werde unserem Bruder zeigen, was für ein braves Mädchen du bist.«

»Ahh«, stöhnte ich.

Keuchende Atemzüge verschlangen mich, während ich an die Decke starrte. Hitze peitschte über meine Kopfhaut, aber es war keine grausame Hitze, nur so viel, dass mein Puls raste und mein Körper reagierte.

»Das gefällt ihr verdammt gut«, murmelte Tobias.

Eine Berührung fand zwischen meinen Beinen statt, als Tobias' Finger über mein Höschen glitten, bevor er unter den Gummizug glitt und in mich eindrang. »So verdammt feucht.«

»Hast du das gehört, Prinzessin?« Calebs Stimme war kälter. Er neigte meinen Kopf so, dass ich in seine dunkelbraunen Augen starrte. »Unser Bruder mag es zu sehen, wie perfekt du bist. Wie wäre es, wenn wir ihm ein bisschen mehr zeigen?«

Ich konnte nur keuchen und versuchen, gegen seinen Griff zu nicken.

Er lächelte ...

Und dieses verruchte Glitzern ließ meine Muschi verkrampfen.

»Verdammt noch mal«, seufzte Tobias und schob seinen Finger langsam in mich hinein.

Caleb drückte seine Hand auf meinen Mund und brachte mich zum Schweigen. »Wirst du brav für uns sein?«

Ich nickte, auch wenn ich damit das Ziehen an meiner Kopfhaut verstärkte.

»Wie brav?«

So verdammt brav ... Ich öffnete den Mund, um die Worte auszusprechen, aber ich hielt mich zurück. Meine Sinne wurden wach und irgendwie wusste ich, dass das ein Test gewesen war, den ich gerade noch rechtzeitig mitbekommen hatte.

Calebs Lächeln wurde nur noch breiter ...

Und ich wurde noch feuchter. Mein Körper drängte sich gegen Tobias' Finger. »Mein Gott, du hast eine perfekte Fotze«, murmelte er.

Ich wusste, dass er mich beobachtete, fasziniert von Calebs Hand, als dieser sie wegzog. »Mach deinen Mund auf, Prinzessin.«

Ich gehorchte instinktiv, als Caleb sich erhob, seinen Schwanz packte und ihn auf meinen Mund richtete. Unsere Blicke trafen sich voller Intensität, als ich ihn in mich aufnahm.

»So gut.« Er drang tiefer ein und zwang mich, mich weiter zu öffnen.

Vorsichtig strich er mit dem Daumen über meine Wange, so sanft, so fürsorglich, bevor sich seine Hand wieder um meinen Nacken legte und er mich rückwärts in das Bett drückte. »Tobias«, murmelte er. »Ich glaube, unsere kleine Schwester will mehr als nur ein Loch gefüllt haben.«

»Willst du das, Ryth?«, fragte Tobias.

Ich konnte nur nicken und Caleb in die Augen schauen. Er lächelte ... und dieses Aufflackern des Glücks machte mir nur noch mehr Lust, ihm zu gefallen. Was immer er wollte, ich würde es tun. Er konnte mich benutzen und immer wieder benutzen. Er konnte alles tun, was er wollte ... *und das wusste er*.

Er umfasste meinen Kopf, drückte ihn zurück in das Kissen und schwang sein Bein, um sich über meinem Gesicht zu positionieren. Ich öffnete mich noch weiter, als er noch tiefer in mich eindrang und seinen Schwanz bis zum hinteren Teil meiner Kehle schob. Panik machte sich breit, aber dieser Rausch machte mich nur noch empfindlicher. Ich konnte ein Stöhnen nicht unterdrücken, als grobe Hände die Ränder meines Slips packten und ihn nach unten zogen.

»Ich träume von dieser Muschi«, knurrte Tobias. »Davon, wie ich sie ausfüllen will.«

Etwas bewegte sich in meinem Augenwinkel, als er ihn Nick zuwarf. Meine Nasenflügel blähten sich auf und ich atmete schwer ein, als Caleb zustieß und sich zurückzog, um dann langsam wieder hineinzugleiten.

Ich drehte meinen Kopf und sah Nick, der mit meinem Slip in der Hand an der Wand lehnte. Er schenkte mir ein Lächeln und nickte langsam. »Du weißt doch, wie gerne ich zuschaue, Prinzessin. Er leckte sich über die Lippen und sein Blick wanderte zu Tobias und Caleb, die meinen Körper bearbeiteten. »Ich könnte mich an diese Show gewöhnen.«

Ich wollte ihn nicht aus den Augen lassen und sehnte mich nach unserer Verbindung, bis Caleb sich nach vorne beugte und ich mich wieder von ihm angezogen fühlte.

»Das ist mein Mädchen.« Er verstärkte seinen Griff und beugte sich vor, wobei er sich mit der anderen Hand an der Matratze abstützte.

Ich umklammerte seine Taille, als Tobias meine Schenkel spreizte und sie auseinander drückte.

»Sieh mich an, Prinzessin«, forderte Caleb.

Ich konnte nirgendwo anders hinsehen. Meine Kehle verkrampfte sich bei seinen Stößen, Speichel lief mir die Kehle hinunter und ich konnte nur noch daran denken, dass er kommen würde. Tobias stieß in mich hinein und trieb mich nach oben, aber Calebs Griff an meinem Hals hielt seinen Schwanz in mir.

»So ist es gut, kleiner Bruder«, ermutigte Caleb. »Benutze sie.«

»Fuck«, knurrte Tobias und stieß noch fester zu.

»Nimm diese süße Fotze«, flüsterte Caleb und starrte auf mich herab.

Tobias dehnte mich und glitt hinein. »Fuck, kleine Maus«, grunzte er, packte meine Hüften und stieß noch fester zu.

Ich prallte gegen das Bett und wurde von Calebs Schwanz festgehalten, während er in meinen Mund stieß. Ich öffnete meine Beine weiter, als die Verzweiflung zunahm.

»Du darfst nicht kommen, Prinzessin«, grunzte Caleb und runzelte konzentriert die Stirn. »Noch nicht.«

Dann zog er sich zurück und ließ mich keuchend und stöhnend zurück, während Tobias bis zum Anschlag in mich eindrang und mich ausfüllte. Ich würde kommen ... das wusste ich. Mein Innerstes verkrampfte sich, als Caleb seine Hand unter meinen Nacken schob und mir sanft die Nase zukniff.

»Erst, wenn du genug hattest.« Seine Stimme klang gefährlich. Ich schnappte nach Luft und zog einen Atemzug durch meinen Mund ein, bevor er seinen Schwanz wieder in mich stieß.

Ich konnte nicht atmen, konnte nicht atmen ... *konnte nicht atmen*. Ich bäumte mich auf und mein Körper klammerte sich an Tobias, als er in mich stieß. Das war genau das Gleiche wie seine Hand um meine Kehle und die Panik trieb mich immer näher an den Rand des Abgrunds, als Caleb seinen Griff löste und mich keuchen und stöhnen ließ. Mein Körper bebte, als das Ende auf mich zuraste.

»Prinzessin?« Caleb beobachtete mich aufmerksam, als er sich befreite.

Ich nickte, schloss meine Augen und wimmerte. »Ich werde kommen. Ich–«

Er lächelte und hielt mir erneut die Nase zu, während er mit der anderen Hand seinen Schwanz umfasste. »Öffne dich.«

Ich spreizte meine Lippen weiter und spürte die Dehnung. Er war so hart, so bereit, und hatte dieses verzweifelte Funkeln in seinen Augen, als er die weiche Haut an der Spitze seines Schwanzes um meinen Mund herum bewegte. Ich leckte und hob meinen Kopf an, weil ich ihn unbedingt in meinem Mund spüren wollte.

»Verdammt, C. Ich werde ...«, stöhnte Tobias.

Caleb stieß wieder in mich hinein und hielt mir die Nase zu. Er zitterte und stieß ein Stöhnen aus. Die Spitze bebte und pulsierte, bevor die dicke Ader zuckte und Wärme meinen Mund erfüllte.

Meine Brüder stöhnten, beide kehlig und *perfekt*.

Und ich konnte mich nicht länger zurückhalten.

Das Sperma floss in meinen Rachen. Ich schluckte, rang verzweifelt nach Luft und kam *hart*, zitternd und wimmernd, als Caleb meine Nase losließ und flüsterte: »Das ist mein Mädchen.«

DREIUNDZWANZIG

Vivienne

ICH TRANK DEN LETZTEN TROPFEN SAFT AUS DEM Plastikbecher und stellte ihn dann auf das Tablett zurück, neben den Plastikteller und das Plastikbesteck. Es war schon drei Tage her, dass sie mich rausgelassen hatten. Unter Aufsicht, versteht sich. Jede meiner Bewegungen wurde von ihm und den verdammten Kameras überwacht, aber wir hatten uns immer noch nicht zu echtem Metallbesteck hochgearbeitet. Denn der Mistkerl wusste, dass ich sie ihm in die Visage rammen würde.

Ihm und seinen verdammten Söhnen …

Ich starrte das Tablett an und wandte mich dann der Tür zu. Er erlaubte mir, ihn die Treppe hinunter ins Arbeitszimmer zu begleiten und beantwortete sogar einige meiner Fragen über das Haus mit knappen Antworten. Ja, seine Söhne lebten hier. Ja, er wusste von Ryth und ihren Brüdern. Nein, er wollte nicht verraten, wo sie sich aufhielten oder ob sie wieder im Orden waren.

Er wollte mir nichts sagen.

Frustration kochte in mir hoch.

Aber er wusste es …

Oh, und wie er es wusste.

Meine Gedanken kreisten um die medizinischen Berichte, die er hatte. Wenn es etwas gab, was ich langsam über London St. James verstand, dann war es, dass er verdammt hinterhältig war … und mächtig. Die DNA-Ausdrucke hatten den Stempel *›streng vertraulich‹*.

Wie besessen musterte er sie, bevor er weitermachte, und dann noch mehr davon ausdruckte. Das steigerte mein Interesse.

Ich wollte wissen, wonach er suchte …

Ich wollte wissen, was er wollte.

Und ich wollte etwas über Ryth wissen …

Wo sie war, ob sie in Sicherheit war … *ob sie überhaupt noch am Leben war*.

Sie würden sie nicht töten, da war ich mir ziemlich sicher. Nein, der Orden würde es nicht wagen, eine seiner Gefangenen zu riskieren. Trotzdem wusste ich, dass es Schlimmeres als den Tod gab. *Zum Beispiel von einem Monster eingesperrt zu werden.*

Die Dunkelheit wartete vor meinem Fenster, als ich mich von dem neuen Tablett abwandte. Es war Nacht … und schon spät. Die Sterne funkelten am Himmel und glitzerten um den Vollmond. Ich machte mich auf den Weg zum Fenster und fuhr mit dem Finger an den elektronischen Schlössern entlang, die er erwähnt hatte, für den Fall, dass ich wieder einen Fluchtversuch wagen würde.

Genau wie an der Tür, nicht wahr?

Ich warf einen Blick über meine Schulter auf die Schlafzimmertür.

Er hätte sich nicht die Mühe machen müssen. Selbst wenn ich aus dieser Hölle entkommen würde, konnte ich nirgendwo hinlaufen. Keine Familie suchte nach mir, es gab keine Brüder, die mich unbedingt zurückhaben wollten. Nicht einmal einen verdammten Freund, den ich anrufen könnte. Ryth war das, was einer Freundin am nächsten kam, und ich hatte sie verloren.

Ich wandte mich vom Fenster ab und durchquerte den Raum, wobei mich die Gewohnheit vorwärts trieb. Ich wusste nicht, warum ich es überhaupt versuchte. Jede Nacht war die Schlafzimmertür verschlossen, und jede Nacht ging ich frustriert schlafen. Doch als ich die Hand ausstreckte, wurde mir ein winziges Detail bewusst. *Ich hatte das Klicken nicht gehört.*

Das Türschloss klickte jede Nacht zur gleichen Zeit. Ich hatte angenommen, dass es von einer Zeitschaltuhr gesteuert wurde. Das winzige Geräusch kam immer kurz nachdem er mir das Tablett gebracht hatte. Ich versuchte nachzudenken, versuchte die Minuten zu zählen, seit er das Tablett auf die Kommode gestellt und sich dann umgedreht hatte, um mich mit diesem hungrigen Blick zu beobachten. Ich erinnerte mich …

Ich hatte es nicht gehört.

Ich war mir sicher.

Mein Atem stockte, als ich die Hand um den Griff schloss und drückte.

Doch statt zu klemmen … öffnete sie sich. Ich drückte nach unten, bis die Scharniere leise knarrten.

Mein Herz machte einen Sprung und schlug gegen meine Brust. Ich schloss die Tür langsam und erstarrte. *Was, wenn sie kaputt war? Was, wenn das verdammte Ding irgendwie defekt war und wenn es jetzt repariert war … wenn es klickte, dann würde ich meine Chance verpasst haben.*

Ich betrachtete das rot blinkende Licht des elektronischen Schlosses. Es sah nicht richtig aus. Normalerweise leuchtete das Licht durchgehend rot. Rot für verschlossen, grün für offen. Es war kaputt …

Ich drehte noch einmal an der Klinke und betete mit allem, was ich hatte, dass es kein Scherz war, und sie öffnete sich ein wenig, bevor ich losließ und meine Hand fallen ließ. Draußen, auf der anderen Seite der Tür, wartete die Dunkelheit. Dunkelheit und Stille.

War das ein Test?

Das würde ihm ähnlich sehen. Er wartete darauf, zu sehen, was ich tun würde. Ich machte einen Schritt von der angelehnten Tür weg, und meine Gedanken rasten. Was erwartete er von mir?

Weglaufen …

Das war es.

Er erwartete von mir, dass ich die Treppe hinunterschlich und es an der Haustür versuchte. Meine Gedanken überschlugen sich. Der Keller. Verdammt, nein, da wollte ich nicht hinuntergehen. Ich dachte nicht einmal an diesen Raum …

Trotzdem stieg diese Maschine in meinem Kopf auf und jagte mir eine Gänsehaut über die Haut. Ich drückte auf den Lichtschalter, um das Schlafzimmer in Dunkelheit zu tauchen, dann trat ich zurück, ging zum Bett und setzte mich hin.

Es war ein Test.

Da war ich mir jetzt sicher.

Um zu sehen, ob ich weglaufen würde.

Um zu sehen, ob man mir trauen konnte.

Ich zog meine Füße hoch, legte meinen Kopf auf die Seite, starrte auf den schwarzen Fleck auf der anderen Seite der Tür und versuchte, an alle möglichen Gründe zu denken ... und an die Folgen.

Weglaufen ...

Dieses Haus und diese Leute verlassen.

Und ich würde weiterlaufen müssen, denn es wäre ja nicht nur der Orden hinter mir her, nicht wahr? Nein. London St. James würde mich auf keinen Fall durch diese Tür gehen lassen, ohne mich schreiend und tretend zurückzuschleifen ...

Versuch's doch ... sein grausamer, verdammter Tonfall erfüllte mich. *Versuch zu fliehen und warte ab, wohin dich das führen wird.*

Ich wusste, wohin es mich führen würde. Mein Körper bebte und mein Innerstes verkrampfte sich. Ich schloss meine Augen und wollte die Vorstellung von diesem Ding verdrängen. Er hatte mir damit gedroht und es mir versprochen. »Nein«, flüsterte ich und öffnete meine Augen. Ich würde das nicht zulassen.

Also würde ich nicht weglaufen ...

Aber ich hatte auch nicht vor, eine Gefangene zu bleiben. So ein Mist. Ich setzte mich langsam auf, ließ meine Füße auf den Boden gleiten und stand auf. Meine Schritte waren leicht und geräuschlos, als ich mich auf den Weg zur offenen Tür machte. Mit einem vorsichtigen Ruck betätigte ich sie und wartete in der Tür, während mein Puls raste, bis ich nur noch dieses Geräusch hören konnte.

Nur, dass sich niemand rührte.

Ich trat einen Schritt aus dem Zimmer und musterte die Dunkelheit, wobei meine Sinne auf Hochtouren liefen. Schwere Atemzüge verzehrten mich, während ich wartete. Aber da war nichts, keine Hand, die nach mir griff, kein Stalker, der vor meiner Tür lauschte. Ich machte einen Schritt nach vorne und ging auf die Treppe zu.

Sie verschwamm, als ich sie aus der Ferne beobachtete. Ich machte noch einen Schritt, dann noch einen, bis ich das Geländer erreichte. Sie waren nicht hier, sie warteten nicht. Ermutigt und voller Zuversicht ging ich schneller, trat die Treppe hinunter und hielt meine Schritte leicht. Im Vorbeigehen musterte ich die Stockwerke und entdeckte ein flackerndes Licht, das aus einer Tür im zweiten Stock kam. Ich blieb stehen ... *und lauschte.*

Da war nur Stille.

Stille und das Pochen meines Herzens.

Ich ging weiter und hielt erst an, als meine nackten Füße auf die kalten Fliesen des Foyers trafen. Ich schaute nicht einmal zur Haustür, sondern ging weiter den Flur entlang, bis ich in Richtung Küche kam. Das winzige rote Lämpchen am elektronischen Schloss vor dem Keller blinkte, genauso wie der kaputte Sensor an meiner Tür. Es musste sich um eine Fehlfunktion handeln.

Ich ging weiter, getrieben von den Berichten, von denen er so besessen zu sein schien ... und dem Vertrag, den er unter seinem Tagebuch versteckt hatte. Den Vertrag, den er mir nicht zeigen wollte. Ich wusste, dass er mir nicht wehtun konnte, dass ich nur ein Schützling in seinem Haus war. Ich gehörte zum Orden, trug immer noch Schwarz und durfte nicht berührt werden.

Aber wenn ich etwas über den abscheulichen Bastard wusste, der mich in seinem Haus gefangen hielt, dann, dass er hartnäckig war. Wenn es einen Weg gab, den Vertrag zu umgehen, würde er ihn finden. Ich schluckte schwer, als ich den Flur entlangging, der mich zu seinem Arbeitszimmer führte.

Er würde einen Weg finden, das war klar ...

Also musste ich mich schützen.

Ich musste sichergehen, dass ich wusste, worauf ich mich einließ ... und mir einen Ausweg überlegen. Ich blieb an der Tür stehen, schaute über meine Schulter in die Dunkelheit und drehte mich dann wieder zu demselben rot blinkenden Licht an der Tür um. Meine Hände zitterten, als ich den Griff packte und drückte. Er bewegte sich. Er bewegte sich, verdammt.

Ich beeilte mich, trat ein und schloss die Tür leise hinter mir, bevor ich den Lichtschalter betätigte. Ein winziges Klicken, und der Raum wurde erhellt. Fast hätte ich gelächelt ... fast hätte ich geglaubt, ich hätte endlich *gewonnen* ... bis ich mich umdrehte und *seine Söhne* in der Mitte des Raumes stehen sah.

»Sieh an, sieh an, sieh an«, murmelte der mit den platinblonden Haaren. Seine blauen Augen starrten mich an. »Ich habe dir doch gesagt, dass sie kommen würde.«

Ich warf einen Blick auf den anderen, der mit verschränkten Armen an Londons Schreibtisch lehnte. Der topasfarbene Blick veränderte sich, als er sich abwandte.

Aber es war sein Zwilling, der nach vorne trat und das Reden übernahm. »Suchst du etwas?«

Ich versteifte mich und wurde panisch, als ich den Ruhigen noch einmal ansah.

»Sieh ihn nicht an.« Blondie flankierte mich, lehnte sich dicht an mein Ohr und flüsterte. »Er wird dir nicht helfen.« Panik durchfuhr mich, als er mich mit einer schnellen Bewegung an der Kehle packte und mich an sich zog. »Bei uns wird dir niemand helfen.«

Ich bäumte mich auf und ballte meine Faust. Meine Instinkte schrien mich an, zu kämpfen. Aber ich tat es nicht ... Ich blieb still und ließ seine Hand um meine Kehle, während der Schrecken in mir aufheulte.

»Sieh dich an«, flüsterte Blondie, sein Atem an meinem Ohr. »Sieht aus, als hätten wir hier die perfekte Tochter. Gehorsam. *Unterwürfig.*«

»Fick dich«, knurrte ich leise.

Er drückte mich fest an seine starke Brust. »Und trotzig. Das wird ihm gefallen.«

Ihm ...

Ich atmete schwer ein und kämpfte gegen das schreckliche Bedürfnis an, zu schreien, zu treten und zu krallen. Stattdessen kramte ich nach allem, was ich gebrauchen konnte. *Der Vertrag ... Ich konnte den Vertrag gebrauchen.* »Du darfst mich nicht anfassen«, krächzte ich und mein Blick wanderte zu dem Stummen, der immer noch am Schreibtisch lehnte.

»Nicht dürfen?«, wiederholte sein Bruder hinter mir. »Es gibt nur dich hier.« Er griff nach meiner Brust und knurrte. »Ziemlich sicher können wir tun, was wir wollen. Es gibt niemanden, der uns daran hindert ... niemanden, der uns daran hindert, von unserer *Tochter* zu kosten.«

Tochter?

Das war das zweite Mal, dass er mich so nannte. »Ich bin nicht eure verdammte Tochter.«

Er gluckste nur und so sehr ich mich auch bemühte, an dem Training festzuhalten, das der Lehrer uns aufgezwungen hatte, etwas in mir zerbrach. Ich ballte meine Faust, spannte meinen Arm an und rammte meinen Ellbogen nach hinten in seinen Bauch.

Er stieß ein »Aooh« aus, und sein Griff lockerte sich, sodass ich ihm einen Schlag auf den Arm versetzen und mit geballter Faust vor mir wegstolpern konnte. »Bleib mir vom Leib.«

Blondie grinste und sein Blick war auf mich gerichtet während er sich den Bauch rieb. »Sieht aus, als hätten wir hier eine Wildkatze.«

»*Fick dich*«, fauchte ich.

Sein Blick traf meinen und wurde augenblicklich tödlich. »Wie wäre es, wenn ich dich stattdessen ficke?«

Kälte drang in mein Inneres ein.

Er stürmte vorwärts, nicht mehr spielerisch oder neckisch. Nein, er war eine Lawine, die auf mich zuraste. Ich stolperte rückwärts und hob meine Hand, um mich zu schützen. Kein noch so gutes Training konnte mich jetzt schützen, kein Versuch, das Monster aufzuhalten.

Er packte mich unter dem Kiefer und seine Finger gruben sich in jede Seite, bis der Schmerz aufflackerte. In seinem erbarmungslosen Blick lag nichts als Dunkelheit. »Ich kann dich *jederzeit* ficken. Ich würde dich jederzeit mit Gewalt nehmen, wenn es darauf ankäme. Das würde mir wahrscheinlich sogar viel besser gefallen. Wenn du dich also das nächste Mal aus deinem Zimmer schleichst, Wildkatze, denk daran, dass wir dich *immer* beobachten.«

Die Tür des Arbeitszimmers öffnete sich leise hinter ihm und London St. James trat vorsichtig ein, wobei sein Blick von dem Monster vor mir zu seinem stummen Bruder und dann zu mir wanderte. Falls das Arschloch mit den Händen um meine Kehle das Eindringen bemerkt hatte, ließ er es sich nicht anmerken. Stattdessen bewegte er sich vorwärts und drängte mich zurück, bis ich gegen den schwarzen Kamin in der Mitte des Arbeitszimmers stieß.

Meine Hand wich zurück und stützte sich gegen den kalten Stahl.

»Carven«, sagte London vorsichtig. »Ist hier alles in Ordnung?«

»Bestens«, antwortete das Monster und wandte seinen Blick nicht einmal von mir ab. »Wir waren auf Mäusejagd und haben stattdessen eine Wildkatze gefunden.«

»Ihr solltet etwas anderes jagen«, sagte sein Vater leise.

Flache Atemzüge. Ein rasendes Herz. Der schummrige Raum färbte sich an den Rändern grau, aber ich weigerte mich, die Kontrolle zu verlieren. Ich würde nicht zusammenbrechen … ich würde nicht zusammenbrechen. Ich starrte einfach in die Augen eines Verrückten, als er antwortete. »Wir waren … wir sind nah dran, wir werden die Adresse morgen früh haben.«

Er schien sich zu beherrschen und löste seinen grausamen Griff, der noch lange pochte, nachdem er seine Hand fallen gelassen hatte und weggegangen war. Ich berührte meinen Kiefer und massierte das tiefe Pochen. Das Arschloch starrte mich immer noch an und saugte jedes Zucken und Aufflackern von Angst in meinem Gesicht auf.

»Dann schlage ich vor, dass du weitermachst«, drängte London.

Er mochte zwar ihr Vater sein, aber in diesem Moment war klar, dass er keine Kontrolle über seine Söhne hatte … wie sollte er auch, wenn sie nichts weiter als tollwütige Tiere waren?

»Bis zum nächsten Mal, Wildkatze«, murmelte Carven und betrachtete mich von oben bis unten, wobei er bei meinen Brüsten innehielt. »Vielleicht dürfen wir dann spielen.«

»Colt«, murmelte London und der Ruhige erhob sich von seinem Schreibtisch, von dem aus er das Ganze beobachtet hatte. »Beherrsche deinen Bruder.«

Carven schnaubte, drehte sich um und warf seinem Vater einen Blick zu, bevor die beiden zur Tür gingen und den Raum verließen.

Als sich die Tür hinter ihnen schloss, durchlief mich ein Schaudern.

Meine Schultern sanken und mein Körper sackte fast in sich zusammen, als ich schwer atmete. »Danke«, flüsterte ich, bevor mir bewusst wurde, bei wem ich mich bedankte.

»Oh, bedanke dich nicht bei mir, Vivienne.« London schritt vorwärts. Die stählerne Kontrolle funkelte jetzt zu kalt und harte Wut flammte auf, als er meinen Arm packte und mich nach vorne zerrte. »Ich will, dass du dich stattdessen rechtfertigst. Was zum Teufel machst du in meinem verdammten Arbeitszimmer?«

Mein panischer Blick wanderte zu seinem Schreibtisch ... und dann zu dem schwarzen Lederordner, der ordentlich auf der Kante lag.

»Also?« Sein Griff wurde fester und er starrte mich an, während seine Augen vor Wut funkelten. »Antworte mir.«

Ich hob meinen Blick zu ihm. »Nimm. Deine. Verdammten. Finger. *Von. Mir ...*«, knurrte ich.

Seine Augenbrauen hoben sich für einen Moment. Ich wettete, London St. James war es nicht gewohnt, dass Frauen zurückschlugen. An mich war er ganz sicher nicht gewöhnt. Aber er lockerte seinen Griff.

Ich versuchte verzweifelt, alles zu tun, um ihn zurückzuhalten. »Du hast den Vertrag unterschrieben. Du darfst nicht ... darfst nicht ...«

»Nicht *dürfen*«, spottete er, als er einen Schritt nach vorne machte, um mich nach hinten und aus dem Gleichgewicht zu stoßen. Ich schlug gegen die Kante des Sofas hinter mir. *»Ich darf dich nicht ficken, Vivienne. Ist es das, was du zu sagen versuchst? Ich darf nicht ...«* Er senkte den Blick und holte tief Luft, dann machte er einen Schritt nach vorne und stieß mich gegen die Armlehne des schwarzen Ledersofas. »Dich nicht dazu bringen, Rot zu tragen.«

Ein Wimmern entkam mir. Aber ich schluckte den Laut herunter und antwortete. »Ja.«

Seine Mundwinkel zuckten. »Glaube mir, es gibt Wege, jeden Vertrag zu umgehen. Fordere dein verdammtes Glück nicht heraus. Und jetzt schlage ich vor, du gehst zurück in dein Zimmer ... es sei denn, du möchtest eine weitere Begegnung mit meinen Söhnen haben.«

Dieser Gedanke erschreckte mich mehr als alles andere. Ich schüttelte den Kopf.

Ein Ruck seines Kopfes und er wich zurück.

Ich stieß mich vom Sofa ab, stolperte zur Seite und eilte zur Tür.

»Gute Nacht, Vivienne«, murmelte er hinter mir. »Schlaf gut.«

VIERUNDZWANZIG

Ryth

Der Stapel steriler Verbände verschwamm auf dem Tresen vor mir. Meine Hände zitterten, als ich die Wasserhähne betätigte und antiseptische Seife in meine Handfläche drückte, bevor ich sie schrubbte. Tobias' Verbände waren gewechselt, seine Wunde war rosa gerötet und heilte ... und aus irgendeinem Grund war ich stolz darauf.

»Kleine Maus!«, brüllte Tobias.

Bei dem Geräusch riss ich den Kopf hoch.

»Du trinkst jetzt besser!«

Meine Lippen kräuselten sich, als ich meinen Blick auf die fast volle Elektrolytflasche auf dem Tresen neben mir richtete, während ich das Wasser abstellte und antwortete: »Ich mache ja schon!«

»Das will ich hoffen«, knurrte er aus dem Schlafzimmer. »Zwing mich nicht, es dir in den Mund zu spucken.«

Oh ... Gott.

Mein Körper pulsierte nach diesem Morgen, an dem sie mich alle drei an meine Grenzen gebracht hatten, und ich spürte jetzt die Nachwirkungen, besonders von Tobias. Der Mann war … unersättlich.

Ich griff nach der Flasche und führte sie an meine Lippen. Der leicht salzige Geschmack der Früchte glitt meine Kehle hinunter. Es lag nicht nur am Sex. Tobias brauchte mich …

Er berührte mich.

Er murmelte mir zu.

Seine Liebe war unglaublich echt.

Und verzehrend.

Ich schluckte wieder und wieder, bis mein Magen sich schwer anfühlte, dann wischte ich mir mit dem Handrücken über den Mund. »Alles weg!«

»Wurde auch Zeit«, murmelte er von der Tür aus, die dunklen Augen auf die leere Flasche in meiner Hand gerichtet.

Ich zuckte erschrocken zusammen und starrte auf seine nackte Brust und seine schwarzen Boxershorts. »Mein Gott, T. Du hast mich zu Tode erschreckt!«

Er hinkte kaum noch und schritt vorwärts, bis er mich zurück gegen den Tresen drückte. Das Flackern der Angst kam immer, wenn er mich so ansah. Mein Stiefbruder war eine unbestreitbare Macht. Er hob eine Hand und strich mir eine Haarsträhne aus dem Gesicht. »Das nächste Mal, wenn du deine Erschöpfung vor mir verheimlichst, bekommst du eine Tracht Prügel, verstanden? Eine, die du nicht genießen wirst.«

Ich errötete und meine Lippen kräuselten sich, als mir ein Glucksen entwich. »Ja.«

»Gut.« Er scherzte nicht, wenn er das sagte. Dann umfasste er mein Kinn, neigte mein Gesicht zu seinem und küsste mich sanft und langsam, bevor er sich zurückzog. »Du schmeckst nach verdammten Beeren ... und ich liebe es.«

Das Geräusch schlitternder Reifen drang zu uns durch, sodass er finster dreinblickte und seinen Blick auf die Tür richtete. »Was zum Teufel?«

Steine prasselten gegen die Seite der Hütte und hörten sich an wie eine Reihe von Pistolenschüssen. Doch der Motor des Wagens ging nicht aus, als das Donnern von schweren Stiefeln ertönte. »Sie kommen! *Sie KOMMEN!*«, brüllte Nick. »*WIR VERSCHWINDEN, JETZT!*«

Tobias bewegte sich auf die Tür zu.

»*Ryth! RYTH!*«, schrie Nick. »*Wo zum Teufel ist sie?*«

»Ich bin hier«, rief ich, als Tobias aus dem Behandlungsraum stürmte und mit Nick zusammenstieß, der den Flur entlanglief.

»Whoa!« Tobias hielt Nick fest, als sie in der Mitte des Flurs standen. »Sie ist genau hier! Schau!« Tobias zeigte in meine Richtung. »Sie ist da drüben, Bruder. Sie ist in *Sicherheit.*«

Aber Nick richtete seinen Blick ruckartig auf mich. Ich sah, wie die Angst ihn verzehrte. Seine Nasenflügel blähten sich auf und seine goldbraunen Augen wurden groß. »Wir müssen weg«, keuchte er. »*Jetzt.*«

Schwere Schritte kamen von der Veranda. »Nick!«, schrie Caleb. »Was ist hier los?«

»Sie haben uns gefunden.« Nick blickte von mir zu Tobias. »Sie haben uns gefunden ... Nehmt, was ihr könnt ... *und steigt ins Auto.*«

Wir standen alle eine Sekunde lang fassungslos da ... *bis wir uns bewegten.*

Unsere Panik war wie ein Tornado. Ich schnappte mir, was ich konnte und rief: »Rebel! Rebel!«

Wir stürzten uns in das Auto und knallten die Türen zu.

Staub und Steine wirbelten hinter uns auf und verschluckten die Sicht auf die Hütte, als wir um die Ecke der Einfahrt schlitterten und auf die Straße fuhren. Ich drehte mich um, riss meinen Blick von dem Ort los, der in den letzten Tagen ein Zufluchtsort für uns gewesen war, und schaute auf die Straße vor uns.

»Und er hat nicht gesagt, wer es auf uns abgesehen hat?« Tobias schnappte nach Luft, während er seine Waffe hob und das Magazin überprüfte.

»Nein«, knurrte Nick und konzentrierte sich darauf, uns so schnell wie möglich wegzubringen.

Tobias zerrte an seinem Hemd, das er in aller Eile übergeworfen hatte. Seine Jeans war immer noch aufgeknöpft und seine Stiefel kaum an seinen Füßen.

Der Rest unserer Kleidung war in einer Tasche verstaut und auf den Rücksitz geworfen worden, zusammen mit den Pillen, die ich mitgenommen hatte, als wir aus der Hütte gerannt waren. Ich holte tief Luft und versuchte, die Panik zu unterdrücken. Rebel wimmerte und drängte sich an mich, während Nick das Auto geschickt lenkte und den Motor auf Hochtouren laufen ließ.

»Hat er gesagt, ob es der Orden war?«, fragte Caleb.

»Er muss es sein«, schnauzte Tobias neben mir. »Wer sollte es sonst sein?«

Meine Hände zitterten immer noch und umklammerten die Dose mit den Antibiotika, die ich mir auf der Flucht geschnappt hatte. Ich versuchte, alles zu verarbeiten. Nick war losgezogen, um Benjamin Rossi anzurufen ... in der Erwartung, dass der Mafiaboss auf dem Weg zu uns war ...

Aber es sah so aus, als hätte sich das alles geändert. *Denn jetzt waren wir auf der Flucht.*

»Diese Wichser«, knurrte Tobias leise, dann richtete er seinen Blick auf mich. »Ich bringe sie alle um, bevor ich sie in deine Nähe lasse.«

Ich versuchte, die Panik zu unterdrücken, aber ich geriet aus dem Gleichgewicht ... ich konnte mich nicht mehr zusammenreißen. Alles, was ich sah, war ... *er.* Tobias.

»Und er hat gesagt, dass dieses Haus geschützt ist?«, fragte Caleb vor mir.

Rebel sank auf den Boden und rollte sich um meine Füße zusammen.

Nick beobachtete im Rückspiegel, wie die weißen Linien auf der Straße neben uns verschwammen. »Er sagte, dass wir so gut geschützt sind, wie es nur geht.«

»Irgendwie klingt das nicht sehr überzeugend«, murmelte Caleb und drehte sich zu mir um, um mich anzuschauen. »Geht es dir gut, Prinzessin?«

»Nein, es geht ihr nicht gut«, zischte T und seine Augen funkelten vor Wut.

»Ich habe nicht alles mitgenommen, was ich wollte.« Ehe ich mich versah, waren die Worte heraus.

»Was fehlt?«, fragte Tobias.

Ich drehte mich zu ihm um. »Die Verbände für deinen Oberschenkel, ich habe sie alle auf dem Tresen liegen lassen.«

Er blickte finster drein, dann schüttelte er den Kopf. »Der Orden ist hinter uns her, und du machst dir Sorgen um mein verdammtes Bein?«

Ich nickte nur. »Ja.«

Caleb drehte sich um und blickte auf die Straße vor uns. »Wir werden dir mehr besorgen, Baby«, versicherte er mir. »Was immer du brauchst.«

Was auch immer ich brauchte ...

Ich sah Nick an, dann Tobias, dessen Blick tödlich war. Ich wollte, dass wir in Sicherheit waren, war das zu viel verlangt? Es schien, als wäre es das. Es schien, als hätte sich das Universum gegen uns verschworen. Es wollte, dass wir kämpften. Es wollte, dass wir flohen. Es wollte, dass wir verzweifelt ums Überleben kämpften.

Nick gab Gas und konzentrierte sich dabei auf die Straße vor uns und den Rückspiegel. Ich warf einen Blick über meine Schulter auf die lange Straße hinter uns und versuchte zu atmen, während wir zu dem Ort zurückkehrten, an dem wir nicht sein wollten: *nach Hause.*

»IST DAS ALLES?« Caleb schaute sich um.

»Das ist es«, antwortete Nick.

Das laute Rauschen der Bremsen ließ mich zusammenzucken. Ich blickte hinter uns zu dem riesigen Kühlergrill des Trucks hinter uns, der mit glänzendem Chrom und polierter Lackierung ausgestattet war. Ich drehte mich um und starrte das nächste riesige Ungetüm vor uns an ... und drei weitere, die uns auf dem Weg in die Stadt überholten.

Wir waren zwischen den Metallriesen eingeschlossen, als wir uns auf eine Art Betriebshof außerhalb der Stadt zubewegten und da war nur ein Auto in Sicht.

»Das ist seins, nicht wahr?«, fragte Caleb. »Das von Rossi?«

Nick nickte nur, beugte sich vor und bog ab, um den Wagen bis zum Sicherheitstor am Eingang des riesigen Hofes zu fahren. »Ja.«

»Klug«, sagte Caleb beeindruckt. »Verdammt klug.«

Das Surren der Fensterscheibe auf der Fahrerseite erfüllte den Innenraum, sowie das Dröhnen der Truck-Motoren. Nick wartete, bis der Wachmann sich näherte, nannte seinen Namen und den von Benjamin Rossi.

»Wartet hier«, befahl der Wachmann, drehte sich um und ging zurück in das kleine Häuschen. Er kam eine Minute später zurück, als sich das Gittertor vor uns hob. »Durch die Tore, bis zum Lagerhaus fünf. Mr. Rossi wartet auf euch.«

Ein Nicken und Nick fuhr hindurch. Überall standen Trucks, die rein- und rausfuhren. Jeder, der versuchen würde, hier reinzukommen, würde auffallen wie ein bunter Hund. Es schien, als wären wir hier sicher ... zumindest für eine Weile.

Wir fuhren auf einen leeren Parkplatz vor einem riesigen Lagerhaus. Ein hoher Maschendrahtzaun mit Stacheldraht umgab den Hof. Männer mit neongelben Westen und Schutzhelmen liefen zwischen den Gebäuden hin und her. Aus irgendeinem Grund hatte ich das Gefühl, dass wir hier eine Überlebenschance hatten und dass Benjamin Rossi einen Plan hatte.

»Prinzessin«, rief Nick, als er den Motor abstellte »Alles in Ordnung?«

Ich warf einen Blick in seine Richtung, als Tobias ausstieg und seine Waffe in den Hosenbund steckte. »Ja«, antwortete ich. »Ich bin nur nervös.«

»Wir sind hier.« Caleb öffnete meine Tür und schloss seine eigene. »Wir lassen dich nicht aus den Augen.«

Nick stieß seine Tür auf und trat heraus. »Rebel, komm«, rief er.

Sie sprang sofort auf und kletterte zwischen den Sitzen hindurch, um ihm aus der Fahrertür zu folgen. Wir gingen auf den Eingang der Lagerhalle zu und musterten die Arbeiter, die uns anstarrten, bis die kräftige Gestalt aus der Dunkelheit trat und auf uns zukam. Es kam mir wie eine Ewigkeit vor, seit ich den Mann, für den mein Vater gearbeitet hatte, gesehen hatte, aber Mr. Rossi sah aus, als wäre er nicht einen Tag gealtert. Wenn überhaupt, dann sah er sogar noch gefährlicher aus.

»Nick, Gott sei Dank hast du es geschafft.« Er nickte und reichte meinem Stiefbruder die Hand. »Gab es Probleme?«

»Nein«, antwortete Nick.

Benjamin wandte sich an Tobias. »Tobias, wie geht es dir?«

»Ich bin stinksauer, wenn du die Wahrheit wissen willst«, knurrte Tobias.

Aber Benjamin Rossi schien über diesen Ausbruch überhaupt nicht überrascht zu sein. Mit einem langsamen, traurigen Lächeln nickte er, trat dann vor, packte Tobias und zog ihn an sich. »Ich habe mir solche Sorgen gemacht.«

Ich hatte nicht gewusst, was ich erwarten sollte, aber die väterliche Umarmung brachte mich zum Lächeln. Dann richtete Mr. Rossi seinen vorsichtigen Blick auf Caleb und dann auf mich. »Ryth.«

»Mr. Rossi«, murmelte ich.

»Ben«, korrigierte er mich. »Du kannst mich Ben nennen. Kommt schon, lasst uns nicht hier draußen reden.« Er musterte den Hof, drehte sich um und wir folgten ihm zurück ins Gebäude.

Er führte uns durch eine Werkstatt zu einem riesigen Büro im hinteren Teil des Gebäudes. Als sich die Tür hinter uns schloss, verstummte das ohrenbetäubende Geräusch von Truck-Motoren und klappernden Werkzeugen.

»Setzt euch.« Ben deutete auf das Sofa am Ende des Raumes, aber keiner von uns nahm das Angebot an. Stattdessen verschränkte Tobias die Arme, musterte den Schreibtisch und die Fotos, die an der Korkwand hingen, und drehte sich um.

Ben bemerkte das und musterte uns aus den Augenwinkeln, während er den Kühlschrank öffnete und Dosen mit Limonade herausholte, von denen er den Jungs je eine zuwarf und Tobias eine zusätzliche für mich.

»Laz?«, fragte T.

Ben Rossi stieß einen schweren Seufzer aus und alterte in einer Sekunde. »Er ist in Sicherheit. Sie sind alle in Sicherheit.«

»Gut«, sagte Nick und stellte seine ungeöffnete Dose auf dem kleinen Tisch vor dem Sofa ab. »Denn uns gehen hier die Möglichkeiten aus.«

»Ich weiß«, nickte Ben.

»Und dir?« Nick trat näher heran. »Dir auch? Denn wir brauchen Antworten. Wer steckt dahinter und wie können wir ihn dazu bringen, aufzuhören?«

Wenn in Bens Augen etwas Freundliches gewesen war, so war es jetzt verschwunden ... und etwas Bedrohliches blieb zurück.

»War das heute der Orden?« Nicks Blick war fest auf den älteren Mann gerichtet.

»Ich bin mir nicht sicher.« Ben schüttelte den Kopf und erntete dafür ein Knurren von Tobias. Er zuckte bei dem Geräusch zusammen und sah T an, bevor er fortfuhr. »Ich habe Männer, die das Gelände beobachten und noch mehr vor Ort, die auf alles achten, was auch nur im Entferntesten so klingt, als wären sie auf der Jagd. Nach allem, was wir wissen, könnte es Killion sein. Der Bastard ist skrupellos und hinterhältig.«

Bei diesem Namen zuckte ich zusammen und mein Blut gefror.

»Was ich weiß, ist, dass dies nicht länger ein Geschäft ist.« Seine Stimme wurde kälter. »Für diese Männer ist es jetzt etwas Persönliches. Wenn sie Ryth nicht zurückbekommen können, werden sie an ihr ein Exempel statuieren. Sie werden dafür sorgen, dass niemand mehr versucht, sich das zu nehmen, was ihrer Meinung nach ihnen gehört.«

»Ich bringe sie um, bevor sie in ihre Nähe kommen.« Tobias' Worte enthielten keine Emotionen. Aber ich kannte die Wut, die unter der Oberfläche brannte, und alle anderen im Raum auch.

»Du hast gesagt, Ryths Vater arbeitet für dich.« Nick versuchte, einen Sinn in dem Wirrwarr zu finden. »Alle Informationen, die wir gefunden haben, besagen, dass er eine Ladung Drogen gestohlen hat.«

»Lügen.«

Ich zuckte zusammen und mein Herz klopfte wie wild, als Ben meinen Blick erwiderte. »Ja, dein Vater hat für mich gearbeitet, und das schon seit Jahren. Er war verdammt loyal und ich betrachte ihn als einen meiner engsten Freunde. Das müsst ihr verstehen ... *ihr alle.*« Er klang fast verzweifelt. »Er hat mich nämlich nicht bestohlen. Nicht einen verdammten Dollar, nicht ein Gramm Kokain. An dem Wochenende, als er in den Süden gefahren ist, hat er nicht für mich gearbeitet.«

Ich versteifte mich, als ein Phantomschmerz in meine Wange fuhr, die noch immer von dem Abdruck einer Hand brannte. »Also ist alles, was meine Mom mir erzählt hat ...«

»Gelogen.« Bens Blick war fest auf mich gerichtet.

»Und jedes Mal, wenn ich einen von deinen Männern an unserem Haus vorbeifahren habe sehen?«, flüsterte ich, als sich die Puzzleteile langsam zusammenfügten.

Bens Stimme wurde leiser. »Und in der Schule. Wir haben versucht, auf dich aufzupassen, damit du in Sicherheit bist ... bis deine Mom ...«

»Unser Haus niedergebrannt hat«, antwortete ich, als ich die Wahrheit endlich verstand.

Er antwortete nicht, weil er es nicht musste.

»In was war ihr Vater verwickelt?«, erkundigte Caleb sich.

»Ich weiß es nicht. Er hat sich um private Angelegenheiten gekümmert.« Ben wandte den Blick ab. »Dinge, die er mir nicht anvertraut hat.«

»Willst du damit sagen, dass er für jemand anderen gearbeitet hat?« Caleb versuchte, zwischen den Zeilen zu lesen.

»Er hat für oder mit jemandem gearbeitet.«

»Für wen?«, fragte Nick.

Ben schüttelte nur den Kopf. »Ich weiß es nicht.«

»Mr. King«, flüsterte Caleb und starrte ins Leere.

Aber allein der Name ließ Benjamin Rossi zusammenzucken und die Stirn runzeln. »Was hast du gesagt?«

Es gab eine Sekunde, in der Caleb versuchte, nachzudenken. »In der Nacht, als er mir das Leben gerettet hat, rief er diese Bastarde vom Orden an und nannte einen Namen ... *Mr. King.*

Er sagte: ›*Ich werde das FBI und die CIA bis morgen früh vor deiner Tür haben, noch bevor Mr. King dich erreichen kann.*‹«

Caleb konzentrierte sich auf Ben, so wie wir alle.

»Wer zum Teufel ist King?«, fragte Nick.

Ben schüttelte langsam den Kopf. »Ich weiß nicht …«

»Blödsinn«, knurrte Tobias. »Du weißt es, verdammt.«

»Nein.« Ben schüttelte erneut den Kopf. »Keiner weiß es. Ich kenne den Namen … und ich bin so vernünftig, mich fernzuhalten. Wenn ihr schlau seid, werdet ihr das auch tun.«

Tobias stürmte vorwärts und starrte Rossi an. »Das ist nicht leicht für uns, weißt du?«

»Wer auch immer er ist, er ist derjenige, vor dem sie Angst haben«, sagte ich langsam. »Er hat meinen Vater da reingebracht, um mich zu retten, damit er ihn rausholen kann, richtig?«

»Es ist ein gefährliches Spiel, das dein Vater jetzt spielt«, antwortete Ben vorsichtig. »Aber ich würde sagen, ja, wenn King ihn da reingebracht hat, dann kann er ihn auch wieder rausholen.«

»Dann kann er an Hale herankommen«, fügte Nick hinzu.

»Wenn mein Sohn ihn nicht vorher umbringt.«

»Was?« Tobias schielte zu ihm hinüber.

Rossi starrte ihn an. »Das versuche ich euch ja schon die ganze Zeit zu sagen: Der Grund, warum ich weg war und nicht früher helfen konnte, ist, dass Lazarus sich Hals über Kopf in Katerina VanHalen verliebt zu haben scheint.«

Nick wurde blass. »Hales Verlobte?«

»Ja.«

Nick zuckte zusammen. »Scheiße.«

Schweigen erfüllte den Raum, während wir versuchten, alles zusammenzufügen. »Hale und dieser Mr. King befinden sich also im Krieg, mein Vater wurde irgendwie in diesen Schlamassel hineingezogen ... und ich bin ...«, flüsterte ich. »Der Grund für all das.«

»Du bist ein Teil des Puzzles«, antwortete Ben. »Ein sehr wichtiges Teil.«

»Wovon?« Ich musste es verstehen.

»Das weiß nur dein Vater«, murmelte Ben.

»Und deine Mom«, fügte Tobias hinzu und begegnete meinem Blick. »Sie weiß es, verdammt.«

Ben nickte. »Wir suchen nach ihr. Glaub mir, sobald wir sie finden, wirst du es als Erste erfahren.«

»Im Moment brauchen wir einen sicheren Ort und Schutz.« Nick strich sich mit der Hand durch die Haare.

Ben drehte sich um, ging zu seinem Schreibtisch, schnappte sich einen Schlüsselbund von einem Stapel Papier und warf ihn durch die Luft. »Damit kommt ihr an einen sicheren Ort, und drinnen werdet ihr den Schutz finden, den ihr braucht.« Der Mafiaboss begegnete meinem Blick. »Ich werde deinen Vater rausholen, Ryth, vertrau mir, und ich werde deine Mom finden. Wir werden der Sache auf den Grund gehen. Wir werden dich beschützen.«

»Nein.« Tobias schüttelte den Kopf. »Das werden wir tun. Du bringst uns hier raus ... und wir kümmern uns um unsere Stiefschwester.«

»Abgemacht«, nickte Ben und schnappte sich einen weiteren Schlüsselbund. »Etwas Stabileres und Schnelleres, neue Handys, Klamotten und Geld sind in einer Tasche. Behaltet eure Handys bei euch. Ich rufe an, sobald ich etwas weiß ... und Jungs.« Ben war todernst. »Bleibt verdammt nochmal am Leben.«

»Wir werden unser Bestes tun.« Nick warf einen Blick in unsere Richtung. »Das kannst du uns glauben.«

FÜNFUNDZWANZIG

Nick

Ich hob die Fernbedienung und drückte den Knopf.
Die Scheinwerfer leuchteten auf ein riesiges schwarzes
Ungetüm, das drei Plätze von dem Auto entfernt parkte, in dem
wir gefahren waren. Ich nahm es kaum wahr, denn meine
Gedanken waren noch immer gefangen von den Dingen, die
Ben Rossi uns verraten hatte. Die Geheimnisse. Die Lügen ...
und vor allem der verdammte Verrat.

Wie zum Teufel sollten wir da rauskommen?

Wir waren alle still, als wir zum Auto gingen, jeder hin- und
hergerissen zwischen den Gründen, warum Jack Castlemaine
mit jemandem wie King zu tun hatte ... und was das mit Ryth zu
tun hatte.

Aber all das war nicht wirklich wichtig. Meine einzige Priorität
war es, uns am Leben zu erhalten, bis wir von hier
verschwinden konnten. In dem Moment, in dem ich den
Kofferraum öffnete und das Chaos darin betrachtete, wurde mir
bewusst, dass dies eine von uns mehr betraf als die anderen. Ich
drehte meinen Kopf, als Ryth die Hintertür öffnete und

einstieg. Sie schnappte sich die Verbandspäckchen und die verdammten Antibiotika, dann richtete sie sich auf.

Ihre verdammten Knie wackelten, sodass sie sich an der Tür abstützen musste und dann einen panischen Blick in meine Richtung warf. Ich wandte den Blick ab und kämpfte gegen den Drang an, sie in meine verdammten Arme zu ziehen. Sie starrte in meine Richtung, dann richtete sie sich auf und dachte, ich hätte nicht gesehen, wie sie herumfuchtelte.

Aber das hatte ich …

Und das gefiel mir kein bisschen.

»Warte … du sagst ja gar nichts«, murmelte T und warf mir einen Blick zu. Mit einem Kopfschütteln in Richtung des riesigen Geländewagens fügte er hinzu: »Sag mir nicht, dass du nicht beeindruckt bist.«

Ryth wurde bei dieser Bemerkung hellhörig und warf einen Blick in meine Richtung, als ich die in den Kofferraum geworfene Kleidung zusammenpackte. »Solange wir damit sicher sind, ist es mir scheißegal, was ich fahre.«

Ich schritt auf das Auto zu. »Rebel, komm, Mädchen.«

Die Kleine rannte hinter mir her, als ich die Hintertür aufriss, die Klamotten auf den Boden warf und einen Blick auf den prall gefüllten Rucksack warf, in dem sich vermutlich Geld, Waffen und neue Handys befanden. Stattdessen bückte ich mich, packte unser Mädchen und hob sie hoch. »Du musst auf Ryth aufpassen, okay?«, murmelte ich in das Ohr der Hündin und gab ihr einen Klaps auf den Kopf. »Sie braucht dich.«

Dann drehte ich mich um und erstarrte, als ich etwas sah, von dem ich nie gedacht hätte, dass ich es jemals erleben würde. Tobias streckte seine Hand aus, um die Hand dieser Frau zu ergreifen, als wäre es die natürlichste Sache der Welt. Ryth ließ ihn gewähren und blickte erst zu Caleb und dann zu mir.

Sehnsucht überflutete mich, Sehnsucht, Angst und Verzweiflung. Ich musste einen Ausweg für uns finden, koste es, was es wolle. Ich trat zurück, nahm ihr die Verbände und Tablettenflaschen aus der Hand und half ihr in den Geländewagen. Tobias stieg auf den Beifahrersitz und überließ Caleb den Platz neben Ryth auf der Rückbank.

»Die Adresse ist da«, rief Tobias von vorne, »außerdem neue Handys und etwas Bargeld.«

Caleb öffnete den Rucksack zwischen den beiden. »Klamotten, jedenfalls genug, um sich umzuziehen.«

»Gut.« Ich ging zurück zum Auto und musterte die Gegend um uns herum, bevor ich die Waffen aus dem doppelten Boden holte, den Kofferraum schloss und die Schlüssel auf den Fahrersitz warf.

Sobald wir das Gelände verließen, würden wir auf uns allein gestellt sein. Benjamin Rossis Reichweite war begrenzt. Ich war hinter dem Steuer eingestiegen, hatte zwei Pistolen unter meinem Sitz verstaut und die anderen meinen Brüdern übergeben. »Hast du die Adresse?«

Mein Puls hämmerte, als ich das Auto rückwärts fuhr und beobachtete, wie Ben und einer seiner Männer auf uns zukamen. Er nickte, als wir losfuhren, und deutete seinem Mann, das Auto zu nehmen. Wir durften keine Spuren hinterlassen, weder von uns noch von dem Ort, an dem wir waren.

Dieser Gedanke verfolgte mich, als ich das Gelände verließ und zurück in den Strom der Kühltransporter fuhr. Ich schaute in den Rückspiegel, als ich abbog und in die Stadt fuhr. Tobias musterte die Autos im Seitenspiegel, eine Waffe im Griff, die er gegen seinen Oberschenkel presste.

Rebel wimmerte und spürte die Spannung im Auto, als ich durch die ruhigen Seitenstraßen zu der Adresse fuhr, die Ben uns gegeben hatte. Dort gab es gepflegte, üppige Gärten und riesige Häuser, die von der Straße entfernt lagen. Es war grün, so weit das Auge reichte, bis ich um die Ecke bog, den Wagen abbremste und die schwarz-graue, vierstöckige Villa betrachtete, die sich am Ende der Sackgasse abzeichnete.

»Mein Gott«, murmelte Caleb auf dem Rücksitz.

Gott war richtig. Ich fuhr in die Einfahrt und kurbelte das Fenster herunter, als sich das riesige schwarze Metalltor öffnete und zwei Männer mit halbautomatischen Waffen hervortraten. Ich musterte sie, konnte aber keine bekannten Gesichter entdecken und murmelte: »Kennst du diese Typen?«

»Ja«, antwortete Tobias, als sich zu meinem Fenster beugte.

»Briar«, rief T.

Der Typ beugte sich hinunter und begegnete dem Blick meines Bruders, ohne ein Wort zu sagen, dann lenkte er seinen stählernen Blick in meine Richtung und dann auf den Rücksitz. »Tobias«, sagte er langsam. Er war früher bei den Special Forces gewesen, das war leicht zu erkennen, noch bevor ich einen Blick auf seine Tätowierung mit dem Adler und der Weltkugel warf. »Mr. Rossi hat uns gesagt, dass wir mit euch rechnen können. Wir sollen euch beschützen, solange ihr unter seinem Dach seid und so lange ihr es braucht.«

Er begegnete meinem Blick, als er das sagte.

Freundlichkeit war mir scheißegal.

Aber eine Ausbildung … das könnten wir gut gebrauchen.

»Der Parkplatz ist hinten. Den Zugangscode für das Haus findet ihr in den Unterlagen, die Mr. Rossi für euch hinterlassen hat. In jedem Zimmer gibt es Panikknöpfe, die uns sofort alarmieren, wenn etwas passiert. Seid versichert, dass wir niemanden reinlassen, der nicht hierher gehört.«

Ein schweres Ausatmen und ich spürte, wie die Anspannung etwas nachließ.

»Ms. Castlemaine.« Der Bodyguard wandte sich an Ryth. Tobias versteifte sich neben mir und ich bemerkte, wie Caleb seinen Blick von dem Haus zu dem Soldaten schweifen ließ, als er seinen Tonfall milderte. »Ich möchte, dass du weißt, dass ich persönlich an dieser Sache beteiligt bin. Dein Vater ... Dein Vater war ein guter Freund von mir. Er war derjenige, der mich mit Mr. Rossi bekannt gemacht hat und der mir geholfen hat, als ich Hilfe brauchte. Ich werde für deine Sicherheit sorgen.«

T verengte seinen Blick auf den Soldaten. »Danke, Briar«, knurrte er. »Dafür sorgen wir schon.«

Der Soldat nickte ihm zu und ging weg. Ich unterdrückte einen Anflug von Eifersucht, drückte den Knopf für das Fenster und lenkte den Geländewagen hinein.

»Er will dich beschützen«, murmelte T vor sich hin. »Was glaubt er denn, was wir gemacht haben?«

Ich hätte über das Gift in seinem Tonfall gelächelt, wenn ich nicht das verdammte Gift in meiner eigenen Brust spüren würde. Ich warf einen Blick in den Rückspiegel und sah, wie Caleb finster dreinblickte und aus dem Fenster starrte.

»Er war nett«, sagte Ryth leise, als ich den Geländewagen zur Rückseite des Hauses fuhr und parkte. »Ich kenne die Freunde meines Vaters nicht einmal.«

»Und das wird auch so bleiben«, schnauzte Tobias, als er ausstieg, und murmelte: »Wenn ich da ein Wörtchen mitzureden habe.«

Ich sah, wie sie grinste, als Ryth ihre Tür aufstieß und rief: »Rebel, komm schon.«

T war eifersüchtig. Scheiße, wir waren alle eifersüchtig. Der Bodyguard sollte sich lieber auf das Gelände konzentrieren. Ich wollte den Bastard nicht zur Strecke bringen müssen.

Aber ich würde es tun – ich umrundete den Wagen und sah, wie Caleb hinter uns schaute – wir alle taten es.

Tobias näherte sich dem elektronischen Tastenfeld, tippte die Nummer in seiner Hand ein und öffnete die Tür. Er humpelte ein wenig, als er ins Haus ging. Ich schnappte mir alles, was ich konnte, während Caleb den Rest einsammelte und wir ihm folgten.

So beeindruckend das Haus auch von außen aussah, innen war es noch viel beeindruckender. Schwarz und Chrom, mit polierten Betonböden. Ich hörte nur das Tippen von Rebels Krallen, als sie hineinlief.

»Rebel!«, rief Ryth und folgte ihr in die Finsternis.

Aber so schön der Ort auch war, es kümmerte mich nicht. Mein Blick war fest auf die Zukunft gerichtet, auf unsere Zukunft. Ich ging durch den kurzen Flur ins Haus, lud die Sachen aus dem Auto auf den steinernen Küchentresen und musterte die Umgebung.

»Da hinten ist eine Waffenkammer mit beeindruckendem Zeug«, murmelte Tobias und gestikulierte über seine Schulter, während er weiter ins Haus ging.

»Rebel!«, rief Ryth, als sie aus dem Inneren des Hauses kam und warf ihre Hände in die Luft, als sie näher kam. »Ich kann sie nicht kontrollieren.«

Ich zwang mich zu einem Lächeln. »Dann tu es nicht.« Ihr Bauch gab ein lautes Knurren von sich, das sie zusammenzucken ließ. »Hungrig?«

»Ich bin am Verhungern«, antwortete Caleb, als er durch das große Wohnzimmer mit den raumhohen, getönten Glasfenstern ging. »Wie wäre es, wenn ich uns etwas zu essen mache?«

»Ich werde helfen«, bot Ryth an.

Ich ließ die beiden zurück und ging tiefer in das Haus hinein, wo ich einen gläsernen Aufzug neben der breiten Treppe entdeckte. Ich nahm ihn, fuhr in den ersten Stock und bahnte mir langsam einen Weg durch das Haus. Fünf Schlafzimmer, eines mit einem offenen Badezimmer, das wie eine Oase auf Bali aussah, komplett mit Regendusche und einem gepflasterten Boden mit überdimensionalen Pflanzen, und daneben etwas, das wie ein ... Sexraum aussah.

Ich schnaubte, schloss die Tür zum privaten Zufluchtsort des Mafiabosses und ging weiter. Das oberste Stockwerk sah aus, als wäre es für Gäste gedacht, die sich in privaten Luxus zurückziehen wollten. Aber das waren wir nicht.

Das war kein verdammter Urlaub. Hier ging es ums Überleben. Anstatt in die oberen Schlafzimmer zu gehen, kehrte ich in das untere Geschoss zurück, während der Geruch von schmelzender Butter, Zwiebeln und Knoblauch das Treppenhaus hinaufzog. Wir würden in den Schlafzimmern im unteren Stockwerk übernachten. Das Letzte, was wir gebrauchen konnten, war, geweckt zu werden und drei Stockwerke nach unten rennen zu müssen, um von hier zu verschwinden.

Die Schlafzimmertüren waren bereits offen, als Tobias herauskam und sein Hinken etwas deutlicher war. »Hier gibt es zwei Schlafzimmer und Bens Arbeitszimmer.«

»Perfekt«, antwortete ich. Es schien, als wäre ich nicht der Einzige, der über einen Fluchtplan nachdachte.

T warf einen Blick in Richtung Treppe, dann kam er näher und sprach leise. »Wer ist hinter uns her?«

»Jetzt, meinst du?«

Er nickte.

»Ich bin mir noch nicht sicher, ich muss mit Caleb sprechen.«

Tobias runzelte die Stirn. »Warum?«

Ich leckte mir über die Lippen. T war im Moment eine verdammte Granate und das Letzte, was ich jetzt tun wollte, war, den verdammten Stift zu ziehen. »Sagen wir einfach, ich brauche mehr Informationen.«

Mein Bruder stellte sich vor mich und sein finsterer Blick wurde noch finsterer. »Informationen worüber?«

Ich hasste es, den Namen auszusprechen, denn jedes Mal, wenn ich nur an ihn dachte, lief mir ein Schaudern über den Rücken. »Killion.«

T zuckte zusammen, seine Lippen kräuselten sich und in seinen Augen funkelte ein wildes Glitzern.

»Du glaubst, er steckt dahinter? Du glaubst, er ist derjenige, den der Orden geschickt hat?«

»Ich glaube, Ben hat recht. Er hat gutes Geld für etwas bezahlt, das er nicht besitzt.«

»Dieses *Etwas* ist unsere verdammte Schwester.«

»Ich weiß ...« Ich begegnete seinem tödlichen Blick.

Ryth lachte laut auf, als die Geräusche des verdammten Hundes von einer Seite des Hauses zur anderen hallten.

Verdammt, sie klang fast glücklich. Sie hörte sich fast ... normal an.

»Dann reden wir mit Caleb.« Tobias drehte sich zu den Geräuschen um. »Dann planen wir.«

»Dann planen wir«, stimmte ich zu.

Tobias drehte seinen Kopf in Richtung Küche, als Ryth ein leises Stöhnen ausstieß, gefolgt von einem »Das ist so verdammt gut«.

Er humpelte noch stärker, als er sich auf den Weg zurück machte. Das Bild, wie er Ryths Hand hielt, blieb in meinem Kopf hängen. Mein Bruder hatte glücklich ausgesehen, zumindest so glücklich, wie er in dieser beschissenen Situation sein konnte. Ich hatte noch nie erlebt, dass er mit einer Frau auf ein zweites Date gegangen war, geschweige denn ihre verdammte Hand gehalten hatte. Aber hier war er nun ...

Die Stimmen meiner Brüder vermischten sich mit denen von Ryth und hallten im Raum wider. Ich ließ sie diesen kleinen Ausschnitt an Normalität genießen und konzentrierte mich stattdessen auf Bens Arbeitszimmer. Im Gehen holte ich das neue Handy aus meiner Tasche und tippte eine Nachricht an den Mafiaboss.

Ich brauche einen PC, kann ich deinen benutzen?

Dann drückte ich auf »Senden« und ließ das Handy in meine Tasche gleiten, während ich die Tür zum Arbeitszimmer öffnete und in den schummrigen Raum trat.

Rossi: Das habe ich mir schon gedacht. Im Arbeitszimmer steht ein neues MacBook, das Internet-Passwort und andere Details stehen obendrauf. Sag mir Bescheid, wenn du noch etwas brauchst.

Der verdammte Stidda-Mafiaboss hatte an alles gedacht. Ich machte mich auf den Weg zum Bücherregal und fand dort den neuen Laptop, der zusammen mit allen Passwörtern, die ich brauchen würde, auf mich wartete. Lachen drang durch die offene Tür zu mir, als ich mich daran machte, den Laptop einzurichten und mich bei meinen Konten anzumelden.

Das vertraute Licht blendete mich, als ich sichere Portale öffnete und mich in alle Krypto-Konten, die ich hatte, sowie in meine elektronische Geldbörse einarbeitete. Während die fröhlichen Klänge meiner Familie in meiner Brust dröhnten, machte ich mich an die Arbeit und löste alle Vermögenswerte auf, die ich je besessen hatte …

Um uns einen Ausweg aus dieser Situation zu verschaffen.

Es fühlte sich nur nach Sekunden an, als das leise Poltern von nackten Füßen meine Aufmerksamkeit auf die Tür lenkte. Ryth kam mit einem Lächeln herein und trug einen Teller. »Ich habe bei der Verkostung geholfen, aber das war's dann auch schon. Caleb ist ein viel besserer Koch als ich.«

Ich drehte mich um, als sie näher kam, nahm den Teller und umarmte sie, obwohl ich schon seit vier Stunden keinen Hunger mehr hatte. »Sei nicht traurig, Caleb ist ein viel besserer Koch als wir alle. Hast du gegessen?«

»Ein bisschen.«

»Gut.« Ich lächelte, als sie sich herunterbeugte und mich küsste.

Ich wollte mehr, viel mehr. Aber sie musste essen und ich musste arbeiten. So sehr ich es auch hasste, ich unterbrach die Verbindung mit einem sanften Klaps auf ihren Hintern. »Geh essen und lass mich arbeiten.«

Sie lächelte und ging, blieb aber vor der Tür stehen und murmelte. »Ich liebe dich.«

Gott ...

Mein Puls pochte, als ich die Frau anstarrte, die unsere Herzen gestohlen hatte. »Ich liebe dich auch, Prinzessin.«

Sie schenkte mir das perfekteste Lächeln, bevor sie sich umdrehte und wegging. Ich hielt an diesem Lächeln fest und nutzte es als Ansporn, während meine Finger über die Tastatur flogen. Es hatte Jahre gedauert, bis ich so viel Vermögen angehäuft hatte, Jahre, in denen ich den Kryptomarkt beobachtet, gekauft und wieder verkauft hatte. Jahrelang hatte ich beobachtet, gejagt und rücksichtslos gehandelt, und nun war ich dabei, all das in einer einzigen Nacht zu zerstören.

Ich öffnete die gesicherten Nachrichten und tippte eine E-Mail an meinen Börsenmakler und an einen jungen Immobilienmakler, der seit zwölf Monaten hinter dem Wohnkomplex her war. Ich will verkaufen ... heute Abend.

Als ich mich zurücklehnte und tief durchatmete, wurde mir bewusst, dass ich das Essen vergessen hatte, das Ryth mir gebracht hatte. Das Essen war schon lange kalt. Trotzdem aß ich und machte mich dann wieder an die Arbeit, bis meine Finger schmerzten und ein heftiges Pochen in meinem Schädel auftrat.

Als ich vom Bildschirm aufblickte, war es draußen dunkel. Die Schatten hingen nicht mehr in den Ecken, sondern nahmen den ganzen Raum ein, und von der Tür her kam Stille. Ich schluckte einen Anflug von Verärgerung hinunter und hasste es, dass ich die Zeit mit ihr verloren hatte, aber das hier war wichtig. Ich nahm mir ein Glas Scotch aus Bens Schrank und kehrte zum Bildschirm zurück, wo ich beobachtete, wie der Markt leicht anstieg, bevor ich auf Verkaufen drückte.

Verkaufen ...

Alles verkaufen ...

Alles, was ich besaß.

Alles, was ich verdammt noch mal besaß.

Ich loggte mich wieder in die Nachrichten ein und fand eine von dem Immobilienjäger, der sich anhörte, als würde er über seine Finger stolpern, als er tippte. *Nenne deinen Preis.* So weit waren wir jetzt, so lange hatte er es auf mich abgesehen gehabt. Wir waren weit über Nettigkeiten und Wünsche hinaus, also gab ich eine Zahl ein, die unverschämt und dreimal so hoch war, wie das Haus wert war …

Aber es gab Potenzial.

Das Potenzial, wegen dem ich die Immobilie überhaupt erst gekauft hatte.

Eine Immobilie, von der ich gedacht hatte, dass ich sie irgendwann mit meiner Frau besitzen würde.

Gedanken an Natalie drängten sich auf, aber keiner von ihnen war gut. Sie konnten nicht einmal mit dem verglichen werden, was ich mit meiner verdammten Schwester erlebt hatte.

Piep.

Ich warf einen Blick auf die Antwort. *Verkauft. Ich werde die Verträge morgen früh aufsetzen lassen. Ich hätte gesagt, es war mir ein Vergnügen, Nick, aber ich habe gerade viel Geld dafür bezahlt. Ich bezweifle, dass ich einen verdammten Monat lang richtig schlafen können werde.*

Meine Mundwinkel zuckten, als ich mich abmeldete. »Ja, das hast du«, murmelte ich. »Und ich weiß das Geld zu schätzen, glaub mir.«

Etwas bewegte sich an der Tür. Sie bewegte sich wie die verdammten Schatten, diese Frau, als sie langsam eintrat, bekleidet mit meinem alten Kapuzenpulli, unter dem ihre nackten Beine hervorlugten. *Mein Gott, sie brachte mich aus dem Konzept.* Ich warf einen Blick auf die Uhr, es war fast Mitternacht, die anderen waren bestimmt schon längst im Bett.

»Kannst du nicht schlafen?«

Sie schüttelte den Kopf.

Ich schob den Stuhl zurück. Ich hatte heute Nacht alles getan, was ich konnte. Ich hatte alles verkauft ... jetzt musste ich nur noch auf das Geld warten, das wir brauchten. Geld, das uns eine Zukunft kaufen würde ... *mit ihr.*

Ich öffnete meine Arme, als sie den Schreibtisch umrundete und zwischen meine Schenkel trat. Sie warf einen Blick auf die Zahlen, die auf dem Bildschirm liefen. »Entschuldige, wenn ich dich unterbrochen habe.«

Das Donnern in meiner Brust wurde nur noch lauter. »Prinzessin.« Ich senkte meinen Blick auf meine verdammten Klamotten, die ihren perfekten Körper bedeckten. »Du kannst mich jederzeit unterbrechen, vor allem, wenn du so aussiehst.« Sie schenkte mir ein kleines Lächeln, als ich meine Arme um ihre Taille schlang und sie auf die Kante des Schreibtisches setzte, dann schob ich den Laptop nach hinten. »Unsere Brüder?«

»Schlafen.« Sie schüttelte den Kopf. »Caleb in einem der Schlafzimmer und T auf dem Sofa. Ich habe eine Decke über ihn gelegt und ein Kissen unter seinen Kopf gesteckt. Sobald sie gegessen hatten, waren sie praktisch weggetreten.«

»Klar.« Ich lächelte und schüttelte den Kopf, während ich mit meiner Hand an ihrem nackten Oberschenkel und unter dem Saum des Hoodies entlangfuhr. »Ich mag es, wenn du meine Sachen trägst.«

»Wirklich?«

Das pochende Gefühl in meiner Brust schwoll an. »Ja, Baby. Das tue ich.« Ich konzentrierte mich darauf, wie sie sich anfühlte, und das Verlangen in mir kam an die Oberfläche. Wenn sie nur wüsste, wie sehr ich sie liebe …

Wenn sie nur wüsste …

Sie berührte meinen Kiefer und ihre Fingernägel streiften meine Bartstoppeln, während sie meinen Blick erwiderte. Im flackernden Licht des Laptops begegnete ich ihren Augen. Ihr Anblick war fesselnd und traf mich tief in der Brust, und mein Körper reagierte sofort. So hatte ich mich noch nie gefühlt, noch nie so … verdammt wild.

Ich schob meine Hand zwischen ihre Knie und spreizte ihre Schenkel. »Meine Brüder waren ein bisschen grob«, murmelte ich und suchte in ihren Augen nach der Wahrheit, als ich sie fragte. »Ist deine Muschi wund?«

Sie begann, den Kopf zu schütteln, hielt dann aber inne. »Ein bisschen.«

Ich nickte und küsste ihre Wärme. »Dann lass es mich besser machen.«

Ihre Finger spreizten sich auf meinem Hinterkopf. Ich küsste ihre Haut und schob den Saum meines Hoodies nach oben, als sie ihre Schenkel spreizte. Das gleiche Verlangen, das mich vor all den Monaten erfüllt hatte, kam wieder hoch. Wir waren wieder im Mustang, einen Tag nachdem unsere Eltern ihre Verlobung bekannt gegeben hatten, und saßen im Park... und das gleiche Verlangen war immer noch zwischen uns zu spüren. »Zeig es mir, Prinzessin.« Dieselben Worte fielen, als ich meinen Blick zu ihr hob. »Zeig es mir.«

Sie holte tief Luft und spreizte dann ihre Beine für mich, während sie meinen Blick fixierte.

Meine Kehle schnürte sich zu, ich war wie erstarrt vor Emotionen. Dieser ... Ausrutscher von einer Frau weckte meine Gefühle. Verdammt, sie löste so viele Gefühle in mir aus.

Mehr als ich wollte.

Und doch war sie hier ...

Ich war derjenige, der den Blick unterbrach, meine Stimme heiser. »Ich werde einen Ausweg finden, Prinzessin. Ich werde einen Weg finden.«

Sie antwortete augenblicklich. »Ich weiß, dass du das wirst.«

Es lag so viel Vertrauen in ihrer Stimme, pure Überzeugung. Dadurch wurde der stechende Schmerz in meiner Brust nur noch tiefer. Sie liebte mich ... sie liebte uns alle. Ich senkte meinen Blick auf den Gummizug ihres Höschens und schob meinen Finger darunter.

Die Liebe ...

Sie verzehrte mich, als ich ihr Höschen beiseite zog und ihren Schlitz küsste. Ich wollte mehr tun, als sie zu ficken. Ich wollte sie schmecken, genießen und verschlingen. Aber als ihre Hand meinen Hinterkopf umfasste, wurde mir bewusst, dass das nicht funktionieren würde. Ich wollte mehr. Ich griff in den Bund ihres Höschens und zog es nach unten. »Hoch mit dir, Prinzessin.«

Sie stützte sich mit den Händen an der Schreibtischkante ab, bevor sich ihr Hintern so weit hob, dass ich sie ausziehen konnte. Ich ließ die Spitze auf den Schreibtisch fallen und wollte sie betrachten und spreizte ihre Knie.

Rosa wartete zwischen ihren Schenkeln. Ihr Körper zitterte unter meiner Berührung, was mich dazu brachte, ihren Blick zu suchen. War sie nervös ... *ängstlich?* Bebte ihr Körper so wie meiner? »Ist das in Ordnung?«

Sie nickte, als ich meine Daumen über ihre Schamlippen gleiten ließ, sie sanft zusammendrückte und bis ganz nach oben strich. Ich stieß nicht hinein, wandte den Blick nicht ab, sondern glitt wieder nach unten, glitt über ihren Schlitz und bewegte mich dann wieder nach oben. Immer wieder, ohne ihre Schamlippen zu spalten, und jedes Mal, wenn ich mich ihrem Kitzler näherte, ließ ich den Druck ein wenig nach und beobachtete, wie sich die Funken der Nervosität in ihrem Blick in etwas Hungrigeres verwandelten.

Sie wackelte ein wenig mit ihrem Hintern.

Ich konzentrierte mich auf die Bewegung der schwieligen Daumen. Meine Hände waren nicht dazu bestimmt, etwas so verdammt Perfektes, so … *Reines* zu berühren. »Ich wollte dich noch nie so sehr ficken wie jetzt.«

Ihr Körper schwankte, als ich meine Berührungen auf beiden Seiten ihrer Klitoris stoppte und sie massierte. Ein leises, kehliges Stöhnen entwich ihr und ihre Finger zitterten, als sie nach etwas griff, an dem sie sich festhalten konnte.

»Du kannst an mir festhalten«, murmelte ich, senkte meinen Kopf und leckte über ihren Schlitz. Sie wimmerte, als ich mit meinen Daumen über ihre Haut glitt und um den empfindlichen Bereich ihrer Klitoris tanzte. Verdammt, sie war feucht … und *glitzerte* im verdammten Licht.

Und als die Zahlen auf dem Bildschirm aufblitzten, die den Verkauf meines millionenschweren Besitzes anzeigten, beugte ich meinen Kopf, um sie erneut zu lecken. »Mein«, flüsterte ich, bevor ich ihre Schamlippen teilte und meine Zunge in ihr Inneres trieb. *Mein.*

Ihr Körper bäumte sich auf und ihre Hand drückte mein Gesicht noch fester gegen sie. Ich griff nach oben, packte ihren weichen Hintern und zog sie nach vorne, bis sie unsicher auf der Tischkante balancierte. »Leg dich zurück, Prinzessin«, forderte ich.

Der Aufprall ihrer Ellbogen auf dem Schreibtisch folgte. Ich spreizte sie auf dem Schreibtisch des Mafiabosses und leckte auf, was ich angerichtet hatte.

»Oh, Gott.« Sie hob ihr Bein, beugte ihr Knie und öffnete sich weit für mich.

Ich packte ihren Arsch und leckte ihre süße Muschi von ihrer Ritze bis zu ihrer Klitoris, dann saugte ich das winzige Nervenbündel in meinen Mund und spürte, wie ihr Körper pulsierte. »So ist es richtig, Prinzessin«, murmelte ich und löste eine Hand, um zwei Finger in sie hineinzuschieben.

Sie zuckte und bebte. Ich konnte den Blick nicht abwenden, als sie sich unter meiner Berührung auflöste.

Das war mehr als Sex.

Mehr als Lust.

Mehr als Liebe ...

Denn es gab nicht die richtigen Worte, um das zu beschreiben.

Ihre Muschi verkrampfte sich um meine Finger, während cremige Liebe aus ihr floss.

»Verdammt, bist du schön«, flüsterte ich und sah zu, wie meine Schwester kam. »So verdammt perfekt.«

Sie stöhnte und ihre Hand bewegte sich, um meine zu umschließen, obwohl meine Finger noch immer in ihr steckten. Während ich sie beobachtete, wurde mir bewusst, dass ich von einer Welle des Schreckens überrollt wurde, die so brutal war, dass sie mir die Luft aus den Lungen raubte. Ich zog meine Finger heraus, ballte meine Faust und hielt mich an ihrem Verlangen fest, so gut ich konnte.

Sie schien zu spüren, dass etwas nicht stimmte. Ihr Kopf hob sich vom Schreibtisch und ihre graublauen Augen sahen mich im Halbdunkel an. »Was ist los?«

Ich konnte die Worte nicht aussprechen, fand keinen Ausweg aus der Qual, die meine Brust umklammerte. Sie richtete sich auf. Die Angst in ihren Augen war lebendig, echt und hungrig. »Nick?«

Ich wandte den Blick von dem Schimmern auf ihrem Oberschenkel ab. »Eines Tages wirst du mehr wollen«, begann ich. »Du wirst einen Ehemann und eine Familie wollen. Du wirst mehr wollen, als wir dir geben können.« Verdammt, die Worte fühlten sich an wie Säure, die mir in der Kehle brannte. »Wenn es so weit ist, werden wir gehen. Darauf hast du mein Wort.«

Wir werden gehen …

Wir werden gehen.

Wir werden …

»Was zum Teufel hast du gesagt?« Sie richtete sich auf, ihre Stimme war schwach, heftig und zittrig zugleich.

Ich zwang mich, ihr in die unschuldigen Augen zu sehen. »Ryth, wir sind deine …«

»Familie«, erklärte sie eindringlich. »Liebhaber. Brüder. Du gehörst *mir*.« Der Saum meines Hoodies fiel herunter, als sie mein Kinn umfasste. »Für mich gibt es keinen Ausweg, hast du das noch nicht verstanden?«

Das leise Schluchzen war ein Reflex, ebenso wie das leichte Kopfschütteln von mir. »Du bist jung …«

»Und du bist dumm, wenn du nicht merkst, dass ich mich in dich verliebt habe. Nick. Ich habe mich in alle drei von euch verliebt. Ich will weder heiraten noch Kinder haben. Aber wenn ich Kinder haben wollte ... und du auch ... dann ... dann würden wir das gemeinsam erkunden.«

Kinder?

Eine Familie?

Getrocknete, blutige Schlieren auf dem Boden drängten sich meinem Verstand auf. Nicht wie die, die wir mit unserem eigenen Vater hatten. Eine echte Familie, die nicht auf Lügen und Verrat aufgebaut war, sondern auf Liebe.

Auf dem, was wir hatten ...

Auch wenn es verboten war.

»Hast du das verstanden?«, flüsterte sie.

Ich nickte. »Ich habe es verstanden.«

»Gut. Ich will das nie wieder hören und werde jetzt so tun, als hätte ich es nicht gehört. Ich würde jetzt sofort auf dir reiten, wenn ich sicher wäre, dass meine Beine mein Gewicht tragen könnten.«

Ein Lächeln zerrte an meinen Mundwinkeln. »Das ist nur fair«, antwortete ich. »Du stiehlst meinen Hoodie und ich nehme dir die Fähigkeit zu laufen ... zumindest für eine Weile.«

Sie lächelte und kicherte, als sie ihre Arme hob. »Dann trägst du mich wohl besser ins Bett.«

Ich erhob mich vom Stuhl, klappte den Laptop zu und griff nach ihr. »Was immer du willst, Prinzessin ... was immer du willst.«

SECHSUNDZWANZIG

Vivienne

TOCHTER ...

Das Wort holte mich an die Oberfläche. Höher und höher stieg ich, bis die Panik einsetzte und ich mich genau erinnerte, wo ich war. Ich riss die Augen auf, blinzelte, bis die Unschärfe verschwand und richtete meinen Blick auf das winzige blinkende rote Licht des elektronischen Schlosses.

Die Tochter ...

Ich stemmte mich nach oben und musterte den Raum, als das eindringliche Wort immer wieder auftauchte.

Tochter.

Nicht seine Tochter. Ich versuchte, die losen Fäden meines Gedächtnisses, das immer noch zwischen der wachen Welt und meinen Träumen hin- und hergerissen war, zu ordnen. Nein, sie hatten nicht *seine* Tochter gesagt, aber sie hatten mich so genannt und ich verstand nicht, warum. Ich schob das plüschige Bettzeug zur Seite, stand auf und schlang die Arme um meinen Körper, während ich fröstelte. Es war kalt heute Morgen. Ein

Blick in die sanfte Morgensonne und mir wurde bewusst, dass es früh war ...

Zu früh für *ihn*.

Die Gedanken an die letzte Nacht drängten sich mir auf, zuerst panisch. Warum zum Teufel war ich da runtergegangen? Was hatte ich denn zu finden gehofft? Nichts, was mich retten könnte ... das war sicher. Weder vor dieser Hölle, noch vor dem Orden.

Ich ging ins Bad, schaute zu den Kameras hoch, hasste das panische Gefühl, dass er mich beobachtete, und zog mir das blassrosa Nachtkleid über den Kopf. Verräterin.

Ich zuckte zusammen, warf das Kleidungsstück auf den Boden und schlang die Arme um meine Brüste, bevor ich unter die Dusche stieg. Ich trug jetzt seine Kleidung. Ich benutzte sein Make-up. Ich tat, was er mir sagte, auch wenn das schreiende Ding in mir strampelte und heulte.

Es spielte keine Rolle.

Nichts davon spielte eine Rolle.

Als ich den Wasserhahn betätigte, stieg augenblicklich Dampf auf und füllte die Duschkabine, sodass ich meine Hände fallen lassen und mich umdrehen konnte. Als ich meinen Blick hob, erlosch das blinkende Licht der Kamera und wurde vom Nebel auf dem Glas verschluckt. Ich neigte meinen Kopf nach hinten und starrte die schimmernde Unschärfe an, bis ich schließlich die Augen schloss.

Ich wusch, shampoonierte und pflegte meine Haare. Jede Strähne roch so, wie er es wollte. Wie er es verlangte. Wie er es kontrollierte.

Ich *musste* von hier verschwinden.

Das Bedürfnis pochte.

Ich musste einen Weg finden, die Kontrolle wiederzuerlangen, denn wenn ich das nicht tat, würde ich mich für immer verlieren. Der Gedanke daran war erschreckend. Ich drehte mich um und drehte den Wasserhahn zu, um den Strahl zu stoppen. Der Dampf blieb warm und feucht, als ich tief einatmete, die Duschkabine öffnete und hinausging.

Nur war ich nicht allein …

Er stand da.

Die Arme verschränkt.

Seine dunklen Augen waren starr.

In seinem Blick brannte Bosheit.

Das ließ mich erschaudern.

London sagte kein Wort, als er ein dickes weißes Handtuch von dem Stapel nahm und auf mich zuschritt. Die Angst nagelte mich auf der Stelle fest, selbst als mein Herz hämmerte und meine Knie weich wurden.

»Was du letzte Nacht getan hast, war leichtsinnig«, begann er und zog das Handtuch über meine Schultern. »Aber ich kann verstehen, warum du es getan hast. Es war eine Fehleinschätzung deinerseits. Ein Überbleibsel aus deiner Zeit im Orden, als du dich an deine neue Umgebung gewöhnt hast. Als du dich an deinen Platz gewöhnt hast.«

Deinen Platz.

Dieser boshafte Ton traf mich.

»Hebe deine Arme«, befahl er.

Meine Hände hoben sich zitternd in die Luft und überließen es ihm, die Wasserperlen abzuwischen, die an den Seiten meiner Brüste herunterliefen. Er schob mein langes Haar zur Seite. Ich hasste es, wie mein Verstand die Kontrolle übernahm, wie er mir das Gefühl gab, jung, schwach, ängstlich und verletzlich zu sein.

»Also werde ich über deinen Fehler hinwegsehen.« Er strich mit dem Handtuch über meinen Rücken und meinen Hintern und verweilte dort. Meine Sinne standen in Flammen und verfolgten seinen lähmenden Blick, während er meinen Körper musterte.

Er kann mich nicht anfassen ...

Er kann mich nicht ficken ...

Er kann mir nicht wehtun ...

Aufprall.

Das Handtuch fiel zu meinen Füßen auf den Boden. Ich starrte an die Wand, als er sich bewegte, nach einer Flasche teurer Bodylotion auf dem Tresen griff und den Deckel öffnete. »Sonst könnte ich annehmen, dass du etwas Nachhilfe brauchst, Vivienne.« Er spritzte die cremig-weiße Lotion in seine Handfläche und wandte sich mir wieder zu. »Dass dieses temperamentvolle Verlangen in dir eine ... härtere Hand braucht.«

Ich schloss die Augen, als seine Berührung an der Unterseite meines Arms entlang wanderte.

»Tiefer.«

Meine Kehle schnürte sich zu und Abscheu brannte in mir, als er die Creme auf meinem Bauch verteilte. Ich wusste sofort, wohin das führen würde. Seine Hand umfasste meine Brust, während sein Daumen über meine Brustwarze strich.

Er wandte den Blick nicht ab.

Denn das gefiel ihm.

Die Erniedrigung.

Der Schmerz.

Er senkte seinen Blick, als er noch einmal über meine Brustwarze strich. Sie versteifte sich. Erregung glitzerte in seinem ekelhaften Blick. »Ich muss mir deine Beine vornehmen«, befahl er, und seine Stimme verriet nichts von den Gefühlen, die in seinen Augen wüteten. Die verbarg er vor mir. »Jetzt.«

Er verbarg alles vor mir.

Jetzt.

Genau wie er es gestern Abend getan hatte.

Wie er es schon einmal getan hatte.

Jedes Mal, wenn er in meiner Nähe war, war es, als würde er gegen etwas ankämpfen, mich wegstoßen und doch zurückziehen, den Gedanken an mich nicht ertragen und doch *... doch ... doch sehnte er sich nach mir.* Dieser Gedanke durchbohrte meinen Verstand wie ein Dorn, als er zur Seite trat und seinen Kopf in Richtung Bett neigte. Ich sah es jetzt, sah hinter die Kontrolle und die Grausamkeit. Ich sah diesen Mann, den heißblütigen Mann, der in mein Zimmer eingedrungen war. Als ich ins Schlafzimmer trat, fand ich meine Kleidung ordentlich auf dem Bett ausgebreitet.

Der Mann, der mir jeden Morgen meine Kleidung zurechtlegte und der bestimmte, was ich im Bett trug.

Der mir zu Hilfe gekommen war, als ich von den beiden Männern, die er Söhne nannte, aus meinem Zimmer gelockt worden war.

Der mich aus dem Orden entführt hatte ...

Und sie gezwungen hatte, mich ihm zu übergeben.

»Setz dich.«

Ich drehte mich um, tat wie mir geheißen und ließ mich auf das Bett sinken. Er schaute nicht in meine Richtung, sondern konzentrierte sich auf seine Aufgabe, jetzt, wo ich gefügig und sanftmütig war.

Ich war gefügig ... und sanftmütig.

Er setzte sich auf die Seite des Bettes und klopfte sich auf den Oberschenkel. »Dein Fuß.«

Ich erstarrte und mein Herzschlag pochte in meinen Ohren, als ich flüsterte: »Nein.«

Sein Blick wanderte zu meinem, der Glanz war wild und unerbittlich. »Nein?«

»Nein.«

Es herrschte eine Sekunde lang eisige Stille, bevor sein Augenwinkel zuckte. Dann stürzte er sich augenblicklich auf mich, packte mich an der Kehle und warf mich zurück in die Kissen. »NEIN?«, brüllte er und sein Blick war voller Wut, als er sich über mich beugte. »Es gibt kein *NEIN* in deinem Wortschatz, wenn du mit mir sprichst, *hast du das verstanden?*«

Ich konnte mich nicht bewegen.

Seine Hand wurde fester und er schüttelte mich. »*HAST DU DAS VERSTANDEN?*«

Nein ...

Nein, ich verstand das alles nicht.

Sein Blick verengte sich, als er mich an das Bett drückte. Seinem Zorn folgten keuchende Atemzüge und die Hitze brannte, als er meine Lippen anstarrte und dann der Griff um meine Kehle nach unten verlagerte. Er lockerte ihn und drückte nicht mehr. »Glaubst du, ich spiele hier verdammte Spielchen?« Er richtete seinen gewalttätigen Blick auf mich. »Du hast keine

Ahnung, was ich alles getan habe, um dich zu bekommen. Keine Ahnung …«

Er hielt inne, runzelte die Stirn und schaute mir auf den Mund, bevor er seinen Kiefer zusammenbiss und sich zurückzog. »Wenn ich dir also sage, dass du deinen verdammten Fuß heben sollst, Vivienne, dann *hebe deinen Fuß*.«

Er ließ sich weiter nach hinten sinken, als er seinen Griff löste. Ich rührte mich nicht und starrte ihn an, als er sich aufrichtete, sich beruhigte und sagte: »Versuchen wir das noch einmal. Dein Fuß.«

Er bückte sich, hob die Flasche mit der Bodylotion vom Boden auf und richtete sich wieder auf.

Wenn er dachte, sein Ausbruch hätte mich erschreckt …

Dann hatte er sich geirrt.

Er irrte sich, weil er mich nicht brechen konnte.

Weil er mich nicht *kannte*.

Weil ich keine Brüder hatte, die mich retten konnten, und keine Mutter, die sich jemals um mich gekümmert hatte.

Weil ich mich hatte … und nur mich.

Als er sich aufrichtete, hob ich meinen Fuß und platzierte meine Ferse auf seinem Oberschenkel. Aber ich erhob mich nicht vom Bett, bedeckte mich nicht und verbarg mich auch sonst nicht. Als er seinen Kopf drehte, hob ich mein anderes Bein, damit er sehen konnte, was er sehen wollte …

»Du willst mich so sehr«, flüsterte ich und griff nach unten, um meine Brust zu umfassen. »Dann nimm mich.«

Er starrte mich mit zusammengebissenem Kiefer an, den Blick auf meine Schenkel geheftet.

»Du weißt, dass ich mich selbst befriedigt habe, als du das letzte Mal gegangen bist«, flüsterte ich. »Weil du zugesehen hast.«

Ich ließ meine Hand über meinen Bauch zu meinem Nabel gleiten und streifte meinen Schamhügel.

»Du willst deinen Schwanz in mir haben. Du willst mich spüren, mich schmecken.«

Er leckte sich über die Lippen.

»Du willst mich mit in deinen Keller nehmen«, drängte ich.

Mit jedem Zucken seines Kiefers.

Mit jeder Sekunde des Schweigens.

Wurde ich stärker.

Mit einem Knurren warf er die Lotion neben mich auf das Bett, stand auf und ging.

Bumm!

Ich zuckte zusammen, als die Tür zuschlug.

Mein Herzschlag klang wie ein Echo.

Panik und Schwere lasteten auf meiner Brust, bis mein Magen sich umdrehte und ich ins Bad rannte ... um mich zu übergeben.

SIEBENUNDZWANZIG

Ryth

Der plötzliche Atemzug weckte mich auf. Eine federleichte Berührung strich über meinen Arm und zog mich höher und höher an die Oberfläche. Wärme drückte gegen meinen Rücken und wurde mit jedem Atemzug härter. Ich öffnete die Augen und fand Nicks große Hand, die nach unten glitt, um meine zu verschlingen. Der Anblick dieser Hände mit ihren langen Fingern erregte mich. Finger, die mich so verdammt gut kannten. Allein ihr Anblick ließ mich erzittern. Die Erinnerung daran brachte mich in Wallung und für eine Sekunde war ich glücklich, die Welt war perfekt und ruhig, bis sich durch die Ritzen meines Geistes ein Flüstern einschlich.

Eines Tages wirst du mehr wollen.

Du wirst einen Ehemann und eine Familie haben wollen.

Wenn diese Zeit kommt.

Wir werden gehen.

Gehen.

Gehen ...

Ich drehte mich um, weil ich hasste, wie sehr diese Worte weh taten, und rollte mich im Käfig seiner Arme um. Seine goldbraunen Augen trafen meine. »Morgen«, murmelte er.

»Morgen«, zwang ich mich zu einem Lächeln, um den Schmerz zu verbergen.

»Gut geschlafen?«

»Ein bisschen. Und du?«

Ein Aufflackern von Vorsicht war zu spüren. »Ja, habe ich.«

»Wir sind zu Hause«, sagte ich, mehr um mich daran zu erinnern.

»Für eine Weile.«

»Hast du gestern Abend deine Arbeit erledigt?«

»Ja, Baby.« Er griff nach meinem Kinn. »Ich habe es erledigt.«

Ich schloss meine Augen, als er mich küsste und mich dann an sich zog, aber es ging nicht um Sex. Es ging um Verbindung. Um Liebe. Darum, inmitten des Chaos endlich mal durchzuatmen. Ich atmete nicht nur durch ... *ich raubte ihm den Atem*. Ich richtete mich auf, küsste ihn noch einmal, schlang meine Arme um ihn, sank zurück und lehnte meinen Kopf an seine Brust.

Der schwere Herzschlag hallte in meinen Ohren wider, gleichmäßig und langsam. Mir wurde bewusst, dass ich noch nie ein perfekteres Geräusch gehört hatte. Gedanken an die letzte Nacht stiegen in mir auf, seine Hände, sein Mund, dann das Arbeitszimmer. Ich wollte ihn fragen, was so wichtig gewesen war, dass er sich von uns anderen abgeschottet hatte. Ich wollte nicht außen vor gelassen werden.

So wie du sie auslässt, meinst du?

Die Worte raubten mir das Gefühl des perfekten Verlangens. Hitze stieg mir in die Wangen. Nicks Hände wanderten über meine Schultern. Aber ich war wie erstarrt vor dem Gefühl, tief in die Kälte getaucht.

Wann wirst du ihnen die Wahrheit sagen? Die echte Wahrheit …

Ich schloss meine Augen.

Die Erinnerung an eine Hand um meine Kehle.

Wie sie mich an die Wand drückte.

Diese Finger.

Diese grausamen, verdammten Finger.

Ich werde dich so hart ficken, dass du Sterne siehst.

Mein Körper verkrampfte sich vor Abscheu, als Nicks Stimme sich meldete.

»Hey.«

Ich schluckte, öffnete die Augen und richtete meinen Blick auf ihn.

Ein besorgter Blick, der ihn die Stirn runzeln ließ. Er öffnete den Mund, um zu sprechen, und ich war entsetzt. *Bitte frag nicht … bitte zwing mich nicht, es zu sagen …* bis das Donnern von Schritten hereinkam und Tobias' Brüllen die Luft erfüllte. »Er ist verdammt noch mal *weg*!«

Nick richtete seinen Blick auf die Schlafzimmertür, als Tobias in Jogginghosen und verschwitzt durch die Tür stürmte. Aber es war die Wut in seinem Blick, die mich packte, als er bellte: »Ich schwöre bei Gott, wenn er irgendetwas tut … *wenn er auch nur* …«

»Wer?« Nick schob das Bettzeug zur Seite.

»Caleb, was glaubst du denn?« Tobias fuhr sich mit den Fingern durch die Haare, musterte mich und schaute dann auf das Bett.

Ich blickte von Tobias zu Nick und schüttelte langsam den Kopf. »Er ist weg?«

»Das Auto.«

»Unseres ist da, aber eines der Rossis ist weg. Er hat es verdammt noch mal genommen.«

Nick bückte sich, griff nach seiner zerknitterten Jeans neben dem Bett und zog sie an. »Wie lange schon?«

»Ich weiß es nicht«, knurrte T und dachte nach. »Ich habe ihn nicht gehört, als ich aufgestanden bin. Ich musste in den Fitnessraum ...«

»Ist schon okay.« Nick verließ das Zimmer und machte sich nicht einmal die Mühe, sich ein Hemd anzuziehen.

Ich folgte ihm und rutschte aus dem Bett, um ihm hinterher zu eilen.

»Wenn er dorthin zurückgeht«, knurrte Tobias. »Wenn er zurück zum Orden gegangen ist, dann lassen wir ihn verdammt noch mal zurück.«

Ich richtete meinen Blick auf ihn, als die Angst mich durchfuhr. »Sag das nicht.« Ich verkrampfte meinen Kiefer. »Wage es nicht, das zu sagen.« Wenn du wüsstest ... *Wenn du nur wüsstest ...*

Wir rannten durch das Haus und bogen in der Küche ab, um in die riesige Garage mit sechs Stellplätzen zu gelangen. Silber und Schwarz schimmerten, als Nick das Licht anknipste. Ich konzentrierte mich augenblicklich auf die leere Parklücke, und Nick tat es mir gleich.

»Scheiße«, murmelte er.

Scheiße … Scheiße … Scheiße …

»Was, wenn sie ihn mitgenommen haben?«, flüsterte ich und starrte auf die leere Lücke. »Was, wenn sie …«

Nick griff nach seinem Handy, drückte eine Taste und hielt es an sein Ohr. »Ja, hier ist Nick. Das Auto, das heute Morgen weggefahren ist, wo wollte es hin?« Die Wächter … die rief er an. So musste es sein. »Ja, Ben hat ihn geschickt … und er hat nicht gesagt, wohin? Er hat dir nichts gesagt?«

Nicks Stimme wurde kälter und dunkler, je länger er sprach. T schritt in der Garage zwischen dem schwarzen Maserati und dem schnittigen silbernen Audi hin und her.

»Ja. Danke«, antwortete Nick und beendete das Gespräch. »Der Wachmann sagte, dass Ben ihn irgendwohin geschickt hat.«

»Ben?«, flüsterte ich und sah von Nick zu T. »Warum sollte er Caleb schicken? Ich hätte nicht gedacht, dass er ihn so gut kennt.«

Tobias hörte auf zu laufen und starrte auf den Boden. »Das dachte ich auch nicht.«

»Also, rufen wir Ben an«, beschloss Nick. »Und wir fragen ihn, was zum Teufel los ist.«

Bei diesen Worten lief es mir eiskalt den Rücken hinunter.

Etwas, das sich nicht richtig anfühlte.

Ein Nagen … ein Schmerz.

Ein Überbleibsel der Gedanken von vorhin.

Was wollte Ben von Caleb?

Nick hatte sich sein Handy geschnappt und drückte auf den Knopf, als das Garagentor ruckelte und sich langsam hob. Ich zuckte bei der Bewegung zusammen und sah, wie der silberne Mercedes auf uns zukam.

»Ich bringe ihn um«, murmelte Tobias, als Caleb hineinfuhr und den Motor abstellte.

Nick war der Erste, der sich bewegte und losschritt, als Caleb ausstieg. Er packte seinen Bruder am Hemd und drückte ihn zurück gegen das Auto. »Wo zum Teufel warst du?«

Aber Caleb antwortete nicht.

Er war wieder bei seinem kalten, steinernen Blick, den ich so gut kannte. Ein Blick in meine Richtung und mein Magen sank wie ein Stein.

»Antworte uns, C«, mahnte Tobias, die Hände zu Fäusten geballt. »Antworte uns, verdammt noch mal, sofort!«

»Ich bin doch zurückgekommen, oder?«, antwortete Caleb.

Zuerst verstand ich nicht, was er damit meinte ... bis es mir klar wurde. Er war zurückgekommen, und wenn er zurückgekommen war, dann war er ...

»Du warst dort? An diesen verdammten Ort?«, knurrte Nick und schubste Caleb zurück.

Nur war er gegen das Auto gepresst, sodass Nick derjenige war, der den Abstand schaffen musste. Er machte einen Schritt zurück. »Habt ihr einen Deal ausgehandelt, ist es das? Hast du einen verdammten Deal ausgehandelt?«

Schmerz durchzog Calebs Blick. »Nein, und ich bin nie zum Orden gegangen.«

»Dann warst du also nicht auf dem Gelände«, konterte Nick. »Wo warst du denn dann?«

Caleb warf mir noch einmal einen Blick zu, und ein mulmiges Gefühl überkam mich, als er antwortete. »Ich bin los, um Killion zu suchen.«

Tobias versteifte sich. Nick wurde still. »Warum?« Er machte einen kleinen Schritt auf seinen Bruder zu. »Warum gehst du dorthin ... und warum gehst du verdammt noch mal alleine?«

»Er hat es nicht gesagt.«

Nick lehnte sich näher heran. »Was meinst du damit, *er hat es nicht gesagt?*«

Aber Caleb starrte mich an.

»Du würdest nicht einfach so hingehen, wenn er es sagt«, drängte Nick. »Nicht ohne einen Grund, einen verdammt guten Grund.«

Caleb schüttelte kurz den Kopf, als wolle er sagen, dass es ihm *leid tut* ... bis ein Summen aus seiner Tasche kam. Seine Augen wurden noch trauriger, als er sein Handy herauszog.

»Auf Lautsprecher, Caleb«, warnte Nick. »Sonst gehe ich vom Schlimmsten aus, und ich glaube nicht, dass du das willst, Bruder.«

Es gab keine Wahl.

Er hatte keine Wahl.

Das sah ich, als er den Knopf drückte und den Anruf entgegennahm. »Ben.«

»Caleb.« Das tiefe Knurren kam durch das Handy. »Hast du die Informationen, die ich suche?«

»Habe ich«, antwortete C. »Aber es gibt eine Komplikation.«

»Komplikation? Was für eine Art von Komplikation?«

»Diese Art«, antwortete Nick und starrte seinen Bruder an.

Am anderen Ende der Leitung herrschte Schweigen.

»Willst du mir sagen, was so dringend war, dass du unseren Bruder auf eigene Faust losgeschickt hast, um ausgerechnet Killion zu jagen?«

»Nick«, begann Ben. »Er, äh …«

Die Art, wie Caleb mich ansah … die Art, wie er verzweifelt versuchte, den Grund zu verbergen. Aber ich wusste es … vielleicht hatte ich tief im Inneren schon immer gewusst, dass es so weit kommen würde. Zu diesem Tag … diesem Moment. In diesem verdammten Raum, als Killion mir das weiße Nachtkleid vom Leib gerissen hatte, nachdem er den Vertrag unterschrieben hatte, den der Direktor ihm gegeben hatte.

»Es geht um die Aufnahme, stimmt's?«, flüsterte ich.

Stille trat ein. Nick drehte seinen Kopf zu mir, gefolgt von Tobias.

Und durch den Lautsprecher antwortete Ben. »Ja.«

Ich nickte langsam und wandte mich dann ab.

»Aufnahme?«, schnauzte T. »Welche verdammte Aufnahme?«

Ich machte einen Schritt.

»Was für eine verdammte Aufnahme, Ryth?«

In Tobias' Stimme lag Schmerz, Schmerz und Angst.

»Ryth.« Bens Stimme stoppte mich durch den Lautsprecher. »Was soll ich tun? Sag ein Wort, und ich schalte den Bastard aus. Das alles kann hier und jetzt verschwinden. In diesem Moment. Diese verdammte Sache kann verschwinden.«

Ich schloss meine Augen.

Warum?

Warum hatte er die Aufnahme jetzt veröffentlicht ... was erhoffte er sich davon?

Die Antwort war einfach: sein Eigentum.

Das war es, was er in mir sah. Auf diese Weise kontrollierte er mich. Er hatte mich erniedrigt, er hatte mich benutzt. Er ... er ... er ...

»Ryth?«, wiederholte Ben.

Jetzt war es zu spät, um die Wahrheit zu verbergen, denn die einzigen Menschen, die ich davor schützen musste, sie zu sehen, standen genau hier in dieser Garage.

»Wir wollen es sehen«, murmelte Caleb. »Ryth, sieh uns an ... wir wollen es sehen. Wir müssen es sehen.«

Ich schloss meine Augen so fest, dass mein Kopf zitterte, bis etwas in mir zerbrach. Ich drehte mich um und starrte jeden von ihnen an. *Ich habe euch nie um etwas gebeten,* flehte ich in meinem Kopf. *Ich habe euch nie um etwas gebeten, aber jetzt bittet ihr mich das.*

»Sonst werden wir uns immer fragen ...«, flüsterte Tobias. »Wir werden uns immer das Schlimmste ausmalen. Ist das die Art von Zukunft, die du dir für uns wünschst? Glaub mir ... mein eigener Verstand ist ein verdammtes Biest.«

Die Art, wie er es sagte, so ruhig, so kontrolliert. Es zerriss etwas in mir. Er hatte recht. Ich wusste, dass er recht hatte. Das Monster, das Tobias erschaffen konnte, würde ihn zerreißen. Es würde uns zerreißen. Konnte ich das zulassen? Konnte ich zulassen, dass das, was wir hatten, sich einfach selbst zerstörte?

»Schick es«, flüsterte ich. »Schick ihnen die Aufnahme.«

»Ryth ...«, murmelte Ben.

»Sie müssen es wissen, also lass es sie wissen.«

Ich konnte die Stille nicht ertragen und auch nicht den Piepton, als die Benachrichtigung kam.

Ich war gefangen zwischen Bleiben und Gehen und war wie festgenagelt, als Nick und Tobias näher kamen und Caleb die Aufnahme auf seinem Handy abspielte. »*Stopp! STOPP! Nimm deine verdammten Hände von mir! NIMM DEINE VERDAMMTEN HÄNDE WEG – NICK! NICK!! TOBIIIAAASSS! TOBIAS BITTE ... TOBIAS BITTE! Tobias ... Tobias bitte – Gefällt dir das? Ja, das gefällt dir verdammt gut. Deine Fotze ist so eng, obwohl du von allen dreien gefickt wurdest. Haben sie dich gut gefickt? Haben sie deine Fotze so gefingert? Ich werde dich ficken ... ich werde dich ficken, bis du Sterne siehst ... Ryth! RYTH! Verdammt noch mal ... NEIN! Er darf nicht verletzt werden, auf Befehl des Direktors.*«

Ich schloss meine Augen, während sich alles abspielte. Meine Finger zitterten, als sie meinen Hals berührten, denn ich spürte seine Hände immer noch. Als die Aufnahme verstummte, dachte ich, ich würde nie wieder etwas hören. Abgesehen von meinem Herzschlag. Den ich hörte. *Bumm ... bumm ... bumm ...*

»Ich nehme es zurück«, flüsterte Tobias. »Ich nehme alles zurück. Es gibt nichts, was damit vergleichbar wäre ...«

»Ryth«, rief Nick.

Die Tränen kamen, langsam und leise, und liefen mir über die Wangen.

»Ryth, sieh uns an.«

Ich hob meinen Blick und sah, dass meine drei Stiefbrüder mich anstarrten. Traurigkeit. Schmerz. Das war es, was mich erwartete.

Nick schüttelte leicht den Kopf. »Ich wünschte, du hättest es uns gesagt.«

Ein harter Atemzug entfuhr ihm. »Warum? Damit ihr mich so ansehen könnt, wie ihr mich jetzt anseht?«

»Wenn ich nur schneller gewesen wäre«, stöhnte Caleb. »Wenn ich mich nur gewehrt hätte.«

»Aber das hast du nicht, und ich auch nicht, und eine Million anderer Dinge, die das Geschehen hätten ändern können, sind nicht passiert. Nichts ist passiert. Nichts außer ihm.«

Bei diesen Worten verließ mich die Traurigkeit.

Bei diesen Worten kam etwas anderes.

Etwas, das in *mir* begann.

Es knackte.

Zersplitterte.

Ich formte mich neu.

Ich war ein anderer Mensch gewesen, als ich aus diesem Raum gekommen war. Ich wusste es, ich hatte es gespürt. Es war wie Tod und Wiedergeburt auf einmal. Ich hatte mich als Mensch ausgezogen und war dann meiner Unschuld entschlüpft, aber ich war nicht wiedergeboren. Ich war ... ein *Nichts*. Leer. Hohl. *Verloren*. Als sie mir gesagt hatten, dass Tobias tot war, war ich noch verlorener gewesen, noch leerer. Ich hatte noch mehr Angst gehabt.

Ich richtete meinen Blick auf den Mann, der das Handy in der Hand hielt.

Der Mann, der mich zurückgeholt hatte.

Der mich mit seinen eigenen Fingern zu einem neuen Menschen geformt hatte.

»Das ändert nichts«, begann Caleb.

»Dann war alles, was mir passiert ist, umsonst.« Ich hielt seinem Blick stand, als ich antwortete. »Und es fühlt sich schlimmer an als die Vergewaltigung.«

Er wich zurück.

Wie schon zuvor spürte ich diese Veränderung in mir, dieses Entgleiten. Es bewegte sich, schuf etwas. Meine Hände ballten sich von selbst zu Fäusten. Dieses Kribbeln in mir war kein verzweifeltes Bedürfnis zu fliehen. Es war das Bedürfnis, zu dieser Veränderung zu rennen.

»Ich werde ihn umbringen«, wimmerte ich.

»Nein.« Tobias trat vor und verringerte den Abstand zwischen uns. »*Wir* werden ihn verdammt noch mal umbringen.«

»Deshalb habe ich mich auf die Suche gemacht«, erklärte Caleb. »Deshalb habe ich den Bastard aufgespürt. Ich wollte, dass wir es tun.«

»Wir, Prinzessin«, knurrte Nick und ballte seine Hände zu Fäusten. »Du gehörst uns ... und wir kümmern uns um die Unsrigen.«

»Dann machen wir dieses Stück Scheiße fertig.« Tobias wandte den Blick nicht von mir ab. »Dann bringen wir dich nach Hause und zeigen dir, wie viel du uns bedeutest.«

Ich hob mein Kinn und flüsterte. »Ja.«

ACHTUNDZWANZIG

Tobias

TOBIAS! TOBIAS BITTE!

Ihre Schreie hallten in meinem Kopf wider. Sie waren alles, was ich hören konnte. Sie hatte nach mir *geschrien* … sie hatte nach mir geschrien. Das Geräusch ließ etwas in mir zerbrechen. Trotzdem hielt ich ihr Kinn fest und starrte ihr tief in die Augen. *Sei der Mann … sei der Mann, den sie braucht. Sei dieser verdammte Mann oder ich schwöre bei Gott, dass ich diese verdammte Kugel selbst fressen werde.* »Wir kümmern uns um die Unsrigen, kleine Maus. Hast du mich verstanden?«

Ihre Augen flackerten, die Tränen glitzerten sogar über dem wilden Glanz. »Ja.«

Wir kümmern uns um die Unsrigen …

Hass regte sich in mir. Ich hatte diesen Hass gekostet. In den dunkelsten Stunden, als man sie mir weggenommen hatte, hatte ich ihn hinuntergeschluckt. Der bittere Geschmack blühte jetzt in meiner Kehle auf. Aber als ich dastand und ihr in die Augen sah, war mir der Geschmack willkommen. »Dann schalten wir ihn aus.«

»Wir alle«, stimmte sie zu.

Sie hielt an diesem Hass fest und schmeckte ihn zum ersten Mal. Verdammt, es fühlte sich an. Sie so zu sehen, die Hände an den Seiten geballt, und dieser Blick aus purer, kalter Wut.

Rein ...

Für mich war sie rein.

Erst ihre Jungfräulichkeit.

Und jetzt ihr Hass.

Aber der Gedanke an sie – ich senkte meinen Blick auf ihre perfekten, verdammten Hände, die sich an ihren Schenkeln zu Fäusten geballt hatten – der Gedanke, dass sie Blut an diesen Händen tragen würde, war fast zu viel. »Ich kann es auch allein tun, wenn du es willst.«

Diese Worte waren leise, viel zu leise für die Bosheit, die sie ausdrückten. So hatte ich mich noch nie mit jemandem gefühlt, noch nie so unverblümt und offen. Ich hatte mich noch nie so ... *selbstlos* gefühlt.

»Nein«, antwortete sie und schüttelte den Kopf. Die Muskeln in ihrem Kiefer spannten sich an. »Ich brauche das.«

»Dann machen wir es auf unsere Art, verstanden, kleine Maus? Denn wenn du glaubst, dass ich noch ein verdammtes Risiko mit dir eingehe, dann irrst du dich gewaltig.«

Ihre Augen weiteten sich.

»Entweder wir machen es so oder gar nicht.«

Sie blickte finster drein und verdammt, wenn dieses Gespräch nicht so gefährlich wäre, wäre es süß. »Na gut«, gab sie nach.

»Gut«, erwiderte ich und drehte mich zu meinen Brüdern um. »Einverstanden?«

Nick warf einen Blick auf Ryth und Caleb auch. Es gefiel ihnen nicht. Nein, meinen Brüdern gefiel das kein bisschen. Sie wollten sie genauso sehr wie ich von diesem verdammten Schlamassel fernhalten. Aber genau wie ich verstanden sie es.

Unsere kleine Schwester war endlich eine von uns.

»Und dieses Mal benutzen wir die verdammten Rossis«, fügte ich hinzu.

Ich hatte ihre verdammten Scharfschützen und ihre ehemaligen Soldaten. Ich würde tun, was immer ich konnte, um sicherzustellen, dass sie das hier heil überstand ... denn nachdem ich die Aufnahme gehört hatte, nachdem ich gehört hatte, was dieser abscheuliche Wichser ihr angetan hatte, würden wir dieses Stück Scheiße auf keinen Fall am Leben lassen.

»Einverstanden«, antwortete Nick.

Ich richtete meinen Blick auf Caleb. Unsere Loyalität war wackelig ... zu wackelig. Trotzdem nickte er langsam mit dem Kopf. »Einverstanden.«

»Dann ist das geklärt.« Ich drehte mich um und strich ihr mit den Lippen über die Wange. »Ich werde einen Plan machen.«

Sie nickte nur und ich hatte mich noch nie in meinem Leben so stolz gefühlt. Dieser Stolz blieb in mir, als ich meine Familie hinter mir ließ und zurück zum Fitnessraum im Ostflügel des Hauses ging. Aber ich hatte nicht vor, wieder auf den Crosstrainer zu steigen. Mein verdammtes Bein war ohnehin schon bis an die Grenze belastet worden. Stattdessen nutzte ich die Ruhe, zog das Handy aus meiner Tasche und wählte Bens Nummer.

Er nahm mit einem Seufzer ab. »Ich habe auf deinen Anruf gewartet.«

»So vorhersehbar, hm?«

»Ganz und gar nicht. Ich würde es … engagiert nennen, wie wär's damit?«

Ich umklammerte das Handy und das altbekannte Gefühl des Verrats legte sich auf meine Brust. »Du hättest dich an mich wenden sollen.«

»Wirklich, warum?«

Der Bastard klang fast gleichgültig. »Weil … weil …«

»Weil du dich engagierst, Tobias.«

»Wir stecken *alle* mit drin«, knurrte ich ins Handy.

»Ja, aber Caleb wusste, dass er in Schwierigkeiten war. Er wusste, dass eine falsche Bewegung gereicht hätte, damit du das tust, was du am besten kannst. Ihn vernichten. Außerdem kennt Caleb diese Männer besser, als du es je könntest.«

Hitze brannte in meinem Gesicht. »Willst du damit sagen, dass mein Bruder sie besser beschützen kann als ich?«

»Ganz und gar nicht.«

Er war so vorsichtig, so verdammt kontrolliert. Ich wollte durch das verdammte Handy greifen und ihn erwürgen. Schmerz flammte in meiner Brust auf. Grausam genug, um mich nach Luft schnappen zu lassen. Ich schloss die Augen, als das Donnern in meinem Kopf die Oberhand gewann. »Denn ich kann sie beschützen. Ich kann sie in Sicherheit bringen.«

»Ich weiß, dass du das kannst. Im Moment besser als jeder andere auf der Welt.«

Bei diesen Worten öffnete ich meine Augen.

»Weil du sie liebst«, fügte Ben hinzu. »Das wusste ich sofort, als ich dich sah. Ich wusste es mit einem Blick, einem Wort und einem drohenden Handyanruf.«

Ich schüttelte den Kopf. »Ich habe dir nicht gedroht.«

»Nein? Ist es nicht das, worum es geht?«

»Nein«, sagte ich kopfschüttelnd, aber tief im Inneren wusste ich, dass er recht hatte. »Ich habe angerufen, weil ich deine Hilfe brauche.«

»Du weißt, dass du sie hast, du hattest sie schon immer. Tobias, du bist wie ein Sohn für mich, alles was du brauchst. Alles, was ich tun kann, du musst es nur sagen.«

»Deine Männer. Die, die das Haus bewachen. Wir brauchen zwei gute.«

»Erledigt«, antwortete er und fügte dann hinzu. »Aber ich möchte, dass du vorsichtig bist, Tobias. Diese Männer sind gefährlich. Die Verbindungen ... die Reichweite. Das ist nicht so, wie du es gewohnt bist. Verdammt, es ist nicht einmal so, wie ich es gewohnt bin.«

In seinen Worten lag Angst, echte Angst. Die Art von Angst, von der ich nie gedacht hätte, dass ich sie von jemandem wie Benjamin Rossi hören würde. Ich wusste, dass er Lazarus helfen wollte, und ich wusste auch, dass das Arschloch mit dem Mann, dem der Orden gehörte, unter einer Decke steckte. »Laz?«

»Er ist in Sicherheit«, sagte er, und ein harter Luftzug drang an mein Ohr. »Genauso wie Katerina VanHalen. Aber Hale ist ein wilder und gefährlicher Mann, der im Moment seine Wunden leckt. Mit so einem Mann willst du dich nicht anlegen. Du willst ihn nicht zum Feind haben.«

Meine Gedanken rasten, ich suchte. »Du hast von diesem Kerl gesprochen, King. Er scheint die Art von Mann zu sein, die Hale nicht als Feind haben will.«

»Nein, das will er nicht.«

Das Brummen in meinem Kopf wurde nur noch lauter. »Und du kannst dich nicht an diesen King wenden? Um zu sehen, ob es einen Weg gibt, ihren Dad zu befreien?«

»Ich habe es versucht, aber bis jetzt habe ich noch keine Antwort erhalten. Aber alles, was ich über diesen Kerl gehört habe, sagt mir, dass er ein Geist ist. Es ist nur ein Geflüster.«

»Aber er steckt doch mit drin, oder? Er hat ihren Dad unterstützt.« Am anderen Ende der Leitung herrschte Stille, die Art von Stille, die mich dazu brachte, das Handy vom Ohr zu nehmen und die Verbindung zu überprüfen. Aber die Uhr zählte immer noch. »Ben?«

»Ihr Dad ist nicht der wahre Grund dafür, dass dieser Typ ihn unterstützt. Eines der wenigen Dinge, die Jack mir über ihn erzählt hat, war, dass der Mann ihm nur wegen Ryth geholfen hat.«

»Ryth?« Mir gefror das Blut in den Adern. »Warum?«

»Das hat er mir nie gesagt.«

Ich zwang die Worte durch ein Zähneknirschen. »Und du hast nicht gedrängt?«

»Woher sollte ich denn wissen, dass sie euch so wichtig ist? Soweit ich wusste, war es eine private Angelegenheit von einem meiner engsten Freunde, der mich bat, mich da rauszuhalten, also habe ich seine Wünsche respektiert.«

Woher er es hätte wissen sollen? Woher hätte einer von uns das wissen sollen?

»Ich weiß nur noch, dass King sie kennenlernen wollte «

Diese Worte ließen mich zurückschrecken. Er wollte sie kennenlernen, hatte private Abmachungen getroffen und diese Bastarde bedroht, um sie zu befreien. Ein Mann wie er, der wie Haelstrom Hale an andere gebunden war, konnte nur eines bedeuten: *Er wollte Ryth für sich selbst.* »Das wird nie passieren.« Meine Worte klangen hohl und seltsam. »Verstehst du mich? *Das ... wird ... niemals ... passieren.*«

»Ich verstehe«, antwortete Ben und für einen Moment vergaß ich, wer er war. Ich vergaß, dass dieser Mann mich wie ein Vater liebte, wie ein richtiger Vater und nicht wie einer, der sein eigen Fleisch und Blut töten würde, um seine Haut zu retten. »Dad war ...«

»Schwach.«

Ich schluckte schwer. »Ja, das war er.«

»Ich werde dich nie verraten, Tobias, das brauchst du nicht zu befürchten.«

Erleichterung machte sich in mir breit. »Ich weiß.«

»Gut. Ich werde meine Männer bereithalten, du musst nur ein Wort sagen und ...«

»Ja?«

»Wenn das hier vorbei ist, will ich dich zurückhaben. Ich will, dass du deinen Streit mit Lazarus hinter dir lässt und ich will dich zurück, okay?«

Scheiße. Meine Kehle schnürte sich zu, und der Kloß war zu groß, als dass ich hätte sprechen können. Ich konnte nur nicken. Vielleicht war das genug. Vielleicht war das alles, was er erwartete, als er fortfuhr. »Blut bedeutet nichts. Nicht, wenn dein Herz auf dem Spiel steht. Schütze dich. Beschütze dich und deine Familie. Ruf mich an, wenn du noch etwas brauchst.«

»Das werde ich«, krächzte ich und beendete das Gespräch.

Ryth

»Du weißt, was du zu tun hast, oder?« Tobias schaute mich nicht an, sein Blick war auf das dunkelblaue Auto gerichtet, das weiter unten an der Straße parkte. Die Scheinwerfer waren ausgeschaltet, aber vor einer Weile war hinter den dunkel getönten Scheiben eine Bewegung zu sehen gewesen. Jemand war da drin, vermutlich zwei Personen.

Ich schnappte nach Luft und versuchte, das flache Keuchen zu unterdrücken.

Wir waren eine Straße hinter unserem Ziel geparkt. Seit einer Stunde saßen wir nun schon hier, hinter dem überwucherten Gebüsch des Eckhauses. Aber egal, wie lange wir hier saßen, ich konnte das Zittern nicht stoppen, weder in meinen Fingern noch in meinen Knien. Ich umklammerte sie und quetschte meine Finger, während ich meine Beine zusammenzog.

»Wir werden einen anderen Weg finden.« Tobias drehte sich um und begegnete meinem Blick. »Es ist okay. Wir werden einen anderen Weg finden.«

Ich schüttelte den Kopf. »Nein. Ich will das tun.«

Er schüttelte den Kopf und der Funke der Wut flammte in mir auf. »Tobias.«

»Unser Weg, kleine Maus«, erinnerte er mich. »Du hast es versprochen.«

Verdammt.

Ich richtete meinen Blick wieder auf das dunkle Auto und kochte vor Wut.

»Wenn wir das nicht tun, T, können wir genauso gut gleich abhauen«, sagte Nick mit leiser und vorsichtiger Stimme, während er hinter dem Lenkrad saß und das gleiche Auto anstarrte, wie wir. »Sie wird nie sicher sein und nie aufhören, sich Sorgen zu machen. Wir werden nie wissen, wann diese verdammte Aufnahme wieder auftaucht. Willst du das für sie?«

Er schaute in den Rückspiegel, um seinen Bruder zu beobachten.

Komm schon … komm schon …

Meine Knie zuckten und wippten, egal wie sehr ich mich zusammenriss.

»Wenn etwas passiert«, murmelte Tobias. »Irgendetwas, auf das du nicht vorbereitet bist …«

»Dann werde ich schreien«, antwortete ich und lenkte seine Aufmerksamkeit auf mich. »Ich schreie und ihr kommt angerannt, und dann sind die bösen Jungs tot.«

Er wusste es. Ich wusste es auch. Es gab keine Chance, dass irgendjemand in diesem Haus oder in der Nähe lebendig aus der Sache herauskam. Ich betete nur, dass wir die Aufnahme bekommen und abhauen würden, und dass alle anderen zur Hölle fahren würden. Denn Nick hatte recht, es gab kein Entrinnen. Wie sollte man vor einer Bedrohung davonlaufen? Die Antwort war einfach: Man konnte nicht.

Man eliminierte die Bedrohung.

Man begegnete der Bedrohung mit Gewalt und Tod.

Man kämpfte für den Frieden.

Tobias' dunkle Augen blickten mich eindringlich an, als er flüsterte: »Ich darf dich nicht verlieren.«

»Dann verlier mich nicht.«

Er suchte in meinem Blick verzweifelt nach einem Grund, warum wir einfach abhauen sollten. Ich richtete mein Rückgrat auf und biss die Zähne zusammen, fest entschlossen, dass er keine Schwäche in mir finden würde.

»Gut«, murmelte er.

»Gut«, antwortete ich, hielt den Atem an und wandte den Blick ab.

Er würde es nicht sehen … weil ich mich weigerte, es ihn sehen zu lassen. Ich lockerte meinen Griff um meine Knie, spürte das Pochen, als das Blut wieder in meine Finger floss, und griff nach der Türklinke. Doch bevor ich ziehen konnte, murmelte Tobias: »Ich bin gleich da, kleine Maus. Ich komme gleich.«

Ich drehte meinen Kopf und begegnete seinem Blick noch einmal. »Ich weiß.« Dann riss ich am Griff und öffnete die Tür.

Die Innenbeleuchtung ging nicht an, es gab höchstens ein leises Klirren, bevor sich die Tür öffnete und ich fast herausfiel. Meine Beine waren wie Wackelpudding. Ich stolperte, fand schließlich meinen Halt und ging langsam, quälend langsam, auf das Haus zu.

Ich zwang mich, auf den Bürgersteig zu starren, als ich den Busch umrundete und die Ecke des Hofs überquerte. Alles, was ich sah, waren das dunkelgrüne Gras und meine Stiefel. Ich trug Jeans, weil ich diesen Mann auf keinen Fall in meine Nähe lassen wollte.

Nie wieder …

Niemals … wieder.

Ich spürte ihre Blicke auf mir, die mir ein Loch in den Hinterkopf brannten, als ich an dem Wagen vorbeiging und dann im letzten Moment abbog und den Bürgersteig entlang eilte.

»Was zum Teufel?«

Ich hörte das Gemurmel, als ich die schlichte Holztür durchquerte, die Steinstufen hinaufstieg und vor der riesigen schwarzen Tür stehen blieb. Meine Fäuste waren bereits geballt. Ich dachte nicht einmal nach, ich handelte einfach und schlug sie gegen die Tür. *»Killion, mach auf. Mach auf, ich bin's. RYTH!«*

Drinnen hörte man Schritte, die lauter wurden.

»Geh verdammt noch mal von der Tür weg!«, ertönte es hinter mir.

Aber ich rührte mich nicht. Mein Blick richtete sich auf die Kamera über der Tür und das winzige rot blinkende Licht. »Ich bin's«, sagte ich in die Linse. »Du weißt schon … die Frau, für die du bezahlt hast.«

Klick.

Die Tür öffnete sich, und dann war er da, trat aus der Tür und starrte mich mit seinen ekelhaften blauen Augen an.

Halte ihn hin … halte ihn hin … halte ihn hin …

Ich wollte ihn nicht ansehen, nicht das gebügelte weiße Hemd, das er trug, die Ärmel auf seinen Unterarmen aufgerollt. Und auch nicht auf das breite Grinsen, das immer frecher wurde, als er murmelte: »Na, na, na. Sieh mal an, wer da vor meiner Tür steht.«

»Mr. Killion«, knurrte der Bodyguard hinter mir.

»Es ist alles in Ordnung«, antwortete der abscheuliche Dämon und wandte seinen Blick nicht einmal von mir ab. »Sie ist in Ordnung ... nur nicht das, was ich erwartet habe. Warum bist du hier, Ryth?« Er sah sich auf der Straße hinter mir um.

»Ich kann nirgendwo anders hingehen«, stotterte ich und schlang meine Arme um meinen Körper, während ich fröstelte. »Meine Brüder ... sie ...«

»Sie haben dich verlassen, stimmt's?«, antwortete er für mich und verengte den Blick auf seine Beute. »Die Aufmerksamkeit ist ihnen zu viel geworden und sie haben beschlossen, dass sie doch das Blut ihres Vaters in sich tragen.«

Ich runzelte die Stirn, blickte zu Boden und betete zu Gott, dass ich traurig aussah, denn innerlich zitterte ich vor Wut. »Ja.«

»Klar.« Die abfällige Bemerkung ließ mich zusammenzucken. »Sie waren schon immer Abschaum.«

Ich ballte meine Fäuste so fest, dass ich spürte, wie sich meine Nägel in meine Handflächen bohrten, und kämpfte gegen den Drang an, mich auf ihn zu stürzen und ihm die Augen auszukratzen. Aber es würde kommen ... es würde kommen ... es würde kommen.

»Das Letzte, was ich will, ist, dass sich meine Drei-Millionen-Dollar-Investition eine verdammte Erkältung einfängt.«

Drei Millionen Dollar? Ich warf ihm einen Blick zu. So viel hatte er für mich bezahlt? So viel waren ihm mein Körper, mein Geist und meine Seele wert? Drei Millionen Dollar. Ich dachte an Nick, als Killion zur Seite trat und mich nach vorne winkte.

Aber ich verdrängte meinen Bruder aus meinen Gedanken. Ich musste jetzt vorsichtig sein. Ich musste schlau und stark sein. Ich musste einen klaren Kopf bewahren, besonders an einem Ort wie diesem. Ich musterte das Foyer und betrat das Haus, als die Tür hinter mir zufiel.

»Ich muss sagen, Ryth, ich bin überrascht, dich zu sehen. Du warst wahrscheinlich die letzte Person, die ich an meiner Türschwelle erwartet habe.«

»Ja, na ja«, murmelte ich und sah, wie ein anderer Bodyguard von weiter drinnen kam. »Ich hatte auch nicht wirklich vor, hier zu sein.«

Ich starrte das Holster an, das der Wachmann auf der Brust trug. Ich konzentrierte mich auf die silberne Waffe und berechnete im Kopf, wie viel Zeit er brauchen würde, um sie zu ziehen.

»Trotzdem ist es eine sehr angenehme Überraschung.« Die Stimme ertönte direkt hinter mir.

Killion holte aus, packte mich am Arm und schob mich vorwärts. Ich hatte keine Zeit zum Nachdenken. Erinnerungen prallten aufeinander. Ich in diesem Raum, mit seiner Hand um meinen Hals und seinen Fingern in mir. *Tobias! TOBIAS!*

Ich kämpfte gegen das heulende Bedürfnis an, mich zu wehren, und hob nur die Hände, als ich gegen die Wand des Foyers prallte. Seine Hand war auf meinem Rücken und riss an meinem Oberteil, als er versuchte, es hochzuziehen, während er mir mit der anderen Hand an die Kehle griff. Nein! Nein! Seine Hand umklammerte meinen Hals und seine Finger drückten zu, als er knurrte. Aber er musste hart arbeiten, um mich zu entblößen. Nicks langes T-Shirt war eng anliegend, ganz nach unten gezogen und mit dem Gürtel um meine Taille geschnallt.

»Was soll der Scheiß?«, knurrte er und griff stattdessen nach meiner Brust und kniff mir in die Brustwarze, als ein Klopfen von der Haustür kam.

Oder besser gesagt ein Knall.

»Sag bloß nicht, dass er hier ist«, rief Killion, zog sich zurück und drehte sich zur Eingangstür.

Knall!

Ich zuckte zusammen, aber dieses Mal kam das Geräusch nicht von draußen, sondern aus dem Haus.

Eine Bewegung lenkte meinen Blick nach rechts. Drei gefährliche Männer schritten in bedrohlichem Schwarz von der Rückseite des Hauses heran, alle drei hatten ihre Blicke auf mich gerichtet.

Der Bodyguard stürzte aus der Tür, sah meine Brüder an, zog dann seine Waffe aus dem Halfter und drehte sich. »Scheiße! Geh in den Panikraum!«, schrie er Killion an. »Geh sofort in den verdammten Panikraum!«

Aber es war zu spät, für ihn und für Killion, denn Tobias zielte. *Bumm!*

Der Bodyguard wirbelte herum und taumelte nach hinten, wobei seine Kevlarweste immer wieder von Kugeln getroffen wurde. Aber er ging nicht zu Boden. Er behielt seine Waffe in der Hand. Schwere Atemzüge ertönten, als er die Waffe anhob und zielte.

»Töte sie!«, schrie Killion mit vor Panik geweiteten Augen. *»TÖTE SIE JETZT!«*

Bumm ... bumm! Der Wachmann schoss zurück, sodass sich meine Brüder zerstreuten. Zwei gingen in die eine Richtung, Caleb in die andere.

»Scheiße!«, brüllte Caleb.

Er war jetzt auf sich allein gestellt. Alleine in einem Haus mit Gott weiß wie vielen Bodyguards, abgeschnitten von seinen Brüdern, während der Flur von Kugeln durchlöchert wurde. Panik machte sich in mir breit. Mein eigener keuchender Atem war ein Rauschen in meinen Ohren. Trotzdem sank ich zu Boden, zog mit zitternden Fingern an meinem Jeansbein und holte das Messer aus meinem Stiefel. Wir mussten einen Weg hineinfinden, und wir wussten, dass Killion die Tür öffnen würde, wenn ich klopfte.

Sie wussten, dass ich einen Weg hineinfinden würde.

»*Tötet diese verdammten Bastarde!*«, brüllte Killion neben mir und drückte sein Rückgrat an die Wand. Er schaute mich nicht einmal an, sah mich nicht einmal. Er war zu sehr damit beschäftigt, sich hinter seinen Männern zu verstecken, die das Feuer auf meine Brüder eröffneten, als sie ihr Ziel anvisiert hatten. *Du wirst eine Chance haben, Prinzessin.* Nicks Worte gingen mir nicht mehr aus dem Kopf. *Eine Chance und wir alle können diesen Ort verlassen. Eine Chance, und wir sind fertig. Kannst du das tun? Kannst du so sein wie wir?* Ja. Ja, kann ich.

Ich erhob mich auf zittrigen Beinen, warf einen Blick auf Killion und erstarrte. Er war so nah. So nah, als er mit dem Finger in die Luft stach und schrie: »Tötet diesen verräterischen Bastard!«

Bumm.

Bumm.

Bumm.

Der nächstgelegene Bodyguard eröffnete das Feuer, als der Donner aus dem Inneren des Hauses kam. *Bumm ... Bumm ... Bumm ...* Schritte hallten wider, als zwei weitere aus dem hinteren Teil des Hauses kamen. Jetzt oder nie ... jetzt oder wir würden alle sterben.

Und das wollte ich auf keinen Fall zulassen.

Ich hielt den kalten Stahl in einer Hand und meine Knie zitterten, als ich mich auf sie stürzte. Jetzt war ich an der Reihe. Ich packte Killion an der Kehle, drückte meinen Körper gegen seinen Rücken und hielt ihm die Messerspitze an den Hals. Er versteifte sich augenblicklich und begriff, welchen Fehler er gemacht hatte.

Bumm! Der Bodyguard schoss, aber meine Brüder feuerten nicht zurück. Sie würden es nicht tun, weil ich hier war ...

»Sag ihnen, sie sollen aufhören zu schießen«, keuchte ich und drückte die Spitze fester gegen seinen Hals. »Sag ihnen, sie sollen aufhören, oder ich steche dich ab.«

Er wagte nicht, seinen Kopf zu bewegen.

Er wagte es nicht, zu atmen.

»Ryth–«, flüsterte er.

Aber das war mir egal. Ich umklammerte seinen Hals mit einer Hand, während ich mit der anderen die Spitze gegen seine Vene drückte. Alles, woran ich dachte, war die Aufnahme. Alles, was mich interessierte, war, sie zurückzubekommen. »Ich sagte, befehle ihnen, aufzuhören.«

Killion hob seine Hand in die Luft. »Hört auf ...« Ich lockerte das Messer ein wenig. »Hört auf.« Er krächzte noch lauter, was die Aufmerksamkeit der Wachen auf sich zog.

Der Bodyguard erstarrte und starrte das Messer in meiner Hand an. Er holte tief Luft und blickte von Killion zu mir. »Was ist hier los?«

»Wir wollen nur die Aufnahme, das ist alles.«

»Aufnahme?« Killion drehte seinen Kopf und drückte ihn damit gegen die Klinge.

»Das ist alles, was wir wollen«, drängte ich und starrte in seine hasserfüllten Augen. »Nur deshalb sind wir hier.«

Killion deutete auf seine Bodyguards und forderte sie auf, ihre Waffen zu senken. Stille. Das war alles, was meine Brüder brauchten: Stille und ... *einen Weg hinein.* Tobias trat an den Rand der Tür, um den Blick des Bodyguards auf sich zu ziehen. Er hob die Waffe und zielte, bevor er den Abzug drückte.

Bumm.

Der Bodyguard stolperte rückwärts und fiel dann zu Boden, wobei Blut aus einem Loch in der Mitte seiner Stirn floss. Killion war auf den ekelerregenden Anblick fixiert ... dann wandte er langsam den Blick ab, als Tobias auf uns zuging, Nick direkt hinter ihm.

Bumm ...

Bumm.

Zwei weitere Wachen wurden getroffen. Einer ging zu Boden, während der andere aufrecht blieb.

Bumm!

Bumm!

Der verwundete Wachmann versuchte, zurückzuschießen.

»Mach dir keine Mühe«, knurrte Tobias. Sein Kopf war gesenkt, seine Schultern steinhart, als er einen weiteren Schritt machte. Er stürmte vorwärts und schlug auf den Mann ein. Meine Hand zitterte angesichts der schieren Brutalität meines Bruders, als er seine Knöchel als Waffen benutzte und dem Bodyguard immer wieder ins Gesicht schlug.

Der Mann konnte die Strafe nur ertragen.

Knack. Knack.

Sein Kopf kippte nach hinten. Blut spritzte aus seiner Nase.

»Nächstes Mal.« Knack. »Suchst du dir einen besseren Arbeitgeber!«, brüllte Tobias und schlug so fest auf den Bodyguard ein, dass dessen Kopf nach hinten kippte und er auf den Boden sackte.

»T«, rief Nick und atmete tief ein, während er seine Waffe auf die beiden verbliebenen Bodyguards richtete.

Tobias antwortete nicht und er hörte auch nicht auf ... bis ich seinen Namen rief. »Tobias.«

Seine Faust erstarrte in der Luft und die Fingerknöchel trieften vor Blut, als er mir seinen brutalen Blick zuwandte und dieser weicher wurde.

Meine Hand mit dem Messer zitterte. Er blickte von mir zu dem Mann, den ich um den Hals gepackt hatte, und augenblicklich ließ er den sterbenden Wachmann los. Der Mann sackte auf den gefliesten Boden und bewegte sich nicht. Killion erstarrte, als Tobias über den Körper trat und auf uns zuging. »Ryth?«

»Mir geht es gut«, flüsterte ich und riss meinen Blick von dem blutigen Durcheinander los, das einmal ein Mann gewesen war. »Mir geht es gut.«

Aber Tobias nahm mich nicht beim Wort. Er umfasste mein Kinn und ließ seinen blutigen Daumen an meinem Kiefer entlang gleiten, während er meinen Kopf zur Seite drehte. Dann senkte er seinen Blick auf die pochende Stelle, die von Killions Griff übrig geblieben war. Da war ein Aufflackern von Wut, ein Versprechen von Gewalt. »Hat er das getan?«

Ich schluckte schwer und meine Hand zitterte, als ich antwortete. »Ja.«

Killion zuckte zusammen und wurde blass, als Tobias ihn mit seinem gnadenlosen Blick fixierte.

»Mh-mh.« Nick schüttelte den Kopf, als ein Bodyguard angespannt nach einer Gelegenheit Ausschau hielt, um zuzuschlagen. »Sei nicht so dumm.«

Er schien es sich anders zu überlegen und schaute Killion finster an.

»Die Aufnahme«, forderte Caleb und trat um Nick herum, um Killion gegenüberzutreten. »Wo ist sie?«

»Aufnahme?«, knurrte der Bastard. »Welche verdammte Aufnahme?«

Calebs Kiefer verkrampfte sich und Hass brannte in seinen haselnussbraunen Augen. Er trat einen Schritt näher, als Tobias mir langsam zunickte. »Wir übernehmen jetzt, Prinzessin.«

»Wir wissen, dass du sie weitergegeben hast«, knurrte C. »Wir wollen nur die Originalkopie und alle Kopien, die du gemacht hast.«

Killion zuckte zusammen, als ich zurücktrat und Tobias meinen Platz einnahm. Er warf einen Blick auf Tobias und versuchte, sich zu entfernen, während er antwortete. »Ich weiß nicht, wovon du sprichst, Banks. Aber ich kann dir jetzt schon sagen, dass ihr verdammt tief in der Scheiße steckt.« Er warf einen Blick auf das unbewegliche Durcheinander auf seinem perfekt gefliesten Boden. »Das werdet ihr mir büßen.«

»Du weißt nichts von der Aufnahme?«, wiederholte Caleb, seine Stimme vorsichtig und kontrolliert, und ich hatte ihn noch nie so tödlich gehört.

»Nein, ich weiß nichts von einer verdammten Aufnahme. Und jetzt verschwindet aus meinem verdammten Haus!«

Caleb nickte langsam, dann drehte er seinen Kopf vorsichtig zu Tobias, der seine Waffe hob, auf den Bodyguard vor Nick zielte und schoss.

Bumm!

Das Geräusch erschrak mich. Der Bodyguard knallte gegen den Türrahmen und fiel dann zu Boden.

»Jetzt«, murmelte Caleb. »Versuchen wir es noch einmal.«

Er war so kalt.

So vorsichtig.

So unheimlich.

»Ich weiß nichts von einer Aufnahme.« Aber in seiner Stimme lag ein Zittern, das nur eine Lüge sein konnte.

»Da bin ich aber enttäuscht.« Caleb starrte ihn an. »Weil ich weiß, dass du so etwas auf jeden Fall in deiner kranken Schatzkammer aufbewahren würdest, und du weißt das auch. Nick …«

»Ja?«

»Ich denke, es ist an der Zeit, dass wir Killion hier zeigen, wie ernst wir es meinen.«

»Ist mir ein Vergnügen.«

Nick bewegte sich kaum. Er hob nur seine Waffe und zielte auf den letzten Bodyguard.

»Nein … *nein … nein!*«, brüllte der Wachmann und hob seine Hand in die Luft.

Bumm!

»Du darfst nicht anfassen, was uns gehört«, erklärte Caleb und starrte Killion an. »Du darfst sie nicht ansehen. Du darfst nicht zusehen ... du darfst nicht überleben.«

Tobias packte Killion an seinem Hemd und zerrte ihn nach hinten. Der Bastard stolperte und schrie auf, bevor er fiel und mit dem Hintern auf dem Boden landete.

»Steh auf«, knurrte Tobias und bewegte sich auf ihn zu.

»Warte ... *warte ... warte einen Moment*«, stammelte Killion und drehte sich mit großen Augen von einem meiner Brüder zum anderen. »Okay. Okay, ich ... ich gebe euch, was ihr wollt.«

Tobias verstummte und blickte zu Boden.

Killion schaute nicht einmal in meine Richtung. »Ihr könnt die kleine Fotze haben.«

Eis schoss durch mich hindurch, sodass sich mein Magen fest verkrampfte.

Tobias runzelte die Stirn. »Was zum Teufel hast du gesagt?«

»Die Hure gehört euch«, fuhr er eilig fort. »Ihr habt sie gefickt. Sie hätte eine Jungfrau sein sollen. Ich habe für eine verdammte Jungfrau bezahlt. Drei Millionen Dollar. Drei verdammte Millionen und ich habe sie nicht einmal zum Bluten gebracht.«

Mein Bruder wurde gespenstisch blass, als er über ihm stand.

Abscheu brannte in mir und ließ mich erschaudern.

»Ihre Fotze ist sowieso trocken«, fing Killion an ... und da hörte es auf.

Tobias stieß einen primitiven Laut aus. Er hob seine Faust in die Luft und schlug sie in Killions Gesicht. Das unangenehme Knacken der Knochen ließ mich überrascht zusammenzucken.

»Was ... *hast* ... *du* ... *gesagt?*«, brüllte Tobias. Seine Augen waren dunkel, sein Körper eine von Gewalt geschliffene Waffe, als er Killion seine Faust einmal, zweimal, dreimal ins Gesicht schlug.

Ich habe sie nicht einmal zum Bluten gebracht ...

Meine Hand zitterte und umklammerte noch immer das Messer. Nick stürmte vorwärts, packte Killion an seinem Hemd und hob seinen Körper vom Boden auf. »Wo ist die verdammte Aufnahme!«, schrie er. »Gib sie uns JETZT!«

Aber Killion wimmerte nur, was ihn nur noch wütender zu machen schien.

Nick schlug seine Fäuste in Killions Gesicht, dann drückte er seine Finger in seinen Nacken auf einen Druckpunkt, der Killion erst blass werden und ihn dann vor Schmerzen zucken ließ.

»Glaubst du, du kannst mit ihrem Leben feilschen?« Nick lehnte sich dicht an ihn heran. »Glaubst du, du kannst sie verschachern, als wäre sie ein verdammtes Stück Fleisch?«

Ich umklammerte das Messer fester und mein ganzer Körper zitterte.

»Sie ist unsere Schwester, unsere Geliebte. Wir müssen sie beschützen, wir müssen sie retten.«

»Und wir gehören zu ihr«, fügte Caleb hinzu und richtete seinen Blick auf mich. »Jetzt ... und für immer.«

»Es gibt keine ... verdammte Aufnahme«, zischte Killion und starrte Nick in die Augen.

Mein Bruder zuckte zurück, lockerte dann seinen Griff und ließ Killion zu Boden fallen. »Dann haben wir keine Verwendung für dich.«

Das Klingeln in meinen Ohren war wie eine ohrenbetäubende Trommel. Ich bewegte mich instinktiv und schritt vorwärts. »Nur für mich.«

Tobias' Kopf schwenkte zu mir, gefolgt von Nicks. »Prinzessin«, murmelte Nick.

Aber ich konnte nicht antworten, denn ich war nicht hier. Ich war in diesem Raum gefangen und wurde von den Händen dieses Mannes und seiner Gewalt gefangen gehalten. Ich musste mich selbst finden und mich auf jede erdenkliche Weise zurückziehen. Ich trat näher heran und zog Killions Blick auf mich. Er hielt so wenig von mir, ich war nur Haut, in der er herumstochern konnte, wie er wollte.

Ich hatte damals überlebt ... Ich hatte diesen Raum überlebt und ich hatte ihn überlebt. Ich ließ mich auf den Boden sinken, kniete mich hin und drückte die Schneide des Messers gegen die Knöpfe seines Hemdes. Aber Killion würde mich nicht überleben. Dafür würde ich sorgen.

Plopp. Mit einem Ruck des Messers riss ein Knopf ab. Ich schnippte wieder und wieder und schnitt sie ab. »Tobias«, flüsterte ich.

»Ja, kleine Maus?«

Ich wandte den Blick nicht von Killion ab, als ich forderte: »Zieh ihm die Hose aus.«

Eine Sekunde lang herrschte Schweigen, bis er verstanden hatte. Dann bewegte er sich mit einem Schnauben. »Was immer du brauchst.«

»Warte!«, stotterte Killion und Blutspritzer flogen durch die Luft, als er Tobias' Hände wegschlug.

»Er muss gefesselt werden«, befahl Caleb und schaute Nick an.

In den Augen meines Bruders glühte Abscheu. Aber er konnte es nicht tun. »Wenn ich ihn anfasse, bringe ich ihn um.«

Nick stand auf.

Caleb war derjenige, der Killion an den Armen festhielt, als Tobias seinen Gürtel öffnete und seine Hose aufknöpfte. Calebs unerschütterlicher Blick trieb Killion noch mehr in Panik.

»Hör auf damit!«, fauchte er und wehrte sich.

Aber es war zwecklos. Ein harter Ruck und Tobias riss ihm die Hose herunter. Er war nicht zimperlich, als er seine Schuhe auszog und sie zur Seite warf, wo sie auf den kaum atmenden, verprügelten Bodyguard einschlugen. Ich bewegte mich über Killion und blickte auf seine weiße Baumwollunterhose herab. »Du bist so verdammt einfallslos, nicht wahr?«

Die wertlose Entschuldigung für einen Mann flennte, während seine Hände von Caleb zurückgehalten wurden.

»Du bist nur ein schwacher, erbärmlicher Abklatsch von einem Mann.«

»Ich werde euch bezahlen. Was immer ihr wollt, ich werde es euch geben.«

Ich drückte das Messer gegen seinen winzigen Schwanz, der kaum groß genug war, um sich gegen seine Unterhose zu wölben. »Was hast du zu mir gesagt? ›Ich *ficke dich, bis du Sterne siehst?*‹« Ich blickte an ihm herunter und drückte das Messer fester an sein bestes Stück. »Nicht mit dem hier.«

Er wimmerte, als ich die Klinge noch fester in ihn grub. »Du ekelst mich an.« Ich drückte noch fester zu. »Du verdammtes Stück Scheiße.« Meine Hand zitterte.

»Wir sind genau hier, Löwin«, murmelte Tobias. »Genau hier, verdammt.«

Ich wusste nicht, ob ich ihm jemals gesagt hatte, wie Dad mich immer genannt hatte. Vielleicht hatte ich es Nick einmal gesagt. Ich konnte mich nicht erinnern. Aber der vertraute Kosename löste etwas in mir aus. Etwas, das bereits an die Oberfläche gedrängt worden war. Die schweren Atemzüge wurden tiefer, als ich meinen Blick auf Killion richtete. »Du wirst mich nicht mehr gefangen halten.«

Ich drückte die Klinge wieder nach unten und stieß sie ganz in die Innenseite seines Oberschenkels, bis das Blut lief und meine Hand zitterte. Dann zog ich das Messer ruckartig zurück.

»Das hat dir noch gefehlt, Prinzessin.« Tobias nahm die Waffe in die Hand. »Ich kümmere mich um den Rest.«

Bumm!

DREISSIG

Ryth

Die perfekten Fliesen waren ein einziges Chaos. Das Blut war neonrot auf dem Weiß. Irgendetwas war dort verstreut, Scherben, die ich zuerst nicht zuordnen konnte. Ich konnte den Blick nicht abwenden, bis es mir klar wurde …

Das waren Knochen.

Knochen, die von der Kugel zerfetzt worden waren, die auf der einen Seite von Killions Schädel eingedrungen und auf der anderen wieder herausgekommen war. Der Knochen schimmerte weiß in dem purpurnen Durcheinander. Es gab auch noch andere Teile. Andere Teile, bei denen ich kotzen wollte, wenn ich sie ansah …

Ich war wirklich kurz davor, mich zu übergeben.

»Prinzessin.«

Mein Magen verkrampfte sich und die Säure brannte in meiner Kehle.

»Prinzessin?«

Bumm ... bumm ... bumm ...

Die ohrenbetäubenden Geräusche waren über mir und in meinem Kopf.

»Ryth, wir müssen jetzt gehen.«

Gott, sag mir nicht, dass er hier ist ... Killions Worte wiederholten sich in meinem Kopf. »Er hat jemanden erwartet.«

»Was?«

Ich hob meinen Blick zu Nick. »Er hat jemanden erwartet.«

Sein Blick wanderte zur Haustür und sein Griff um seine Waffe wurde fester. »Bist du sicher?«

Das hohle Pochen meines Herzschlags dröhnte in meinem Kopf. Ich drängte mich durch den Nebel, kämpfte gegen den Stein in meinem Magen und den ranzigen Geschmack in meiner Kehle an und versuchte, meine Erinnerung an die Sekunden des Chaos zu schärfen. »Ja. Er hat gesagt: ›*Gott, sag mir nicht, dass er hier ist.*‹«

Nick warf einen Blick in Richtung Flur, als Tobias mit einem Baseballschläger auf die Straße trat. Woher hatte er den?

»Ich habe das Schlafzimmer des Mistkerls durchsucht«, knurrte Tobias. »Jetzt fühle ich mich, als müsste ich eine Woche lang duschen.« Er blieb stehen, starrte Nick an und blickte dann zu mir. »Was?«

»Er hat jemanden erwartet«, antwortete Nick. »Also müssen wir das unter Dach und Fach bringen.«

»Wenn er jemanden erwartet hat, dann ist der Mistkerl nicht gekommen.« Tobias schnaubte. Doch als er zur Haustür blickte, hatte er einen besorgten Blick in seinen Augen.

»Ich habe sein Handy und seinen Laptop.« Caleb kam aus dem Inneren des Hauses und trug die Gegenstände in der einen Hand und eine schwarze Tasche in der anderen. »Und auch einen Haufen Bargeld.«

»Er hat jemanden erwartet«, wiederholte Nick.

C warf einen Blick auf die Haustür. »Dann ist das wohl unser Zeichen zu gehen.« Er richtete seinen Blick auf mich. »Bereit?«

Ich runzelte die Stirn und blickte ein letztes Mal zu der Leiche, die zu meinen Füßen lag. Leere Augen starrten mich an. »Ja.«

»Komm schon.« Nick trat näher und schlang seine Arme um mich. »Bringen wir dich nach Hause.«

Nach Hause ...

Ich wusste nicht mehr, wo das war. Trotzdem ließ ich zu, dass er mich zur Haustür hinausführte und den Gehweg entlang.

»Pass auf, wo du hintrittst«, mahnte Nick.

Ich hätte fast gegen den Körper getreten, der im Dunkeln lag. Ruckartig hob ich den Blick und schreckte vor der Bewegung zurück.

»Ist schon gut ... es ist einer von uns.«

Einer von uns ... einer von uns ... die Bodyguards, die uns beschützten, traten aus der Dunkelheit. Einer von ihnen begegnete meinem Blick und nickte mir langsam zu. Ich erinnerte mich an ihn, weil ich ihn bei dem Haus gesehen hatte, in dem wir wohnten. »Er kannte meinen Dad.«

»Das ist richtig, Prinzessin. Er kennt deinen Dad.«

Meine Füße setzten sich in Bewegung und Nicks Griff um meine Schultern war das Einzige, was mich vorwärts trieb. Wir erreichten den Wagen und die Tür öffnete sich, damit ich einsteigen konnte. Dann wurde mir bewusst ... »Mein Messer.«

»Es ist genau hier, meine Löwin.« Tobias näherte sich, ergriff sanft meine Hand und drückte das Messer in meine Handfläche. Das Metall war warm und kam mir jetzt unangenehm bekannt vor. »Behalte es bei dir, bis du die Gedanken in deinem Kopf verarbeitet hast.«

Die Gedanken in meinem Kopf verarbeiten?

Wie sollte ich das jemals schaffen?

Ich stieg ein, schnallte mich an, während meine Brüder mir folgten, und ehe ich mich versah, fuhren wir los. Ich ließ alles hinter mir, jedes einzelne ... ekelhafte Bild.

Ich hatte gerade einen Mann getötet ...

Die Worte hallten in mir nach, zusammen mit der Erinnerung an die Blutspritzer. Ich blickte an mir herunter, sah die Flecken auf meinen Armen und spürte die Nässe auf meiner Jeans. Der süßliche, fleischige Geruch stieg mir in die Kehle. »Mir wird schlecht.«

»Scheiße«, schnauzte Nick und riss das Lenkrad herum.

Hände packten mich, als ich zur Seite geschleudert wurde. Tobias tauchte über mich hinweg, riss am Türgriff und stieß die Tür auf. Die Säure sprudelte aus meiner Kehle, als ich mich am Gurt festkrallte und mich aus dem Auto beugte. Die Hitze brannte und schnitt den ganzen Weg nach oben, während Flüssigkeit aus meinem Mund schoss. Ich stolperte hinaus und streckte meine Hand aus, um mich gegen das Auto abzustützen, aber Tobias hielt mich am Arm fest und murmelte: »So ist es gut, lass alles raus.«

Der Asphalt verschwamm vor mir, während Tobias mich sanft festhielt. Seine andere Hand wanderte in die Mitte meines Rückens und streichelte mich. »Das hast du so gut gemacht, Prinzessin. So gottverdammt gut. Ich bin so verdammt stolz auf dich. Schau, wie stark du bist.«

»Ich fühle mich nicht stark«, stotterte ich, während mein Magen sich verkrampfte und ich zuckte.

»Oh, aber das bist du. Was glaubst du, wie viele Frauen tun könnten, was du gerade getan hast?« Er lobte mich. »Wie viele Frauen gehen mit dem Gefühl der Machtlosigkeit und Angst durch ihr ganzes Leben? Du hast es für sie getan. Du hast es für dich getan.«

Ich schüttelte den Kopf, als echte Tränen zu fallen begannen.

»Du bist so verdammt stark. Ich glaube nicht, dass ich jemals jemanden getroffen habe, der so stark ist wie du. Du machst mich stolz. Selbst wenn du heute Abend nichts getan hättest, wärst du atemberaubend gewesen.«

Der schraubstockartige Griff um meinen Bauch lockerte sich, sodass ich mir mit dem Handrücken über den Mund wischte und meinen Blick auf ihn richtete. Selbst als mein Erbrochenes auf meinen Stiefeln glitzerte und Haarsträhnen in meinen Mundwinkeln klebten, selbst als Blutflecken an meinen Armen und noch mehr an meiner Jeans klebten, sah er mich immer noch mit einem Hunger an, der meine Wangen brennen ließ.

Der Motor des Autos dröhnte. Nick und Caleb warteten.

»Also, fahren wir weiter«, murmelte Tobias. »Wir machen auch mit unserem Leben weiter und werden stärker, okay?«

Ich nickte.

Tobias ließ seine Hand von meinem Arm fallen und hielt mir stattdessen die Hand hin. »Der erste Schritt ist, wieder ins Auto zu steigen.«

Ich schluckte und hasste den Geschmack. Trotzdem nahm ich seine Hand und stieg ein. Steine wirbelten auf, als Nick losfuhr, sobald die Türen geschlossen waren. Ich hielt Tobias' Hand fest, als wir durch die Seitenstraßen zum Haus der Rossis rasten.

Meine Beine zitterten nicht mehr, als wir anhielten und ich ohne Hilfe aus dem Auto stieg. Ich fühlte mich sogar stabiler und sicherer. Ich fühlte mich immer noch ein bisschen wie ein Kleinkind, das gerade laufen lernt, aber diese Stärke blieb in mir, genauso wie Tobias' Worte. Die Wachen standen immer noch am Tor und ich sah jetzt noch mehr von ihnen, wahrscheinlich für den Fall, dass es Probleme geben würde und Killions Männer Vergeltung üben wollten.

Aber es war niemand hinter uns her, zumindest nicht in diesem Moment.

Killions Männer waren alle tot, selbst der, den Tobias geschlagen hatte.

Er war tot … sie waren alle tot.

»Ja, ich bin's«, murmelte Tobias ins Handy, als sich die Garagentore hinter uns schlossen. »Wir sind sicher zurück. Nein, wir haben nicht bekommen, was wir wollten. Er hatte es nicht und sagte, er wüsste nichts von einer Aufnahme. Nein … ich weiß es nicht.« Tobias warf einen Blick in meine Richtung, als ich Caleb und Nick ins Haus folgte. »Ich denke, wir werden weiter suchen. Irgendjemand hat die Aufnahme und wir wollen sie zurück. Ja, mache ich. Okay.«

Ich lauschte jedem Wort, als wir in die Küche gingen. Nick schnappte sich vier Gläser. Caleb öffnete die Schranktüren und holte eine Flasche Scotch heraus. Bernstein plätscherte in ein Glas, bevor Nick es mir reichte. Ich schüttelte den Kopf. »Ich will nicht …«

»Heute Abend schon.« Diese goldbraunen Augen bohrten sich in meine.

Ich nahm das Glas, schluckte, hustete und stotterte, während meine Brüder zusahen.

»Noch einmal«, drängte Nick, krümmte seinen Finger unter das Glas und führte es mir an die Lippen.

Ich konnte nur schlucken. Dieses Mal blieb das brennende Getränk unten. Die Hitze sickerte in mich hinein, bis sich eine köstliche Welle der Wärme in mir ausbreitete.

»So ist es gut«, murmelte Nick anerkennend.

Ich schluckte erneut, während alle drei zusahen, bis sie zufrieden waren. Erst dann nahmen sie sich selbst Gläser und tranken den Inhalt in einem Zug hinunter. Ich zuckte zusammen. »Wie zum Teufel schafft ihr das?«

»Übung, kleine Schwester.« Caleb zwinkerte mir zu, und auch wenn es traurig war, fühlte es sich trotzdem gut an. Ich trank das Glas und die Hälfte des nächsten aus.

»Oh.« Der Raum verschwamm, dann wurde er schärfer.

»Okay.« Nick nahm mein Glas. »Das ist genug für dich.«

Ich runzelte die Stirn. »Aber ich bin noch nicht fertig«, lallte ich.

»Oh, glaub mir«, murmelte er. »Du hast schon genug getrunken.«

Caleb leerte sein zweites oder drittes Glas, öffnete die schwarze Tasche, die er aus Killions Haus mitgebracht hatte, und schüttete den Inhalt auf den Tresen. Stapel von Hundertdollarscheinen landeten mit einem Klatschen auf dem Tresen.

»Verdammt.« Tobias lehnte sich nach vorne und begutachtete die Bündel. »Wie viel ist das?«

»Zwanzig, dreißig Riesen«, murmelte Nick.

»Es lag in seinem Arbeitszimmer, als hätte er vor, jemanden zu bezahlen.«

»Die Person, die er erwartet hat«, antwortete Nick und zog meinen Blick auf sich.

Meine Gedanken waren langsamer, als ich die Puzzleteile zusammenfügte.

»Jemand, der nicht aufgetaucht ist«, fügte Tobias hinzu und trank aus seinem Glas.

»Wie auch immer.« Caleb griff hinüber und stapelte die Bündel. »Es gehört jetzt uns. Wir brauchen es mehr als derjenige, wer auch immer es war.«

Ich schwankte ein wenig auf meinen Füßen, sodass Nick meinen Arm festhalten musste. »Ganz ruhig. Eine Dusche und ein Bett für dich, okay?«

»Ich helfe dir.«

»Ich werde ihr helfen.«

Tobias und Caleb antworteten gleichzeitig, wie aus der Pistole geschossen, und sahen sich dann an.

»Mir geht es gut«, murmelte ich und tätschelte Nicks Arm. »Ich bin ein großes Mädchen. Wenn ich einen Mann töten kann, kann ich auch alleine duschen.«

»Stechen«, korrigierte Tobias. »Eigentlich hast du ihn nur gestochen.«

»Klar«, nickte ich und schwankte, als ich ging. »Eigentlich.«

Aber ich war nicht dumm. Ich wusste, was er getan hatte und warum er es getan hatte. Der Schmerz in meiner Brust war brutal, als ich zur Treppe ging und sie hinaufstieg. Ich wusste nicht einmal, wohin ich ging, ich wusste nur, dass ich ... irgendwo hin wollte. Ich erreichte den ersten Stock und fand irgendwie ein Badezimmer.

Das Deckenlicht blendete mich und ließ mich zusammenzucken, als ein dumpfes Pochen in meinem Hinterkopf auftauchte. »Eigentlich habe ich ihn gestochen«, murmelte ich, als ich meinen Gürtel öffnete und erleichtert ausatmete. Ich zog mir die Stiefel und die Jeans aus und ärgerte mich über die Blutspuren, die auf meinen Oberschenkeln zurückblieben.

Ich musste sie ausziehen ... *einfach ausziehen ...*

Ich stürzte zur Dusche und drehte den Wasserhahn auf. Ich machte mir nicht die Mühe, auf das heiße Wasser zu warten, bevor ich, immer noch in meiner Unterwäsche, hineinging. Kaltes Wasser prasselte auf mich ein und ließ mich sofort die Zähne zusammenbeißen.

»Hier«, murmelte Nick.

Ich zuckte zusammen und schaute ihn an, aber der Alkohol und die Kälte änderten nichts an dem, was ich getan hatte. »Ich habe ihn getötet, egal was Tobias gesagt oder getan hat, ich habe ihn trotzdem getötet.«

»Er versucht nur, dich zu beschützen.« Nick stellte den Wasserhahn ein und testete das Wasser mit seiner Hand, bevor er meinen Blick erwiderte. »Das Letzte, was er will, ist, dass du das auf dem Gewissen hast.«

»Aber ich wusste, was ich tat.« Ich suchte seinen Blick. »Lucas hat mir gezeigt, wo die Adern sind. Er hat mir gesagt, dass eine Kugel oder ein Einstich dort zum Tod führen würde. Ich wusste es ... und habe es trotzdem getan.«

»Dann hast du ihn getötet«, antwortete Nick. »Du hast ihn getötet und übernimmst die Verantwortung für diese Tat. Wir alle haben Dinge getan, die uns verändert haben. Jetzt musst du entscheiden, was du damit machst. Lässt du dich davon zerstören oder stehst du darüber und weißt, dass ein Mann wie Killion nie wieder einer Frau etwas antun wird?«

Seine Worte erreichten mich.

Langsam griff er hinten an meinen BH und öffnete ihn. Seine Berührung war so sanft und er fing die Träger auf, als sie herunterfielen. Dann konzentrierte er sich auf meinen Slip. Er schob seine Finger unter den Saum und zog ihn herunter. Ihn vor mir knien zu sehen, erinnerte mich an die Nacht, in der unsere Eltern geheiratet hatten. Das schien ein ganzes Leben her zu sein, ein anderes Ich.

Ich griff nach unten, streichelte seinen starken Kiefer und flüsterte: »Bleib bei mir.«

Er tat es, während wir uns auszogen und duschten. Wir ließen uns Zeit und spendeten vor allem Trost. Er hielt mich in seinen Armen, als ich weinte, und stellte sich vor die Brause, damit die Wärme meinen Rücken traf und an meinen Schultern herunterlief, und als wir fertig waren, stellte er das Wasser ab.

Es waren keine Worte nötig. Er strich mit Handtüchern über meinen Körper und wrang meine Haare aus, bevor er in den Schubladen nach einem Kamm suchte. Als er fertig war, war ich sauber und trocken. Er führte mich mit einem Handtuch um die Hüfte nach draußen. Tobias kam aus einem anderen Raum und trug ebenfalls ein Handtuch. Diese dunklen Augen trafen meine. Irgendwie wussten sie es einfach.

Wir machten uns auf den Weg ins Schlafzimmer, krochen unter die Decke und legten uns einfach hin. Caleb kam herein, warf die Handys auf den Tisch und zog sich aus, bevor er sich zu uns gesellte. Ich streckte meine Hände aus und streichelte Nick auf der einen und Tobias auf der anderen Seite, während Caleb sich am Fußende des Bettes ausstreckte und mein Bein streichelte.

Im Schlafzimmer war es still, als ich meine Augen schloss. Ich schlief nicht, sondern ließ mich treiben, aber ich ließ die Dinge, die heute Abend passiert waren, nicht Revue passieren. Stattdessen dachte ich an Mom, an Creed und an all die Frauen, die noch immer in der Hölle des Ordens gefangen waren.

Irgendjemand musste etwas dagegen tun.

Jemand musste sie alle befreien.

Aber nicht ich und nicht wir. Zumindest nicht heute Nacht.

Heute Nacht lagen warme Körper neben mir. Eine leichte Berührung meines Arms und ein Streicheln meines Beins brachten mich zu ihnen zurück. Es gab keine Geräusche, keine Fragen, nicht einmal einen bewussten Gedanken, als ich mich zu Nick umdrehte. Er wartete auf mich und griff mit einer Hand nach unten, um seinen Schwanz zu umfassen, während er die andere um meine Taille schob.

Ich schob mein Bein hinüber, um mich auf ihn zu setzen. Seine dicke Eichel stieß in mich hinein, als ich mich nach unten bewegte. Gott, das war es, was ich brauchte, was ich wollte. Ich ritt auf ihm und ließ mich von Nick stützen, indem er meine Hüften festhielt. Tobias richtete sich auf, fuhr mir mit den Fingern durch die Haare und küsste mich. Ich beugte mich hinunter und griff nach seinem Schwanz, weil ich sie brauchte ... alle.

»Fuck«, knurrte Tobias, als ich seinen Schwanz packte.

Dann hob Nick mich von sich herunter und kniete sich hinter mich. Ein Stoß und er war in mir. Ich blickte auf, als Tobias seine feuchte Eichel in meinen Mund schob.

»Gott, Prinzessin«, stöhnte er, blickte nach unten und sah zu, wie ich an seinem Glied saugte und es mit der Hand bearbeitete.

Er hatte heute Abend einen Mann für mich getötet. Ich machte mir auch keine Illusionen darüber, dass es der erste Mann gewesen war. Es waren viele gewesen, da war ich mir sicher, und ich zweifelte nicht daran, dass es noch viele weitere geben würde. Denn genau so liebte Tobias.

Ich ließ meine Faust nach unten gleiten und bearbeitete Ts Länge, während Nicks Stöße härter und wilder wurden. Er lehnte sich über mich und drückte meinen Körper nach unten, während er meine Muschi beanspruchte.

Schwere Atemzüge erfüllten den Raum.

Ich saugte härter, wollte unbedingt bekommen und schmecken.

Tobias' Hand umfasste meinen Hinterkopf, als er stöhnte und meinen Kopf nach unten drückte. »Mein Gott ... *Ryth* ...« Wärme füllte meinen Mund mit einem salzigen Geschmack.

Nick grunzte und stöhnte, als er mich auf das Bett drückte und dann zum Stillstand kam. »Verdammt ... *es tut mir leid*«, stöhnte er.

Sie waren beide so schnell gekommen, dass es mir förmlich wehtat, als Nick aus mir herausglitt.

»Ist schon gut«, murmelte ich.

Nick bewegte sich zur Seite, atmete tief ein und murrte: »C?«

Ich blickte über meine Schulter zu der Silhouette hinter mir.

»Prinzessin«, murmelte Caleb, während er mit seiner Hand an der Außenseite meines Oberschenkels entlangfuhr, dann zwischen meine Beine glitt und Nicks Überbleibsel vorfand. »Sieh dir an, wie du meine Brüder zum Kommen gebracht hast.« Ich schloss meine Augen und stöhnte auf. »So eine feuchte Muschi.« Er steckte seine Finger in die Feuchtigkeit und verteilte sie durch meine Schamlippen.

»Wirst du brav für mich sein?«, murmelte er, als er Nicks Sperma auf meinem Arsch verteilte. Mein Körper verkrampfte sich, um das Eindringen in meinem Hintern. Die Wärme des Alkohols summte in meinen Adern. Ich wippte nach hinten, stieß gegen seine Berührung und flüsterte: »Ja.«

»Wie brav?« Er stieß tiefer in mich hinein und mein Inneres begann zu flattern.

»So brav«, stöhnte ich. »So verdammt brav.«

»Braves Mädchen«, knurrte er, als er seinen Finger aus meinem Arsch zog. »So eine perfekte Fotze, so ein enges, kleines Loch. Verdammt, ich liebe dieses Loch.« Er drückte seinen Schwanz gegen den engen Muskelring, bevor er sich wieder zurückzog und mit seinen Fingern von meinen Schamlippen bis zu meinem Anus strich, bevor er es erneut versuchte. »Atme, Prinzessin.«

Ich versuchte, mich zu konzentrieren, aber mein Verstand war vom Scotch benebelt.

»Atme ...«, murmelte er und drang in mich ein.

Ich bäumte mich gegen das Eindringen auf, krallte mich in die Laken und schloss meine Augen. Seine dicke Spitze dehnte mich, sodass mein Arsch sich fest um ihn verkrampfte.

»Heilige Scheiße«, stöhnte Tobias.

Caleb packte meine Hüften und glitt heraus, während seine Hand meinen Hintern streichelte. Etwas Kühles tropfte an mir herunter und fand das Brennen. »Wie brav?«, fragte er erneut und strich mit seinem Schwanz durch die Flüssigkeit, um wieder in mich einzudringen.

Das Brennen und die Nässe ... und seine Worte.

»So verdammt brav, Caleb«, wimmerte ich. »*Bitte, ich werde so verdammt brav sein.*«

Er packte mich an der Taille und zog mich fest an sich heran, bis ich an seiner Brust lehnte. Seine Arme umschlangen meine Brust, während seine Hüften nach vorne stießen und tiefer in meinen Arsch eindrangen. Sterne leuchteten auf und ließen weiße Funken hinter meinen Augen erscheinen, als er ganz in mich eindrang.

»Ja«, stöhnte er und bäumte sich auf. »Ja, das wirst du.«

Mein Innerstes verkrampfte sich, zuckte, bebte und pulsierte. »Oh Gott.«

Ich riss die Augen auf, als Nick sich auf den Rücken legte. »Öffne deine Beine.«

»Oh, verdammt, genau so«, knurrte Caleb.

Ich tat wie geheißen und spreizte meine Schenkel, als Nick sich zwischen meinen Beinen niederließ und mich ausgiebig leckte. Ich verkrampfte mich, wurde feuchter und wippte mit den Hüften, während Caleb mich gegen Nicks Mund drückte. Seine Zunge drang in meine Muschi ein und sein Daumen streifte meinen Kitzler. Das Gefühl trieb mich in den Wahnsinn und veranlasste mich, auf Nicks Mund zu reiten. Ich schloss erneut die Augen, als Caleb einen wilden Laut von sich gab und immer härter und härter zustieß ...

Bis mir ein Schrei entfuhr. Ich zuckte wieder und wieder, krümmte meinen Rücken und gab mich ihnen hin. Meinen Körper, mein Herz, meine Seele, als Caleb stöhnte und mich ausfüllte. In diesem Moment gab es nur sie. Mein Körper zitterte und pulsierte. Calebs Griff lockerte sich langsam. Seine schweren Atemzüge klangen wie ein Rauschen in meinen Ohren. Nick rutschte zwischen meinen Schenkeln hervor, strich sich mit den Fingern über den Mund und blickte zu mir auf. »Mein Gott, du schmeckst so gut.«

»Und du fickst auch gut«, knurrte Caleb, als er meine Hüften packte und seinen Schwanz herauszog. »Du fickst wirklich gut. Du bist so ein guter Fick ...«

EINUNDDREISSIG

Ryth

EIN IRRITIERENDES SUMMEN ERTÖNTE. ES FOLGTE EIN Stöhnen, tief und knurrend, bevor sich das Bett bewegte und schüttelte. Ich ließ mich treiben und fiel zurück in die selige Dunkelheit, bis Nick murmelte: »Ja?«

Ich fiel …

Ich fiel zurück in einen Traum, in dem ich in eine Leere gesogen wurde, aus der ich nicht mehr herauskam, egal wie sehr ich mich wehrte – bis mich ein Name zurückholte.

»Elle … Sie hat dich angerufen?«

Ruckartig riss ich die Augen auf und zwang mich zurück in meinen Körper. Das Bett bewegte sich wieder und diesmal murmelte Tobias: »Was ist los?«

Unser Zimmer wurde immer schärfer, als ich aus dem Schlaf gerissen wurde. Ich rollte mich zur Seite, stemmte mich nach oben und fand Nick auf der Bettkante vor.

»Natürlich will sie Schutz. Sie hat sich schließlich noch nie wirklich um Ryth gekümmert.«

Bei diesen Worten zuckte ich zusammen. Mein Puls raste und riss mich immer weiter aus dem Schlaf.

»Wir wollen mit ihr reden.« Nick erhob sich vom Bett.

Caleb drehte sich um, stemmte sich ebenfalls hoch und schlüpfte auf der anderen Seite hinaus, während Tobias Nick folgte und mich allein ließ. Bei all dem rutschten die Laken von meinem Körper.

»Was ist los?«, knurrte T und seine Stimme war heiser.

»Wo? Am Pier? Wie lange dauert es, bis sie dort ankommen?«

Der Pier? Warum wollte Mom dorthin?

»Willst du, dass wir dorthin gehen?« Nick wandte sich ab und schirmte sein Gesicht vor mir ab, nicht dass ich in der Dunkelheit etwas sehen konnte. Trotzdem tat es weh, denn das Gefühl der Ablehnung war hart und echt.

Ich wusste, dass es an Mom lag und kämpfte gegen das Bedürfnis an, meine Wange zu berühren.

»Okay, dann warten wir einfach auf sie. Du rufst sofort an, wenn du hörst ... ja ... ja, es geht ihr gut. Ich verstehe schon. Klar.«

Er ließ seine Hand sinken und ich war wie gefesselt von dieser Bewegung. Niemand sprach ... eine ganze Weile lang nicht, bis Tobias die Spannung durchbrach. »Was ist los?«

Nick drehte sich um und richtete seinen Blick auf mich. »Ryths Mom hat sich an Ben gewandt, anscheinend hat sie Angst um ihr Leben und braucht Schutz.«

»Natürlich hat sie das«, knurrte T.

Ich schluckte schwer. »Hat sie ... hat sie nach mir gefragt?«

Stille.

Eine Stille, die lauter sprach als Worte es je könnten.

Ich drehte mich weg.

»Prinzessin.« begann Nick.

»Es ist in Ordnung.« Ich schob die Laken weg. »Ich weiß nicht, warum ich etwas anderes erwartet habe.«

»Vielleicht hat sie im Moment nur Angst«, bot Caleb an. »Wenn sie in Sicherheit ist, will sie sich vielleicht bei dir melden.«

Die Erinnerung an ihre Handfläche brannte auf meiner Wange. Ich kannte die Wahrheit. »Das glaube ich nicht.«

»Auch wenn sie uns nicht sehen will, wir wollen sie auf jeden Fall sehen«, zischte Tobias. »Und es ist mir scheißegal, wenn sie es nicht will. Wir wollen Antworten.« Er war wütend und lief am Fußende des Bettes auf und ab. »Wir wollen wissen, was sie zu verbergen hat und warum sie ihre eigene Tochter an diesen verdammten Ort geschickt und dort zurückgelassen hat ... aber vor allem ... wollen wir eine Erklärung dafür, was in diesem verdammten Tagebuch steht.«

»Tagebuch?«, flüsterte ich und schaute von Tobias zu Nick, der zusammenzuckte.

»T«, knurrte Nick leise. »Du verdammter Idiot.«

»Welches Tagebuch?«, fragte ich erneut.

»Scheiße.« Tobias wandte sich ab.

Aber ich schritt schon auf sie zu, nackt und frierend. »Welches verdammte Tagebuch, Tobias?«

»Prinzessin.« Caleb streckte die Hand nach mir aus.

Aber ich wich ihm aus, als Nick das Licht im Schlafzimmer anknipste und sich zu mir umdrehte. Alles, was ich sah, waren Schuldgefühle.

»Was sie schreibt, ergibt nicht viel Sinn«, begann er. »Da stehen ein paar Dinge drin, die ziemlich beschissen sind ... Dinge, die du besser nicht lesen solltest.«

Es war mir egal, was er dachte. Ich musste es wissen. »Hast du das Tagebuch?«

»Kleine Maus«, protestierte T.

Ich funkelte ihn an. »Du hast mich verdammt noch mal angelogen. Bestenfalls hast du die Wahrheit verheimlicht. Du warst derjenige, der Ehrlichkeit verlangt hat, und jetzt finde ich heraus, dass du dieses Tagebuch gelesen hast ... Also werde ich dich noch einmal fragen, und wenn du mir eine verdammte Lüge erzählst, trete ich dir in die Eier.«

Er zuckte bei dieser Drohung nicht zurück.

Aber sein Blick verfinsterte sich. »Ich will nicht ...«

»Das ist mir scheißegal, T. Beantworte die Frage. Hast ... du ... das ... Tagebuch?«

Aber es war Nick, der antwortete, Nick, dessen Schultern nachgaben, als er nickte. »Ja.«

»Ich will es lesen.«

Ich wartete darauf, dass er sich wehren würde. Er tat es nicht. Stattdessen griff er nach seinen Boxershorts und zog sie an. »Dann solltest du dir etwas anziehen«, murmelte er. »Denn ich garantiere dir, wenn du erst einmal anfängst, wirst du nicht mehr schlafen können.«

Ein Zittern durchlief mich, als er nach seiner Jeans griff.

Dann folgte ich ihm.

ZWEIUNDDREISSIG

London

MEIN RING KLIRRTE GEGEN DAS GLAS, ALS ICH DEN RAND an die Lippen führte und den Whisky schluckte. Die Lichter auf den Monitoren vor mir flackerten. Der Bildschirm ganz rechts war mit den schwarz-weißen Livestream-Aufnahmen rund um das Haus gefüllt. Auf dem daneben waren hauptsächlich Schatten zu sehen. Aber hin und wieder tanzte eine Bewegung am Rande, gerade außerhalb des Sichtfelds. Aber diejenigen, die ich beobachtete, schliefen meistens. So wie sie es tun sollten ...

Alle, außer ihr.

Ich richtete meinen Blick auf den anderen Bildschirm vor mir, den, den ich in voller Farbe sah. Es war der einzige, dessen Bewohnerin noch wach war ... und gerade jetzt wie eine Löwin in ihrem Zimmer auf und ab ging. Sie dachte, sie sei schlau, sie dachte, sie sei mutig. Aber das war sie nicht. Sie war mein nachgiebiges Ziel. Meine trotzige, eigensinnige Waffe. Ich hatte sie benutzt ... benutzt, um zu bekommen, was ich wollte. Ich würde sie benutzen, um meine Kontrolle zu erlangen.

Ich würde den Willen in ihr brechen.

Ihn unter meinem eigenen Hunger zermalmen.

Und ihn wie eine Droge an sie weitergeben.

Ich würde ihr gerade genug geben.

Nur einen Vorgeschmack auf die Freiheit.

Einen Hauch von Liebe. Genug, damit sie mir gehorchen würde.

Ich schlug die Beine übereinander und beobachtete, wie sie über ihre Schulter zu der Kameraattrappe in der Ecke ihres Schlafzimmers blickte und sich dann wieder der Tür zuwandte, bevor sie das Schloss prüfte. Der Stahl hielt stand. Die Kamera zoomte ihr Gesicht heran. Dunkle Lippen, braune Augen. Wildkatze, so nannten meine Söhne sie ... *Wildkatze.*

Sie war wirklich eine kleine Wildkatze, nicht wahr? Ich fuhr mit den Zähnen über meine Lippe. Eine Wildkatze, die erobert werden musste. Sie sah ihrem Vater so ähnlich, dieselben braunen Augen und der stechende Blick. Ich bemerkte die Bewegung ihrer Lippen, als sie »Hurensohn« knurrte.

Meine Mundwinkel verzogen sich zu einem Grinsen. Wenn sie nur wüsste ...

Ich streckte meine andere Hand aus und streichelte eine Taste auf der Tastatur vor mir, dann warf ich einen Blick auf den anderen Monitor zu meiner Linken, der jeden Winkel des Hauses überwachte, und wog die Konsequenzen dessen ab, was ich im Begriff war zu tun.

So, wie ich es jedes Mal tat.

Ich warf einen Blick auf das Handy neben mir, das mit einer sicheren, nicht zurückverfolgbaren SIM-Karte ... das mit der Aufzeichnung einer sehr privaten Angelegenheit. Anstatt die Taste auf der Tastatur zu drücken, griff ich nach dem Handy und entsperrte den Bildschirm. Die Frau, die mich auf dem

Bildschirm vor mir stumm verfluchte, hatte keine Ahnung, was ich alles getan hatte, um sie hierher zu bekommen.

Aber ich wusste es.

Ich drückte auf den Knopfm durchlebte diese Momente noch einmal, und der verborgene Raum, in dem ich saß, wurde von Schreien erfüllt: *TOBIAS! TOBIAS BITTE! TOBIAS!* Ich drückte den Knopf noch einmal, um die Geräusche zu beenden. Mein Herz raste immer noch. Wenn solche Geräusche an die richtigen Leute weitergegeben würden, wäre das ein Auslöser ... die Art von Auslöser, die ich brauchte ...

Ich hob meinen Blick zum Monitor. Die Art von Auslöser, die ich mir wünschte. Genau wie sie ...

»*FICK DICH!*«, schrie Vivienne und ihre verzehrenden dunklen Augen funkelten vor Hass. Sie schaute noch einmal über ihre Schulter und starrte die Kamera an ... dann ging sie darauf zu. Ihr Blick war auf das blinkende rote Licht gerichtet, das nur als Lockvogel diente, und zeigte ihr den Finger.

Mein Puls schlug heftig. Mein Schwanz zuckte.

In diesem Moment wirkte sie genauso jung, wie sie war – neunzehn Jahre.

Jung.

Widerstandsfähig.

Ich konnte nicht anders. Ich griff nach unten, um meinen harten Schwanz durch meine Hose zu umfassen. Sie drehte sich um, ihre Hände zu Fäusten geballt. Das Licht aus ihrem Schlafzimmer traf ihr Gesicht genau richtig und ich wurde von den vielen Sommersprossen auf ihren Wangen und ihrem Nasenrücken angezogen. Diese verdammten Sommersprossen.

»Oh Gott.«

Ich wandte den Blick ab und hasste dieses Aufflackern von Unsicherheit. Hier war kein Platz für Schwäche ... kein Platz für Verlangen. Kein Platz für Hunger. Nur kalte Grausamkeit. Ein schneidender, grausamer Griff. Es gab keinen Platz für etwas anderes als das Ziel. Ich war so weit gekommen, hatte alles riskiert ... und jetzt war ich so verdammt nah dran.

Ich konzentrierte mich auf den Monitor und obwohl mein Magen sich verkrampfte und diese panischen Gedanken aufstiegen, griff ich an meinem Handy vorbei zu der Tastatur und drückte auf ›Entsperren‹.

Klick.

Das Licht des elektronischen Schlosses blinkte. Der Anblick und das Geräusch zogen meinen Blick auf sich. Sie drehte sich um, als sie unter der gefälschten Kamera stand, und blickte finster drein. *»Was soll der Scheiß?«*

»In der Tat, was soll der Scheiß, Vivienne«, murmelte ich. »Schluck den Köder, Wildkatze.«

Sie warf einen zögerlichen Blick auf die Kamera, drehte sich dann um und ging einen Schritt zurück, dann noch einen, bis sie an der Tür war. Sie streckte die Hand aus und legte sie auf die Klinke. Nur dass sie die Tür dieses Mal nicht so öffnete, wie ich es mir vorgestellt hatte ... Nein. Sie zog ihre Hand weg und griff nach dem Tablett, das ich vor Stunden mit ihrem Abendessen hereingetragen hatte.

Mit finsterer Miene lehnte ich mich näher heran und beobachtete, wie sie die Plastikbecher und -utensilien beiseite schob, nach dem Tablett griff, es anhob und sein Gewicht testete, bevor sie es über ihre Schulter schwang und testete, wie gut das Ding als Waffe dienen würde. »Kluges Mädchen«, murmelte ich. »Kluges Mädchen mit Köpfchen.«

Erst dann setzte sie sich zielstrebig in Bewegung, eilte zur Tür, drehte den Griff und riss sie auf. Sie war bereit und hob das Tablett. Wenn jemand auf sie wartete, würde er ein Tablett ins Gesicht bekommen.

Ich griff nach meinem Handy, das neben mir lag, meinem richtigen Handy. Die SIM-Karte konnte zu mir zurückverfolgt werden. Bei diesem war ich sehr vorsichtig. Es gab keine ›besonderen Aufzeichnungen‹, auch keine Nachrichten an Mr. Benjamin Rossi. Es gab nur sie. Ich rief den Tracker auf und fand die flackernden Lichter, als meine Söhne jagten.

Ich wollte, dass sie jagen.

Ich hatte sie zum Jagen ausgebildet.

Dazu waren sie erzogen worden.

Eine Bewegung lenkte meinen Blick zurück auf sie. In den Nachtsichtkameras war sie nur verschwommen zu sehen, wie sie mit dem verdammten Tablett auf dem Kopf die Treppe hinunterrannte. Wenn sie so stolperte, könnte sie sich verletzen. Ich verkrampfte meinen Kiefer und meine Muskeln spannten sich an. Meine Finger bewegten sich auf der Tastatur und gaben die gewünschten Befehle ein. Ich schaltete die Kameras um und verfolgte ihren Weg bis zum Arbeitszimmer.

Ich drückte den Befehl und entriegelte die Tür zum Arbeitszimmer, bevor sie dort ankam, genau wie beim letzten Mal. Nur hatte ich damals nicht damit gerechnet, dass meine Söhne so schnell nach Hause kommen würden. Sie waren aus der Garage gekommen und das Klicken des Schlosses an der Tür meines Arbeitszimmers hatte ihr Interesse geweckt.

Ich hatte verdammtes Glück, dass ich so schnell da gewesen war. Wer wusste schon, was die Brüder sonst getan hätten. Aber das Peilsignal auf meinem Handy sagte mir, dass sie diesmal weit weg waren, nachts, auf der Pirsch nach meiner Beute. Auf dem Bildschirm stieß Vivienne die Tür meines Arbeitszimmers auf und schwenkte das Tablett vor sich, um einen Angriff abzuwehren. Nur gab es heute Abend keinen Angriff. Weder von meinen Söhnen ... noch von mir.

Ich schlug die Beine übereinander, nahm das Glas in die Hand und trank. Ich genoss die Wärme, die durch meinen Körper und in meine Adern strömte. Mir wurde fast ... *schwindelig*, als Vivienne den Raum musterte, eintrat und die Tür schloss.

»Du bist so verdammt jung, nicht wahr?«, flüsterte ich und meine Stimme war heiser und seltsam, während mein Blick an ihrem Körper hinunterwanderte. Ich wusste ganz genau, dass sie brandneu war. »Mein Gott, ich frage mich, wie deine Fotze wohl schmeckt.«

Meine Eier spannten sich an und mein Schwarz drückte zuckend gegen meine Hose. Ich hatte heute schon eine Hure und fühlte mich immer noch angespannt. Ich griff nach meinem Handy, als Vivienne sich im Arbeitszimmer umsah und zum Schreibtisch ging. Sie beobachtete die Tür und beeilte sich, als sie an den Schubladen rüttelte und feststellte, dass sie verschlossen waren. »Beweg die Maus, Vivienne«, murmelte ich. »Beweg die verdammte Maus.«

Ich öffnete meine Kontakte und blätterte durch die Nummern der High-End-Escorts, die ich benutzte. Die Namen verschwammen beim Scrollen. Sie waren alle schon vertraut. Ich brauchte etwas Neues, etwas Frisches. Mein Blick wanderte zurück zum Monitor, als die Wildkatze ihren Fuß gegen die Seite meines fünftausend Dollar teuren Meisterwerks aus rotem Zedernholz stemmte, den Griff der obersten Schublade umklammerte und verdammt heftig zog.

»Heilige Scheiße«, stöhnte ich. Sie würde mich ein gottverdammtes Vermögen kosten ... Ich konnte es spüren.

In meinem Augenwinkel zuckte ein Nerv. Ich warf das Handy zurück auf den Schreibtisch und es schlug mit einem dumpfen Knall auf die Oberfläche. In diesem Moment war es mir egal, ob ich eine Muschi hatte oder meinen Schwanz gelutscht bekam. Ich fuhr mir mit den Fingern durch die Haare und war wütend auf den verdammten Tornado in meinem Büro, als sie einen stummen Schrei ausstieß und mein ledergebundenes Tagebuch quer durch den Raum warf.

Ich zuckte zusammen. Ich hätte es wegschließen sollen. Wütend versuchte ich zu überlegen, ob da etwas drin stand, was sie nicht wissen sollte. Es war ein neues Tagebuch, das nur ein paar notierte Einträge enthielt. Nichts von wirklicher Bedeutung. Wenn sie sich die Zeit nehmen würde, die Seiten zu mustern, würde sie wütend werden.

Noch wütender, als sie es jetzt schon war.

Irgendwie gefiel mir der Gedanke nicht.

Dann schlug sie gegen meinen Montblanc Royal Stift, der sich drehte und die kabellose Maus traf, bevor er gegen die Tastatur knallte. Augenblicklich erwachte der iMac zum Leben. Der Monitor war genau aus diesem Grund entsperrt gewesen. Aber damit hatte sie nicht gerechnet, nicht wahr? Ihr Blick verengte sich, als sie sich im Raum umsah. Ich konnte sehen, wie sich ihr Körper anspannte.

»Drück auf Play, Wildkatze«, forderte ich sie auf.

Es wie eine Droge zermalmen und an sie verabreichen. Das war es, was ich wollte ... und das war der erste Schritt, um das zu erreichen.

Sie kaute auf ihrer Lippe und musterte das Arbeitszimmer, dann beugte sie sich nah an den Monitor und drückte auf »Play«. Sie wich zurück. Einmal, zweimal, dreimal, und sie stolperte rückwärts. Ich wusste sofort, was sie hörte. In meinem Kopf spielte sich das Geräusch ab.

BUMM! BUMM! BUMM! Du darfst nicht anfassen, was uns gehört!

Ihre Augen weiteten sich und ihr Mund öffnete sich.

Dann stürzte sie nach vorne, packte den Monitor und kippte ihn unsanft um. Ich zuckte zusammen, so verdammt grob ging sie mit den Geräten um, so verdammt rücksichtslos. So eine gottverdammte ... *Göre*. Sie ließ sich in den Stuhl fallen und starrte den Monitor an, während Ryth Banks und ihre Stiefbrüder ihre Rache ausübten.

Es war das erste Mal, dass sie Ryth gesehen hatte, seit ich sie hierher gebracht hatte.

Jetzt wusste sie zwei Dinge:

Erstens, dass Ryth am Leben und bei ihren Stiefbrüdern war ...

Und zweitens, dass sie ein Haus sah, das überwacht wurde, weil die Daten direkt an meinen Computer gesendet wurden. Die erste Erkenntnis traf sie augenblicklich. Ihre Schultern gaben vor Erleichterung nach, ihr Kopf sank nach vorne und ich könnte schwören, ein Zittern gesehen zu haben. Falls es so war, dauerte es nicht lange, bis die zweite Erkenntnis eintrat.

Ihre Wirbelsäule richtete sich langsam auf. Ihr Blick war unbeweglich und starr auf den Bildschirm gerichtet. Ich sah, wie sich ihre Brust hob und senkte, bevor sie langsam den Raum musterte ... und die falsche Kamera in der Ecke des Raumes ins Visier nahm.

Es spielte keine Rolle, dass sie die falsche Kamera anschaute, es spielte keine Rolle, dass sie langsam aufstand und um den Schreibtisch herumging, bis sie unter dem blinkenden Licht stand. Es spielte auch keine Rolle, dass sie nichts sagte und nichts tat.

Denn wichtig war, dass sie es jetzt merkte.

Wie groß mein Einflussbereich war.

Und was ich alles getan hatte.

Ich warf einen Blick auf das Handy neben mir, auf dem die Aufnahme von Killion und Ryth gespeichert war. Ich hatte ihre Brüder wie eine Waffe entfesselt und einen von ihnen ausgeschaltet. Ich verabscheute Killion. Dieser niederträchtige, billige Bastard wandte seine Grausamkeit auf rücksichtslose Art und Weise an, indem er Männer anschleppte, die wie eine verdammte Plage konsumierten.

Ich war anders. Ich war *wählerisch*.

Und meine Gründe waren meine eigenen.

Vivienne senkte langsam ihren Blick und drehte sich um. Diesmal zeigte sie mir nicht den Finger. Kein widerspenstiges Geschrei? Ein Lächeln zerrte an meinen Mundwinkeln, als ich sah, wie sie stehen blieb. Etwas hatte ihren Blick gefesselt, etwas tiefer im Arbeitszimmer ... etwas in den Regalen.

Ich wusste augenblicklich, was sie gesehen hatte.

Mein Magen verkrampfte sich.

Die anfängliche Genugtuung verflog schneller, als sie gekommen war.

»Nein.« Ich beugte mich vor, als sie nach vorne trat und nach dem kleinen rosa Notizbuch griff, das ganz hinten im Regal lag.

Sie hätte es nicht bemerken sollen.

Es hätte sie nicht interessieren dürfen.

Sie sollte es verdammt noch mal nicht lesen, dachte ich, während ich ihr dabei zusah, wie sie die Seiten aufschlug und durchblätterte.

Eine Gänsehaut lief mir über den Rücken, als ich sie beobachtete. Selbst wenn ich durch das Haus rennen und die Treppe hinunterstürzen würde, wäre es zu spät. Es war bereits zu spät. Vivienne nickte langsam mit dem Kopf, während sie das Notizbuch sanft schloss und es wieder an seinen Platz schob.

Ich kreuzte meine Beine und erhob mich langsam. Mein Blick fiel auf die Tür, als mein Handy anfing zu summen. »*Nicht jetzt*«, sagte ich zähneknirschend.

Auf dem Bildschirm machte sich Vivienne auf den Weg zur Tür des Arbeitszimmers, öffnete sie und schlüpfte hindurch. Ich verfolgte sie, genau wie ich es zuvor getan hatte, als mein Handy summte. Ich nahm es in die Hand und drückte auf den Knopf. »Was?«

»Wir haben einen Standort für Elle, Pier 10, Ostseite von Mossman.«

Ostseite von Mossman ...

Das war unerwartet, selbst für jemanden wie sie.

»Der Orden hat auch ihren Aufenthaltsort«, fügte Colt hinzu. »Was sollen wir tun?«

Was wir tun sollten ...

Was wir tun sollten?

Mir gingen tausend mögliche Szenarien durch den Kopf, aber keine, die mir auf meinem Weg weiterhelfen würden. »Nur beobachten.«

»Bist du sicher?«

»Stellst du mich infrage?«

»Nein ... ich will nur ...«

»Dann *beobachte* nur«, befahl ich.

»Wird gemacht«, murmelte er. »Ich melde mich, wenn etwas passiert.«

Auf dem Monitor erreichte Vivienne das obere Ende der Treppe und ging auf ihr Zimmer zu. »Ich warte«, sagte ich und sah ihr nach, dann ließ ich meine Hand sinken und beendete das Gespräch. »Ich warte hier auf euch.«

Kaum hatte ich das Gespräch beendet, klingelte mein Handy erneut. »Was zum Teufel ist diesmal?«, zischte ich und wollte meinen Blick nicht von der Frau auf dem Monitor abwenden, die jetzt mehr wusste, als ich ihr hatte sagen wollen. Aber ich schaute auf den Handybildschirm ...

Zu einer Nachricht, die mir das Blut in den Adern gefrieren ließ.

Ein tiefes, wildes Geräusch ertönte. Ich erhob mich, stieß mein Glas um und verschüttete den Inhalt. »Scheiße!«, brüllte ich. Aber es ging nicht um den teuren Alkohol ...

Es ging darum, dass mein ganzer Plan in die Hose gegangen war ...

Ich rannte aus dem Zimmer, tippte Zahlen in mein Handy und betete zu Gott, dass ich die Sache noch retten konnte ... und ließ Vivienne und ihr zufriedenes Grinsen weit hinter mir, als ich zu meinem Auto rannte.

DREIUNDDREISSIG

Ryth

Er hat es mir nie gesagt ...

Das wurde mir bewusst, als ich dort stand und das Tagebuch meiner Mutter in der Hand hielt. Als wir das Diner verlassen hatten, bevor Tobias zusammengebrochen war, hatte Nick versprochen, mir zu sagen, warum Mom mich an diese kranken Mistkerle ausgeliefert hatte. Aber als ich das kleine ledergebundene Notizbuch in der Hand hielt, wurde mir bewusst, dass er das nie getan hatte ...

Als die Worte auf der Seite in meiner Hand verschwammen, wünschte ich, er hätte es nie getan.

Ich schluckte schwer und versuchte, meine Stimme zu finden, um dann zu flüstern. »Zuchtprogramm.« Ich hob meinen Blick zu Nicks traurigen Augen. »Das bin ich also?«

»Nein.« Caleb schüttelte den Kopf. »Das bist du nicht. Das einzige, *was* du bist, ist, wie du geworden bist.«

»Sie wurden *gezüchtet*, Caleb«, wimmerte ich und hob das Tagebuch hoch. »Meine Mutter, andere Frauen, sie wurden gezüchtet.«

»Und wenn sie die Chance hätten, würden sie dasselbe mit dir tun«, fügte Caleb hinzu.

Du bist ein Naturtalent.

Ein Naturtalent.

Ein Natur ...

Die Küche drehte sich und verschwamm unter dem wilden Rauschen meiner panischen Atemzüge. *Oh, Gott ... oh, Gott ...*

»Ruhig.« Tobias packte mich am Arm und schoss einen wilden Blick in Cs Richtung. »Ein bisschen mehr Taktgefühl, ja?«

»Taktgefühl wird ihr keine Antworten geben«, biss Caleb zurück. »Und es wird sie ganz sicher nicht in Sicherheit bringen.«

Tobias schüttelte den Kopf, während sein Blick vor Wut glühte. »Und du glaubst, dass du sie zu Tode erschreckst?«

Caleb wandte sich ab, fuhr sich mit den Fingern durch die Haare und sein aufgeknöpftes, weißes Hemd flatterte, als er sich umdrehte und den Küchentresen entlang schritt. »Verdammt, ist das ein Durcheinander.«

Ich dachte, es wäre eine Lüge gewesen.

Dass das alles eine kranke, perverse Lüge gewesen wäre. Aber das war es nicht, oder? Es war nicht nur keine Lüge ... es war viel schlimmer, als ich gedacht hatte. »Ich weiß nicht, ob ich kotzen, schreien oder mich betrinken soll.«

»Wenn du willst, können wir alle drei auf einmal ausprobieren«, murmelte T neben mir. »Denn das hört sich für mich nach einem durchschnittlichen Samstagabend an.«

Ich stieß ein bellendes Lachen aus und warf ihm einen Blick zu. »Was für ein toller Witz in so einem Moment.«

Seine Mundwinkel zuckten, als er mit den Schultern zuckte. »Hey, es hat doch funktioniert, oder?«

Ich wollte ihm gerade einen Schlag in die Rippen versetzen, als Nicks Handy auf dem Tresen vibrierte. Das kleine Lachen, das ich noch in mir gehabt hatte, verstummte augenblicklich. Nick schaute mich an und drückte dann auf das Lautsprechersymbol auf seinem Handy. »Wir sind da.«

»Meine Jungs sind gleich da, um sie abzuholen.« Das tiefe Knurren von Ben Rossi hallte heiser durch das Handy. Ich bezweifelte, dass er auch nur eine Sekunde Schlaf gehabt hatte. »Ich dachte mir, ich warne euch vor.«

Nick starrte mich an. »Danke. Halt uns auf dem Laufenden.«

»Mache ich.«

Ich stürmte nach vorne. »*Warte!*«

Nick hielt inne, bevor er den Anruf beendete. Mein Herz hämmerte und meine Brust fühlte sich eng an. »Kannst du in der Leitung bleiben?«, fragte ich. »Ich will nur sichergehen, dass sie in Sicherheit ist, das ist alles.«

»Ryth«, mahnte Nick.

In seinem Blick lag eine Traurigkeit. Eine, die ich im Moment nicht sehen wollte. »Ich mache mir keine Hoffnungen«, murmelte ich. »Ich weiß, was sie getan hat, war falsch. Aber wenn das ...« Ich hob das Tagebuch hoch. »Wenn das nichts über ihren Geisteszustand aussagt, dann weiß ich auch nicht.«

»Sie schien in Ordnung zu sein, als sie dich aus dem Lagerhaus entführen ließ«, knurrte Nick.

»Sie schien auch in Ordnung zu sein, als sie unseren verdammten Dad erschossen hat«, knurrte Tobias.

Angesichts der Worte zuckte ich zusammen. Nachdem Tobias uns erzählt hatte, was in dieser Nacht passiert war, konnte ich es nicht glauben. Diese ... Mörderin war nicht die Frau, die mich geboren und aufgezogen hatte ... die sich um mich gekümmert hatte. Sie war eine Fremde. Ich hielt das Tagebuch in der Hand – ein Produkt von niederträchtigen Männern.

Der Hass brodelte in der Küche und jagte mir eine Gänsehaut über die Arme. Ich umarmte meinen Körper, als Bens Stimme wieder erklang. »Ich rufe meine Männer über das andere Handy an. Ich stelle sie auf Lautsprecher und sobald wir sie haben, kannst du beruhigt sein.«

Er wusste es. Ich verstand nicht, wie, aber er wusste es. »Danke«, flüsterte ich.

Ich wartete, während Geräusche durch das Handy drangen, bis die Stimmen der anderen Männer ertönten. *Ja, wir nähern uns jetzt dem Pier.«*

»Seht ihr sie?«, fragte Ben.

»Wir suchen ... Da ist ...«, begann sein Mann.

»Was zum Teufel?«, knurrte Ben.

Nick hob den Kopf. »Was ist los?«

»Ich habe gerade eine verdammte Nachricht von einer Privatnummer bekommen ... Es gab eine Explosion.«

»Warte!«, ertönte die Stimme seines Mannes im Hintergrund. *»Warte, WAS FÜR EINE SCHEIße!«*

Bumm!

Bumm ... bumm ... bumm, bumm, bumm.

Ich zuckte bei jedem Geräusch zusammen. Keuchende Atemzüge verschlangen mich. »Was ist los? Was ist los?«

»Nick!«, brüllte Rossi. »*Kommt da sofort raus, verdammt!*«

Bumm!

Ich starrte auf das Handy auf dem Tresen, aber der Bildschirm war tot ... der Anruf war unterbrochen.

Bumm!

»Was zum Teufel?«, knurrte Nick, als sich hinter mir etwas bewegte.

Ich drehte mich um, als Tobias herumwirbelte und entdeckte drei schwarz gekleidete Männer mit Sturmmasken, die mit erhobenen Pistolen auf uns zuschritten.

Bumm! Der Schuss ertönte, als Caleb zur Seite sprang. Tobias war wild entschlossen, drängte sich vor mich und beschützte mich mit seinem Leben, während die Männer sich verteilten und jeder von ihnen auf meine Brüder losging. Aber es war der Mittlere, der die Waffe in seiner Hand bewegte und auf Tobias' Kopf zielte.

Bis Nick ein wildes Brüllen ausstieß, über den Küchentresen sprang und dem Angreifer die Waffe aus der Hand schlug. *Bumm!* Der Schuss ging daneben und traf den Tresen neben mir. Eine Sekunde lang zuckte Tobias' Blick zu mir, dann fand er das Einschussloch und drehte sich wieder zu dem Arschloch um.

»Du verdammter Mistkerl!«, schrie er und stürzte sich mit seiner Faust auf die schwarze Maske. »*Du hast sie fast getroffen!*«

Bumm!

Klatsch!

Knirsch!

Rebels wildes Knurren kam aus der Ecke des Esszimmers. Ihre Lippen waren gekräuselt und in ihren schwarzen Augen blitzte Wut auf. Sie stürzte sich auf den Angreifer, als dieser nach Nick schlug, und versenkte ihre Zähne in seinem Bein. Er wand sich vor Schmerz und trat um sich. Aber sie ließ ihn nicht los. Im Gegenteil, sie klammerte sich noch fester an ihn und warf ihren Kopf hin und her.

»*Verdammte Scheiße!*«, schrie Nicks Angreifer.

Sie waren ein einziges Durcheinander aus Fäusten, Sturmhauben und einem wilden Welpen, der meinen Bruder beschützen wollte. Ich stieß mich von der Theke ab und stolperte rückwärts, während meine drei Brüder um unser Leben kämpften. Aber ich rannte nicht. *Auf keinen Fall* ... ich war fertig damit ... ich war so verdammt fertig. Ich umrundete die Kante, ging in die Küche und schnappte mir stattdessen eines der Fleischermesser aus dem Block. Dann drehte ich mich wieder zu ihnen um.

Sie waren hier, um mich zu entführen ...

Nein. Sie waren hier, um sie zu töten ...

Ich packte das Messer fest und drehte mich um, als ich das Grunzen und Knurren und das unangenehme Geräusch von Fäusten auf Haut hörte.

»Erschießt diesen Wichser!«, brüllte einer der Angreifer.

Nick schlug um sich und streckte sein Bein aus, um den Angreifer zu Fall zu bringen. Aber er war so sehr auf Tobias konzentriert, dass ihn eine Faust am Kiefer traf. Er stolperte rückwärts und ging dann selbst zu Boden, während der andere Mann nach Tobias' verwundetem Bein griff.

»Ich werde dich umbringen!«, brüllte Tobias. »*Ich werde dich verdammt noch mal umbringen!*«

Bumm!

Ein ohrenbetäubender Schuss ertönte. Ich griff nach dem Messer und suchte die Wände ab, um zu sehen, wo die Kugel eingeschlagen war. Aber sie hatte kein Loch hinterlassen, weder in den Wänden noch in der Theke. Stattdessen stürzte Caleb rückwärts und Blut quoll aus seiner Schulter.

Sie hatten auf ihn geschossen.

Sie hatten auf Caleb geschossen.

Etwas Wildes entlud sich. Eine wilde, unkontrollierbare Wut machte sich in mir breit. Ich stürzte durch das Esszimmer und ließ das Messer durch die Luft sausen, während Caleb stolperte und versuchte, sich aufrecht zu halten. Der Bewaffnete riss seinen Kopf zu mir herum. Aber da war es schon zu spät, denn ich stieß die Spitze direkt in ihn hinein.

Die Klinge bohrte sich tief in seine Haut, bis kein Stahl mehr übrig war.

Betäubt starrte ich auf seine Mitte, wo das Glitzern von der Schwärze verschluckt wurde, dann hob ich meinen Blick zu ihm. Seine Augen weiteten sich fassungslos, als das Grunzen und Heulen meiner Brüder hinter mir zu hören war.

»Ryth!« Caleb packte mich am Arm, riss mich weg und zerrte mich hinter sich. »Wenn du sie anfasst«, warnte er. »Wenn du sie anrührst, bringe ich dich um.«

Aber der Bewaffnete blickte nur nach unten und starrte das große Messer an, das in seiner Mitte steckte, dann packte er den Griff und zog es heraus. Warte! Der Schrei schoss mir durch den Kopf. Aber dabei blieb es auch. Der Idiot riss das Messer ruckartig nach oben und alles, was ich in meinem Kopf hören konnte, war Tobias, der mir gezeigt hatte, wo ich zustechen musste. *Zieh es hoch, kleine Maus … so richtest du mehr Schaden an.*

Und es richtete auch mehr Schaden an.

Knirsch.

Knirsch.

Bumm!

Tobias stürzte sich auf den Mann, dessen Blut unter seinem schwarzen Hemd hervorquoll und die Blutlache auf Bens schönem Boden noch vergrößerte. »Das Spiel ist aus«, knurrte Tobias, holte mit der Faust aus und schlug sie dem Mann direkt ins Gesicht.

Nick gesellte sich eine Sekunde später zu uns, als der Bewaffnete auf den Boden fiel. »Wir müssen weg.«

»Wohin?«, flüsterte ich und betrachtete das viele Blut. »Wir können nirgendwo hin.«

Nicks Handy vibrierte auf dem Küchentisch, wo wir es liegen gelassen hatten. Er durchquerte den Raum, nahm es in die Hand und nahm den Anruf entgegen. »Ja?«

Es herrschte eine Sekunde lang eine ekelerregende Stille. Trotzdem war ich gefesselt – so wie wir alle von Nick gefesselt waren, als er blass wurde und murmelte: »Was zum Teufel?«

»Lautsprecher!«, forderte Caleb und stürmte auf ihn zu.

Nick ließ seine Hand augenblicklich sinken und drückte auf das Lautsprechersymbol. »Sag das noch mal, Ben.«

»Im Orden ist etwas passiert. Es hat eine Explosion gegeben. Jack ... Jack ist ...« *Tot, richtig? Dad ist tot.* »Er ist geflohen und auf dem Weg hierher.«

Ich hob meinen Blick. Alle meine Brüder starrten mich an, während der Mafiaboss weiterredete.

»Ryth ... es ist nicht leicht, das zu sagen, aber deine Mom ist tot.«

Mom ist ... tot?

»Als meine Männer auftauchten, erschienen auch drei Männer vom Orden. Sie töteten sie, direkt vor meinen Männern. Sie eröffneten das Feuer, aber als sie ankamen, war es schon zu spät.«

Es war zu spät ... *zu spät.* Meine Knie zitterten, aber Tobias war da, schlang seinen Arm um meine Taille und hielt mich fest, als würde ich gleich abtreiben.

»Aber ihr Dad lebt«, sagte Nick und brachte mich zu dem einzigen Fünkchen Hoffnung zurück, das ich noch hatte.

»Ja, und er ist auf dem Weg hierher.«

»Wie zum Teufel haben sie ihn rausbekommen?« Caleb trat näher und stützte sich mit seiner guten Hand auf den Tresen.

»Was denkst du denn?«, knurrte Tobias neben mir. »Es ist King ... King, der ihm nur zu gerne hilft, solange er an Ryth rankommt.«

Ich zuckte zusammen und blickte zu ihm hinüber. Diese dunkelbraunen Augen funkelten bösartig. »Er wird nicht in deine Nähe kommen, kleine Maus«, versprach er. »Niemand wird das.«

»Dann kommen wir in deine Richtung.« Nick griff nach seinem Handy und drehte sich zu uns um.

»Nehmt die Nebenstraßen«, warnte Ben. »Ruft mich an, wenn ihr in der Nähe seid.«

»Machen wir«, bestätigte er und beendete das Gespräch.

Ich blickte auf das Blut hinunter, das fast meine nackten Füße erreicht hatte, und zuckte zusammen, bevor ich Tobias anrempelte. Er folgte meinem Blick und zog mich dann weg.

»Ich lasse das Auto an«, knurrte Nick. »Ihr holt die Waffen.«

»Beeil dich, Prinzessin«, drängte Caleb. »Schnapp dir deine Klamotten und wir verschwinden von hier.«

Aber ich drehte mich zu ihm um und musterte seinen Körper. »Deine Schulter.«

Er blickte an sich herunter, der Blutfleck auf seinem Hemd war nicht größer geworden. »Mir geht's gut, nur eine oberflächliche Wunde. Nimm deine Sachen, Prinzessin. Wir müssen weiter.«

Scheiß auf die Sachen. »Rebel?« Ich suchte den Raum ab und fand sie am Ende des Tresens vor, wie sie schwer atmend saß. Ich ließ mich neben ihr auf die Knie fallen. »Alles in Ordnung, Mädchen?« Ich strich ihr über den Kopf und tastete sanft ihren Körper ab. »Hast du dich verletzt? Hast du dir eine Naht aufgerissen?«

»Im Auto, Prinzessin«, sagte Nick, sammelte die Waffen unserer Angreifer ein und durchsuchte ihre Körper. »Ich werde den Hund nehmen.«

Ich stand auf, als mein Puls in meinen Ohren dröhnte und mich aus dem Tiefschlaf riss. »Du hast recht. Ich werde schnell sein.« Ohne einen Blick hinter mich zu werfen, eilte ich die Treppe hinauf.

»Fünf Sekunden, Ryth!«, brüllte Nick hinter mir.

Fünf Sekunden. Fünf verdammte Sekunden. Ich nahm zwei Stufen auf einmal und das ohrenbetäubende Geräusch von schweren Schritten hinter mir wurde immer lauter. Starke Hände um meine Taille hoben meine Füße von der Treppe und trieben mich schneller in den ersten Stock hinauf.

»Beeil dich, kleine Schwester.« Tobias schob mich sanft vorwärts.

Aber er folgte mir nicht. Ich blieb nicht lange genug stehen, um zu sehen, wohin er ging. Ich rannte einfach in das Zimmer, das ich mir mit meinen Brüdern geteilt hatte, und schnappte mir jedes Kleidungsstück, das ich finden konnte, bevor ich mir Jeans, Stiefel, diesmal meinen BH und ein Hemd überstreifte und mir dann meine Jacke schnappte.

Es waren keine fünf Sekunden ... aber ich war verdammt schnell.

Ich stolperte aus dem Zimmer und fand Tobias mit einem schweren Rucksack voller Waffen auf der Treppe vor. Die Sehnen in seinem Nacken spannten sich durch das Gewicht an. Trotzdem ließ er mir den Vortritt, sodass ich ihm ausweichen und die Treppe hinunterrennen konnte.

Das schwere Dröhnen eines Automotors war zu hören. In Windeseile hievten wir unsere Taschen auf den Rücksitz, stiegen in den Wagen und fuhren vom Haus der Rossis weg.

VIERUNDDREISSIG

Nick

Ich drückte aufs Gaspedal und das Garagentor öffnete sich.

»Wo fahren wir hin?«, knurrte T auf dem Rücksitz.

Aber ich hatte keine Zeit zu antworten, denn ich bremste vor dem geschlossenen elektrischen Tor und betrachtete die Leiche eines von Rossis Männern am Rande der Einfahrt, seine automatische Waffe in der Hand. Ein weiterer lag nicht weit entfernt. Mein Gott, das war schlimm …

»Ich gehe schon.« Caleb stieß seine Tür auf und stieg aus.

Ich hielt nach Arschlöchern mit Sturmhauben Ausschau und war bereit, beim ersten Anzeichen von Bewegung das Feuer zu eröffnen. C eilte zum Zaun, packte das Eisen und hievte sich hinüber.

»Ich weiß nicht«, antwortete ich auf Ts Frage.

»Nicht der Hafen, das ist zu weit außerhalb der Stadt.«

»Ich weiß es nicht …«, knurrte ich, und Panik machte sich in meinem Kopf breit.

Die Tore öffneten sich, bevor C wieder hinauseilte. Ich legte den Gang ein und rollte durch das Tor. Ich hielt nur kurz an, um ihn abzuholen, bevor ich mich vom Haus entfernte.

Piep.

Ich warf einen Blick auf mein Handy, als Caleb sich anschnallte und nach dem Handy griff, das zwischen uns lag. Ich konzentrierte mich auf den Wagen und drückte kräftig auf die Tube, während ich durch die Seitenstraßen raste.

»Silks District«, murmelte er und ließ seinen Blick zu mir wandern. »Da sollen wir hinfahren.«

»Silks?«

»Die verlassenen Lagerhäuser, die von der Stadt verkauft wurden.«

»Und zweifellos von Ben gekauft«, murmelte T auf dem Rücksitz. »Wenigstens ist es nicht das Versandlager.«

Und nicht so weit weg. Ich drückte den Knopf auf dem GPS in der Mitte des Konsolensystems, bog in die Seitenstraßen ein und scrollte nach rechts, bis ich die noch immer als Fabriken gekennzeichneten Orten im oberen Westen der Stadt sah. Dafür würden wir etwa zwanzig Minuten brauchen. »Sag ihm, wir sind in zehn Minuten da.«

Calebs Finger flogen über die Tastatur, während ich am Lenkrad riss und aufs Gaspedal trat, um auf den Highway zu fahren. Ich konzentrierte mich auf die Straße vor uns und den Rückspiegel.

»Wie zum Teufel haben sie uns gefunden?«, knurrte Tobias und drehte sich auf seinem Platz um, während er die Scheinwerfer hinter uns beobachtete.

»Wenn ich das wüsste«, murmelte ich und ließ den Motor aufheulen. »Aber sie haben es getan, also müssen wir vorbereitet sein.«

T hob seine Waffe und überprüfte die Patrone mit einem Klicken. »Oh, glaub mir, ich bin verdammt bereit.«

Ich konzentrierte mich darauf, uns in einem Stück dorthin zu bringen, während meine Gedanken sich überschlugen. Aber egal, wie panisch ich war, ich fühlte mich immer noch zu ihr hingezogen. »Prinzessin?« Ich ließ meinen Blick zu ihr auf dem Rücksitz schweifen. Sie war still, viel zu still.

Sie schaute in meine Richtung und das Licht der Straßenlaternen ließ ihre blauen Augen blasser erscheinen. »Ja?«

»Alles klar bei dir?«

Sie schluckte schwer und nickte. T griff über den Hund hinweg nach Ryths Nacken und zwang ihren Blick zu seinem. »Fall uns nicht auseinander, kleine Maus.«

Sie schüttelte den Kopf, auch wenn ihre großen Augen ängstlich waren. Ich schob das Auto stärker an und bog bei der nächsten Ausfahrt ab.

Piep.

Ich zuckte zusammen. Verdammt, ich fing an, dieses Geräusch zu hassen. »Was jetzt?« Ich knurrte und konzentrierte mich wieder auf den Moment, in dem die Nacht schiefgelaufen war.

Diese Männer in Schwarz waren vom Orden, sie mussten es sein. Die Bombe. Das verdammte Attentat. Sie räumten hier auf und holten sich zurück, was ihnen gehörte. Mein Blick wanderte zum Rückspiegel, als C antwortete. »Ja?«

Aber Ryth gehörte nicht ihnen …

Sie gehörte uns.

»Ist er da?« Caleb schaute in meine Richtung, als ich die nächste links abbog und zum Silks District fuhr. Da waren ein paar verlassene Lagerhäuser, die einst florierende Fabriken gewesen waren, die sich auf hochwertige Materialien spezialisiert hatten ... daher der Name. Jetzt war es ein Kadaver ... ein einsamer, trostloser, verlassener Kadaver.

Ich blickte zu dem leeren Wohnhaus auf, das den Häuserblock überragte, und drehte mich auf der Suche nach Bewegung um.

»Da drüben.« Caleb zeigte auf drei Autos, die vor den Toren des nächstgelegenen Viertels parkten.

Ich lenkte den Wagen auf sie zu, fuhr auf den Bordstein und stellte den Motor ab. »Ich mag es nicht, so ungeschützt zu sein«, murmelte ich, während ich mich umschaute.

»Ich auch nicht.« Tobias stieß die Tür auf und stieg als Erster aus, wobei er sich Zeit ließ, die Umgebung zu erkunden. »Okay, Ryth. Du kannst aussteigen.«

Das Kreischen von Metall durchdrang die Nacht und kam von dem alten Rolltor direkt vor uns. Ich richtete meinen Blick auf das Geräusch und sah zwei Silhouetten im schwachen Licht der Innenbeleuchtung. Ben stand dort, direkt neben ...

»Dad?«, flüsterte Ryth.

Sie machte einen Schritt, dann noch einen, bevor sie losrannte.

»*Ryth!*«, knurrte Tobias und sprang auf sie zu.

Aber er war nicht schnell genug und unsere Prinzessin huschte so schnell, wie es ihre Beine zuließen. Rebel kläffte und stürmte hinter ihr her, während beide durch das offene Tor rannten und auf die Männer zustürmten.

»Scheiße«, knurrte Tobias.

Panik machte sich in meiner Brust breit. *»Ryth, warte auf uns!«*, rief ich und schloss die Tür, während ich ihr nacheilte.

Wir mussten zusammenbleiben …

Tobias rannte bereits hinter ihr her und ließ alles andere hinter sich, auch mich. Ich eilte ihm hinterher und meine Aufmerksamkeit richtete sich auf die verhüllte Gestalt von Jack Castlemaine. Er schritt vorwärts und öffnete seine Arme, und Gott, wenn ich den Gedanken nicht hasste, dass ein anderer Mann sie berührte – selbst wenn es ihr Vater war.

Aber er war nicht wirklich ihr Vater, oder? Ich schritt durch das Tor, Caleb direkt neben mir. Wir rannten fast über die Betoneinfahrt zum offenen Tor der Lagerhalle.

»Dad«, stöhnte Ryth, der sich in Jacks Arme geschmiegt hatte. »Ich dachte, wir hätten dich verloren.«

Ihr Kopf war an seine Brust gepresst, sodass er seinen Blick zu mir hob. Er sagte kein Wort, aber das traurige Funkeln sagte eine ganze Menge.

»Wir müssen reingehen«, murmelte Ben, der meinem Blick begegnete. »Ist euch niemand gefolgt?«

Ich schüttelte den Kopf. »Dafür habe ich gesorgt.«

»Gut.« Er wich zurück und deutete nach drinnen.

Ich warf einen Blick über die Schulter auf die Autos, die vor dem Zaun geparkt waren, und folgte ihm dann. Das schrille Geräusch der Türangeln ertönte, als wir hineingingen, während Ryth noch immer in der Umarmung ihres Vaters verharrte. Als sich die Türen schlossen, drehte sie sich zu ihm um. »Wie bist du rausgekommen?«

Er schnaubte und schüttelte den Kopf. »Das würdest du mir nicht glauben, wenn ich es dir sage.«

»Versuch es«, antwortete ich für sie.

Alle Köpfe drehten sich in meine Richtung. Aber es war mir egal, ob meine Worte hart klangen, nicht wenn es um ihr Leben ging.

»King ...«, fing Jack an.

Piep.

Ben hob sein Handy und blickte finster auf das Display hinunter.

»Was ist los?« Jack löste sich von Ryth und richtete seine Aufmerksamkeit auf Ben.

Aber der Stidda-Mafia-Boss antwortete nicht sofort, sondern drückte auf das Symbol und hob das Handy an sein Ohr. »Wie schlimm ist es?« Er versteifte sich bei dem, was er sagte.

Ryth warf einen Blick in meine Richtung und wusste sofort Bescheid. Verdammt, es ließ mein Herz höher schlagen, als sie in unsere Richtung kam. »Nick«, flüsterte sie.

Ich streckte die Hand nach ihr aus, als Tobias seine Waffe hob und einen Schritt nach vorne machte. »Hinter uns, kleine Maus«, murmelte er.

»Sie hätten uns auf keinen Fall aufspüren können«, knurrte Ben ins Handy. »Sie können nicht einmal wissen, dass dieser Ort auf dem Radar ist. Verdammt. Die anderen ... wie weit sind sie weg?«

Ich wusste nicht, was er sagte, aber ich wusste, dass es nichts Gutes bedeutete, als er die Schultern hängen ließ. »T«, zischte ich.

»Die Waffen sind im Auto.« Er schritt vorwärts und ließ uns zurück. »Ich bin gleich wieder da.«

Und dann traf es mich.

Ich hatte wieder ein Déjà-vu-Erlebnis.

Ich war wieder da, in der verdammten Dunkelheit, und sah zu, wie mein Bruder in seinen verdammten Tod rannte. »Tobias!«, brüllte ich.

Er blieb stehen und drehte sich um, wobei sein Blick automatisch zu Ryth wanderte, als wäre es sein einziges Ziel, sie zuerst zu sehen.

»Wenn wir gehen«, befahl ich, »gehen wir alle zusammen.«

Ryth trat vor, als Ben den Anruf beendete. »Ich bin einverstanden.«

»Sie kommen.« Ben schüttelte den Kopf. »Und wir sind auf uns allein gestellt.«

Wir sind auf uns allein gestellt.

Diese Worte hätten mir eigentlich ein Schaudern über den Rücken jagen müssen, und wenn ich nicht mit meinen beiden Brüdern und Ryth dort gestanden hätte, hätten sie es auch getan.

»Wir kommen wieder.« Ryth eilte hinter T her und ließ Caleb und mich hinter sich.

»Ryth«, rief ihr Vater. »Schatz, bleib hier, lass sie gehen.«

Auf das Drängen ihres Vaters hin blieb sie stehen, drehte dann ihren Kopf und antwortete: »Niemals, Dad. Wenn einer von uns geht, gehen wir alle.«

»Da hast du verdammt noch mal recht, Prinzessin«, knurrte ich, während ich ihren Arm packte und sie vorwärts trieb.

Wo einer von uns hinging, gingen wir alle hin. Es gab kein Zurückbleiben, kein Alleinsein. Kein Bett, in dem wir allein schliefen. Nicht mehr. Tobias zerrte an der Kette, die am Rolltor hing und es hob sich gerade so weit, dass wir hindurchschlüpfen konnten.

»Wie lange haben wir noch?«, fragte sie, halb laufend, halb gehend, um mit meinen langen Schritten Schritt zu halten.

Meine Sinne waren auf das Pochen eines viel zu schnellen Automotors eingestellt. »Nicht lange«, antwortete ich, als Tobias die Hintertür des Wagens auf der Fahrerseite aufriss und wir auf ihn zurasten.

»Aufgepasst«, bellte er und warf mir ein automatisches Gewehr zu, dann ein weiteres zu Caleb, der die Straßen absuchte.

»Und ich«, drängte Ryth und blickte von Tobias zu mir, »will kämpfen.« T blickte finster in meine Richtung, bevor Ryth ihn aufhielt. »Entweder ihr gebt mir etwas, womit ich kämpfen kann, oder ich frage meinen Dad.«

Ich wich zurück. *Mist.*

Das gefiel T nicht, ganz und gar nicht. Er griff in die Tasche und zog eine Sig heraus. Aber er warf sie nicht durch die Luft, wie er es bei uns getan hatte. Nein, er ging auf sie zu und hielt ihr den Griff der Waffe entgegen. »Du wirst sie nicht brauchen, das sage ich dir jetzt. Aber wenn du es tust ... erschieß mich nicht.«

Sie runzelte die Stirn, als der Motor des Wagens lauter wurde und ein weiterer hinzukam.

»Wie wäre es, wenn ich dir stattdessen eins über den Schädel ziehe?«, zischte sie.

»Wie wäre es, wenn ich dich auf dem Rücksitz von Ben Rossis Auto ficke, wenn wir hier raus sind?«, konterte er. »Dann kannst du mich so viel schlagen, wie du willst.«

In der Ferne leuchteten Scheinwerfer auf.

»T«, warnte ich, während ich einen Schritt zurücktrat.

Er folgte meinem Blick. »Zurück ins Lagerhaus, kleine Maus ... *sofort.*«

Er stürzte sich auf die Tasche, warf Caleb einige der Waffen zu und schwang die Hintertür mit einem dumpfen Knall zu.

Wir waren schon auf der Flucht, als die rasenden Motoren lauter wurden und das leise Knacken von Schüssen ertönte. Am Heck des Wagens zersplitterte Glas.

»Beeilt euch, verdammt!«, brüllte Ben neben der Tür des Lagerhauses.

Ich griff nach dem automatischen Gewehr und bremste gerade so viel ab, dass T aufholen und Ryth hinter sich nehmen konnte, bevor ich meine Waffe hob, zielte und schoss.

Caleb

SCHÜSSE KNACKTEN NEBEN MIR, ALS NICK DAS FEUER eröffnete. »*Das Lagerhaus, Ryth!*«, schrie ich, drehte mich um, hob meine Waffe und legte meinen Finger um den Abzug.

Sie rannte ... das war alles, was mich interessierte.

»Wichser!«, schrie T, als er zielte und auf das riesige schwarze Auto schoss, die auf uns zuraste. Die Kugeln prallten gegen den Kühlergrill und funkelten in der Nacht.

Ich richtete mein Visier aus und drückte ab. Die Kugeln flogen und trafen stattdessen die Seite des verdammten Autos. Der Seitenspiegel zersplitterte und der Wagen schlitterte zur Seite, als er über den Bordstein kippte und in die Luft flog. Ich sprang zur Seite und stolperte fast, als der Wagen mit einem lauten Knall gegen das Tor krachte.

Tobias stolperte zur Seite und seine Augen weiteten sich, als er erst Nick und dann mich musterte. Mit einem langsamen Nicken drehte er sich um und rannte los. »Guter Schuss, Arschloch«, rief er, als er vorbeirannte.

Ich war nicht wie Nick oder T. Worte waren meine Waffen, keine Pistolen. Trotzdem wirbelte ich herum und zielte auf das schwarz glänzende Ungetüm, während der Motor aufheulte und Dampfschwaden in die Luft beförderte. Ich feuerte eine weitere Ladung Kugeln ab, bevor ich herumwirbelte und zur offenen Tür rannte.

»Du *Idiot*!«, schnauzte Ben Tobias an, als er an der schweren Kette zerrte und das Stahlrolltor schloss. »Du hättest getötet werden können.«

»Ja, aber das wurde ich nicht, oder?«, schnauzte T zurück.

»Das war nur dummes Glück«, knurrte Ben und warf einen Blick auf T, dann auf Nick und schließlich auf mich.

Da sah ich, wie nahe Tobias dem Chef der Stidda-Mafia gewesen war, und es machte mich traurig, dass wir das mit unserem eigenen Vater verloren hatten.

»Nach hinten, *sofort*.« Ben zuckte mit dem Kopf.

Ping!

Ping!

Kugeln schlugen in die Stahltür vor uns ein. Wir drehten uns um und joggten in den hinteren Teil der Lagerhalle, vorbei an vergessenen Schneidetischen und verrosteten Nähmaschinen.

»Sie sind mir nicht gefolgt.« Jack schüttelte den Kopf. »Das weiß ich ganz genau.«

»Warum, weil dein Kumpel King dafür gesorgt hat?«, schnauzte Tobias und warf ihm einen bösen Blick zu.

Jack warf ihm ebenfalls einen Blick zu.

»Jack hat recht.« Ben drehte den Griff einer verschlossenen Bürotür. »Erst haben sie dich heute Abend bei mir zu Hause angegriffen, dann sind sie uns hierher gefolgt.« Er trat einen Schritt zurück, ließ die Schultern hängen und stürmte los.

Das Schloss schnappte zu, die Tür flog nach innen und schlug mit einem Knall gegen die Wand. Das hämmernde Geräusch von Kugeln prallte gegen das Garagentor, sodass Ryth zusammenzuckte und in Richtung des Geräusches blickte.

»Und ich bin mir ziemlich sicher, dass sie dich beobachtet haben, bevor wir uns getroffen haben.« Ben betrat das Büro und ging zu einem kleinen, verschlossenen Kasten, der an die Wand genagelt war. Er versuchte, ihn zu öffnen, trat dann einen Schritt zurück, zielte mit seiner Waffe und schoss.

Bumm!

Ben bewegte sich schnell, riss den Kasten auf und holte einen Schlüsselbund heraus. »Wenn sie euch also von dort bis hierher verfolgt haben ...« Ben drängte sich an uns vorbei und ging zur Tür hinaus. »Dann muss es einer von euch sein.«

»Einer von uns, was?«, schnauzte T und folgte ihm.

Wir folgten ihm alle und gingen einen Korridor entlang zur Rückseite des Gebäudes, als die Schüsse von vorne lauter wurden.

»Einer wird geortet«, beendete er und schaute uns über die Schulter an.

Geortet?

Ich zuckte zusammen, als sich panische Gedanken aufdrängten. Ich versuchte, mich daran zu erinnern, was an diesem Ort geschehen war. Hatten sie ... hatten sie mir etwas angetan? Ben riss ein Schloss auf, griff herum und knipste ein Licht an.

»Zum Glück habe ich den verdammten Strom nicht abgeschaltet«, murmelte er, als er um das Chaos ausrangierter Näh- und Färbemaschinen herumging.

Wir folgten ihm alle und Tobias schloss die Tür hinter uns ... bis ich etwas spürte und stehen blieb und mich umdrehte.

Ryth ...

Ryth stand direkt hinter uns in der Tür.

Ryth mit ihren graublauen Augen, die unendlich groß waren.

Und mit dieser Dunkelheit in ihrem Blick.

Die Art von Dunkelheit, um die ich mich für sie kümmern musste.

Die Art von Dunkelheit, mit der ich sie beschützt hatte.

»Prinzessin?«, murmelte ich und schritt auf sie zu.

»Ich bin's«, wimmerte sie.

Tobias drehte seinen Kopf zu ihr, dann auch Nick. Alle anderen verschwanden aus unseren Gedanken. Sie waren nicht mehr von Bedeutung. Weder ihr Dad noch der Mann, der versuchte, uns am Leben zu erhalten. Es gab nur uns, nur sie.

»Was sagst du da?«, knurrte T.

Sie schüttelte nur den Kopf. »Ihr wisst es. Ihr alle wisst es. Ich bin es, die sie orten. Mich haben sie ... gebrandmarkt. Sie haben etwas in mich hineingesteckt.« Sie schlang ihre Arme um sich. »Ich bin diejenige, die euch alle in Gefahr bringt.«

Die Art und Weise, wie sie sprach, jagte mir eine Gänsehaut über die Haut. Schüsse ertönten und sie kamen näher – als hätten sie die Tür durchbrochen. Ich streckte meine Hand aus. »Wir müssen weitergehen, Baby. Du musst uns in dieser Sache vertrauen. Du musst weitergehen.«

»Dafür haben wir keine Zeit«, schnauzte Ben.

Ich zuckte vor Wut zusammen und riss meinen Blick von ihm los. »Dann nehmen wir uns verdammt noch mal Zeit.«

Bumm.

Bumm.

Bumm.

Ich schob die Panik beiseite, hörte die Schüsse in der Lagerhalle hinter uns und trat wieder näher heran. »Wir bleiben doch zusammen, oder?« Ich leckte mir über die Lippen und versuchte verzweifelt, sie von diesem Ort wegzuholen. Mit Sex konnte ich es nicht erreichen, nicht dieses Mal. Also musste ich es auf jede andere Weise versuchen. »Du weißt, was wir durchgemacht haben. Das machen wir nicht noch einmal.«

»Nein«, flüsterte sie und ihre Augen wurden wieder scharf. »Das tun wir nicht.«

»Also bleiben wir zusammen«, fügte Tobias hinzu.

»So wie wir es versprochen haben«, beendete Nick.

Noch ein Schritt. Ich hielt ihr meine Hand hin, als das Echo der Stiefel in der Lagerhalle widerhallte. »Komm mit, Prinzessin.«

Sie nahm meine Hand und ich konnte nur mit Mühe verhindern, dass ich vor Erleichterung zusammensackte. Ich zog sie mit mir und wir rannten zurück zu einem Tor, das zu einer Art Gasse führte.

Ben sagte nichts, auch ihr Vater nicht. Er sah sie nur mit einem traurigen Blick an. Er hatte Mitleid mit ihr. Das hatte sie ganz sicher nicht nötig.

Die Scharniere des Tores heulten auf, als Schüsse ertönten und die Tür hinter uns zerschmetterten. Ich blendete die Schreie der Bewaffneten aus, ergriff stattdessen Ryths Hand und zog sie mit mir durch den Ausgang, bis wir auf der anderen Seite herauskamen.

Die kalte Nachtluft traf mich wie eine Ohrfeige. Ich atmete schwer aus, als die Tür hinter uns aufflog. Aber T war da, zielte und schoss. *Bumm! Bumm! Bumm!*

Ich zuckte bei den Geräuschen zusammen, riss sie an mich und schob sie vorwärts. »Lauf!« Nick war da, packte ihre Hand und zog sie weg, als Tobias ein wildes Brüllen ausstieß. »*FICK DICH!*«

Unsere Bewegungen waren ein einziges Durcheinander des Schreckens. Blitze zuckten auf, als wir die kleine Gasse entlang und auf eine leere Straße rannten.

»*Wo?*«, bellte Nick Ben an, als er sich umdrehte, seine Waffe hob und zielte.

»Warte!« Das tiefe Knurren kam aus der Dunkelheit. »Ich bin's!«

»Neon?« Ben keuchte, dann atmete er erleichtert aus. »Scheiße, bin ich froh, dich zu sehen.«

Drei von Rossis Männern rannten auf uns zu und kamen aus einer Gasse neben einem Gebäude auf der anderen Straßenseite. Der, den er Neon nannte, musterte uns und holte tief Luft. Alle drei sahen aus, als wären sie um ihr verdammtes Leben gerannt. Aber als er näher kam und Bens Hand ergriff, wusste ich, dass es nicht sein Leben war, das er zu retten versuchte, sondern das seines Chefs.

»Da kommen noch mehr«, murmelte Neon, als ein Schuss hinter ihm ertönte.

Der Typ neben ihm eröffnete das Feuer und wir konzentrierten uns auf den Schwarm schwarz gekleideter Männer, der am Ende der leeren Straße um die Ecke kam.

Hier draußen gab es niemanden, der uns helfen konnte, keine Polizisten, die uns beschützen würden. Es gab nur uns und einen Häuserblock mit leeren Gebäuden, in denen wir eingekesselt waren. Sie würden die Leichen nie finden – *bumm ... bumm ... bumm ... bumm ...* vielleicht war das die ganze Zeit ihr Plan gewesen?

Bumm.

Das leise Geräusch einer zugeschlagenen Autotür ertönte hinter mir. Ich bekam das Geräusch kaum mit und drehte mich. Ich sah nur das trübe Licht der Straßenlaternen, die die Dunkelheit vertrieben. Die anderen sahen es nicht. Sie übersahen es, während sie nach einem Ausweg suchten.

»Das Auto ist auf der Straße dahinter geparkt«, murmelte Neon. »Es ist total zerschossen, aber es ist fahrbar.«

»Wir können nicht zurück zu unserem«, knurrte Ben und zuckte zusammen, als das Knallen lauter wurde.

Hinter den Bewaffneten hörte man den Motor eines Autos. Es kamen noch mehr. Mehr vom Orden, um uns wie Ratten einzukesseln. Das war schlecht ... das war wirklich schlecht ...

Ich drehte mich zu Nick um.

Bumm!

»Scheiße!«, bellte Tobias, als er zur Seite stolperte.

An der Seite seines Hemdes war ein Riss und dahinter Blut.

»Oh, Scheiße«, murmelte Nick. »*Oh, Scheiße.*«

SECHSUNDDREISSIG

Tobias

»Oh, Scheiße«, murmelte Caleb und starrte meine Seite an.

Aber ich hielt nicht inne, um nachzusehen, wischte nicht einmal über die brennenden Schmerzen, die sich in mir ausbreiteten. Ich hob einfach meine Waffe, zielte, schoss und traf den Typ ins Bein.

Das Arschloch in Schwarz stieß einen Schrei aus und ging auf ein Knie. Er hob den Kopf und seine Augen weiteten sich. Er wusste, dass es vorbei war, als ich mein Visier ausrichtete und den Abzug drückte. *Bumm!* Das Adrenalin schoss in die Höhe, bevor ich wieder zielen konnte.

BUMM!

Die Schüsse krachten in schneller Folge, zu laut und zu nah. Ich stürzte mich auf das Gebäude, als Ben nach hinten geschleudert wurde.

»Was zum Teufel!«, brüllte Nick.

Ich hatte keine Zeit zum Nachdenken – nur zum *Reagieren.*

BUMM!

BUMM!

BUMM!

Ich schwang meine Waffe, aber es war zu spät. Ein Blick auf Ben und ich wusste, dass er in Schwierigkeiten steckte. Blut quoll aus seiner Schulter. Neon zuckte neben ihm zusammen und ging zu Boden. Jack trat vor und schützte sie so gut er konnte, während er wieder und wieder schoss. Aber es war sinnlos. Es waren zu viele, die um die Ecke des Zauns herum auf uns zustürmten.

»Wir müssen fliehen!«, brüllte Nick, trat vor und schaltete so viele aus, wie er konnte.

Bumm!

Bumm!

Ryth war direkt neben ihm. Ihre Hände zitterten und ihre Augen waren weit aufgerissen, als sie ihre Waffe wieder und wieder abfeuerte. Neon packte Ben, als er einen Blick in meine Richtung warf. »Wir teilen uns auf. Das ist der einzige Weg, lebend aus dieser Sache herauszukommen.«

»Nein«, knurrte Ben und schüttelte den Kopf. Aber der Mann war blass und wurde von Sekunde zu Sekunde fahler.

»Ein Glück, dass es nicht deine Entscheidung ist.« Neon hob seinen Chef hoch, warf einen Blick in die Runde und rannte zu dem Gebäude auf der anderen Seite der Gasse, Jack dicht hinter ihm.

»Warte!«, brüllte Ben und warf einen Blick über seine Schulter.

Sein Blick hatte etwas Panisches an sich, als wüsste er, dass dies das Ende war ... für uns. Aber ich hatte Ryth schon gepackt und sie nach hinten gezogen.

Der Mann, der wie ein Vater für mich war, nickte langsam und ließ sich von seinem Bodyguard wegziehen. Aber er ging nicht leise, sondern stieß noch ein wildes Gebrüll aus und eröffnete das Feuer, um so viele von diesen Wichsern zu töten, wie er konnte.

Wie Kakerlaken huschten sie davon und rannten durch die Gasse. Ich musterte die Gebäude und hob meinen Blick zu dem hohen Bauwerk in der Ferne, das sich hinter den Bewaffneten abzeichnete.

»Lass uns gehen!« Nick packte Caleb am Hemd und zerrte.

Dann setzten wir uns in Bewegung, duckten uns und wichen aus, als Kugeln in das Gebäude neben uns einschlugen. Ich drehte mich um, schoss über meine Schulter und versuchte, meine Familie so gut wie möglich zu schützen. Doch mein Blick fiel auf das leere Gebäude auf der anderen Straßenseite, in das Ben Rossi verschwunden war. Ein Schmerz durchfuhr meine Brust und diesmal war es keine Schusswunde.

Obwohl es durchaus eine hätte sein können.

Etwas bewegte sich aus der trüben Düsternis neben dem Gebäude. Mein Herz schlug schneller, als ich sah, dass ein Mann herauskam. Eine Sekunde lang dachte ich, es sei Ben … eine Sekunde lang dachte ich, es sei der Vater, den ich mir immer gewünscht hatte, der mich beschützt und sich um mich gekümmert hatte.

»Dad?« Ryth warf einen Blick in seine Richtung, als wir weiterstolperten. »Was zum Teufel machst du da? *Du musst weglaufen!*«

»Nicht ohne dich, Süße«, knurrte er, während er seine Waffe hob und damit einen weiteren Mann des Ordens ausschaltete.

»*Scheiße!*« Nick zuckte zusammen, als eine Kugel sein Gesicht nur knapp verfehlte. »Wir müssen hier weg, T … sofort.«

Wir drehten uns um und rannten auf das leere Gebäude in der Ferne zu, bis die Scheinwerfer die Nacht durchschnitten und uns blendeten.

»*Oh Gott!*«, knurrte Nick, als ein Auto zur Seite schlitterte und zum Stehen kam.

Und noch mehr Mitglieder des Ordens stiegen aus.

»Oh, Scheiße«, flüsterte ich. »*Oh, verdammt ...*«

SIEBENUNDDREISSIG

Vivienne

Meine Gedanken überschlugen sich, als ich zurück in mein Zimmer ging und die Tür schloss. Ich knipste das Licht aus und begab mich zum Bett. Aber ich schlüpfte nicht zwischen die Laken. Stattdessen setzte ich mich auf die Bettkante und starrte in die Dunkelheit. »Was zum *Teufel* war das?«, flüsterte ich in den leeren Raum. »Was zum Teufel war das?«

Ich versuchte nachzudenken, versuchte, eine vernünftige Erklärung dafür zu finden, warum London St. James ein Tagebuch voller Einträge haben könnte ... *über mich.*

Es waren nicht nur handgeschriebene, wutentbrannte Einträge. Es waren seitenweise persönliche Angaben mit Daten, Fotos und Details von dem Moment an, als ich von meinen beschissenen Pflegeeltern dorthin geschleppt wurde, bis zu dem Tag, an dem er mich hierher gebracht hatte. Einige Einträge, die ich im hinteren Teil gefunden hatte, stammten sogar noch aus der Zeit, als die Roboter mir erlaubt hatten, meine letzten Jahre auf der Harlington Prep zu verbringen. Er hatte sogar ein Bild von mir, auf dem ich mein Gesicht in einem Buch vergraben hatte, während ich mich in der Schulbibliothek versteckte.

Woher hatte er das bloß?

Ein Schaudern durchfuhr mich, dann folgte der eisige Griff der Panik, als das dumpfe Geräusch von schweren Schritten auf dem Flur zu meinem Zimmer widerhallte. Ich sprang auf und machte einen Schritt rückwärts gegen die Wand. Ich hätte das Tagebuch nicht finden dürfen. Panik ergriff mich. Ich hätte nicht nachsehen, nicht lesen dürfen. Ich hätte nicht ...

Er wollte mich zurückbringen.

Mein Atem ging stoßweise. Ich richtete meinen Blick auf den verschwommenen Fleck vor meiner Zimmertür. Er wollte mich zurück zum Direktor, dem Lehrer und dem Priester bringen. Ich senkte den Kopf und ließ die Schultern hängen, während mich ein Schaudern durchlief. *Oh, Gott ... nein ... nein ... Entschuldigung, ich hatte nicht vor, nachzulesen. Ich wollte nicht finden, dass ...* Die Worte stiegen auf, als die Schritte verklangen. Dann waren sie weg, donnerten die Treppe hinunter und ließen mich zurück.

Er wollte mich zurücklassen?

Ich hasste den Schmerz, der mir durch die Brust fuhr. Ich hasste es, dass ich mich in diesen flüchtigen Sekunden so verzweifelt fühlte. Als wollte ich gar nicht, dass er mich verlässt. Aber dann war das Gefühl verschwunden, genau wie das Dröhnen seiner Stiefel, und langsam wurde mir klar, dass etwas nicht stimmte. *Etwas stimmte nicht.*

Ich machte einen Schritt zur Tür, als mich dieser Gedanke packte. Es war nicht nur so, dass etwas nicht stimmte ... es war alles im Eimer. Es war unmöglich, dass das eiskalte Arschloch für etwas anderes weglaufen würde. Ich musste nicht lange nachdenken, denn die Erinnerung an das, was ich auf dem Monitor gesehen hatte, kam wieder hoch.

Ryth ...

Und Männer, die ihre Brüder gewesen sein mussten.

Sie hatten Killion gefoltert, bevor sie ihn getötet hatten.

Sie hatte ihn erstochen, bevor ihr Bruder ihm in den Kopf geschossen hatte.

»Mein Gott«, ich schlang meine Arme um meinen Körper und wollte diese Scheiße unbedingt vergessen.

Aber so sehr ich es auch wollte, ich konnte es nicht verdrängen. Ich musste mich erinnern. Ich musste es *verstehen.* Warum zum Teufel sollte London so etwas haben? Und noch viel wichtiger: *Woher hatte er es, verdammt noch mal?*

Das Wie störte mich mehr, als es sollte.

Ich meine, es war eine verdammte Überwachungskamera in der Wohnung eines Mannes wie Killion. Er war nicht nur irgendein Mann. Er war einer der größten Kunden des Ordens. Ein solcher Ruf bedeutete, dass er Geld und Macht hatte, und zwar eine ganze Menge von beidem. Ein Schaudern lief mir über den Rücken ... Ich wurde plötzlich starr. Wenn London in das Haus eines Mannes wie Killion eindringen konnte, dann konnte er doch wohl überall eindringen, oder?

Ich schloss meine Augen. »Mein Gott, wer zum Teufel ist dieser Mann?«

Mein Atem stockte, als die Erinnerung an diese Tagebucheinträge zurückkehrte.

Und was zum Teufel wollte er von mir?

Ich ließ mich wieder auf das Bett sinken, diesmal auf das verdammte Kissen. Aber das war mir egal, denn im Moment hing mein Leben an einem verdammt dünnen Faden. Egal, wie sehr ich mich anstrengte, ich konnte ihn nicht lösen. Ich saß da und starrte in die Dunkelheit, bis meine Augen brannten, und langsam wurde mir bewusst, dass er nicht zurückkommen würde. Zumindest nicht in nächster Zeit.

Ich lehnte mich zurück und rutschte tiefer ins Bett, immer noch in den Klamotten, die er für mich bereitgelegt hatte, aber dann wurde mir bewusst … *Das würde ihm nicht gefallen … Nein, das würde ihm ganz und gar nicht gefallen.*

Mit einem leisen Knurren stemmte ich mich nach oben und machte mich auf den Weg ins Bad, wo ich das Licht anknipste. »Verdammte Scheiße, jetzt bin ich also seine Marionette?« Ich zuckte zusammen, öffnete die obersten Knöpfe meiner Bluse und zog sie mir dann über den Kopf. »Ich werde ihm die verdammten Marionetten-Schnüre um den Hals wickeln, wenn er nicht aufpasst.«

Ich zog mich aus und warf einen Blick in die Kamera, bevor ich unter die Dusche stieg. Ich schrubbte mich schnell ab, trat hinaus und trocknete mich ab. Dann zog ich das verdammte Spitzen-Negligé an, das er auf dem Badezimmertisch für mich bereitgelegt hatte und das diesmal pfirsichfarben war. Ich nahm es in die Hand, zog es mir über den Kopf und fuhr mir mit einer Bürste durch die Haare, bevor ich wieder ins Bett ging.

London St. James war rücksichtslos und besitzergreifend. Trotzdem hatte er mir nicht das Geringste zuleide getan. Ich musste verstehen, warum. Ich schloss meine Augen. Es lag nicht am Sex, so viel war sicher. Trotz des Hungers, den ich in seinen Augen sah, konnte er mir nichts anhaben …

Weder er noch seine verdammten Söhne.

Ich war durch ein fadenscheiniges Stück Papier und seine Unterschrift geschützt.

Der Vertrag, den er unterschrieben hatte, war so mächtig wie sein Verlangen nach mir. Eine gebrochene Regel und sie würden kommen und mich zurückholen. Ich musterte den opulenten Raum in der Dunkelheit. So sehr ich es auch hasste, hier zu sein, diesen Ort hasste ich noch mehr.

Dieser Gedanke drückte mich nieder. Ich ließ mich treiben und vergaß die Zeit, bis mich das Dröhnen meines Pulses wieder an die Oberfläche holte. Klick. Das Geräusch des Schlosses meiner Zimmertür ließ mich die Augen aufreißen. Ein dumpfes Poltern näherte sich dem Bett.

»Zieh dich an«, knurrte London in der Dunkelheit. »Du hast fünf Minuten Zeit.«

Ich stemmte mich hoch. »Was?«

Aber er antwortete nicht, sondern stand nur da und wartete.

Kalte Luft strömte herein und ließ mich bis auf die Knochen frösteln. Langsam schob ich die Bettdecke zur Seite. »London ...«

»Vier Minuten.«

Ich zuckte bei diesem grausamen Ton zusammen. Er schickte mich dorthin zurück ... schickte mich zurück an diesen Ort. »Nein«, flüsterte ich.

»Nein?«

Ich hob meinen Blick. Das Mondlicht fiel durch mein Schlafzimmerfenster und fing das Glitzern in seinen dunklen Augen ein. »Ich werde nicht gehen.«

Er stürzte sich auf mich, packte mich am Knöchel und zerrte mich zu sich. »Du wirst tun, was ich dir sage, verdammt. Habe ich mich klar ausgedrückt?«

Angst erfüllte mich. Eine Angst, wie ich sie nicht mehr gespürt hatte, seit sie mich in die Gefängniszelle des Ordens gesteckt und die Tür hinter mir zugeknallt hatten. Ich wehrte mich mit einem Fußtritt gegen seinen Griff und flüchtete auf die andere Seite des Bettes. Er war augenblicklich auf mir, stürzte sich auf mich und drückte mein Gesicht in die weiche Bettdecke.

»*Lass mich los!*« Ich wand mich, strampelte und schlug um mich.

Bis er meine Handgelenke packte und sie über meinem Kopf in das Bett drückte. »Hör auf, dich zu wehren!«

»*Ich gehe nicht zurück!*«, brüllte ich und wirbelte meinen Körper von einer Seite zur anderen, um ihn loszuwerden. »*Ich will nicht zurück an diesen Ort. Lieber sterbe ich!*«

Er kämpfte gegen mich an und packte meine Handgelenke. Ich konnte nicht gegen ihn kämpfen, ich konnte nicht *gewinnen*.

»*ICH BRINGE DICH NICHT ZURÜCK ZUM ORDEN!*«

Ich erstarrte. Meine schweren Atemzüge durchdrangen meine Brust, bis sie brannte. »Wirst du nicht?«

Er löste seinen Griff und hob sein Gewicht von mir. »Nein, werde ich nicht.«

Ich drehte mich um, sah ihn über meine Schulter an und holte tief Luft. »Wohin ... bringst du mich dann?«

Ein wildes Knurren erfüllte den Raum. »Ich bringe dich zu Ryth.«

Ich drehte mich um, setzte mich in die Mitte des Bettes und starrte ihn an. »*Ryth?* Du bringst mich zu *Ryth?*«

Er starrte mich mit seinem steinernen Blick an und strich sich mit einer Handbewegung die verstreuten Strähnen aus dem Haar. »Du hast jetzt zwei Minuten Zeit, Vivienne. Ich schlage vor, du beeilst dich.«

Er wollte mich zu Ryth bringen? Ich hatte mich noch nie in meinem Leben so schnell bewegt. Es war mir egal, dass ich gerade gesehen hatte, wie sie und ihre Brüder einen Mann wie ein Rudel wilder Tiere angegriffen hatten. Killion hatte einen qualvollen Tod verdient, nach allem, was er ihr angetan hatte. Ich wünschte nur, ich wäre da gewesen, um zu helfen.

Ich rannte zum Kleiderschrank und zog mir das Nachthemd über den Kopf. »Ich brauche Licht, London!«, schnauzte ich, ohne darauf zu achten, dass ich nackt war.

Klick.

Das sanfte weiße Licht erhellte den Raum. Er stand da und sah zu, wie ich mir ein Höschen und einen BH überzog. Meine Hände zitterten, als ich mit den Haken an meinem Rücken herumfuchtelte. Es war mir egal, dass er mich beobachtete. Wenn es um London ging, gab es keine Privatsphäre. Das lernte ich gerade auf die harte Tour. Ich zog einen weichen, karamellfarbenen Kaschmirpullover und eine cremefarbene Hose an, und schlüpfte in hohe Schuhe, denn das war alles, was er mir gab. »Okay.« Ich warf ihm einen verzweifelten Blick zu. »Okay. Ich bin *fertig*.«

Er hob eine Augenbraue. »Das alles in weniger als einer Minute. Ich bin beeindruckt.« Er trat von der Wand weg und deutete auf die Tür. »Wenn du vor mir wegläufst, werde ich …«

»Ich werde nicht weglaufen, London.« Ich hielt seinem Blick stand und senkte meine Stimme. »Das *weißt* du doch.«

Er nickte, drehte sich um und verließ mein Zimmer mit langen, gebieterischen Schritten, sodass ich mich beeilen musste, ihm zu folgen. Augenblicklich gingen wir die Treppe hinunter und liefen durch das Haus zur Garage. Mein Magen verkrampfte sich, als ich die Garage musterte und den schwarzen Mercedes sah, mit dem er mich entführt hatte.

Aber er ging nicht auf ihn zu. Stattdessen hob er die Hand und zielte mit dem Zündschlüssel auf einen schnittigen schwarzen Audi, der daneben geparkt war. »Steig ein«, befahl er ...

Und das musste ich mir nicht zweimal sagen lassen.

Ich stieg ein und schnallte mich an, während London den Motor startete und den Knopf für das Garagentor drückte. Wir fuhren augenblicklich vom Haus weg und gaben ordentlich Gas, als wir durch die Nacht rasten.

In meinem Kopf herrschte ein Durcheinander, als ich versuchte, alles zu verstehen. Hatte ich London irgendwie falsch eingeschätzt? War er tatsächlich ... der Gute in dieser Sache und nicht *das Arschloch, für das ich ihn hielt?* Bei dem Gedanken wurde mir ganz flau im Magen. Vielleicht hatte ich ihn falsch eingeschätzt? Verdammt ... verdammt, verdammt, verdammt. Was für ein Idiot. Ich war die ganze Zeit gegen ihn gewesen und er ...? *Hatte spioniert. Intrigen geschmiedet. Einen Weg gefunden, wie ich mit Ryth entkommen konnte?*

Aufregung überkam mich.

»London ...« Ich drehte mich im Scheinwerferlicht des Armaturenbretts zu ihm um.

Aber das war alles, was ich herausbrachte. Die Worte blieben mir im Hals stecken, weil ich mich an seine Hände erinnerte ... und daran, wie er mich ansah. Er war hier der Gute. Trotzdem konnte ich nicht verhindern, dass mich ein Anflug von Angst erschütterte, als ich meinen Kopf drehte. Meine Muschi verkrampfte sich, als mein Blick von den aufgerollten Ärmeln seines schwarzen Hemdes zu dem schwachen, silbernen Haar am Rande seiner Schläfe wanderte. Der Mann war alt genug, um mein Vater zu sein, und brutal genug, um mein Folterknecht zu sein.

»Wenn du mich weiter so anschaust, Vivienne, werde ich dieses verdammte Auto an den Straßenrand fahren und deinen perfekten Mund benutzen.«

Hitze brannte in meinen Wangen. Ich schluckte das Brennen herunter und weigerte mich, ihm zu zeigen, wie sehr er mich verunsichert hatte. »Wenn du das tust, werde ich mich wehren.«

Er grinste nur und wechselte nahtlos in den nächsten Gang. »Trotzig genug, um die Dinge interessant zu halten, und doch sehnsüchtig darauf bedacht, unterwürfig zu sein«, murmelte er, während er in meine Richtung blickte, und sagte dann mit äußerster Gewissheit: »Eines Tages, Vivienne, wirst du an meinem verdammten Schwanz ersticken ... *und du wirst es verdammt noch mal lieben.*«

Die Hitze brannte in meinen Wangen. Ich wandte meinen Blick ab und drehte mich zu den dunklen Straßen der Stadt um, während ich das Bedürfnis bekämpfte, mir die Lippen zu lecken. Ich schluckte, als ich mir vorstellte, wie er wohl schmecken würde ... und wie er wohl aussehen würde, wenn er über mir stünde, mit diesen kalten, leeren Augen, die mich nicht loslassen würden, während er mich hart und gründlich fickte.

Oh Gott ... oh Gott. Ich klemmte meine Hand zwischen meine Oberschenkel. Er bemerkte es und drehte sich mit einem Grinsen um. Verdammtes Arschloch. Wie konnte ich nur denken, dass er ein netter Kerl war? Er war kein netter Kerl, auch wenn er mich zu Ryth brachte. London war eine verdammte Schlange.

Er wendete, beschleunigte stark und wendete erneut. Ich musterte die Gebäude um uns herum. Es spielte keine Rolle, wie viele Straßen ich mir einzuprägen versuchte, ich kannte diese Stadt überhaupt nicht. Ich wusste nicht, wie lange wir fuhren, aber wir bogen in eine Seitenstraße hinter einem alten Wohnhaus ein.

London bremste den Audi ab und fuhr dann in eine Tiefgarage mit Tor. Sie war verschlossen, bis auf einen Bereich, der so aussah, als wäre er nur für uns offen gewesen. Ich klammerte mich an die Armlehne, als er scharf abbog und stark bremste, in die pechschwarze Düsternis eintauchte und parkte.

Der Motor erstarb augenblicklich und hinterließ ein *Tick, Tick, Tick*. London sagte kein Wort, als er ausstieg und die Tür hinter sich schloss. Dann war er weg und ließ mich zurück. Ich schnallte mich ab und griff nach der Türklinke. Doch sie öffnete sich, bevor ich den Hebel betätigen konnte.

»Vivienne«, murmelte er.

Mein Puls raste, als ich ausstieg und meinen Blick nicht von ihm abwenden konnte.

»Bleib in der Nähe«, befahl er, als er die Tür hinter mir schloss und eine kleine Taschenlampe aus seiner Tasche holte. »Hier wurde schon lange nicht mehr gearbeitet.«

Sofort wurde der leere Parkplatz von dem hellen Licht erhellt. Ich öffnete den Mund, aber was sollte ich sagen? Er setzte sich schon in Bewegung und schritt in die Dunkelheit hinaus, sodass ich ihm erneut hinterherlaufen musste. Während ich rannte, dachte ich nur an Ryth. Ryth, die versprochen hatte, mich mitzunehmen. Ryth war für mich das, was einer Familie am nächsten kam. Wir wären zusammen weggelaufen, sie, ich und ihre Stiefbrüder. Wir hätten diesen Ort verlassen und nie zurückgeblickt.

London blieb vor einer verketteten Glastür stehen, aber die Kette hing lose. Das Schloss war zerbrochen und lag auf dem Boden. Die Scharniere heulten und knirschten, als London die Tür öffnete und mich hinein winkte.

»Wir müssen die Treppe nehmen«, sagte er. »Der Aufzug ist außer Betrieb.«

»Ist Ryth da oben?«, fragte ich. »Ist sie auf dem Dach?«

Aber er antwortete nicht, sondern ging einfach an mir vorbei in Richtung einer Tür. Ich konzentrierte mich auf meine Schritte und ärgerte mich über den schmutzigen Boden. Der Ort sah nicht nur unbenutzt aus. Er sah verlassen aus. London ging nach oben und ich folgte ihm, wobei ich meine Hände zu Fäusten ballte, um die abblätternde Farbe am Geländer nicht zu berühren ...

Das ging so lange, bis wir im zweiten Stock angekommen waren. Mein Atem war schwerer und heißer geworden, sodass ich den Dreck ignorierte und stattdessen nach dem verdammten Ding griff. Im vierten Stock war ich atemlos. London schien kaum schwer zu atmen. Seine Schritte waren energisch und sicher, und das hasste ich.

»London ...«, keuchte ich und wusste nicht mehr genau, in welchem Stockwerk wir uns befanden. Er blieb stehen und drehte sich um. Sein Gesicht war im Schein der Taschenlampe gerötet. »Ryth ... ist sie ...«

»Nur noch drei Stockwerke, Vivienne, dann kannst du sie sehen. Du willst sie doch sehen, oder?« Sein Blick bohrte sich in meinen.

Ich nickte, richtete mich auf und ging weiter ... *noch drei ... nur noch drei ... jetzt zwei.* Ich hob meinen Blick, als wir den Treppenabsatz erreichten, und ging weiter. Mein Magen verkrampfte sich und das Brennen in meiner Brust wurde zu einem stechenden Rauschen. Höher und höher. Als London langsamer wurde, eine Tür ergriff und sie aufriss, hatte ich das Gefühl, dass meine Seele meinen Körper verließ.

Kalte Luft strömte auf uns zu und ein leises *Bumm … Bumm … Bumm …* war zu hören.

»Was zum Teufel?«, keuchte ich und folgte London hinaus auf das Dach des Gebäudes. Je weiter ich kam, desto lauter wurde das Geräusch.

Bumm!

Bumm!

BUMM!

Ich zuckte zurück, wurde aber von dem Geräusch angezogen, als London näher heranging. Funken sprühten auf die Straße unter mir, hell in der Dunkelheit. Es dauerte eine Sekunde, bis mir bewusst wurde, was ich da sah. »Ist das eine Art Trainingsübung?«

BUMM.

BUMM.

BUMM!

Ich zuckte zusammen, atmete scharf ein und wusste nicht, wohin ich schauen sollte, als schwarz gekleidete Männer um die Ecke eines Gebäudes rannten und das Feuer eröffneten.

»Das ist keine Übung, Vivienne«, erwiderte London und trat einen Schritt näher, als eine Bewegung aus der Ecke des Gebäudes auftauchte. Ich sah sie kaum, als vier Gestalten nach hinten traten und zurückschossen.

Ein eisiger Griff des Schreckens erfasste mich, als ich flüsterte: »Was ist das?«

Die Gestalten bewegten sich weiter auf die leere Straße hinaus und feuerten verzweifelt zurück, als ihre Angreifer vorrückten, und als sie das taten, wurden sie deutlicher … es war eine Frau … *eine Frau, die mir bekannt vorkam …*

»Du wolltest sie sehen«, knurrte London. »Dann sieh sie dir an.«

Ein Stöhnen entrang sich mir, als ich Ryth näher betrachtete, die einen verzweifelten Schrei ausstieß und die Waffe in ihrer Hand abfeuerte.

Ich richtete meinen Blick auf ihn. »*Was zum Teufel machst du da?*« Ich trat näher an die Kante heran und zuckte bei jedem Schuss. »*Sie schießen auf sie!*«

»Das tun sie.«

Ich wandte meinen Blick ab und suchte die leeren Straßen ab, während mein Puls in meinen Ohren dröhnte. Etwas bewegte sich weiter hinten, als die Scheinwerfer gegen ein Gebäude prallten und ein dunkler Geländewagen zum Stehen kam.

Sie waren umzingelt. Kein Weg vorwärts ... und kein Weg zurück. Die plötzliche Erkenntnis dämmerte mir. Das Blut wich aus meinem Gesicht. »Du Mistkerl.« Ich richtete meinen Blick auf diese unerschrockenen Augen. »Du kalter, rücksichtsloser, verdammter Bastard. Du wolltest, dass ich das sehe? Wozu hast du mich hierher geschleppt? *Damit ich zusehen kann, wie ihre Brüder sterben und sie dorthin zurückgebracht wird?*«

Er wandte den Blick nicht ab. Er betrachtete nur meine Angst und murmelte: »Wenn du willst, dass Ryth und ihre Brüder das hier überleben, dann wirst du dem Orden sagen, was er wissen muss, um dich mir zu übergeben. Du wirst mir keine Probleme machen, hast du mich verstanden?«

Er drehte sich zu mir um und kam einen Schritt näher. Nahtlos. Geschmeidig. Er glitt nahe heran wie eine Schlange im Wasser. Er bewegte sich gegen mich und sein stechender Blick fixierte den meinen, als das *Bumm ... Bumm ... Bumm* der Schüsse ertönte. »Du wirst meinen Befehlen gehorchen. Du *wirst* mir gehören, auf jede Art und Weise, die ich für richtig halte. Wenn du das tust, werde ich sie retten.«

Schwere Atemzüge durchbohrten mich.

»Wenn du das tust, werde ich sie retten. Wenn du *das* tust, lasse ich sie am Leben. Aber du wirst mir gehorchen, Vivienne. Ich dulde keinen Ungehorsam mehr. Habe ich mich klar ausgedrückt?«

Ich dachte nicht nach, ich handelte einfach, hob meine Hand, holte aus und schlug zu.

KLATSCH!

Sein Kopf schnellte zur Seite, als ich das Stechen in meiner Handfläche spürte. »*Du Bastard ... du verdammter ... Bastard.*«

Langsam drehte er sich wieder zu mir um und sein Blick funkelte vor Wut, als sein Handy zu klingeln begann. Seine Kiefermuskeln verkrampften sich, seine Nasenlöcher blähten sich auf und er wollte mir in diesem Moment wehtun. Das konnte ich sehen. Als er über das Symbol wischte und den Anruf entgegennahm, wurde mir bewusst, dass er es konnte ... mit nur einem Befehl.

Als er ranging, durchfuhr mich das Grauen. »Bist du in Position?« Seine Stimme war heiser, seine Frage rau.

Ich schüttelte den Kopf und konnte nicht sprechen. Ich ballte die Hände zu Fäusten und hielt an dem Stechen in meiner Handfläche fest, während mein ganzer Körper zu zittern begann. Nicht ein einziges Mal wandte er den Blick ab, weder zu dem Angriff unter ihm, noch zu den Sternen, die am Himmel über ihm funkelten. Er sah nur mich an.

»Warte«, flüsterte ich und schüttelte meinen Kopf. »Bitte tu das nicht.«

Etwas bewegte sich zwischen uns. Eine kühle Klarheit.

Er hörte auf zu sprechen und sein Blick war starr. *Ich war defensiv genug, um die Dinge interessant zu halten, und doch sehnte ich mich danach, gefügig zu sein.* Mein Schicksal war vorhersehbar. Er wusste mit einem Blick ... dass er gewonnen hatte. Mit leisem, vorsichtigem Ton gab er das Kommando. »Fesseln.«

ACHTUNDDREISSIG

Ryth

WIR WÜRDEN ES NICHT SCHAFFEN ... DAS WUSSTE ICH MIT einem Blick in Nicks Augen, als er ein wildes Brüllen ausstieß und weiter schoss. *Bumm ... bumm ... bumm ... bumm ... bumm ...*

Ich zuckte bei den Geräuschen nicht mehr zusammen, sondern drückte einfach weiter ab, bis ein lautes, leeres Klicken ertönte. Tobias warf mir einen Blick zu und reichte mir ein weiteres Magazin ...

Ich senkte meinen Blick auf seinen Gürtel, auf das letzte Magazin, das im Hosenbund steckte und schüttelte den Kopf. »Sei sparsam damit.« Ich schaute ihn an. »Du wirst noch mehr brauchen.«

Bumm!

Bumm.

Er schoss weiter ...

Bumm.

Verzweiflung blitzte in seinen Augen auf, als er sein verbrauchtes Magazin wechselte und das leere Magazin auf den Boden warf. Meine Ohren klingelten so laut, dass ich nicht einmal hörte, wie der Stahl auf dem Asphalt aufschlug.

»Ich habe fast nichts mehr, T«, stöhnte Caleb. *Bumm! Bumm! Bumm ... Bumm.*

Caleb wich zurück, als drei Männer des Ordens, die sich hinter der Ecke des Gebäudes versteckt hatten, das Feuer erwiderten.

Bumm!

Schüsse fielen hinter uns. Ich stolperte zur Seite und drückte meine Wirbelsäule gegen die Seite eines leeren Gebäudes. Ich musterte die anderen, suchte und dachte verzweifelt nach. Wenn wir da rein gingen, würden wir sofort in die Enge getrieben werden. Aber wenn wir hier blieben, würden wir tot auf der Straße liegen – aber ich nicht, oder? Ich nicht.

Ich drehte mich zu Nick um, als er knurrte und sein Visier auf eine Bewegung richtete, bevor er abdrückte.

Der Orden brauchte nur zu warten.

Warten, bis wir keine Kugeln mehr hatten.

Warten, dass wir scheiterten.

Mein Magen verkrampfte sich.

Wir ... würden ... es ... nicht ... schaffen.

»Tobias«, flüsterte ich. Ich hatte seinen Namen noch nie so ausgesprochen, nicht mit so viel Verzweiflung.

Er schüttelte den Kopf. »Nein, kleine Maus.« Sein Kiefer verkrampfte sich mit wilder Grausamkeit, als er zielte und den Abzug drückte. »Das ... wird ... verdammt ... nochmal ... nicht ... passieren.«

Aber es musste passieren.

Es gab keinen Ausweg.

Und ein Leben eingesperrt in der Hölle, mit dem Wissen, dass sie noch am Leben waren, war besser als eine Welt ohne sie. Meine Tränen ließen die grauen Betonbauten auf der anderen Straßenseite verschwimmen.

Ich hatte mich selbst aufgegeben, weil ich wusste, dass sie noch da draußen waren, weil ich wusste, dass es noch eine Chance gab, dass wir alle zusammen sein würden, solange sie noch atmeten.

»Ich muss es tun.« Sah er das denn nicht? Ich machte einen Schritt von der Seite des Gebäudes weg, aber mit einem brutalen Knurren stürzte er sich auf mich, schlug seinen Arm über meinen Körper und drückte mich erneut an die Wand neben sich.

»*Das wird nicht passieren. HÖRST DU MICH?*« Seine Augen waren wild vor Angst, die sich schnell in Verzweiflung verwandelte, als sein Gebrüll leiser wurde. »*Ich würde lieber sterben.*«

Ich schüttelte den Kopf und die Tränen liefen über meine Wangen. Ich wandte mich an meinen Vater. »Kannst du nicht irgendetwas tun? *IRGENDWAS!?*«

Er schüttelte nur den Kopf. »Ich kann nicht. King ist zu weit weg und es kommen noch mehr vom Orden.«

Es würden noch mehr kommen?

Wir saßen also in der Falle.

Wie Ratten.

Ich drehte mich und stieß einen Schrei aus, der in meiner Kehle wie Säure brannte. Es musste einen Ausweg geben. Da musste *etwas* sein. Aber ich wusste es. Ich wusste, dass das eine Lüge war.

Klick.

Etwas bewegte sich in meinem Augenwinkel, als sich die Tür neben Nick öffnete ... und zwei Männer herauskamen.

»Was soll der Scheiß?«, knurrte Nick und erstarrte für eine Sekunde, bevor er merkte, dass sie nicht zu uns gehörten.

Dann stürzte er sich auf sie. Bis einer von ihnen eine Waffe hob und sie direkt auf seinen Kopf richtete. »Wenn ihr das versucht, kommt keiner von euch hier lebend raus.«

Nick erstarrte. Ich schaute von einem zum anderen. Sie sahen identisch aus, bis auf das weiße Haar, das einer von ihnen sich blondiert hatte. Es war der weißhaarige Mann, der sprach und immer noch seine Waffe auf Nicks Kopf richtete. »Wenn ihr einen Ausweg wollt, dann folgt uns, oder ihr könnt hier draußen bleiben und sterben.« Er ließ seine Waffe sinken und trat einen Schritt zurück, als der dunkelhaarige Zwilling sich umdrehte und in dem Gebäude verschwand.

Nick warf einen Blick auf Caleb, dann auf Tobias und mich, bevor er einen Schritt nach vorne machte, mich am Arm packte und mich mit sich zog. Wir tauchten in die Dunkelheit des Gebäudes ein und ließen das Knallen der Schüsse hinter uns.

»Wir müssen uns beeilen«, knurrte Blondie und hob sein Handy. Er drückte auf ein Symbol und sagte ein Wort. »Jetzt.«

Es gab eine Sekunde ...

Eine Sekunde, in der Tobias, Dad und Caleb hinter uns herstürmten. BUMM! Ich zuckte zusammen, drehte mich und starrte die nun geschlossene Tür hinter uns an.

»Keine Sorge, das gehört zu uns«, verkündete er und ging weiter, während er uns hinter sich ließ.

»Uns?«, bellte Nick. »Wer zum Teufel ist ›uns‹?«

Der blonde Mann blieb in der Mitte der Lagerhalle vor einer dunklen Plane stehen. »Diejenigen, die hier sind, um eure Ärsche zu retten.«

Ich holte tief Luft und schaute erst den einen, dann den anderen Zwilling an, als Caleb nach vorne schritt. »Für wen zum Teufel arbeitet ihr?«

»Ich kenne euch«, murmelte Dad. »Ich habe euch schon mal gesehen.«

»Unmöglich«, warnte der Blonde. »Wollt ihr jetzt reden oder hier lebend rauskommen?«

»Wie?«, fragte Nick. »Wir sind umzingelt, verdammt.«

BUMM! Ich zuckte zusammen, als eine weitere Explosion die Luft erschütterte. Das blonde Arschloch blinzelte nicht einmal, stattdessen antwortete er: »So ist es. Also, machen wir das jetzt, oder nicht?«

»Was genau soll wir machen?«, knurrte Caleb.

Blondie bückte sich, packte eine Ecke der Plane und riss sie nach hinten. Ich zuckte zusammen und holte tief Luft, als ich den Haufen toter Körper anstarrte, drei Männer und eine Frau.

»Was zum Teufel ist das?«, bellte Nick und richtete seinen Blick auf den hellhaarigen Zwilling, der vor uns stand.

»Nennen wir das einen Vertrag, ja?« Eine tiefe, schallende Stimme ertönte hinter uns.

Ich drehte mich um und erstarrte, als ich sah, wie derselbe Mann, der Vivienne beim letzten Mal an die Wand gedrückt hatte, auf uns zukam, und hinter ihm stand ... »Vivienne?«

Sie war blass und seltsam und schenkte mir nur den Hauch eines Lächelns, als sie ihm folgte. Ich rannte durch das Lagerhaus und stürzte mich auf sie.

»*Ryth, NEIN!*«, brüllte mein Vater.

Aber er kam zu spät. Ich hatte meine Arme schon geöffnet, als sie sich von dem Mann löste, mich packte und an sich zog.

»Mein Gott, *Ryth*.« Sie schlang ihre Arme um mich, dann schob sie mich zurück und musterte meinen Körper. »Bist du verletzt? *Haben sie dich geschlagen?*«

»Nein, sie haben sie verdammt noch mal nicht geschlagen«, knurrte Tobias. »Wer zum Teufel bist du?«

Ich konnte einfach nicht aufhören, sie anzusehen, die Verzweiflung in ihren Augen oder ihre schönen Klamotten. »Geht es dir gut?« Ich griff nach ihrem Arm und spürte die Wärme ihrer Haut. »Ich hatte schon gedacht, ich würde dich nie wieder sehen.«

»Ich auch«, sagte sie lächelnd, dann zog sie mich wieder an sich und flüsterte mir ins Ohr. »*Du musst vorsichtig sein.*«

Ich musste vorsichtig sein? Ich wich zurück und suchte ihren Blick.

»London St. James«, sagte mein Vater kalt.

»Jack Castlemaine«, antwortete der Mann.

Das tiefe Knurren im Ton meines Vaters veranlasste mich, mich noch einmal umzudrehen und die Leichen anzuschauen, dann die anderen.

»Was zum Teufel soll das?«, schnauzte Nick.

»Nennen wir es eine Abmachung.« London schaute erst über seine Schulter zu mir und dann zu Vivienne. »Ich fürchte, wir müssen sie schnell treffen. Ich bin mir sicher, dass ihr wisst, dass noch mehr Mitglieder des Ordens kommen werden. Sie werden in wenigen Minuten hier sein, um ihre Beute einzufangen und zum Lager zurückzukehren.«

Ihre Beute zu fangen ... er meinte mich. Ich ... ich war ihre Beute.

»Das wird nie passieren«, knurrte Dad und schüttelte den Kopf.

»Ich bin froh, dass du zustimmst«, antwortete St. James. »Meine Männer werden sie in Schach halten, während wir bei der Flucht helfen.« Als er das sagte, drehte er sich zu Tobias und Nick um.

Nick runzelte die Stirn. »Du hilfst uns, zu entkommen?«

»Das werde ich«, sagte er nickend und begegnete Nicks finsterem Blick. »Für einen Preis.«

Caleb wurde still. Unter dem Knallen der Schüsse, die immer noch vor dem Gebäude zu hören waren, fragte er leise: »Und welcher Preis ist das?«

»Ich denke, ein fairer Preis ist *ein Leben für ein Leben.*«

Mir wurde kalt, dann trat ich näher, bis ich vor den Leichen stehen blieb. Ich konnte den Blick nicht abwenden. Drei Männer, die meinen Stiefbrüdern nicht ähnlich sahen, und eine Frau, die ich sein sollte. Aber es waren nur drei Männer – ich warf einen Blick auf Dad – wir waren zu fünft.

»Ein Leben für ein Leben«, wiederholte London, als er meinen Vater ansah. »Das ist ein fairer Preis.«

Dad schüttelte den Kopf und sein Gesicht wurde aschfahl.

»Du hast doch nicht geglaubt, dass du einfach so davonlaufen könntest, Jack. Nicht mit all dem, was du weißt.«

Dad warf mir einen panischen Blick zu. Du musst vorsichtig sein ... *nicht mit all dem, was du weißt.* »Was weißt du denn, Dad?«

Er sah angewidert aus.

»Ein Leben für ein Leben«, fuhr London fort. »Ich bringe Ryth und ihre Brüder aus der Stadt, und im Gegenzug bleibst du bei mir.«

»Weggesperrt, meinst du?« Dad begegnete dem Blick des Bastards.

Bumm ... bumm ... bumm! Von draußen drangen wieder Schüsse herein.

»Die Zeit wird knapp«, sagte London kalt. »In einer Minute werde nicht einmal mehr ich in der Lage sein zu helfen.«

»Wissen sie es?« Dads Tonfall war unsicher. »Wissen sie, dass du hinter ihrem Rücken Pläne schmiedest?«

Londons Antwort war ein langsames, kühles Lächeln.

Der blonde Zwilling hob sein Handy und ging ran. »Ja?« Er schaute London an.

»Die Zeit ist um«, erklärte London. »Ich brauche eine Antwort, Jack, dein Leben für das deiner Tochter.«

Ich schüttelte den Kopf, während sich mein Brustkorb zusammenzog und meine Kehle zuschnürte. »Nein, Dad. Nein.«

Wir hatten das schon einmal getan, wir hatten sein Leben gegen meines getauscht. Wir konnten es nicht noch einmal tun. Nicht mit diesem Mann ... denn ich hatte das schreckliche Gefühl, dass es keinen Ausweg mehr gab, nicht dieses Mal, nicht mit ihm.

Aber Dad begegnete meinem Blick. »Meine kleine Löwin.«

Alles um mich herum bewegte sich so schnell.

Es war, als würde die Welt mit ihrem brutalen Orchester aus Tod, Gewalt und Verlust einfach ... weitergehen.

Während sich unter meinen Füßen ein schwarzes Loch auftat ... und mich verschluckte.

Ryth

DIE BEWEGUNGEN UM MICH HERUM VERSCHWAMMEN.

Die Leichen wurden in einer Ecke gestapelt.

Trümmerstapel wurden angezündet.

Das Rolltor zur Garage wurde hochgefahren, sodass mir der Rauch in die Augen stach.

Meine Brüder bewegten sich mit den anderen, bellten Befehle und feuerten Schüsse ab, während wir uns bewegten.

In der Mitte stand mein Vater. Er starrte mich an, seine dunklen Augen waren mit so viel Traurigkeit gefüllt. Ich schluckte, aber nicht einmal mein Speichel wollte um den Knoten in meiner Kehle herumrutschen. »Dad …«, krächzte ich. »Bitte, nein.«

Er trat näher heran. »Es muss so sein, Ryth. Das ist besser für dich, sicherer. Sonst werden sie nie aufhören. Das verstehst du doch, oder? Sie werden nie aufhören.« Er schaute zu London, der am Handy war und Befehle bellte.

Nick warf einen Blick in meine Richtung, während er einen Benzinkanister aus Plastik vom Boden nahm und ihn über die

Leichen in der Ecke goss.

Ich schüttelte den Kopf, während mir die Tränen über die Wangen liefen. *»Ich kann dich nicht verlassen.«*

Dad ergriff meine Hand, drückte sie mit seiner, während er mir die Tränen wegwischte, und murmelte: »Das musst du aber, Liebling. Du musst es tun und du musst weitermachen. Ich weiß ...« Er schluckte schwer und wandte dann den Blick ab. »Ich weiß, dass du vielleicht nicht mein Blut in dir trägst, aber du bist mein Herz.« Er zwang seinen Blick zurück zu mir. »Wenn ein Mann sein Herz gibt, dann gibt er es ganz und gar und bis zum Ende. Du bist meine Tochter, mein Herz, mein Leben. Ich würde es gerne auf tausend verschiedene Arten für dich hergeben.«

Die Tränen flossen in Strömen und hörten nicht mehr auf zu fließen.

Ich konnte nicht sprechen.

Ich konnte nur zittern und weinen.

»Du musst jetzt gehen«, befahl London.

Ich schniefte und wischte meine Tränen mit dem Handrücken ab, während Dad mich an seine Brust zog. »Ich liebe dich. Glaube nie etwas anderes.«

»Jetzt, Jack«, schnauzte London.

Dad packte mich an den Schultern und drückte mich sanft zurück. »Du musst jetzt gehen, meine Löwin. Werde die Frau, die du schon immer sein wolltest. Liebe. Liebe so sehr, dass du das Gefühl hast, in zwei Teile gerissen zu werden. Er blickte in Richtung Nick, als mein Stiefbruder näher kam. »Sie werden dich beschützen, Liebling.« Er begegnete meinem Blick. »Sie werden dich beschützen.«

Ein kleiner Schubs und ich stolperte rückwärts.

»Prinzessin ...« Starke Arme legten sich um meine Taille und zogen mich zu einem Auto.

»Nein«, sagte ich und schüttelte den Kopf. »Nein, Dad. *Bitte* ...«

Aber Dad rührte sich nicht. Er starrte mich nur mit funkelnden Augen an und wandte sich schließlich ab. Nick musste mich fast zum Auto schleifen. Die Autotüren öffneten und schlossen sich. Tobias war nur noch ein verschwommener Fleck hinter meinen Tränen, als er sich auf dem Rücksitz über mich beugte, meinen Sicherheitsgurt in die richtige Position brachte und ihn einrastete.

»*WARTE!*«, brüllte Dad. »*Warte doch!*«

Ich drehte mich auf meinem Sitz herum und stieß meine Tür auf.

»Ich brauche einen Stift ...«, bellte Dad und stürmte auf mich zu. »*Gebt mir mal einen verdammten Stift!*«

Meine Brüder drehten sich in ihren Sitzen. »Dafür haben wir keine Zeit«, warnte Caleb, als die Schüsse um uns herum hallten.

»Hier, um Himmels willen!«, brüllte London, als er in seine Tasche griff und einen Stift herauszog.

Dad musterte hektisch den Boden, dann stürzte er sich auf eine schmutzige Serviette und eilte zum Auto. »Hier«, keuchte er und beugte sich über mich.

Ich hörte das Kratzen des Stiftes auf dem Autodach, bevor Dad mir die Serviette zuwarf. »Hier. Das habe ich für dich aufgehoben. Ich dachte mir ...«, er runzelte die Stirn. »Ich dachte, wir könnten es zusammen gebrauchen. Aber ich möchte, dass du es hast. Benutze es, um dich zu beschützen. Komm nie wieder hierher zurück.« Er nickte Nick zu, als dieser wegging und sich an der Tür festhielt. »Komm nie wieder hierher zurück.«

Bumm!

Wir waren schon in Bewegung, als Dad die Tür zuschlug und der Wagen vorwärts raste, als die Männer des Ordens auf der anderen Seite des Gebäudes eindrangen. *Bumm ... Bumm ... Bumm ...* Ich zuckte nicht zusammen, es war mir egal, aber ich drehte mich in meinem Sitz und beobachtete meinen Vater, wie er durch die offene Tür ging und sich in Deckung begab.

Da waren Männer, die auf den Orden zurückschossen. Männer, von denen ich nur annehmen konnte, dass sie zu London gehörten. Sie verschwanden, als wir an ihnen vorbeirannten, weg von den Trümmern der vergessenen Gebäude und auf die Straßen zu ...

»*Scheiße!*« Nick trat auf die Bremse und schleuderte mich nach vorne.

Dann fuhren wir hart rückwärts, bevor wir wieder zum Stehen kamen. Nick stieß die Tür auf und pfiff schrill, sodass der scharfe Ton meinen Kummer durchbohrte.

»*Rebel!*«, rief er. »*Hier, Mädchen!*«

Rebel?

Ich schaute zu Tobias' Fenster. Ein schwarzer Fleck kam angerannt, umrundete eines der Autos, die der Orden zurückgelassen hatte, und rannte auf uns zu.

»Rebel!«, schrie ich, als sie durch Nicks offene Tür sprang und ins Innere kletterte.

Bumm! Er riss die Tür zu und drückte aufs Gaspedal, während Caleb sie festhielt, ihren Kopf streichelte und ihre Ohren kraulte. »Ganz ruhig«, beschwichtigte er sie. »Ganz ruhig ...«

Tobias hielt mich fest, als wir losfuhren. Ich warf einen Blick über meine Schulter zur offenen Tür des Lagerhauses. Aber Dad war weg, sie waren alle weg, und dicke Rauchschwaden stiegen auf.

BUMM!

Ich zuckte zusammen, als eine Explosion die Nacht erschütterte und das Lagerhaus, das wir verlassen hatten, in sich zusammenfiel. Betonbrocken und Trümmer flogen nach draußen und fielen auf die Straße. Dann waren wir weg, weg von den leeren Straßen, die mit Toten übersät waren.

Ich fühlte mich wie betäubt. Kalt und leer. Getrennt von mir selbst. Tobias hielt an mir fest und sein Körper zitterte genauso wie meiner. Ich weiß nicht mehr, wie wir aus der Stadt herauskamen, nur dass wir es taten. Gebäude wurden zu Autobahnen und Autos wurden gegen Bäume ausgetauscht. Wir fuhren und fuhren immer weiter, bis die Sonne über den Horizont lugte und die hellen Strahlen in meinen Augen schmerzten.

»Ryth«, rief Nick und brachte mich dazu, meinen Kopf langsam zu seinem Spiegelbild zu heben. »Alles in Ordnung?«

Ich wollte Nein sagen. Ich glaubte nicht, dass es mir jemals wieder gut gehen würde.

Aber genau das hätte Dad nicht gewollt.

Er hätte mir gesagt, dass ich stark sein und daraus lernen sollte. Dass ich daran wachsen sollte. Dass ich mich an diejenigen klammern sollte, die ich liebte und die mich auch liebten ... und dass ich niemals loslassen sollte. Also schluckte ich und zwang mich zu sprechen. »Irgendwann wird alles in Ordnung sein.«

Caleb drehte sich um und griff nach meiner Hand. »Das wird es. Dafür werden wir sorgen. Wir werden es gemeinsam schaffen.«

Ich ergriff seine Hand, während er mich unbeholfen anlächelte.

»Da vorne ist ein Truck-Stop. Wir können anhalten, duschen, etwas zu essen holen und dann weiterfahren«, schlug Nick vor.

Das taten wir und fuhren auf den Parkplatz. Auf dem Rücksitz des Wagens fanden wir einen kleinen Koffer mit Geld, gefälschten Pässen und Ausweisen. Stevie Jacobs. Ich starrte den Namen an. Dann sah ich Nick an.

»Hunter.« Er hob seinen hoch.

»Adrian.« Caleb zuckte zusammen.

»Mein Gott ...« Tobias starrte ihn an und seine Lippen kräuselten sich. »Was für ein beschissener Name ist Samuel?«

»Ein sicherer Name.« Ich trat näher heran, drückte seine Hand mit dem Ausweis nach unten und streichelte seine Wange. »Ein vorsichtiger Name. Ein Name, mit dem ich dich für den Rest unseres Lebens ansprechen werde.«

Er zuckte zusammen, als hätte er endlich verstanden. »Für den Rest unseres Lebens?«

Ich atmete den Gestank des Rauches ein, der an unseren Kleidern haftete, und antwortete: »Ich würde dich bei jedem Namen nennen. Ein Name spielt keine Rolle. Für mich wirst du immer Tobias sein.« Ich drehte meinen Kopf. »Und ihr werdet immer Nick und Caleb sein.« Ich begegnete Cs Blick. »Ihr werdet immer die Männer sein, in die ich mich verliebt habe. Diejenigen, die mich beschützt haben, die für mich gekämpft haben ... die für mich geblutet haben. Ihr werdet immer ...«

»Dein sein«, beendete T und zog mich näher zu sich. »Du wirst immer mir gehören.«

»Die Serviette«, sagte Nick. »Die, die dein Dad dir gegeben hat. Was stand darauf?«

Ich umarmte T fest und löste mich dann von ihm. »Nichts, nur ein Haufen Zahlen.«

»Zeig mal her.« Nick hielt mir seine Hand hin.

Ich griff in meine Tasche, holte sie vorsichtig heraus, damit sie nicht zerriss, und reichte sie ihm. Er schaute sie kaum eine Sekunde lang an. »Es ist eine Bankkontonummer.«

Ich runzelte die Stirn. »Woher weißt du das?«

»Die Anzahl der Ziffern«, antwortete er und hob seinen Blick zu mir. »Hat er dir sonst noch etwas gesagt?«

Ich schüttelte den Kopf. »Vielleicht war es ein College-Fonds? Wir können das, was da drin ist, gebrauchen, das reicht vielleicht für ein oder zwei Monate.«

Nick schüttelte den Kopf und reichte mir die Serviette zurück. »Wir werden es nicht brauchen. Dafür habe ich schon gesorgt.«

»Warte, nein. Dein Geld ist gebunden«, begann ich.

»Es ist aufgelöst«, antwortete er.

Sowohl Tobias als auch Caleb blickten in seine Richtung. »Alles?«, fragte C.

Nick nickte nur. »Alles. Die Gebäude, Krypto, die Konten. Wir haben genug, um zu überleben, solange wir vorsichtig sind.«

Die Wärme wich aus meinem Gesicht. »Für wie lange?«

Er starrte mich an. »Für immer.«

Für immer? Die Nacht schien zu schwanken. Ich streckte die Hand aus und griff nach Tobias' Arm.

»Whoa, kleine Maus.« T drückte mich fest. »Bist du okay?«

Jetzt ergab alles einen Sinn. In der Nacht in Bens Büro, als er sich von uns anderen abgeschottet hatte, war er genau so gewesen. Das war es, was er getan hatte, als er ... Die Erinnerung an seine Zunge überkam mich und ließ meinen Körper erzittern.

Nick reichte mir die Serviette. »Behalte es. Lass das Geld liegen und sammle Zinsen. So hast du einen Ausweg, wenn du es willst.«

»Einen Ausweg?«

Er zuckte mit den Schultern. »Wenn du eines Tages deine Meinung änderst.«

Eines Tages wirst du mehr wollen ...

»Nein«, schnauzte ich, als mich diese Worte wieder einholten. »Ich will keinen Ausweg. Nicht jetzt und auch sonst niemals. Also werde ich das hier für den Fall aufbewahren, dass wir es brauchen, und wenn nicht, dann finde ich sicher einen Weg, es zu benutzen.«

Nick lächelte langsam und traurig, als ich die Serviette vorsichtig zusammenfaltete und in meine Tasche steckte. Hinten im Auto lag eine weitere Tasche mit Kleidung und Waffen, die keiner von uns anfassen wollte, weil wir nicht wussten, was London St. James darin aufbewahrte. Mit den Klamotten unter einem Arm und Tobias' Hand in meiner, machten wir uns auf den Weg zum Raststätte. Niemand hielt uns auf, als wir die Toiletten benutzten, unsere Haare wuschen und uns mit Papiertüchern abtrockneten, bis wir frischer wieder herauskamen als wir hineingegangen waren.

Wir packten Essen, Getränke und Snacks ein, füllten den Benzintank und fuhren weiter.

Wir gaben Vollgas. Meine Brüder wechselten sich am Steuer ab, während die anderen schliefen. Ich versuchte es, aber die Schüsse hallten immer noch nach, wenn ich die Augen schloss, und ließen mich mit hämmerndem Herzschlag aufwachen, während mir das Wimmern in der Kehle stecken blieb. Rebel schien erschöpft zu sein, denn sie trank Wasser aus Flaschen und aß etwas Hundefutter aus Schüsseln, die Nick überraschenderweise in der Raststätte gekauft hatte. Aber sie schlief auf dem Boden zu meinen Füßen.

Bis der Tag langsam verging.

»Wir übernachten in einem Motel«, murmelte Caleb und weckte Nick auf dem Beifahrersitz. »Wir brauchen ein Bett, eine Dusche und mehr als nur Essen aus der Dose.«

Er fuhr auf den Parkplatz des nächsten anständig aussehenden Motels, das wir sahen, parkte, stieg aus und ging zu der Rezeption. Ein paar Minuten später kam er mit zwei Schlüsseln zurück, stieg wieder hinter das Lenkrad, lenkte den Wagen weiter von der Straße und parkte ihn vor zwei nebeneinander liegenden Türen.

»Keine Sorge.« Caleb stieg aus und schüttelte die Schlüssel. »Ich habe uns Zimmer mit Verbindungstür besorgt.«

Mein Rücken tat weh und meine Beine fühlten sich an wie Gelee. Es dauerte ein bisschen, bis ich wieder Gefühl in den Beinen hatte, nachdem ich ausgestiegen war. Dann packten wir unsere Sachen zusammen und gingen in das erste Zimmer. Dort würden ich mit Tobias schlafen, Nick und Caleb in dem Zimmer nebenan. Das Erste, was ich tat, war, die Tür zwischen uns zu öffnen. Nicht eine Sekunde lang wollte ich uns trennen.

Nie wieder ...

Niemals wieder.

VIERZIG

Ryth

»Wer darf zuerst duschen?«, fragte Tobias, als ich den Raum betrat.

Er packte mich um die Taille, hob mich in die Luft und stellte mich sanft aus dem Weg.

Und schon war er wieder der alte, unausstehliche Tobias.

Nicht einmal eine Schießerei und die Tatsache, dass wir um unser Leben rannten, hatten ihn verändert. Er knipste das Licht im Badezimmer an, während ich die Tüten mit den Hygieneartikeln auspackte. Als ich aufblickte, wartete Caleb in der Verbindungstür auf mich und warf T eine hochgezogene Augenbraue zu, als sich die Badezimmertür mit einem dumpfen Schlag schloss.

»Ich wette, er hat dich nicht einmal gefragt«, sagte C und schüttelte den Kopf.

»Habe ich doch!«, rief T. »Aber keiner hat mich aufgehalten.«

»Das ist aber nicht wirklich eine Frage, oder?«, schoss C zurück. »Willst du unsere benutzen?«

»Gott, ja«, seufzte ich dankbar. »Ich platze gleich.«

Caleb ging aus dem Weg, als Nick den Rest unserer Sachen in ihr Zimmer trug und die Tür schloss. Er warf einen Blick in meine Richtung, als ich ins Bad eilte, das Licht einschaltete und die Tür schloss.

»Ich gehe und besorge uns etwas zu essen«, murmelte Nick hinter der Tür.

Ich zog meine Jeans aus und setzte mich auf die Toilette. Ich hörte, wie ihre Stimmen verstummten, als mich ein heftiges Schaudern durchfuhr. Tränen folgten, Tränen, die immer noch brannten, egal wie oft ich mir an einer Tankstelle das Gesicht wusch. Tränen, die scheinbar nie aufhörten zu kommen.

Ich versuchte, mich auf das Pinkeln zu konzentrieren, aber es schien, als wolle mein Körper die Feuchtigkeit durch meine Augen ausscheiden. Ich schloss meine Augen und seufzte. Als ich mir die Hände gewaschen hatte und aus dem Raum trat, hatte Caleb eine Flasche mit Elektrolyten geöffnet und sie auf den kleinen Tisch vor sich gestellt.

»Trink«, befahl er. »Dein Körper braucht Flüssigkeit.«

Ich sträubte mich nicht. Ich war es leid, zu streiten, also ging ich einfach zum Tisch, während er sich mit gekreuzten Beinen auf den Stuhl setzte und mir dabei zusah, wie ich das Getränk nahm. Das Zischen der Dusche ertönte in unserem Badezimmer. Ich trank, während Caleb mich beobachtete.

»Willst du über das reden, was passiert ist?«

Mein Puls raste bei dem Gedanken. Die Schreie warteten. Schreie und Vivs gequälter Blick. *Sei vorsichtig.* Es folgten Schüsse und Tobias' Verzweiflung, als ich fast ... *als ich fast ...* Meine Hände begannen zu zittern und ließen das Getränk in der Flasche schwappen. »Ich würde lieber ficken. Können wir das tun?« Ich richtete meinen Blick auf ihn. »Können wir das bitte stattdessen tun?«

Er erhob sich vom Stuhl und trat näher, um meine Wange zu streicheln. »Wenn du das willst.«

Ich nickte und riss mir das Oberteil über den Kopf, obwohl meine Hände zitterten. »Ich will nicht denken.« Ich starrte ihn an. »Bitte, Caleb, hilf mir, nicht zu denken.«

Er kam näher, schnappte mir das Hemd aus der Hand und ließ es auf den Boden fallen, bevor er mich an sich zog. »Das kann ich machen, Prinzessin. Für den Moment kann ich das tun. Aber versprich mir eine Sache.« Er zog sich zurück und suchte meinen Blick mit seinem. »Benutze den Sex mit uns nicht, um dich abzuschotten. Fühle es, fühle alles, den Hass, den Verlust und das Leid. Denn das ist es, was dich hier bei uns hält. Das ist es, was dich zu der schönen, fürsorglichen, perfekten Schwester macht, die wir kennen.«

»Weil wir dich nicht auch noch verlieren können«, murmelte Tobias, als er nur mit einem Handtuch bekleidet in der Tür zwischen unseren Zimmern stand.

Calebs Daumen strich über meinen Rücken, dann hakte er seinen Finger um meinen BH-Träger, als Tobias näher kam. Aus den Augenwinkeln verfolgte ich seine Bewegungen, bis er sanft mein Kinn umfasste und meinen Mund zu seinem drehte. »Du wirst mich wieder schmutzig machen, nicht wahr, kleine Maus?«, murmelte er neben meinen Lippen.

Gott, ja …

Die Tür zum Motelzimmer öffnete sich und schloss sich wieder, als Tobias mich küsste.

»Ich dachte, wir wären alle …«, begann Nick und hielt inne. Ich unterbrach den Kuss und drehte meinen Kopf, um ihn zu beobachten, wie er eine Plastiktüte mit Fast Food auf den kleinen Tisch stellte und mit einem gemurmelten »hungrig« zu Ende sprach.

Das Essen war vergessen, als Nick sich vom Tisch entfernte, seine Stiefel abstreifte und sich das Hemd über den Kopf zog. Es waren keine Worte nötig. Wir alle brauchten das. Die Klamotten flogen überall herum, als wir auf das Bett stiegen.

Nick ließ seine Hand über meinen Arm gleiten und starrte mir in die Augen. »Gott, ich hätte nie gedacht, dass wir ...«

Ich brachte ihn zum Schweigen, indem ich ihn küsste und mit den Fingern durch sein Haar fuhr. Ich bestieg ihn und griff nach dem Knopf seiner Jeans, während Caleb mir die Stiefel auszog und mir die Socken von den Füßen schälte.

»Schluss mit dem Reden«, flüsterte ich und wölbte meinen Rücken, während Caleb meine Brüste umschloss. »Nicht mehr denken, nicht mehr kämpfen. Nur das hier ...« Nick erhob sich vom Kissen, umfasste meine Taille und leckte an meiner Brustwarze.

Ich schloss die Augen und erschauderte bei dem Gefühl seines Mundes ... Ich hätte nie gedacht, dass wir ... Die Worte stiegen auf und ich verdrängte sie, um sie mit dem Gefühl von Nicks schönem Mund zu ersticken. »Gott, ich will das«, stöhnte ich, als ich meine Augen öffnete und nach unten sah. Er blickte auf und wir sahen uns in die Augen.

»Das wollen wir auch, Prinzessin.« Caleb strich mein Haar zur Seite und küsste meinen Hals. »Für immer.«

Angesichts dieser Worte erschauderte ich ... *für immer.*

Nick schob meine Jeans nach unten. »Sag uns, wie du es willst, Baby«, knurrte er und richtete dann seinen Blick auf Caleb.

»Wie du es brauchst.« Caleb griff mir in den Nacken und drehte meinen Blick zu ihm. »Wir wollen, dass du von uns nimmst.«

»Von uns allen.« Tobias zerrte an dem Handtuch um seine Taille und ließ es auf den Boden fallen. »Solange du es brauchst.«

Ich tat es und stand auf, um Caleb zu küssen. Ich schob meine Jeans und mein Höschen ganz nach unten, führte Nicks Schwanz ein und ritt ihn ganz langsam, während ich in Calebs dunkle Augen starrte. Ich trank seine Dunkelheit in mich hinein, während Nick mich fest an sich drückte und meine Brüste küsste.

Das war heute Abend mehr als Sex, mehr als Lust.

Es war die Art von Trost, die ich nur bei ihnen finden konnte.

Bei diesen dreien.

Ich ließ meine Hüften kreisen und gab mich dem Gefühl von Nick hin, als er mich dehnte. Calebs Blick wich nicht von meiner Seite und suchte meine Augen, bis Tobias' sanfte Lippen meine andere Schulter berührten. Dann schloss ich meine Augen, hob meine Hand, fand die rauen Haare auf seiner Wange und ließ mich von ihrem Gefühl überwältigen, als Nick grunzte, seinen Arm fester um meine Taille schlang und das Tempo erhöhte.

Mein angeschlagener Körper bebte bei seinen Stößen.

»Oh, fuck«, knurrte Nick und drückte mich an sich, während er seine Hüften kreisen ließ. Ich öffnete meine Augen, fand seine und diese Verbindung heulte lauter als jeder Schrei in meinem Kopf. »Prinzessin«, stöhnte er, dann gab er mir einen harten Stoß ... und kam.

Ich schaukelte weiter, weil ich ihn unbedingt spüren wollte, aber er verlagerte seinen Körper und rollte mich auf die Seite, sodass ich auf dem Kissen lag, und zog sich aus mir heraus. Caleb senkte seinen Kopf und küsste meine Hüfte, dann hob er sich an und arbeitete sich nach oben weiter, bis er sich zwischen meinen Schenkeln niederließ. Ich stöhnte auf, als er in mich eindrang, härter zustieß und mehr nahm.

Sie würden mit mir weglaufen ...

Alle drei würden weglaufen, für immer, damit wir zusammen sein konnten.

Mein Herz raste bei dem Gedanken daran und schwoll an, als Caleb meine Hüften packte, sich über mich beugte, sich auf beiden Seiten von mir abstützte und hart zustieß. Ich klammerte mich an seinen Körper, während mein eigener Höhepunkt näher rückte. Meine Atemzüge wurden schwer, schnell und unregelmäßig.

»Gott ... *Ryth*«, stöhnte Caleb an meinem Ohr. »Ich kann nicht ...«

Ich schlang meine Beine um seine Taille und starrte ihm in die Augen. Es gab einen Funken Angst, bevor die Verbindung sich intensivierte. Dann sah ich nur noch die Liebe, die er für mich hatte. Die Dinge, die er getan hatte, die Risiken, die er eingegangen war, der Kampf, der ihm genauso viel Angst gemacht hatte wie mir. Sein Schwanz wurde härter und ging tiefer, als sich die völlige Hingabe in seinem Blick festsetzte.

Bis er aufhörte und sein Schwanz in mir zuckte, als er seinen Kopf senkte und ein leises, kehliges Stöhnen ausstieß. Ich atmete schwer ein und lag da, als er sich langsam von mir löste und mich auf die Lippen küsste, bevor er vom Bett glitt.

Ich lag keuchend da ...

Aber ich war noch nicht fertig.

Ich war noch lange nicht fertig.

Das Bett neigte sich und ich hob meinen Kopf vom Kissen.

»Kleine Maus«, knurrte Tobias.

Ich sah zu ihm auf, zu dem Mann, mit dem alles angefangen hatte.

Sie dachten, ich sei es gewesen, die einfach so in ihre Welt eingedrungen war. Aber das stimmte nicht. Ich war ein Gespenst auf ihrer Türschwelle gewesen. Ich war niemand gewesen. Das wusste ich jetzt. Ich wusste es anhand der Überreste, die der Schlag meiner Mutter auf meiner Wange hinterlassen hatte, und anhand der Leere, die mich schon immer verschlungen hatte. Ich war nichts weiter als eine leere Hülle, als ich in ihr Leben getreten war.

Sie waren diejenigen, die mich erfüllt hatten.

Sie waren diejenigen, die mich wieder ganz gemacht hatten.

Und das alles hatte mit Tobias angefangen.

Ich erhob mich aus dem Bett, mein Körper schmerzte und pochte vor Verlangen nach Erlösung. Tobias ließ seinen Blick über meinen Körper gleiten und streckte seine Hand aus, um die feuchte Stelle zwischen meinen Beinen zu finden. »Bist du immer noch bedürftig, kleine Maus?«

»Immer, wenn es um euch geht.«

Es gab eine Sekunde, in der die geladene Energie im Raum knisterte, dann prallten wir förmlich aufeinander. Er packte mich und drehte mich, sodass ich seitlich auf dem Bett landete.

»Mein.« Er schob meine Schenkel weit auseinander, als er sein Gewicht verlagerte, und stieß seinen Schwanz in mich hinein. »Unser.«

Ich umklammerte seine Schultern, als er zustieß. Er war nicht zärtlich, er nahm mich wie ein Wilder. Das war genau das, was ich brauchte. Mein Höhepunkt war brutal, wild und überraschte mich. Ich verkrampfte meinen Kiefer und fletschte die Zähne, und als ich kam, grinste der Mistkerl.

»So ist es richtig, kleine Schwester«, grunzte er, als ich stöhnte und erschauderte. »So ist es richtig.«

Ich keuchte, krallte mich an ihm fest und zog ihn auf mich herunter. »Du. Liebst. Mich. Verdammt. Nochmal.«

Er hob den Kopf und seine intensiven braunen Augen enthielten die Antwort, die ich brauchte. »Mehr als alles andere auf dieser Welt.«

Er packte meine Handgelenke, schob sie über meinen Kopf und nahm mich in Besitz ...

Meinen Körper.

Meinen Geist.

Meine Seele.

EINUNDVIERZIG

Ryth

Wir schliefen verschlungen ein. Nur blieben wir nicht dort, sondern wachten ab und zu auf, um uns einander zuzuwenden. Sanfte Streicheleinheiten. Innige Küsse. Schlaf war nicht willkommen, nicht wenn wir so aufgewühlt waren.

Als ich am Morgen aufwachte, war ich allein. Schwaches Licht drang durch die geschlossenen Jalousien. Eine Sekunde lang machte sich Angst in mir breit und ließ mein Herz hämmern. Ich hob meinen Kopf vom Kissen und sah Caleb, der auf dem Stuhl saß und mich beobachtete. »Ganz ruhig, Prinzessin«, beruhigte er mich. »Wir dachten, du könntest ein Nickerchen gebrauchen.«

Ich atmete tief ein und versuchte, das Klopfen meines Herzens zu unterdrücken. »Wie spät ist es?«

»Kurz nach zehn.«

»Scheiße.« Ich schlug die Decke zurück. »Wir müssen ...«

Caleb stand auf, überbrückte den Abstand zwischen uns und streichelte das Mal auf meiner Wange. »Das Einzige, was du jetzt tun musst, ist atmen und dich entspannen.«

Die Tür zum Nebenzimmer öffnete und schloss sich und ich brauchte eine Sekunde, um mich daran zu erinnern, dass es das Zimmer nebenan war.

»Da ist sie ja«, murmelte Tobias, als er durch die Verbindungstür trat und auf mich zuging, wobei er sich herunterbeugte, um mich auf die Lippen zu küssen. »Hast du gut geschlafen?«

»Irgendwie schon«, antwortete ich.

Er nickte langsam und die dunklen Ringe unter seinen Augen verrieten mir, dass er auch so geschlafen hatte. In Wirklichkeit sahen wir alle gleich aus.

»Wir haben das ganze Essen von gestern Abend aufgegessen.« T zuckte mit den Schultern. »Also bin ich zur Bäckerei gejoggt, um dir das hier zu holen.«

Er hob eine kleine Papiertüte und einen Kaffeebecher hoch. »Und das hier.« Der Geruch des Kaffees ließ mich aufstöhnen und nach ihm greifen. Aber er gluckste nur und zog sich im letzten Moment zurück. »Langsam. Nicht so schnell. Was willst du als erstes machen?«

»Was?«

»Ich meine ...« Er zuckte mit den Schultern. »Ich musste dafür laufen.«

Ein Lächeln zerrte an meinen Mundwinkeln. Ich runzelte die Stirn und verschränkte meine Arme über meinen nackten Brüsten. »Was willst du dafür?«

Er blinzelte, dann stürzte er sich auf mich und ließ die Tüte auf das Ende des Bettes fallen, um mich nach hinten zu stoßen. »Was ist mit dir, Baby?«

Ich brach in schallendes Gelächter aus und schaute zu dem Becher. »Ich hoffe, du verschüttest nichts davon.«

Er lächelte nur, dann ließ er von mir ab und reichte mir den Becher. »Wofür hältst du mich?«

Die Tür zum anderen Raum öffnete und schloss sich und Nicks vertraute Schritte hallten wider. »Da verschwendet jemand verdammt viel Zeit«, knurrte er und betrachtete den Becher in meiner Hand, als er unser Zimmer betrat. »Willst du das unterwegs trinken? Ich will weiterfahren.«

»Klar.« Ich erhob mich vom Bett. »Kann ich duschen gehen?«

»Aber sicher.« Er schenkte mir ein Lächeln. »Ich packe unsere Sachen zusammen.«

Ich nahm einen Schluck Kaffee und machte mich auf den Weg zu unserem Badezimmer, wo ich sofort den Kopf schüttelte. Nasse Handtücher lagen in einem Haufen auf dem Boden, aber auf dem Tresen waren frische für mich. Ich schloss die Tür, drehte die Wasserhähne auf, um die Temperatur zu regulieren, und ging hinein. Als ich fertig war, fühlte ich mich so lebendig wie schon lange nicht mehr.

»Klopf, klopf«, murmelte Caleb, als er den Griff drehte und die Tür öffnete. »Ich dachte, du könntest ein paar saubere Klamotten gebrauchen.«

Er reichte mir die gleichen, die ich gestern getragen hatte, nur dass sie diesmal frisch gewaschen und getrocknet waren. »Danke.« Ich schnappte mir die Kleidung und zog sie an.

»Nick hat ein Ersatzauto organisiert.« Caleb lehnte sich gegen den Türrahmen und beobachtete mich, als ich meine Jeans hochzog und nach meinem BH griff.

»Oh?«, murmelte ich, als er näher kam, mir die Träger über die Schultern schob, die Haken im Rücken schloss und das Band dann mit dem Finger zurechtrückte.

»Er sagte, das hält uns über Wasser, bis wir einen Ort gefunden haben, an dem wir uns niederlassen können.«

»Niederlassen?« Ich drehte mich um.

Er starrte mich an. »Zumindest für eine Weile.«

Ich hatte nicht daran gedacht, was jetzt passieren würde. Ich wusste, dass der Orden so lange nach uns suchen würde, bis sie einen Grund hätten, es nicht mehr zu tun. Wie lange das sein würde, wusste ich nicht. Caleb reichte mir mein Hemd und ich zog es an. Ich schätze, unser neues Leben begann mit einem neuen Auto, das zu unseren neuen Namen passte.

»Versprich mir, dass du mich nie vergisst«, bat ich ihn und begegnete seinem Blick. »Mein wahres Ich.«

»Ryth, du wirst für mich und für uns alle immer dein wahres Ich sein. Ein Name ist nur ein Name. Außerdem«, sagte er und zwinkerte mir zu, »wirst du immer unsere kleine Schwester sein.«

Ich lachte, als ich ihm nach draußen folgte und meine Stiefel anzog. Mein Kaffee war kaum noch warm, als wir uns in das Auto von London St. James setzten und vom Motelparkplatz fuhren. Ich aß, teilte meinen Bagel mit Rebel und trank meinen Kaffee aus, als wir auf den Parkplatz des Autohauses fuhren.

Als ich ausstieg, sah ich mich um und entdeckte eine Reihe von Geschäften auf der anderen Straßenseite, dann wandte ich mich an Nick. »Ich bin dann mal auf der anderen Straßenseite, okay?«

Nick blieb stehen, schaute zu der Straße hinüber und blickte finster drein.

»Es wird schon gut gehen.« T zuckte mit den Schultern. »Autos kaufen langweilt mich sowieso zu Tode und ein paar neue Klamotten könnte ich auch gebrauchen.

Nick nickte langsam. »Nicht aus den Augen lassen, okay, Prinzessin?«

Ich lächelte. Jetzt war er wieder der große Bruder. »Abgemacht.«

Er stand da und sah zu, wie Tobias und ich uns umdrehten und weggingen. T ergriff meine Hand, als wir die Straße überquerten und zu den Läden gingen. Er war empfindlich, mehr als Nick und Caleb. Sein Daumen strich über meinen, als wir auf den Bürgersteig traten. »Wohin zuerst, Baby?« Er warf einen Blick in meine Richtung.

Ich musterte die Geschäfte und mein Blick verweilte auf dem Internetcafé. »Da.«

»Bist du sicher?« Er warf mir einen Blick zu, der sagte: Vorsicht.

»Ich werde nichts Dummes tun.«

Mit einem Nicken bedeutete er mir, weiterzugehen. Wir gingen hinein und er löste sich fast augenblicklich von mir und steuerte auf den Tresen des kleinen Cafés zu. Er bestellte uns einen Kaffee zum Mitnehmen. Aber er ließ mich nicht aus den Augen. Ich setzte mich hin und zog die Serviette heraus, die Dad mir gegeben hatte. Es kam mir jetzt irgendwie surreal vor. War das alles wirklich passiert? Die Schießerei, die Angst … dass Dad sich zum zweiten Mal ausgeliefert hatte, um mich zu beschützen.

Als ich die gefaltete Serviette öffnete, wusste ich, dass jede brutale Sekunde echt gewesen war.

Mein Puls raste, als ich den Browser öffnete und die Bankleitzahl eintippte. Eine Sekunde später hatte ich den Namen Jericho Bank und eine Handy-Nummer für den Kundenservice, die ich mit einem Stift, den jemand zurückgelassen hatte, auf meine eigene Serviette geschrieben.

Tobias warf einen Blick in meine Richtung, als er sich den Kaffee schnappte und zu mir herüberging.

»Meinst du, ich kann dein Handy benutzen?«

»Klar, Baby.« Er reichte es mir und warf einen Blick auf den Computerbildschirm, bevor er flüsterte: »Ich bin da drüben, wenn du etwas brauchst.«

Er nahm seinen Kaffee und ging zu einer Pinnwand, um mir ein wenig Freiraum zu lassen. Ich schnappte mir sein Handy, rief die angegebene Nummer an und wartete darauf, dass jemand ranging. Ein paar Minuten später und nach einer Reihe von Fragen wartete ich, während sie meine Antworten überprüfte und die Kontoinformationen abrief.

»Ms. Castlemaine?«

»Ja?«

»Ähm, tut mir leid, dass Sie warten mussten. Ich musste überprüfen, ob die Kontodaten korrekt sind.«

Mein Magen sank. *Bitte sag mir nicht, dass dieses Geld von der verdammten CIA überwacht wird.* »Das ist in Ordnung«, murmelte ich.

»Denn auf diesem Konto befindet sich eine beträchtliche Summe und ich wollte sichergehen, dass Sie die Person sind, für die Sie sich ausgeben.«

Eine beträchtliche Summe? »Über wie viel reden wir hier?«

»Fünfzig Millionen Dollar.«

Meine Knie zitterten. »Was!«

»Der Betrag, Ms. Castlemaine ... Es sind etwas mehr als fünfzig Millionen dreihunderttausend.«

»Oh Gott.« Ich streckte die Hand aus und stützte mich auf dem Schreibtisch ab. »Sind Sie sicher?«

Tobias warf einen Blick in meine Richtung und musterte dann das Café.

»Ja, Ma'am. Soll ich die Nummer noch einmal wiederholen?«

Ja. »Nein«, murmelte ich. »Und ich kann diesen Betrag abheben, wann immer ich will?«

»Nun, wir würden dafür bestimmte Verfahren einführen müssen. Wir haben immer nur eine bestimmte Summe in der Bank.«

Aber meine Gedanken schweiften bereits ab. Ich verstand gar nicht mehr, was sie sagte. »Das ist in Ordnung. Ich weiß Ihre Hilfe zu schätzen.« Sie sprach immer noch, als ich das Handy weglegte und das Gespräch beendete.

Tobias, der mich vom anderen Ende des Raumes aus beobachtete, kam näher. »Alles in Ordnung?«

Eine Sekunde lang konnte ich nichts sagen, dann nickte ich langsam und hob meinen Blick zu ihm. »Heilige Scheiße, T.«

Er runzelte die Stirn, aber seine Mundwinkel zuckten. »Ich nehme an, das ist ein gutes ›heilige Scheiße‹?«

Meine Hände zitterten, als ich ihm sein Handy zurückgab. »Sagen wir mal so: Wenn Nick den Rest unseres Lebens im Griff hat, dann habe ich auch die nächsten beiden im Griff.«

Er hob überrascht die Augenbrauen. »Oh Gott.«

Ich lachte, schaute mich in dem leeren Laden um und nahm den Kaffee, den er mir gekauft hatte, in die Hand. »Ich glaube, wir sollten zurückgehen.«

»Das sollten wir wohl.« Er schaute mich seltsam an, lachte, packte meine Hand und zog mich zur Tür.

Als wir auf der anderen Straßenseite ankamen, strahlte der Idiot neben mir. »Ich glaube, ich fange dieses Jahr früher mit meiner Weihnachtsliste an.«

Ich warf ihm einen bösen Blick zu. »Ach, ja?«

»Ja, kleine Maus.« Er grinste mich an und mein Herz flatterte bei seinem Blick, bevor er meine Brüste betrachtete. »Du schuldest mir was.«

Ich biss mir auf die Wangen, um mir das Lachen zu verkneifen, und wandte mich den anderen zu, als Nick und Caleb aus einem Autohaus schritten, Nick mit einem Schlüsselbund für einen nagelneuen Truck in der Hand.

»Unsere Schwester möchte euch etwas sagen.« T erzählte es als Erster.

Ich gab ihm einen spielerischen Schlag in die Rippen, der ihn zusammenzucken ließ. Er war mit blauen Flecken übersät. Wir waren alle angeschlagen, aber noch am Leben ... und jetzt hatten wir die Mittel und den Willen zu überleben.

»Oh, ja?« Nick musterte die Straße hinter mir, strich mit dem Daumen über meine Wange und schaute mir in die Augen. »Hast du uns etwas zu sagen, Prinzessin?«

Mein Herz pochte, als er mich anstarrte. Ich hatte mich nicht mehr nur in meine Brüder verliebt. Ich stürzte kopfüber in einen Abgrund, der keinen Boden hatte.

»Ryth?«, murmelte Caleb und trat näher heran. In seiner Stimme schwang Besorgnis mit. »Was ist los?«

Ich schluckte und leckte mir über die Lippen. »Dad hat mir eine beträchtliche Summe Geld hinterlassen.«

»Hat er das?« Nick warf einen Blick über die Straße zum Cafe. »Das habt ihr also gemacht?«

Ich nickte.

»Wenn du von einer beträchtlichen Summe sprichst, über wie viel reden wir dann?«

»Fünfzig Millionen Dollar«, flüsterte ich.

Sie sagten nichts.

Wahrscheinlich atmeten sie nicht einmal.

Nicks Augenbrauen hoben sich bei dieser Summe.

»Verdammt«, murmelte T. »Jetzt muss ich wirklich an meiner Weihnachtsliste arbeiten.«

Aber Nick schüttelte den Kopf. »Nein, das wirst du nicht. Denn wir werden das Geld nicht anrühren.«

Verwirrung flammte auf und mischte sich mit Wut. »Warum nicht?«

Nick rückte näher, legte seine Hand um meinen Nacken und neigte meinen Kopf zu ihm hinauf. »Weil das dein Geld ist, Prinzessin. Dein Geld, das dir dein Vater hinterlassen hat. Er wollte, dass du einen Ausweg hast, falls du es brauchst, und genau das wird es auch sein, dein Ausweg.

Ein stechender Schmerz durchfuhr meine Brust. Ich hörte nur noch seine Worte. Er hatte mir gesagt, dass ich eines Tages mehr wollen würde. Aber auch wenn der Schmerz überhandnahm, sah ich die Verzweiflung in seinen Augen. Er wollte, dass ich stark war, dass ich vorsichtig war. Er wollte, dass ich in Sicherheit war ... und das war seine Art, dafür zu sorgen, dass ich für den Rest meines Lebens nie wieder von jemand anderem abhängig war.

»Du bewahrst diese Informationen also an einem sicheren Ort auf. Beim nächsten Halt besorge ich dir ein neues Handy und wir können dir ein Konto mit einem Passwort einrichten. Wie hört sich das an?«

»Dann müssen wir uns nur noch eine Wohnung suchen.« Ich starrte ihm in die Augen.

»Apropos ...«, murmelte Tobias, als er in seine Tasche griff und eine Broschüre herauszog, die er irgendwie versteckt hatte. »Ich habe das hier gefunden.«

Er reichte die gefaltete Broschüre an Nick weiter. Alles, was ich sah, war grün ... und die atemberaubendsten Berge, die ich je in meinem Leben gesehen hatte, als Nick meinen Hals losließ und das Papier nahm.

»Offenbar handelt es sich um eine neue Stadt und eine neue Gemeinde. Hier steht: ›*Wir sind stolz auf unseren Schutz und unsere Privatsphäre*‹. Sie nennen es ...«

»Tutum?«, murmelte Nick.

»Sicher.« Bei Calebs Stimme drehten wir uns alle zu ihm um. Er begegnete unseren Blicken und deutete mit dem Kopf auf die Broschüre in Nicks Hand. »Mein Latein ist ein bisschen eingerostet, aber ich bin mir ziemlich sicher, dass es ›sicher‹ bedeutet.«

Tobias griff nach seinem Handy und tippte die Details ein. »Ja, du hast recht. Also, was meinst du?«

Allein der Blick auf die Berge reichte aus, um die Aufregung in mir aufsteigen zu lassen.

»Dann sind wir wohl auf dem Weg nach Tutum«, murmelte Nick. »Wir schauen es uns an und wenn es uns nicht gefällt, dann ziehen wir weiter, okay?«

Ich nickte und wusste in meinem Herzen, dass es uns nicht nur gefallen würde, sondern dass wir es *lieben* würden.

Epilog – Vivienne

»*Warte!*«, rief ich, als ich Ryth und ihre Brüder wegfahren sah.

Schmerz durchzog meine Brust, als sie stark beschleunigten und dann abbremsten, um anzuhalten. Mein Herz hämmerte und setzte für eine Sekunde aus, als die Fahrertür sich öffnete. Aber derjenige hielt nicht für mich an. Ein Hund kam um die Ecke des Gebäudes gerannt und humpelte, bis er durch die Tür sprang und im Auto verschwand.

Dann verschwanden sie in einem Kugelhagel.

Aber ich kam nicht dazu, mich zu verabschieden Tränen schimmerten in meinen Augen, als London mich am Arm packte und nach hinten zerrte und Befehle an seine Söhne brüllte, als sich das Rolltor schloss.

»Wir dürfen nicht gesehen werden!«, brüllte London und starrte seine Söhne erbarmungslos an. »Habt ihr das verstanden?«

Das blonde Arschloch hob sein Handy und begann zu sprechen, während wir in den hinteren Teil des Gebäudes getrieben wurden, und gab Befehle.

»Eine falsche Bewegung«, warnte London Ryths Vater. »Und ich lasse sie töten, bevor sie die Stadtgrenze erreichen.«

In Jack Castlemaines Augen blitzte der Zorn auf. Seine Hände ballten sich zu Fäusten. Einen Moment lang dachte ich, er würde sich auf London stürzen und ihn zu Boden werfen. Ich wusste nicht, was ich tun würde, wenn das passierte. Aber ich hatte keine Gelegenheit, es herauszufinden. Er warf einen Blick in meine Richtung und ließ dann die Wut in sich aufsteigen, als der Motor eines Autos nahe der Tür, vor der wir standen, aufheulte.

Schüsse fielen, so laut, dass es ohrenbetäubend war. Ich hob die Hände, um mir die Ohren zuzuhalten, aber ich hatte keine Chance, mich zu schützen, bevor London mich am Arm packte und mich zur Tür zog, als diese aufschwang und ein Mann mit einer schwarzen Weste und einem automatischen Gewehr eintrat und London ansah. »Meine Männer halten sie zurück. Wir müssen jetzt los.«

Ein kurzes Nicken, und London trieb mich vorwärts, aus der Tür und zu dem wartenden Auto. Jack folgte dicht hinter mir und führte mich zur offenen Autotür. Alles geschah in einem Kugelhagel und unter markerschütternden Schreien. Ich wurde praktisch auf den Sitz des Explorers geschleudert. Grobe Hände stießen mich vorwärts, bis ich auf den Boden des Autos fiel.

Er war augenblicklich auf mir, seine Arme über meinem Kopf, sein Körper ein schweres Gewicht auf meinem. »Bleib verdammt noch mal unten, Vivienne«, knurrte London, als die Autotüren hinter uns zugeknallt wurden.

Ich wagte nicht, mich zu bewegen. Die Reifen heulten auf, aber ich bewegte mich kaum, als das Auto rückwärts fuhr, sich dann drehte und wieder vorwärts raste.

Oh Gott ... oh Gott ... oh Gott ... oh Gott.

Die Heckscheibe zersplitterte. Londons kehliges Brüllen erfüllte meine Ohren, als er mich weiter nach unten drückte und mich dabei abschirmte. Dann waren wir weg und ließen die wilden Geräusche des Kampfes hinter uns.

Raue, keuchende Atemzüge erfüllten meine Ohren, bis London plötzlich bewusst wurde, dass wir nicht mehr da waren. Er hob den Kopf und das Rauschen seines Atems wurde leiser.

»Bist du verletzt?« Ich konnte mich eine Sekunde lang nicht bewegen, bis London mein Kinn packte und meinen Blick zu ihm zwang. »Bist ... du ... verletzt?«

Ich schüttelte den Kopf und sah Jack an, der vor dem Sitz kauerte und sich an die Tür lehnte.

»Mir geht es gut«, antwortete Jack und richtete sich so weit auf, dass er über die Rückseite des Sitzes und durch das zerbrochene Fenster spähen konnte. »Es geht mir verdammt gut.«

»Oh Gott.« London erhob sich und drückte mich fest an sich, um auf den Sitz zu steigen.

Aber er zog mich nicht mit sich. Nein, stattdessen blickte er auf mich herab und starrte mich an, als gehöre ich hierhin ... *zu seinen Füßen*.

Der rote Abdruck meiner Hand brannte noch immer in seinem Gesicht. Ich konnte den Blick nicht abwenden, konnte nicht atmen, starrte ihn einfach nur an, als der Wagen durch die Stadt raste und wir abbogen, stark abbremsten und zum Stehen kamen.

Die Fahrertür öffnete sich, und kaum eine Sekunde später folgte auch Jacks Tür.

»Aussteigen«, befahl London.

Ich stemmte mich nach oben, als Jack herausgezogen wurde. »Warte!«, schrie ich. »*Warte!*«

Aber Londons Mann wurde nicht langsamer. Er zog ihn einfach zu einem anderen Auto, das schon wartete. In Jacks Augen war Panik zu sehen, echte, verängstigte Panik. Mir war egal, was er getan hatte, was er repräsentierte. Ich wusste nur, dass er meine einzige Verbindung zu Ryth war … abgesehen von dem Bastard, der ihr Leben in der Schwebe hielt.

»*Vivienne!*«, brüllte London, als ich ihm hinterher huschte.

»Warte!« Ich griff nach Jacks Arm und versuchte, die Umklammerung des Fahrers zu brechen.

»Vivienne.« Jack schüttelte den Kopf und murmelte: »Nicht, rette dich. Schütze dich. Tu alles, was du tun musst, um am Leben zu bleiben … das ist erst der Anfang.«

Dann wurde er von mir weggerissen und zu einem der beiden wartenden Autos gezerrt. Ich stand da und sah zu, wie sie ihn auf den Rücksitz des Wagens stießen, dann die Tür schlossen und wegfuhren … und London und mich zurückließen. Ich drehte mich um und starrte ihn an. »Was hast du mit ihm vor?«

Aber London antwortete nicht. Er ging auf mich zu und starrte mich mit seinem gottverdammten, wilden Blick an. Ich trat einen Schritt zurück, als sich die Tür eines eleganten Lexus öffnete.

»Steig ins Auto, Vivienne«, befahl London.

Tu alles, was du tun musst, um am Leben zu bleiben. Jacks Worte kamen mir wieder in den Sinn, als ich mich umdrehte und auf den Beifahrersitz kletterte. Die Tür schloss sich mit einem dumpfen Geräusch. London sprach mit dem Fahrer und als ich sah, wie der Mann nickte, wurde mir bewusst, wie mächtig mein Entführer war.

Ihm gehörten nicht nur die Kameras in einem Privathaushalt.

Er befehligte nicht nur eine Armee von Auftragskillern, um den Orden zu stoppen.

Er hatte nicht nur das Leben von Ryth und ihren Brüdern in seiner Hand ...

Aber er tat all diese Dinge ... ohne einen Funken Sorge.

Als ich sah, wie London sich umdrehte, um neben mir ins Auto zu steigen, wurde mir bewusst, wie gefährlich dieser Mann war. Er schloss die Tür, ließ den Motor an und legte den Rückwärtsgang ein.

Ich schwieg, sagte kein einziges Wort. Kalte Angst durchfuhr mich, als ich den purpurnen Fleck auf seiner Wange betrachtete. Wir fuhren schweigend, während er sich auf den Weg zurück zum Haus machte. Es kam mir vor, als wäre es eine Ewigkeit her, dass wir gegangen waren ... eine Ewigkeit des Schreckens. Meine Ohren klingelten immer noch, als wir in die Einfahrt fuhren und warteten, bis das Garagentor aufging, bevor er einparkte.

Ich wartete, bis der Motor ausgeschaltet wurde und er ausstieg. Im grellen Licht der Garagenbeleuchtung wartete London vorne am Auto. Ich stieg aus und schloss die Tür hinter mir. Dabei behielt ich ihn im Auge und ging auf die Haustür zu.

Ich könnte weglaufen ... aber wie weit würde mich das bringen?

London verfolgte mich wie ein Raubtier und das dumpfe Geräusch seiner Schritte löste Panik in mir aus. Kaum war ich drinnen, beschleunigten sich seine Schritte.

»Warte!« Ich wirbelte herum, streckte meine Hand aus und ging rückwärts auf die Treppe zu. »Ich ...«

Ich versuchte mir etwas einfallen zu lassen, um ihn aufzuhalten ... aber es gab kein Zurück mehr. Nicht jetzt. Nicht nach dem, was passiert war. Meine Füße trafen auf die erste Stufe und warfen mich nach hinten. Meine Fingernägel brachen ab, als ich meinen Sturz abfing, bis ich abrutschte und hart auf der Treppe aufschlug.

Ich lag da, während London über mir auftauchte. »Der Vertrag«, flehte ich. »Der Vertrag.«

Seine Lippen kräuselten sich und dieses bestialische Glitzern funkelte in seinen Augen, als er sich auf mich stürzte, meine Kehle mit seinem Griff umschloss und knurrte: »Scheiß auf den Vertrag.«

Dann küsste er mich ... heftig.

Acht Monate später ...

RYTH! RYTH, VERLASS MICH NICHT! Neiiiin!

Ich schreckte auf und mein Puls pochte in meinen Ohren. Viviennes Schreie ertönten, als sie wieder in die Dunkelheit entschwand. Ich atmete schwer, starrte in die Dunkelheit und versuchte mich daran zu erinnern, dass ich nicht an diesem Ort war. *Nicht mehr ... nicht mehr.* Ich verlangsamte meine Atemzüge und strich über die Wölbung meines Bauches, dann stieß ich gegen die Matratze und stemmte mich selbst nach oben.

Die Matratze zitterte und bebte, wie sie es immer tat. Zu diesem Zeitpunkt war ich alles andere als anmutig.

»Schon wieder?«, murmelte Nick und seine Stimme war vom Schlaf gezeichnet.

»Mir geht's gut«, antwortete ich schnell. »Geh wieder schlafen.«

Mein Ellbogen zitterte, als ich mich aufrichtete und aus dem Bett stieg, um die Wärme seines Körpers hinter mir zu lassen. Ich beeilte mich und hasste es, dass ich Nick zum dritten Mal in dieser Woche mit Albträumen geweckt hatte. Er war den ganzen Tag über fleißig gewesen, hatte das Land abgeholzt und überall in diesem zerklüfteten Gelände Sicherheitsmaßnahmen errichtet.

Er war fleißig gewesen …

Das waren sie alle.

Ich wartete nicht, um nach meinen Hausschuhen zu suchen, sondern schnappte mir den dicken Bademantel am Ende des Bettes und machte mich auf den Weg nach draußen, wobei ich die Schlafzimmertür vorsichtig hinter mir schloss. Im Vorbeigehen fiel mein Blick auf die Waffe auf dem Wohnzimmertisch und dann auf eine weitere, die auf einem Regal an der Wand lag.

Ich wusste augenblicklich, dass es noch drei weitere gab. Eine neben dem Sofa und zwei weitere neben der Glasschiebetür, die nach draußen führte. So war unser Leben geworden. Gewehre. Angst … und die ganze Zeit über wuchs dieses Leben in mir.

Ich griff nach unten, umfasste die Schwellung und spürte einen kleinen Tritt gegen meine Handfläche.

Ryth!

RYTH!

Viviennes Schreie hallten noch immer in meinem Kopf wider, als ich über den Steinboden in Richtung Küche ging. Als ich dort ankam, zitterten meine Knie und ein Wimmern blieb mir in der Kehle stecken. Ich streckte die Hand aus, griff nach der Kühlschranktür und zog sie auf.

Wie ein Reh im Scheinwerferlicht starrte ich in das blendende Licht und versuchte, den Albtraum abzuschütteln.

Aber in diesem Moment war ich dort gefangen, gefangen in dieser Hölle mit den Gesichtern all der anderen Frauen, die gegen das Glas gedrückt worden waren. Aber es war Vivienne, die sich über sie alle erhob. Viviennes Schreie hörte ich so deutlich, als stünde sie direkt hinter mir.

Meine Zehen kribbelten, als ich den kalten Boden berührte, aber ich brauchte mir keine Sorgen zu machen. Das schwere, vorsichtige Poltern von Schritten hallte hinter mir wider, bevor sich starke Arme um mich legten und Nicks heiseres Gemurmel mein Ohr erfüllte. »Lass mich auf dich aufpassen.«

Ich drehte mich um und hob meinen Blick zu ihm. Das Licht des Kühlschranks fiel auf sein Gesicht. Er zuckte zusammen und seine schweren Augenlider schlossen sich angesichts der Helligkeit. »Prinzessin«, drängte er.

»Tut mir leid.« Ich ließ zu, dass die Tür sich schloss.

Er kniete sich hin und ließ seine Hand an meinem Bein entlang gleiten, sodass ich mich an seiner Schulter abstützen und meine Füße anheben konnte, damit er mir die Hausschuhe anziehen konnte. Dann erhob er sich, schlang einen Arm um meine Taille und umfasste meine Oberschenkel, um mich auf den Tresen zu heben.

»Setz dich«, befahl er. »Ich weiß doch, wie sehr du das magst.« Er zwinkerte mir im Halbschlaf zu und öffnete den Kühlschrank wieder. »Was war es denn dieses Mal?«

Er schnappte sich die Milch aus der Tür, ging dann zum Herd und schaltete die sanftere Deckenleuchte ein.

»Das Gleiche.« Ich schüttelte den Kopf. »Ich kann es nicht abschütteln. Ich kann nicht …«

Er holte einen Topf heraus und goss Milch hinein, als sich in meinem Blickwinkel etwas bewegte. Tobias kam auf uns zu und zog sich ein T-Shirt über, während er verschlafen stolperte. »Ich dachte mir doch, ich hätte dich gehört, kleine Maus.« Sein trüber Blick musterte mich, während er finster dreinblickte. »Alles in Ordnung?«

»Sie hatte einen Albtraum«, antwortete Nick und schaltete den Herd ein, während er die Pfanne darauf abstellte.

Tobias hob die Augenbrauen, als er vor mir stehen blieb. »Schon wieder?« Er strich mir die Haare hinter die Ohren, umfasste mein Kinn und hob meinen Blick zu ihm. »Das ist jetzt schon die fünfte Nacht, Baby. Bist du sicher, dass alles in Ordnung ist?« Er senkte seinen Blick und seine Berührung folgte.

Seine große Hand umfasste meinen Bauch und suchte nach Bewegungen. Er war besorgt.

»Prinzessin«, murmelte Caleb, als er aus der Dunkelheit auf die andere Seite des Hauses trat, wo sein Arbeitszimmer war …

Er hatte in letzter Zeit viel zu viele Nächte dort verbracht, während ich meine zwischen Nicks und Tobias' Bett aufteilen musste.

»Alles in Ordnung?« C fuhr sich mit der Hand durch die Haare.

»Noch einer«, antwortete T und wandte seinen Blick nicht von mir ab.

Tränen stiegen mir in die Augen und mein Herz schwoll an.

Aber er hob den Blick zu Nick. »Es ist Zeit, dass wir es ihr sagen.«

Ich zuckte zusammen. »Mir sagen?« Ich schaute Nick an. »Mir was sagen?«

Caleb beobachtete Nick, wie er den Herd ausschaltete und einen Behälter mit Schokoladenpulver nahm, zwei Löffel davon in einen großen Becher schüttete und dann die Milch darüber goss. »Wir haben damit gewartet, es dir zu zeigen, weil wir uns

Sorgen gemacht haben, dass der Stress zu viel für dich sein könnte.«

»Das Letzte, was wir wollen, ist, dich oder das Baby zu gefährden«, erklärte Caleb.

Ich hielt mich an der Kante des Tresens fest, aber ich bewegte mich nicht, bis Tobias mich sanft unter den Achseln packte und mich auf den Boden hob.

Nick rührte die Schokolade um und reichte mir dann die Tasse. »Aber ich glaube, es ist an der Zeit.«

»Zeit?«

»Zeit, kleine Maus«, wiederholte Tobias.

Caleb stieß einen Seufzer aus, drehte sich um und ging den Weg zurück, den er gekommen war. Tobias sah mir nach und deutete mir den Weg, als das Licht im Flur anging.

Ich folgte Caleb und ging den Flur entlang bis zum Arbeitszimmer am anderen Ende. Er trat ein, knipste das Licht an und stand an der Tür, um darauf zu warten, dass ich hineinging. Watscheln war wohl eher das richtige Wort. Ich warf einen Blick in seine Richtung und musterte den Raum. Ich hatte mich hier nicht oft aufgehalten, seit wir eingezogen waren. Seit ich schwerer geworden war, hatte ich mich nicht mehr so viel bewegt.

Ein Spaziergang um das Haus herum, um meine körperliche Fitness aufrechtzuerhalten, war alles gewesen, was ich tun konnte, aber selbst das löste manchmal heftige Schmerzen in meinem unteren Rücken aus. Der Anblick des Sofas mit einer schweren Decke und einem abgenutzten Kissen auf der Armlehne machte mich traurig. »Ihr seid jede Nacht hier, und ich frage euch nie.«

»Nicht, weil wir nicht mit dir zusammen sein wollen.« Caleb trat näher und strich mir mit seinem Finger über die Wange. »Es liegt daran, dass wir an etwas Wichtigem gearbeitet haben.«

»Etwas, von dem wir glauben, dass es dir gefallen wird«, fügte Nick hinzu.

»Aber wir haben uns Sorgen gemacht.« Tobias trat hinter mich und schlang seine Arme um mich. »Wir haben uns Sorgen um das Baby und diese verdammten Albträume gemacht.«

Er war nicht der Einzige, der sich Sorgen gemacht hatte. Ich hatte das Gefühl, durch die schlaflosen Nächte und die tägliche Erschöpfung um zehn Jahre gealtert zu sein. Und die Schreie … *Viviennes Schreie.* Ich konnte sie nicht abschütteln.

»Also, wir haben das hier ausgearbeitet.« Caleb kam um den Schreibtisch herum und legte ein paar Papiere aus.

Ich blinzelte, um das Brennen in meinen Augen zu lindern, und starrte die Baugenehmigungen und etwas an, das aussah wie ein Plan für eine Art von Gemeinde. »Was ist das?«

»Ein Zufluchtsort«, antwortete Caleb.

»In gewisser Weise«, fügte Nick hinzu.

»Ein Zufluchtsort?« Ich verstand nicht.

»Wenn du sie gut findest.« Tobias ließ seine Hände weggleiten und ließ mir Zeit, die Unterlagen anzuschauen.

Ich warf einen Blick über meine Schulter. Die Schreie hallten noch immer nach. All diese Gesichter … verfolgten mich.

»Im Moment ist es nur ein Plan.« Caleb zuckte mit den Schultern. »Aber es ist alles in Ordnung, sodass wir leicht einen Antrag auf Genehmigung stellen und mit der Arbeit beginnen können.«

»An einem Asylheim?«, flüsterte ich.

»Ja, siehst du, das ist unsere Grenze.« Nick trat näher und fuhr mit dem Finger eine Linie entlang. »Und hier drüben stellen wir kleine Fertighäuser auf, und einen großen Gemeinschaftsbereich. Wir können das vergrößern oder verkleinern, aber wir haben schon ein Gebot für das Land abgegeben. Es ist auf jeden Fall eine gute Investition.«

Ein Zufluchtsort für alle Frauen, die der Orden verletzt hatte. Ich schluckte schwer und versuchte, den Kloß zu verdrängen. Tränen stiegen mir in die Augen und meine Worte waren ein einziges Durcheinander. »Ihr habt das für mich getan?«

»Für uns alle«, antwortete Nick.

»Wir sind es leid, hilflos zu sein.« Caleb begegnete meinem Blick. »Auf diese Weise können wir etwas tun.«

»Auch wenn es nur ein Entwurf ist.« Tobias packte mein Kinn und drehte meinen Blick zu sich. »Die Albträume können sich also verpissen.«

Sein Gesicht verschwamm durch meinen Tränenschleier. »Ihr habt das alles gemacht? Für mich?«

»Prinzessin«, knurrte Nick. »Für dich würden wir alles tun.«

»Und für unsere Tochter.« Tobias senkte seinen Blick auf meinen Bauch. »Solange wir leben.«

»Und jetzt«, drängte Nick, »trinkst du deine heiße Schokolade und lässt dich von uns zurück ins Bett bringen.«

»Soll ich dir noch mal den Rücken massieren?«, fragte Tobias mit einem Funkeln in den Augen.

»Nein, denn ich weiß, was dieser Blick bedeutet, Tobias.« Ich lächelte, während ich einen Schluck von meiner heißen Schokolade nahm.

»Welcher Blick?«

Er zuckte vermeintlich unschuldig mit den Schultern, als ich schluckte und den Rest der Süße mit meiner Zunge aufleckte. »Dieser verdammte Blick.«

Er gluckste und das Geräusch ließ alle Alpträume verblassen.

Ich betrachtete die Pläne in meiner Hand und spürte einen Anflug von Hoffnung.

Wir würden sie finden.

Wir würden alle von ihnen finden.

Und ihnen einen Grund zum Überleben geben.

Ich ließ zu, dass Tobias mich zurück ins Schlafzimmer führte. Er nahm mir die Tasse aus der Hand, stellte sie auf den Nachttisch und drehte sich zu mir um. »Ich habe genau das Richtige gegen die schlechten Träume, den Rücken und die geschwollenen Füße.«

»Ach, ja?«, fragte ich, als Nick ins Schlafzimmer trat, sein Hemd über den Kopf zog und aus seinen Boxershorts schlüpfte.

Ich starrte seinen harten Körper an, während Tobias mir den Bademantel von den Schultern schob, mein weiches rosa Baumwollnachthemd anhob und es mir über den Kopf zog. Er gluckste. »Ja, Prinzessin … das tue ich.«

Ich drehte mich zu ihm um, als Nick ins Bett stieg. »Und was ist das?«

Tobias griff an den Rand meines Höschens und zog es weiter nach unten. »Dass mein Bruder deine perfekte Fotze leckt.«

Nick schob die Decke zur Seite und hob seinen Blick zu mir.

»Oh …«, murmelte ich und ließ mich auf das Bett sinken.

Ich war so dick wie ein verdammter Wal und genauso unbeholfen, aber das machte ihnen nichts aus. Caleb betrat den

Raum und sein Blick wanderte sofort zu mir. Das schwache Licht aus dem Flur drang herein, als Nick sich langsam nach unten beugte und mit seiner Hand an der Innenseite meines Oberschenkels entlang strich.

»Du musst dir um nichts Sorgen machen, Baby.« Tobias öffnete die Schublade, zog eine Pistole heraus und legte sie neben meine heiße Schokolade, bevor er sich auszog. »Nur darum, dass du verdammt hart kommen wirst.«

Und Caleb kam näher, während er sich sein Hemd über den Kopf zog und seine Hose aufknöpfte.

Das Kingsize-Bett sackte mit dem Gewicht zusammen, als alle drei Brüder auf mich zukamen.

Nick küsste die Innenseite meines Oberschenkels und spreizte sanft meine Knie.

Selbst so schwanger wie ich war, konnten sie nicht genug von mir bekommen …

Ich stieß einen zitternden Seufzer aus, als Nick mit seinen Fingern über meine Schamlippen strich. »So verdammt perfekt«, murmelte er.

Und das Gefühl beruhte auf Gegenseitigkeit.

Ich griff nach Tobias, als Nick mich streichelte, meinen Kitzler massierte und dann einen Finger hineinschob. Das Gefühl seiner Berührung ließ mich stöhnen.

»So verdammt begierig, Prinzessin«, lobte Nick, während Tobias sich zu mir beugte und mich küsste.

Seine Zunge drang in mich ein, während Nick das Gleiche tat, leckte, streichelte und mich zum Äußersten trieb. Ich spreizte meine Schenkel und griff nach unten, während Caleb sich gegen meine Schulter lehnte und meine Brust umfasste. »Gott, ich liebe das«, murmelte er, als er seinen Mund auf meine Brust senkte. »Genau wie ich dich liebe.«

Ich stöhnte gegen Tobias' Mund an ...

Und gab mich ihnen hin ...

Allen dreien.

Sie wollen mehr? Unsere Bonus-Szene here

Sie ist ein trotziger, verbotener Dorn in meinem Auge.

Einer, den ich nicht herausbekomme.

Einer, den ich nicht trainieren kann.

Aber Vivienne gehört mir. Ihr Körper. Ihre Seele _.

Und am wichtigsten: ihre Abstammung.

Keiner von ihnen versteht, wie wichtig sie ist.

Aber ich weiß es.

Meine Söhne und ich werden diese Information - sie - bis zum Tod schützen. Wir werden sie für uns behalten.

Also wird sie hier bleiben, unter meinem Dach, und meine Regeln befolgen.

Sie widersetzt sich mir bei jeder verdammten Gelegenheit.

Spielt ihre trotzigen, kleinen Spielchen mit uns.

Bis ich merke, dass meine Entschlossenheit nachlässt.

Ich bin ein eiskalter, berechnender Mann.

Aber ich ertappe mich auch dabei, dass ich mich in ihren Bann ziehen lasse.

Und ich bin nicht der Einzige.

Ich sehe den Hunger in den Augen meiner Söhne.

Ich sehe, wie sie in ihrer Nähe reagieren.

Sie wird für uns kein Rot tragen …

Denn sie wird überhaupt nichts tragen.

Ich nehme sie mit nach unten … und zeige ihr genau, wer hier die Kontrolle hat.

Ich werde ihr zeigen, wie es ist, besessen zu werden …

Preorder your copy here